U0149357

民國歷史語境與革命文學重新闡釋

張 武 軍 著

民國文學與文化系列論叢

文史哲出版社印行

國家圖書館出版品預行編目資料

民國歷史語境與革命文學重新闡釋 / 張武
軍著. --初版 -- 臺北市：文史哲,民 107.07
　頁；　公分（民國文學與文化系列論叢；8）
ISBN 978-986-314-417-5（平裝）

1.中國文學史　2.現代文學　3.文學評論

820.908　　　　　　　　　　107010871

民國文學與文化系列論叢　8

民國歷史語境與革命
文學重新闡釋

著　　者：張　　　　武　　　　軍
出 版 者：文　史　哲　出　版　社
　　　　　http://www.lapen.com.tw
　　　　　e-mail：lapen@ms74.hinet.net
登記證字號：行政院新聞局版臺業字五三三七號
發 行 人：彭　　　　正　　　　雄
發 行 所：文　史　哲　出　版　社
印 刷 者：文　史　哲　出　版　社
　　　　　臺北市羅斯福路一段七十二巷四號
　　　　　郵政劃撥帳號：一六一八○一七五
　　　　　電話886-2-23511028 · 傳真886-2-23965656

定價新臺幣四二○元

2018 年（民一○七）十一月初版

著財權所有 · 侵權者必究
ISBN 978-986-314-417-5　　　　78358

民國歷史語境與革命文學
重新闡釋

目　　次

總序一：民國文學史觀的建構 ── 現代文學
研究的新思維與新視野 ……………………………… 5

總序二：民國歷史文化與中國現代文學研究的新可能 ……… 11

引　言：無法告別的革命與革命文學 ……………………… 15

上　編：民國歷史語境與國民黨的革命文學 …………… 37
第一章　國民大革命與革命文學的歷史檢視 ……………… 37
　　第一節　國民大革命與革命文學的發生 ……………… 38
　　第二節　民國視野與武漢《中央日報》及
　　《中央副刊》……………………………………………… 43
　　第三節　「醬色的心」：革命的顏色和心態 …………… 48
　　第四節　從東京回到武漢──革命文學的外來
　　理論資源與本土革命實踐 ……………………………… 57

第二章　1928：紅與黑交織中的革命與摩登 ⋯⋯⋯⋯⋯ 61
　　第一節　《中央日報》副刊與 1928 年革命文學的
　　多維度辨析 ⋯⋯⋯⋯⋯⋯⋯⋯⋯⋯⋯⋯⋯⋯⋯⋯⋯ 61
　　第二節　紅與黑的交織 ⋯⋯⋯⋯⋯⋯⋯⋯⋯⋯⋯⋯⋯ 71
　　第三節　革命與摩登 ⋯⋯⋯⋯⋯⋯⋯⋯⋯⋯⋯⋯⋯⋯ 81

第三章　國民黨訓政理念下的革命文學 ⋯⋯⋯⋯⋯⋯⋯ 89
　　第一節　訓政與國民黨人的革命觀及革命文學 ⋯⋯⋯ 89
　　第二節　革命的「大道」與王平陵的革命文藝觀 ⋯⋯ 96
　　第三節　革命文學與民族主義文學論爭的重新闡釋 ⋯ 102

第四章　《中央日報》副刊與抗戰文學的發生 ⋯⋯⋯⋯ 111
　　第一節　《中央日報》和《新華日報》副刊：
　　並非只是對臺戲 ⋯⋯⋯⋯⋯⋯⋯⋯⋯⋯⋯⋯⋯⋯⋯ 112
　　第二節　抗戰文學：並非自然而然的產生 ⋯⋯⋯⋯⋯ 115
　　第三節　《中央日報》副刊與盧溝橋意義的生成 ⋯⋯⋯ 119
　　第四節　《中央日報》副刊與抗戰文學局面的形成 ⋯⋯ 124

中　編　民國歷史語境與左翼革命文學的重新闡釋 ⋯⋯ 133
第五章　民國國家歷史文化形態與左翼文學之考察 ⋯⋯ 133
　　第一節　民國歷史文化語境中的「左」和「右」 ⋯⋯ 134
　　第二節　民國憲政法制與左翼文學的發生 ⋯⋯⋯⋯⋯ 137
　　第三節　民國憲政法制與左翼文學的發展 ⋯⋯⋯⋯⋯ 141
　　第四節　民國視角與左翼文學的價值評判 ⋯⋯⋯⋯⋯ 151

第六章　左翼文學民族話語中的「岳飛式」和「水滸式」 155
　第一節　左翼文學界有關「岳飛」形象的爭論⋯⋯⋯ 156
　第二節　民國歷史文化形態下的「岳飛」
形象與國家建構⋯⋯⋯⋯⋯⋯⋯⋯⋯⋯⋯⋯⋯⋯⋯ 167
　第三節　民族主義文藝思潮中的「岳飛」書寫⋯⋯⋯ 171
　第四節　左翼從「岳飛式」到「水滸式」
民族話語的演變⋯⋯⋯⋯⋯⋯⋯⋯⋯⋯⋯⋯⋯⋯⋯⋯ 179

第七章　民國國家歷史文化形態下的延安文學⋯⋯⋯⋯ 187
　第一節　民國歷史語境與延安文學研究的新突破⋯⋯ 189
　第二節　民國政治形態與延安文學⋯⋯⋯⋯⋯⋯⋯⋯ 195
　第三節　國民政府的延安經濟政策與延安文學⋯⋯⋯ 198
　第四節　三民主義與延安文學思潮⋯⋯⋯⋯⋯⋯⋯⋯ 204

第八章　民國大歷史與蕭軍「延安日記」的私人敘述⋯⋯ 211
　第一節　家庭日常生活與作為「方向」的延安⋯⋯⋯ 212
　第二節　蕭軍延安日常生活和個體精神⋯⋯⋯⋯⋯⋯ 219
　第三節　日記中的延安婚戀書寫⋯⋯⋯⋯⋯⋯⋯⋯⋯ 227

第九章　民國機制和郭沫若的創作及評介⋯⋯⋯⋯⋯⋯ 235
　第一節　民國機制和郭沫若革命文學觀的複雜性⋯⋯ 237
　第二節　民國機制與郭沫若抗戰時期
文學和思想的豐富性⋯⋯⋯⋯⋯⋯⋯⋯⋯⋯⋯⋯⋯⋯ 241
　第三節　民國機制與郭沫若文學理念的重新探究⋯⋯ 250

下　編：民國歷史文化與中間黨派的文學觀照 ………… 255

第十章　國家與革命：中間黨派的文學觀照 ……………… 255
　　第一節　民國視野與文學研究的政治維度重構 ……… 257
　　第二節　民國視野下的中間黨派與文學 ……………… 262

第十一章　革命文學譜系的補缺──中國青年黨
　　　　　　視野下的革命與文學 ………………………… 269
　　第一節　民國視野下的中國青年黨與革命文學 ……… 270
　　第二節　青年黨視野下的現代文學發展與變遷 ……… 273

第十二章　文學革命到革命文學的另──種敘述：
　　　　　　國家主義與革命文學 ……………………… 283
　　第一節　「五卅」和革命文學的發生 ………………… 283
　　第二節　《醒獅》文藝副刊與革命文學的倡導 ……… 286
　　第三節　國家主義革命觀與郭沫若的文學「轉向」… 294
　　第四節　國家主義革命觀與田漢的文學「轉向」…… 297
後　記 …………………………………………………… 307

總序 一

民國文學史觀的建構
── 現代文學研究的新思維與新視野

張堂錡

一

　　「民國文學」是有關中國現代文學學科研究歷史進程中，繼「中國新文學」、「中國現代文學」、「20世紀中國文學」、「百年中國文學」之後，近期出現並開始受到重視與討論的一種新的學科命名與思維方式。它的名稱、內涵與意義都還在形成、發展的初始階段。類似的思維與說法還有「民國史視角」、「民國視野」、「民國機制」等。這些不同的名稱，大抵都不脫一個共同的「史觀」，那就是回歸到最基本也最明確的時間框架上來進行闡釋。陳國恩〈關於民國文學與現代文學〉即明確指出：「作為斷代文學史，民國文學中的『民國』可以是一個時間框架。就像先秦文學、兩漢文學、魏晉南北朝文學、隋唐文學和宋元明清文學中的各個朝代是一個時間概念一樣，民國文學中的民國，是指從辛亥革命到1949年中華人民共和國成立這一時段。凡在這一時段裡的文學，就是民國文學。」這應該是大陸學界對「民國文學」一詞較為簡單卻完整的解釋。

　　北京師大的李怡則提出「民國機制」的說法，他在〈民國機制：中國現代文學的一種闡釋框架〉中也認為：「民國機制就是從清王朝覆滅開始，在新的社會體制下逐步形成的推動社會文化與文學發展的諸種社會力量的綜合」，然而，「隨著 1949 年政權更迭，一系列新的政治制度、經濟方式及社會文化氛圍、精神導向的重大改變，民國機制自然也就不復存在了。中國文學在新的機制中發展，需要我們另外的解釋。」當然，他們也都注意到了「民國」從清王朝－中華民國－中華人民共和國的線性時間概念之外的更豐富意義，例如陳國恩提到了民國的價值取向；李怡也強調必須「從學術的維度上看『政權』的文化意義，而不是從政治正義的角度批判現代中國的政治優劣」，他認為這樣的「民國文學」研究是「對一個時代的文學潛能的考察，是對文學生長機制的剖析，是在不迴避政治型態的前提下尋找現代中國文學的內在脈絡。」

　　面對大陸學界出現的這些不同聲音，在台灣的現代文學研究者已經不能再視而不見，如何在一種學術交流、理性互動、嚴謹對話、多元尊重的立場上進行對相關議題的深入討論，應該說，對兩岸學者都是一次難得的「歷史機遇」。台灣高喊「建國百年」，大陸紀念「辛亥百年」，一個「民國」，各自表述。但不管怎麼說，「民國」開始能夠被大陸學界接受並引起討論熱潮，這本身就是一種試圖突破既有現代文學研究框架的努力，也是大陸學界在意識型態方面對「民國」不再刻意迴避或淡化的一種轉變。正是在這種轉變中，我們看到了中國現代文學研究的新契機。

二

　　民國文學不是單一的學術命題，不論從研究方法或視野上來

看，它都必須涉及到民國的歷史、政治、經濟、教育、法律、文化、社會與思想等諸多領域，它必然是一個跨學科、跨地域、跨國別的學術視角，彼此之間的複雜關係說明了此一命題的豐富性與延展性。

必須正視的是，台灣對「民國」的理解是以「建國百年」為前提，而大陸學界則是以「辛亥百年」為前提，如此一來，大陸對「民國」的解釋是一個至 1949 年為止的政權，但台灣則是主張在 1949 年之後「民國」依然存在且持續發展的事實。拋開歷史或政治的解釋權、主導權不論，「民國」並未在「共和國」之後消失，這是不爭的事實。因此，在討論民國文學與文化之際，就會出現 38 年與 100 年的不同史觀。箇中複雜牽扯的種種原因或現實，正是過去對「民國文學」研究難以開展的限制所在。而恰恰是這樣的分歧，李怡所提出的「民國機制」也就更顯得有其必要性與可操作性。他說 1949 年政權更迭之後，民國機制不復存在，指的是「中華民國在大陸」階段，共和國機制在 1949 年之後取代了民國機制，但是「中華民國在台灣」階段，要如何來解決、解釋，「民國機制」其實可以更靈活地扮演這樣的闡釋功能。

「民國文學」的提出，並不是要取代「現代文學」，事實上也難以取代，因為二者的側重點不同，前者關注現代文學中的「民國性」，後者關注民國文學的「現代性」，這是一種在相互參照中豐富彼此的平等關係。現代性的探討，由於其文學規律與標準難以固定化，使得現代文學的起點與終點至今仍是一種遊移的狀態，從晚清到辛亥，從五四到 1949，再由 20 世紀到 21 世紀，所謂文學的「現代化」與「現代性」都仍在發展之中。「民國性」亦然。從時間跨度上，現代文學涵蓋了民國文學，但在民國性的發展上，它仍在台灣有機地延續著，二者處於平行發展的狀態，不存在誰取代誰的問題。

在大陸階段的民國性，是當前大陸「民國文學」研究的重心，它有明確的歷史範疇與時間框架，但是在台灣階段的民國性，保留了什麼？改變了什麼？在與台灣在地的本土性結合之後，型塑出何種不同面貌的民國性呢？這是兩岸學者都可以認真思考的問題。

民國文史的參照研究，其重要性無庸置疑，而其限度與難度也在預料之中。「民國文學」作為一個學術的生長點，其意義與價值已經初步得到學界的肯定。現代文學的研究，在經過早期對「現代性」的思索與追求之後，發展到對「民國性」的探討與深究，應該說也是符合現代文學史發展規律的一次深化與超越。在理解與尊重的基礎上，兩岸學界確實可以在這方面開展更多的合作機會與對話空間。

三

為了呼應並引領這一充滿學術生機與活力的學術命題，政大文學院與北京師範大學於 2014 年幾乎同時成立了「民國歷史文化與文學研究中心」，四川大學、四川民族大學也相繼成立了類似的研究中心；政大中文研究所於 2015 年正式開設「民國文學專題」課程；以堅持學術立場、文學本位、開放思想為宗旨的學術半年刊《民國文學與文化研究》，在李怡、張堂錡兩位主編的策劃下，已於 2015 年 12 月在台灣出版創刊號；由李怡、張中良主編的《民國文學史論》、《民國歷史文化與中國現代文學研究》兩套叢書則分別由花城出版社、山東文藝出版社出版，在學界產生廣泛的迴響。規模更大、影響更深遠的是由李怡擔任主編、台灣花木蘭出版社印行的《民國文化與文學研究文叢》，自 2012 年起陸續出版了《五編》七十餘冊，計畫推出百餘冊，這套書的出版，對現代中國文學研究打開了新的學術思路，其影響力正逐漸擴大中。

　　對「民國文學」研究的鼓吹提倡，台灣的花木蘭出版社可以說扮演了積極推動的重要角色。自 2016 年 4 月起，由劉福春、李怡兩人主編的《民國文學珍稀文獻集成》叢書第一輯 50 冊正式發行，並計畫在數年內連續出版這套叢書上千種，這真是令人振奮也令人嘆為觀止的大型學術出版計畫！

　　從 2016 年 8 月起，文史哲出版社也成為民國文學研究的又一個重要學術平台，除了山東文藝出版社授權將其出版的《民國歷史文化與中國現代文學研究》叢書 6 本交由文史哲出版社出版之外，其他有關民國文學研究的學術專著也將列入新規劃的《民國文學與文化系列論叢》中陸續出版，如此一來，民國文學研究將有了一個集中展現成果、開拓學術對話的重要陣地，這對兩岸的民國文學研究而言都是一個正面而積極的發展。文史哲出版社是台灣學術界具有代表性的老字號出版社，經營四十多年來，出版過的學術書籍超過三千種以上，對兩岸學術交流更是不遺餘力，彭正雄社長的學術用心與使命感實在讓人欽佩！這次願意促成這套叢書的出版，可說是再一次印證了彭社長的文化熱忱與學術理念。

　　我們相信，只要不斷的耕耘，這套書的文學史意義將會日益彰顯，對民國文學的研究也將會在這個基礎上讓更多人看見，並在現代文學領域產生不容忽視的影響力。對於「民國文學」的提倡與落實，我們認為是一段仍需持續努力、不斷對話的過程，但願這套叢書的問世，對兩岸學界的看見「民國文學」是一個嶄新而美好的開始。

2016 年 7 月，台北

總序 二

民國歷史文化與中國現代
文學研究的新可能

李 怡

　　中國現代文學發生發展的社會歷史背景是「民國」，從民國歷史文化的角度考察中國現代文學，既是這一歷史階段文化自身的要求，也是中國現代文學研究新的動向。

　　中國現代史上的「中華民國」是現代中國歷史進程的重要環節，無論是作為「亞洲第一個共和國」的歷史標誌，還是包括中國共產黨人在內的全體中國人都曾為「民國」的民主自由理想而奮鬥犧牲的重要事實，「民國」之於現代中國的意義都是值得我們加以深究的。與此同時，中國現代文學的「敘史」也一直都在不斷修正自己的框架結構，從一開始的「新文學」、「現代文學」到 1980 年代中期的「二十世紀中國文學」，每一種命名的背後都有顯而易見的歷史合理性，但同時又都不可避免地產生難以完全解決的問題。「新文學」在特定的歷史年代拉開了與傳統文學樣式的距離，但「新」的命名畢竟如此感性，終究缺乏更理性的論證；「現代文學」確立了「現代」的價值指向，問題是「現代」

已經成了多種文化爭相解釋、共同分享的概念，中國之「現代」究竟為何物，實在不容易說清楚；「二十世紀中國文學」確立的是百年來中國文學的自主性，但是這樣以「世紀」紀年為基礎的時間概念能否清晰呈現這一文學自主的含義呢？人們依然不無疑問。正是在這樣一種背景上，關於中國現代文學「敘史」的「民國」定位被提了出來，形成了越來越多的「民國文學史」命名的呼籲。

「民國文學」的設想最早是從事現代史料工作的陳福康教授在 1997 年提出來的[1]，但是似乎沒有引起太多的注意；2003 年，張福貴先生再次提出以「民國文學」取代「現代文學」的設想，希望文學史敘述能夠「從意義概念返回到時間概念」[2]，不過響應者依然寥寥。沉寂數年之後，在新世紀第一個十年即將結束的時候，終於有更多的學者注意到了這個問題，特別是最近兩三年，主動進入這一領域的學者大量增加。國內期刊包括《中國社會科學》、《文學評論》、《中國現代文學研究叢刊》、《文藝爭鳴》、《海南師範大學學報》、《鄭州大學學報》、《現代中國文化與文學》都先後發表了大量論文，《文藝爭鳴》與《海南師範大學學報》等還定期推出了專欄討論。張中良先生進一步提出了中國現代文學研究的「民國史視角」問題，我本人也在宣導「文學的民國機制」研究。在我看來，「民國文學」研究的興起十分正常，它們都顯示了中國現代文學研究在經歷了半個多世紀的探索之後一次重要的學術自覺和學術深化，並且與在此之前的幾次發展不

1　陳福康：《應該「退休」的學科名稱》，原載 1997 年 11 月 20 日《文學報》，後收入《民國文壇探隱》，上海書店出版社 1999 年。

2　　張福貴：《從意義概念返回到時間概念 —— 關於中國現代文學的命名問題》，香港《文學世紀》2003 年 4 期。

同，這一次的理論開拓和質疑並不是外來學術思潮衝擊和感應的結果，從總體上看屬於中國學術在自我反思中的一種成熟。

當前學界的民國文學論述正沿著三個方向展開：一是試圖重新確立學科的名稱，進而完成一部全新的現代文學史；二是為舊體文學、通俗文學等「新文學」之外的文學現象回歸統一的文學史框架尋找新的命名；三是努力返回到歷史的現場，對民國社會歷史中影響文學的因素展開詳盡的梳理和分析，結合民國文學歷史的一些基本環節對當時的文學現象進行新的闡述和研究。在我看來，前兩個方向的問題還需要一定時間的學術積累，並非當即可以完成的工作，否則，倉促上陣的文學史寫作，很可能就是各種舊說的彙集或者簡單拼貼，而第三個方面的工作恰恰是文學史認識的最堅實的基礎，需要我們付出扎實的努力。

從民國歷史文化的角度研究中國現代文學，可以為我們拓展一系列新的學術空間。

例如民國經濟形態所造就的文學機制，民國法制形態影響下的文學發展，民國教育制度的存在為文學新生力量的成長創造怎樣的文化條件、為廣大知識份子的生存提供怎樣的物質與精神的基礎等等。還有，仔細梳理中國現代作家的「民國體驗」，就能夠更加有效地進入他們固有的精神世界與情感世界，為我們的中國現代文學提出更實事求是的解釋。

當然，討論中國現代文學的「民國」意義，挖掘其中的創造「機制」絕不是為了美化那一段歷史。在現代中國文化建設的漫長里程中，在我們的現代文化建設目標遠遠沒有完成的時候，沒有任何一段歷史值得我們如此「理想化處理」，嚴肅的學術研究絕不能混同於大眾流行的「民國熱」。今天我們對歷史的梳理和總結是為了呈現 20 世紀上半葉中國文學發展的一些可資借鑒的

機制，以為未來中國文學的生長探尋可能 —— 在過去相當長的歷史中，我們習慣於在外國文學發展中國大陸的現代文學這一學科走向成熟是在「文革」結束後，經過所謂「十年浩劫」，「撥式展開自己。殊不知，其中的文化與民族的間隔也可能造成我們難以逾越的障礙。如今，重新返回我們自己的歷史，在現代中國人自己有過的歷史經驗和智慧成果中反思和批判，也許就不失為一條新路。

　　呈現在讀者諸君面前的這一套「民國文學與文化系列論叢」，試圖從不同的方向挖掘「以歷史透視文學」的可能。這裡既有新的方法論的宣導 —— 諸如「民國」作為「方法」或者作為「空間」的含義，也有不同歷史階段的文學新論，有「民國」下能夠容納的特殊的文學現象梳理 —— 如民國時期的佛教文學，也有民國文學品種的嶄新闡述。它們都能夠帶給我們對於歷史和文學的一系列新的感受，雖然尚不能說架構起了民國歷史文化現象的完整的知識結構，卻可以說是開闢了文學研究的新的可能。但願我們業已成熟的中國現代文學研究，能夠因此而思想激蕩、生機勃發。

2014 年 6 月，北京

引　言：

無法告別的革命與革命文學

　　中國大陸的現代文學這一學科走向成熟是在「文革」結束後，經過所謂「十年浩劫」，「撥亂反正」是各個領域出現頻率最高的語詞，例如「撥亂反正，百廢待舉」、「撥亂反正，正本清源」、「撥亂反正，肅清流毒」等，現如今已成為固定搭配，儼然當成語使用。正如「文革」最早以文藝的名義發動一樣，撥亂反正的思潮也最早在文藝領域醞釀，天安門詩歌運動的發生，預示著神州大地的回春和思想觀念的解凍，就如後來周揚的報告所言：「歷史是無情的，也是富有戲劇性的，『四人幫』篡黨奪權首先從文藝戰線開刀，人民則用文藝的重錘敲響了他們覆滅的喪鐘」[1]。

　　文藝界撥亂反正，首先是對那些曾經蒙冤受害的文藝工作者重新正名，恢復他們的名譽和工作。很多一度在文壇「消失」的文藝工作者開始重新活躍起來，尤其是 1979 年第四次文代會的召開，被譽為文藝界撥亂反正的一次大會，因不少文壇「消失者」被邀參會，總計有 3200 多名代表參加，可謂盛況空前。會後，胡

---

1 周揚：〈繼往開來，繁榮社會主義新時期的文藝——在中國文學藝術工作者第四次代表大會上的報告〉，中國文學藝術界聯合會編《中國文學藝術工作者第四次代表大會文集》，四川人民出版社，1980 年，第 29 頁。

耀邦在招待文藝界的茶話會上致辭說，「歷史將證明，這次文代大會是我們國家文藝戰線一個極為重要的里程碑」[2]。

　　文藝界撥亂反正，還體現在對複出作家的作品，包括對那些已故的現代作家作品進行重評，批判所謂的「文藝黑線專政論」，更確切地說，這是現代文學研究的撥亂反正。當時有不少學術刊物，或復刊如《文學評論》、《文藝報》、《上海文學》等，或創刊如影響深遠的《中國現代文學研究叢刊》、《新文學史料》等，這些刊物都無一例外地強調此時的文學研究主要目標是撥亂反正，對作家作品展開重新評價。1978 年《文學評論》復刊後的第一期，刊登《致讀者》，表明編輯部的態度和理念：「《文學評論》當前時期的首要工作，就是從理論上、從總結社會主義文藝的成就和經驗上，深入批判『四人幫』在文藝方面所製造的種種謬論，特別是『文藝黑線專政』論」[3]；第三期發表周柯論文〈撥亂反正，開展創造性的文學研究與文學評論工作〉，作者強調說：「在現代文學研究領域中，還有好多撥亂反正的工作要做。要為一些作家作品恢復名譽，無論《子夜》、《家》，還是《林家鋪子》、《雷雨》和《日出》，這些現代文學史上的名著，它們在不同方面和不同的程度上都反映了當時社會生活的某些本質的東西。我們應當根據馬列主義的原則，把問題提到一定的歷史範圍內，對具體的作家作品做出具體的實事求是的評價。被『四人幫』扼殺的作品，要為它平反。」[4]

　　毫無疑問，「文革」結束後的文藝界和文學研究界，撥亂反

---

2 中國文學藝術界聯合會編《中國文學藝術工作者第四次代表大會文集》，四川人民出版社，1980 年，第 9 頁。

3 〈致讀者〉，《文學評論》，1978 年第 1 期。

4 周柯：〈撥亂反正，開展創造性的文學研究與文學評論工作〉，《文學評論》，1978 年第 3 期。

正是絕對的主潮。可問題在於，如何撥亂反正？究竟該基於什麼樣的標準來為作品平反？

撥亂反正之反正，從字面意思來看，「正」之前的「反」有返回、復歸、恢復的意思。「『撥亂反正』的口號本身，純粹從理論探討和學術研究的角度來說，帶有『向後看』的性質。很顯然，當時所說的『正』，是以『文革』以前為參照、為標準的，是要恢復到林彪、『四人幫』搞『亂』以前的樣子，即『反』回到以前的那個『正』」[5]。其實，以「文革」之前為參照系，從政治上為那些曾經蒙冤受害的作家正名，並非難事，對被「四人幫」扼殺的作品平反，即政治標準上的反正，也並非難事。關鍵還在於基於什麼樣的標準為文學反正，文革之前的「正」就是文學的「正」了麼？

從時間跨度上來說，隨著撥亂反正的持續展開，勢必會突破到「文革」之前，一些反右運動和胡風事件中的文藝工作者也將慢慢加入「歸來者」的行列。那麼巴人的人性論、錢谷融的「文學是人學」、胡風的「主觀戰鬥精神」是不是「正」呢？隨著現代文學研究撥亂反正的展開，《子夜》、《家》、《林家鋪子》、《雷雨》和《日出》等被「四人幫」扼殺的作品被平反了，那麼之前被稱之為「支流」和「逆流」的作家作品，要不要「反正」呢？胡適等自由知識份子或中間派的作家要不要平反呢？民族主義文藝及其他「右翼文人」，要不要重議呢？如果都有必要，那麼將以什麼樣的標準來「反正」呢？因此，從深度上來說，隨著越來越多的文藝工作者政治身份和地位的反正，隨著現代文學研究領域的「反正」研究越來越深入，學界也勢必會突破政治標準

---

5 杜書瀛：〈新時期文藝學反思錄〉，《文學評論》，1998 年第 5 期。

的評判而進一步深入到文學之「正」的討論中。

　　實則早在第四次文代會籌備期間，開風氣之先的《上海文學》雜誌就敏銳地意識到這一議題的重要性，1979 年第四期《上海文學》刊登了署名評論員（執筆人為李子雲和周介人）的文章《為文藝正名》，反對「離開了文藝的特性，離開了真善美的統一，把文藝變為單純的政治傳聲筒」[6]。文章一經發表後，一石激起千層浪，或反對商榷，或贊成叫好，一場有關文學和政治關係，事關「為文藝正名」的大討論，在全國範圍內轟轟烈烈開展起來。

　　為了爭鳴討論的充分展開，《上海文學》隨後在第 6 期刊登了兩篇反對「為文藝正名」的論文，分別是王得後的《給<上海文學>評論員的一封信》和吳世常的《「文藝是階級鬥爭的工具」是個科學的口號》。兩位學者從魯迅和瞿秋白的曾經論述，從 30 年代有關文藝階級性論爭中左翼一方的相關論述，尋找文藝階級性和政治標準的理論依據。此後也有一些文章，從列寧的文學的黨性原則，來強調「工具說」的合理性。總之，除了一些學者依然固守「文革」時期的舊觀念之外，大部分反對「為文藝正名」的論說都是從曾經的左翼文學觀尋找依據，甚至直接挪用 30 年代文學階級性論爭的相關論述。「所謂文藝的『正名』，就是陳腐的『為藝術而藝術』的新翻版」[7]。儘管質疑「為文學正名」的聲音不少，但是肯定和聲援「文學正名」的文章則更多，且越來越多，如顧經譚的《文學的發展與「為文藝正名」》（《上海文學》1979 年 7 期）、羅竹風的《文藝必須正名》（《上海文學》1979

6　《上海文學》評論員（李子雲、周介人執筆）：〈為文藝正名〉，《上海文學》，1979 年第 4 期。

7　張居華：〈堅持無產階級的黨的文學原則——「文藝是階級鬥爭的工具」不容否定〉，《上海文學》1979 年，第 7 期。

年7期）等等，《上海文學》中的「為文藝正名」討論一直持續了很長時間。

隨著「為文藝正名」論爭的展開，有關文學和政治的關係，文學的工具性和文學性，黨性和人性等議題也都開始充分展開。爭論的陣地除了《上海文學》之外，越來越多的刊物亦隨之加入，「為文藝正名」也成為這一時期最熱點的議題。《長江文藝》也組織正反雙方文章，加入並推動「為文藝正名」的論爭，如鬱沉的《藝術為政治服務的辯證法》（1979年7期），劉綱紀的《全面地歷史地理解文藝的社會作用》（1979年7期），何國瑞的《階級的文藝總是階級鬥爭的工具——駁反對論者及其方法》（1979年8期），孫豹隱的《「工具」之說原無大錯》（1979年第8期），和《上海文學》一樣，《長江文藝》上的討論持續了很長時間，他們亦邀請《上海文學》「為文藝正名」的執筆人之一周介人寫了《也談為文藝正名》。正是在《上海文學》以及跟進的《長江文藝》雜誌的帶動下，其他地區的文藝雜誌也紛紛加入這一論爭，例如重慶的《紅岩》雜誌發表有曹廷華的《關於「文藝是階級鬥爭工具」論的質疑》（1979年第2期），四川的《四川文學》刊登了署名嚴肅的《「正名」與爭鳴》（1979年第7期），陝西的《咸陽文藝》刊登有莫夫的《為文藝正名》（1979年的4-5期合刊），福建的《福建文藝》刊登了傅子玖、黃後樓的《辯證地為文藝正名》（1979年12期），等等。

為文藝正名論爭，不僅範圍在擴大，參與的刊物和陣地在增多，而且越來越深入，越來越具有理論性。這主要表現在不少專業的學術刊物參與，以學術論文的方式參與到這場論爭中來。例如《湖南師範學院學報》1979年第4期集中組織了一批論文，鄧超高的《<為文藝正名>異議兩則》，湯龍發的《也談工具論與反

映論》，吳容甫的《是「全部」還是「一部」》，少功的《「文藝是階級鬥爭的工具說」質疑》。此外，像《北京師大學報》、《吉林師大學報》、《山東師範學院學報》等刊物，都有相關學術論文。

最引人注目的是當時頗有影響的《文學評論》雜誌參與到這一議題的論爭中，1980 年第一期篇首的位置就是「文藝和政治關係的問題討論」專欄，登載有羅蓀的《文藝·生活·政治》和梅林的文藝和政治是上層建築範疇內的問題》，還有傅蕙有關這一問題討論的專題報導《有關文藝與政治問題的幾種意見》。顯然編輯部想就「為文藝正名」中的核心命題——文藝和政治的關係，展開深入討論。這組專題篇文章之前，有編者按，「這一期我們發表了兩篇文章和一篇關於這一問題討論的專題報導,作為這一討論的開始。希望廣大文藝工作者、文藝理論工作者能夠積極地撰寫稿件,參加這一討論。討論文章要求能夠理論聯繫實際,並充分地發揚學術民主的風氣。爭取通過對這一問題的深入的實事求是的討論,把問題的研究逐步地引向深入。[8]」

可以說，由《上海文學》雜誌策劃繼而擴展到全國的「為文學正名」大討論，成為文學觀念更新和研究理念變革的第一聲巨響，也是新時期以來文學尋找自我道路上第一次重要突圍。儘管仍有人強調文學和政治的不可分割，但擺脫政治桎梏，追尋文學自身的獨立性，成為不可逆轉的潮流。時至今日，我以為，對這場論爭的意義我們仍然重視不夠，因為這論爭不僅僅是文學理論命題，更是對文學研究產生了不可估量的影響。對於重新起步的現代文學學科來說，基於文學標準的評判，也成為順理成章的選

---

8 〈「文藝和政治關係問題的討論」·編者按〉，《文學評論》，1980 年第 1 期。

擇。　於是從80年代以來，現代文學研究界就有了「回到文學自身」「回到……作家本身」「回到……本體」的研究口號，風靡一時，持續至今。這些口號和研究理念的背後，都有一個共同的「為文學正名」的命題。

　　「為文學正名」和「回到文學本身」，預設了純粹的文學即純文學為目標，毫無疑問，這體現了文學獨立性和文學研究自主性的訴求，其積極意義不容低估。但問題在於，是否真的存在可供「正名」的「純文學」？

　　首先，為文學正名，擺脫工具論，擺脫長久以來極左政治的干預，這並非是知識份子自我覺醒的結果，也不是文學自主完成的命題。恰恰相反，如同「文革」結束及思想解放運動一樣，雖然文學曾起到推動作用，但其實主要都源於內部的政治變動和新的政治訴求，是「新的政治需要產生了『正名』的需要」[9]。後來有學者在回顧80年代興起的純文學思潮時，明確指出：「在當時，『純文學』概念實際上具有非常強烈的現實關懷和意識形態色彩，甚至就是一種文化政治」[10]。同樣，現代文學研究領域裡的「正名」研究，看似基於文學性（純文學）的價值評判，但正如當事人錢理群後來反思時所言，「比如說80年代，我也是比較強調純文學……我們是針對文革帶來的極端的意識形態，政治對於文學構成的一種困境，當時是為了擺脫這種困境才提出的」，「其實，當時我們提出這個概念本身就是那種政治性的反抗」。[11]

　　其次，為文學正名的純文學理念和研究觀念，受到了海外中

9　黃健：〈反思「為文藝正名」〉，《現代語文》，2007年第7期。
10　蔡翔：〈何謂純文學本身〉，春風文藝出版社，2006年，第75頁。
11　錢理群：〈重新認識純文學〉，「當代文學與大眾文化市場」學術研討會上的發言，引自中國文學網。

國現代文學研究和文學史的影響。海外研究者標舉純文學的尺度，給予革命文學史觀中被忽略的沈從文、張愛玲、錢鐘書較高評價，對大陸現代文學研究界產生了深遠影響。特別是司馬長風的《中國新文學史》和《中國現代小說史》，這兩本影響巨大的文學史都聲稱是基於文學性的評價。司馬長風痛感「政治對文學的粗暴干涉」，在寫完有關30年代文學內容的中冊後，他在《跋》中表明自己的文學史編寫首要信條，「這是打碎一切政治枷鎖，乾乾淨淨以文學為基點的新文學史」[12]；夏志清在他的《中國現代小說史》各個版本中反覆聲稱，「身為文學史家，我的首要工作是優美作品之發現和評審」[13]。然而，從政治研究領域轉行到文學研究的司馬長風，其文學史敘述中政治性定位痕跡也並非不明顯；夏志清的小說史背後更是帶有濃厚的冷戰思維和意識形態色彩，這已經成為學界的共識，他和普實克教授的爭論更印證了他文學研究的政治傾向評判[14]。

　　為文藝正名和重返文學本身，的確動搖了長久以來的革命文學史觀，但是，文學性、純文學、文學本身等相關概念的飄忽性，以及其背後同樣遮掩不住的政治性訴求，決定了僅僅為「文學」而「正名」的研究，還無法囊括無比豐富的現代文學本身，儘管「純文學」的確成為重寫文學史的內在動力之一，但僅僅依靠純文學理念本身顯然還無法建構一個整體的全新的文學史觀。

　　進入20世紀90年代，中國現代文學的「正名」工作依然持

---

12 司馬長風：《中國新文學史・中卷》，香港昭明出版有限公司，1978年，第324頁。

13 夏志清：《中國現代小說史・中譯本序》，復旦大學出版社，2005年。

14 有關純文學譜系中西方冷戰思維和意識形態色彩，參見賀桂梅的〈「純文學」的知識譜系與意識形態——「文學性」問題在1980年代的發生〉，《山東社會科學》，2007年第2期。

續進行，只不過重心從為「文學」正名轉向為「現代」正名。

　　中國現代文學冠以「現代」之名，　然而，80 年代初期現代文學界對現代性問題卻並不怎麼關注。例如，汪暉 1996 年發表的《我們如何成為「現代的」？》一文中，記敘了這麼一段往事，「1985 年，我初到北京念書，向唐弢先生請教的第一個問題是：我們說現代文學是現代的，那麼怎麼解釋『現代』或者文學的『現代性』？唐先生說，這是很複雜的問題，很難一言蔽之。因為『現代』概念似乎不是一個時間概念，或者不僅是一個時間概念」[15]。從汪暉的追問和唐弢先生含混其辭的回答中，我們不難看出，現代文學的「現代」和「現代性」在 80 年代還並沒有作為一個重要命題而出現。

　　因為「文革」結束之後，現代文學界在為文學正名的同時，主要思考的是文學如何走向世界。受中西文化和文學比較熱的影響，80 年代的現代文學研究界激情澎湃地暢談著「走向未來」、「走向世界」，其標誌就是 1985 年曾小逸主編的《走向世界文學──中國現代作家與外國文學》，這本書幾乎囊括了當時現代文學研究領域所有重要研究者的相關論述。

　　其實，「走向世界」與其說是現代文學的不如說是比較文學的研究命題，大家力圖恢復中國現代文學的發生發展過程中與西方文化和文學的淵源關係，力圖再現中國文學匯入世界文學的歷史進程。正是在「走向世界」的文學比較研究過程中，「世界」常常和一些諸如　「現代化」、「現代派」等語詞關聯在一起，模模糊糊地出現在文學研究和文學批評中。

　　嚴家炎 1981 年第 5 期發表在《文學評論》上的《魯迅小說

---

15 汪暉：〈我們如何成為「現代的」？〉，《中國現代文學研究叢刊》，1996 年第 1 期。

的歷史地位》一文中，反覆出現中國文學現代化的論述，「從『五四』時期起，我國開始有了真正現代意義上的文學。而魯迅，就是這種從內容到形式都嶄新的文學的奠基人，是中國文學現代化的開路先鋒」[16]。很顯然，嚴家炎把「和世界各國取得共同的思想語言的新文學」稱之為現代意義的文學[17]。此後影響深遠的「二十世紀中國文學三人談」中，沿著嚴家炎的思路，對走向世界的「現代化」文學，做了進一步闡發。錢理群首先提到：「後來嚴家炎老師在一篇文章裡最早提出了中國文學的現代化是從魯迅手裡開始的，他用了『現代化』這樣一個標準，打開了思路……」，黃子平接著進一步指出：「『現代化』這個概念就包含了好幾層意思：由古代文學的『突變』，走向『世界文學』」，陳平原也談到了政治和文學的發展不平衡，因此他指出：「還是要從東西文化的撞擊，從文學的現代化，從中國人『出而參與世界的文藝之業』，從文學本身的發展規律，從這樣的一些角度來看文學史，才比較準確」。[18]

　　走向世界，文學的現代化，必然引起大家對文學領域裡「現代主義」和「現代派」特別關注，甚至是追捧。1981年，曾多次出訪國外並精通法語的高行健出版了《現代小說技巧初探》，介紹了一些西方現代派的小說理論和創作手法，引起文藝界廣泛關注和討論。影響最大的當屬《上海文學》雜誌公開發表了馮驥才、

16　嚴家炎：〈魯迅小說的歷史地位〉，《文學評論》，1981年第5期。

17　在後來現代派文學問題論爭期間，嚴家炎先生發表了論文〈歷史的腳印，現實的啟示——「五四」以來文學現代化問題斷想〉，更主旨鮮明的論述文學現代化的意義，他進一步指出：「從『五四』時期起，我國開始有了真正現代意義上的文學，有了和世界各國取得共同的思想語言的新文學。」見《文藝報》，1983年第4期。

18　錢理群、黃子平、陳平原：《二十世紀中國文學三人談》，人民文學出版社1988年，第35-36頁。

李陀、劉心武就此展開的通信討論，包括馮驥才的《中國文學需要「現代派」！》，李陀的《「現代小說」不等於「現代派」》，劉心武的《需要冷靜的思考》。三位作家的相互通信，他們對於「現代派」的熱情呼喚，引發了廣泛爭鳴。其實，在他們通信發表之前，老作家徐遲已在《外國文學研究》上發表《現代化與現代派》，這篇文章原本是對《外國文學研究》一年以來有關西方現代派文學的討論的總結，即原本是外國文學研究領域裡對西方現代派作品評價的問題，沒料到這份原本的「總結」卻成了新的論爭的開始。徐遲的文章雖然也總結了現代派的一些缺點和不足，但基調還是從正面肯定和評價現代派的貢獻。更為重要的是，他把外國文學研究領域中的現代派問題移植到國內，「但是不管怎麼樣，我們將實現社會主義的四個現代化，並且到時候將出現我們現代派思想感情的文學藝術」[19]，文章發表後，反響很大。加之隨後公開發表的馮驥才、李陀和劉心武通信，以及眾多作家和理論家對現代派的肯定和呼喚，現代派討論一時成為熱點話題。

　　隨著「現代派」討論的升溫，很快引起了文藝界領導層和宣傳領域高層對此問題的注意，《文藝報》1982 年 11 期轉載了徐遲 1 月發表的《現代化與現代派》，同時刊登署名「理迪」的「商榷」批評文章《<現代化與現代派>一文質疑》。「理迪」其實是《文藝報》理論組組長李基凱的化名，這樣的「商榷」也並非他個人意見，而是《文藝報》領導層的討論和佈置，背後更有高層遏制「資產階級自由化」思潮的考慮[20]。如果說，對徐遲文章的轉載還保留著學術領域的「商榷」的話，那麼隨後徐敬亞的《崛

19　徐遲：〈現代化與現代派〉，《外國文學研究》，1982 年第 1 期。
20　有關「現代派」討論背後的諸多複雜因素，參見當時供職《文藝報》編輯部的劉錫誠的〈1982：「現代派風波」〉，《南方文壇》，2004 年第 1 期。〉

起的詩群──評我國詩歌的現代傾向》出來之後，就已經大大超出文藝爭鳴的範疇。多年後有記者訪談徐敬亞，用了《<崛起的詩群>：一篇詩歌評論引來幾百萬字的批判》，雖然略有誇張，但無疑這篇文章出來之後，引發了新時期以來大規模的文藝批判運動，現代派問題也從學術討論上升到思想風波的批判[21]。事實上，徐敬亞和徐遲的出發點大致類似，認為中國現代化走向的社會基礎決定了作為現代主義文學的意識必然產生，「中國社會整體上的變革，幾億人走向現代化的腳步，決定了中國必然產生與之適應的現代主義文學，中國新詩自身內在的矛盾也決定了新詩的這次變革。現代傾向的興起，絕不是幾個青年人讀了幾本外國詩造成的，它，產生於中國最新的現實生活，……是五四新詩的一個分支的復活；是三十年代新詩探索的繼續……[22]」。徐敬亞文章獨特之處在於，他以詩人的飽滿激情，稱讚「不可遏止的現代文學潮流」，文章中「新」和「現代」出現頻率都達到幾十次之多，其中「現代主義」、「現代傾向」、「現代化」、「現代生活」、「現代感」、「現代特色」等更具體更細化的語彙也多次出現，這也是徐敬亞和另外兩個「崛起」文章不同之處。

　　從起初外國文學研究領域的現代派文學討論，到國內文學界對現代派的熱情呼喚，再到成為受批判的現代派風波，包括期間

---

21 根據作者徐敬亞的訪談錄和當時刊發這篇文章的《當代文藝思潮》主編謝昌余先生後來的回憶來看，徐敬亞的這篇文章刊發的同時，有組織的大批判也已經隨之展開，文章的公開發表甚至有被當作批判靶子之意。參見有關徐敬亞的訪談：〈〈崛起的詩群〉：一篇詩歌評論引來幾百萬字的批判〉，南方都市報編著：〈變遷──中國改革開放三十年文化生態備忘錄〉，廣東教育出版社，2008年；謝昌餘：〈〈當代文藝思潮〉雜誌的創刊與停刊〉，《山西文學》，2001年第8期。

22 徐敬亞：〈崛起的詩群──評我國詩歌的現代傾向〉，《當代文藝思潮》，1983年第1期。

出現的真偽現代派爭論等等。這樣的討論，或標舉現代主義為方向，或從革命的現實主義立場進行否定，都屬於現代文學知識系統內部的觀念爭鋒。儘管有關現代的表述不乏混亂與粗疏，但走向世界和世界文藝接軌的方向則是清晰而又明確。這也就是說，這些討論並非是後來震動現代文學研究界「現代性」言說，即反思現代性之言說。但無疑，中國學人和作家們對西方現代派的追捧以及對融入世界文學潮流的渴望，必然會把西方世界之內對現代性系統反思的「後學」引入進來。事實上，1984 年內部發行的《西方現代派問題討論論爭集》[23]中，就收錄了不少後現代主義文章，如袁可嘉《關於「後現代主義」思潮》[24]等，「附錄」部分更是集中了不少翻譯西方後學理論的文章，如約·巴恩的《後現代派小說》（曹風軍摘譯）、J·庫勒《文學中的結構主義》（張金言譯）、阿蘭·羅德威的《展望後期現代主義》等等論文，儘管這些文章和翻譯仍然不過是零碎化的介紹，但無疑昭示了後學將在國內興盛的苗頭。

　　果然，隨著我們的學術研究不斷與西方理論和思潮的接軌，同時也伴隨著 90 年代政治社會環境的變動，西方最新的「後現代思潮」在 90 年代系統傳入國內，這一西方內部的自我反思聲音迅速引起國內學者的共鳴，他們據此大聲宣佈「現代性的終結」。這對現代文學研究界來說，是前所未有的巨大震撼，因為，中國的「後學」論者以系統的「現代性」知識體系來檢視中國百年來的文學，他們在承認啟蒙主義和現代性關聯在一起的事實之後，

---

23 何望賢編選：《西方現代派問題討論論爭集》（上、下），人民文學出版社（內部發行），1984 年。

24 袁可嘉：〈關於「後現代主義」思潮〉，《國外社會科學》1982 年 11 期，收錄在《西方現代派問題討論論爭集》上冊，第 65-74 頁。

緊接著指責中國人放棄自我主體性，以西方為中心，為參照對象來構建啟蒙和救亡。「從『現代性』這一概念的產生過程和發展來看，它是在西方文化中出現的，以西方的啟蒙主義的價值觀為中心建構的一整套知識/權力話語。對於非西方的社會和民族來說，『現代性』是和殖民化的進程相聯繫的概念。」「『現代性』無疑是一個西方化的過程。這裡有一個明顯的文化等級制，西方被視為世界的中心，而中國已自居於『他者』位置，處於邊緣。」[25]因此，「現代」必須重估，必須受到追問。

　　儘管後學論者的觀念不乏自相矛盾之處，但他們的發聲對現代文學研究界無疑是當頭棒喝，大家才開始尷尬地思考「現代性何為」。自此，有關現代性的討論成為現代文學界最顯赫的話題，現代文學界也完成了從 80 年代「為文學正名」到 90 年代「為現代正名」的轉變。

　　自此，中國現代文學也逐步完成了從革命史觀主導的文學史范式向現代性範式的轉變。重寫文學史思潮正是基於純文學和現代性的追求而產生，這對現代文學的研究的確有不容低估的意義和價值。時至今日，學界有關現代性的討論也已十分豐富且仍在繼續，這的確帶給我們現代文學研究前所未有的「繁榮」。尤其是後來，更多有關現代性的理論持續輸入，包括哈貝馬斯的現代性仍是一項未竟的事業，學界甚至包括之前反思現代性的一些後學論者也開始追蹤並讚賞現代性，現代文學研究界對現代性的言說也越來越充分，也越來越繁複。然而，不管是宣佈終結現代性，還是聲明繼續沿用現代性，不管是對世俗現代性的追求與渴望，還是對「反現代的現代性」即審美現代性的捍衛，不管是對 20

---

25 張頤武：〈「現代性」的終結──一個無法迴避的課題〉，《戰略與管理》，1994 年第 3 期。

世紀中國文學「前現代性」性質的認識與判斷，還是對晚清文學現代性特質被壓抑的揭示與發現，這些都很難說是從中國學術自身的邏輯來展開，這些豐富的現代性知識體系基本是都取自外國，或比附外國，和中國文學的實際歷史情形，和中國作家的現實生存感受，有著難以克服的隔膜。現代性的討論確實充分了，可是中國的現代性呢？從為「文學」正名到為「現代」正名，學理化越來越清晰，學術化也越來越突出，體系化也越來越嚴整。「正名」的過程中，我們援引西方各種理論體系，各種觀念學說，卻與「中國」越來越遠。

　　20 世紀 80 年代學界主要是「為文學正名」， 90 年代開始集中在「為現代正名」，在「中國現代文學」這一語彙中，似乎最不需要「正名」的就是「中國」了，然而實際情形卻並非如此。

　　首先，在很多追問和反思西方現代性的學者看來，現代性理論自然是對抗西方的文化霸權的理論支撐。為了彰顯我們沒有被「他者化」，一些反思現代性的後學論者最早扛起了中華性和民族傳統的大旗。繼而，更為細緻的諸如第三世界文化理論，民族國家寓言解讀，後殖民主義批判，等等，這一切似乎都自然而然的凸顯著中國自我文化主體性的建構，都是對中國的正名。然而，正如很多學者所指出的，「如此富有喜劇性的情景，一方面道出了中國知識份子在一個相當長的歷史時期之內依然充滿了『西方渴慕』——甚至在他們努力拒絕的時候!26」 這也不難理解，用西方的理論對抗所謂西方的文化霸權，進而高揚「中華性」和「民族傳統」的大旗，其含混與空洞可想而知。

　　更嚴重的問題還在於，把西方和現代與民族和傳統對立起

---

26 李怡：〈「走向世界」、「現代性」與「全球化」——20 年來中國現代文學研究的三個關鍵語彙〉，《南京大學學報》，2004 年第 3 期。

來，並把現代文學置於非此即彼的選擇中，這就完全抹殺了中國
現代文化和文學的獨立性和創造性。王富仁在現代性的討論興起
後就敏銳提出：「中國現代文化和文學的評判標準和社會思想家
的理論又都是從西方的和中國古代的理論著作中搬運過來的，幾
乎沒有一個屬於中國現代知識份子從中國現代文化和文學的研究
中形成的文化概念和文學概念。在具體的研究中，不是西方的影
響，就是傳統的繼承，似乎這兩種因素就概括了中國現代文化和
現代文學的全部。中國現代知識份子的創造在哪裡？」因此，王
富仁在熱鬧非凡的現代性的討論中冷靜地思考了「正名」問題，
「『名』（概念）的作用是區別性的，一個事物與其它所有事物
的區別必須用一個『名』（概念）與其它所有『名』（概念）的
區別體現出來。一個事物的『名』只能屬於它自己，而不能與其
它不等同的事物共用同一個『名』」[27]。

　　其次，在現代性的討論中還有一個被普遍使用的理論，想像
的共同體。這一理論範式出自安德森的《想像的共同體：民族主
義的起源和散佈》，「它（民族）是一種想像的政治共同體──並
且，它是被想像為本質上是有限的，同時也享有主權的共同體。」
安德森尤其強調了文學之於民族國家想像的重要性，「18 世紀初
興起的兩種想像形式──小說和報紙──為『重視』民族著重想
像共同體提供了技術的手段。」[28]安德森為民族國家和文學文本
研究之間架起了一座橋樑，把文學現代性和民族國家關聯起來，
我們中國的現代文學研究也由此開啟了一片新天地。這種嘗試是

---

27 王富仁：〈中國現代文學研究中的「正名」問題〉，《北京師範大學學報》，
　　1995 年第 1 期。

28 [美]本尼迪克特・安德森（Benedict Anderson）著《想像的共同體──民族主義
　　的起源與散步》，吳叡人譯，世紀出版集團，上海人民出版社，2005 年 4 月第
　　1 版，第 6 頁。

從海外一些漢學家開始，海外著名漢學家李歐梵提出的「晚清文學現代性」，他依據的就是晚清時期的一些報紙雜誌以及一些作家作品如梁啟超的小說提供了關於中國國家新的構想。[29]李歐梵在文中直言其論點來自安德森的「想像的共同體」；王德威在其著作《想像中國的方法》中提出「小說中國」的概念，雖然他並未明確聲稱自己理論來源於安德森，但其對於「想像中國」方式的運用，堪稱安德森理念模式的完全演繹。[30]這一研究理念和模式傳入國內後，迅速被眾多研究者效仿，曠新年的《民族國家想像與中國現代文學》發表在《文學評論》上，後又被《新華文摘》轉載，可見其 「份量」之重。曠文提要中就明確提出：「現代民族國家是一個『想像的共同體』,民族主義是現代性的重要內容之一,是一種現代的『世界觀』,是一種新的話語和歷史實踐。」[31]可以說，民族國家想像之現代性的討論成為學界近些年來最火熱的話題，從 cnki 中國知網的檢索來看，近些年來，以「民族」、「想像」、「現代性」為主題的文學類論文都是數以萬計，而具體和「民族想像」主旨相關的碩士博士論文就有 200 來篇。

如果說中華民國成立之前的文學書寫我們可以用想像民族國家理論來闡述，這種思路還有些許的針對性和有效性，那麼對於民國成立之後文學中的民族話語考察，我們還繼續沿用「想像的共同體」，而完全忽略了中華民國這一國家實體，完全忽略了中華民國這一國家文化歷史形態，顯然很難說得過去。畢竟，「特定的國家歷史情境才是影響和決定『中國文學』之『現代』意義

---

29 李歐梵：〈晚清文化、文學與現代性〉，《中國現代文學與現代性十講》，復旦大學出版社，2002 年 10 月第 1 版，第 1-18 頁。
30 詳情參見王德威《想像中國的方法》中的具體表述，北京生活・讀書・新知三聯書店，1998 年版。
31 曠新年：〈民族國家想像與中國現代文學〉，《文學評論》，2003 年 1 期。

的根本力量。」[32]

　　不僅民族國家現代性理論，還包括其他有關現代性的言說，我們都應該把其置於特定的國家歷史情境中來考察。1949 年之前的國家形態正是中華民國，這正是 2000 年以來民國文學相關概念的意義之所在。因為民國文學相關概念的提出，正是對中國現代文學現代性敘述框架忽略「中國」的糾偏，正是把為「為文學正名」「為現代正名」，進一步擴展和深入到為「中國」正名。

　　民國文學相關概念最近一些年來已成為新的學術熱點。張福貴較早提出「從意義概念返回時間概念」，用「中華民國文學」取代「現代文學」[33]。丁帆提出以 1912 年中華民國成立作為「新舊文學的分水嶺」，「晚清文學」歸屬「清代文學」，「民國文學」就是「民國文學」，丁帆還進一步探討了「民國文學風範」。[34]特別是李怡提出的「民國文學機制」，秦弓強調的「民國史視角」，他們二人不僅提出了民國文學作為「敘史」框架的整體意義，也用各自的「民國文學機制」或「民國史視角」來闡釋具體的文學史實和文學現象，分析和評判具體的作家作品。

　　從「為現代正名」到為「中國」正名，提出民國文學，這意味著我們要更加強調對中國歷史的重視，更加強調對民國這一生存空間的重視。因為，「現代中國知識份子的『現代』意識遠不

32 李怡：〈「民國文學」與「民國機制」三個追問〉，《理論學刊》，2013 年第 5 期。

33 張福貴：〈從意義概念返回到時間概念——關於中國現代文學的命名問題〉，香港《文學世紀》，2003 年 4 期；從「現代文學」到「民國文學」——再談中國現代文學的命名問題〉，《文藝爭鳴》，2011 年 13 期。

34 丁帆：〈新舊文學的分水嶺——尋找被中國現代文學史遺忘和遮蔽的七年〉，《江蘇社會科學》，2011 年第 6 期；〈給新文學史重新斷代的理由——關於「民國文學」構想及其它的幾點補充意見〉，《中國現代文學研究叢刊》2011 年 3 期；〈「民國文學風範」的再思考〉，《文藝爭鳴》，2011 年 13 期。

如西方的那麼『單純』，它既包含了我們對於新的時間觀念的接受，同時又包含著大量的對於現實空間的生存體驗，而在我看來，後者更是中國社會與中國人自我生長的結果，因而也更具有實質性的意義。現代中國的『現代』意識既是一種時間觀念，又是一種空間體驗，在更主要的意義上則可以說是一種空間體驗。」[35]因此，從國家歷史文化形態，對中國現代文學的概念、性質與研究模式進行重新審定，並在這樣的研究中嘗試和探索能夠概括和描繪中國文學現象的「中國概念」——民國文學。當然，民國文學的研究並不是為了民國時期的統治者正名，也不是為了美化民國。正如民國文學研究中成就最顯著的學者李怡所總結，「提出『民國文學』就是為了尊重現代文學在民國時期發展的實情，探討『民國機制』就是為了回到中國自身的問題，解釋中國文學自身的發展現象。」[36]

　　為「中國」正名，必然更加強調對中國歷史的重視，更重視文學和歷史的對話，但這並不意味著對文學的拋棄，像有學者所擔憂那樣，「史學化」的外部研究會導致文學和作家的缺席[37]。正如前文所論述那樣，不論是純文學的討論，還是現代性的考察，不僅同樣存有諸多文學審美之外的因素，以這樣標準來指導我們的研究，反而還失去了對中國文學實際情形的尊重。民國文學討論中出現的諸如民國文學機制、民國視角、民國歷史文化視野、民國風範等等諸多研究，看似跳出了文學的框架，其實是對中國

---

35 李怡：《詞語的歷史與思想的嬗變——追問中國現代文學的批評概念》，巴蜀書社 2013 年，第 15 頁。

36 李怡，李俊傑：〈體驗的詩學與學術的道路——李怡教授訪談〉，《學術月刊》，2015 年第 2 期。

37 具體論述參見《中國現代文學研究叢刊》最新一期刊登的郜元寶文章〈「中國現當代文學研究」的「史學化」趨勢〉，2013 年第 2 期。

文學歷史實際情形的最好還原，也恰恰是回到了中國文學本身。當然，這樣的文學我們可以用 「大文學」[38]這一概念來命名，因為，對中國大多數知識份子來說，他們珍視的不僅僅是文字藝術上的創造，不論是五四時期啟蒙中民主、自由、平等主題的開拓，還是 30 年代對國家和革命的積極介入，抑或是抗戰初期投身國家宣傳動員和後期在生死存亡線上的掙扎，這些都是知識份子複雜而又豐富的精神歷程和精神成果之展現。文學也常常成為他們介入政治和革命活動的最好方式，當然，中國政治生態也並沒有為他們的純文學提供一片獨立的空間。既然大多數作家都沒有把自己的創作視為「小」而「純」的文學上的追求，我們的研究為何不能正視「大」而「雜」的歷史事實呢？ 既然中國現代文學的發生發展從來就並非一個純文學的歷程，從來就和革命與國家緊密相連，我們的研究為什麼不能正視民國國家歷史文化形態？為何要一而再再而三的祛除文學研究中的政治和革命呢？

　　儘管民國文學仍然受到諸多質疑和誤解，但不可否認，民國文學為我們提供了一個更為寬廣的學術視野和研究範疇，從中華民國這一具體的「國家歷史形態」出發，對諸如政治形態、經濟形態、法律形態、宗教形態、教育形態等和文學關係，重新展開研討。可以說，隨著民國文學相關概念討論的不斷深入，也隨著大文學構想的提出，重構民國時期文學和政治的複雜關係，不僅可行，而且大有必要。在民國國家歷史形態下，革命和革命文學

---

38 大文學概念學界已有一些理論上的研討。最近兩年來，曾經積極推動民國文學研究的李怡，在民國文學機制以及文史互證方法的啟示下，提出重回大文學本身。詳細參見李怡《回到大文學本身》、《大文學視野下的魯迅雜文》、《大文學視野下的〈吳宓日記〉》、《〈從軍日記〉與民國「大文學」寫作》、《「大文學」需要「大史料」──再談「在民國發現史料」》、《國家與革命──大文學視野下的郭沫若思想轉變》等系列論文。

也有了重新探究的必要。

　　過去，我們總是簡單把革命和革命文學與中國共產黨關聯起來，我們的文學史也成為黨史或者新民主主義革命史的一部分，這就造成了我們文學研究界上世紀 80 年代祛政治化的同時，也把革命和文學的關係之探究徹底冷落了。的確，1949 年之後，大陸很長時間的極端的革命范式的文學研究，嚴重損害了現代文學研究的學術性。但是，革命不是現代文學中能否擇取的一個命題，不是一個以我們的好惡為標準而存在與否的價值命題，不是存有我們需不需要革命和革命文學的選項，而是中國 20 世紀以來的歷史和文學無法繞開「革命」這個關鍵字。既然革命和革命文學無法繞開，那麼有關革命和革命文學如何生成，如何發展流變，對中國國家歷史進程和社會文化思潮究竟有何影響，這才是中國現代文學研究真正意義之所在。因此，回到民國歷史國家形態，從全新的視角出發，重新梳理中國革命和革命文學的歷史譜系，不僅可行，而且必要，這或將帶給我們對中國現代文學的全新敘述。

　　總而言之，我們要超越過去舊的革命史範式，即建立在中共黨史基礎上的新民主主義革命邏輯和敘述框架，而是在民國國家歷史文學形態下，重新探究革命的豐富性和複雜性。辛亥革命和中華民國的成立，民國成立後的革命思潮及國共合作的大革命，反帝的民族革命和抗戰建國，這些都對中國社會思潮和文學思潮產生了重要影響，我們有必要細細梳理。更為重要的是，回到民國歷史語境，我們必須正視各個黨派和團體的革命聲音和革命理念，這不僅僅有共產黨人的革命觀和革命文學，也有國民黨的革命理念和革命文學，更包括國共兩黨之外的中間黨派和知識份子，他們的革命觀念和革命活動及其與文學的關係。

　　大致說來，筆者擬從三個大的方面來重構中國革命文學的歷

史譜系和全新敘述，民國歷史語境下的國民黨人革命話語考察，民國歷史語境下的左翼革命文學再考察，民國歷史語境下的中間黨派文學之考察。通過對國共和中間黨派的革命理念和革命文學全面檢視，筆者希望能夠展開對革命文學譜系的重新建構。

上編：民國歷史語境與國民黨的革命文學

第一章　國民大革命與革命文學的歷史檢視

　　過去我們總是把文學革命到革命文學的歷史轉變與共產黨人或左翼文化人聯繫起來，很少有人思考國民黨政治文化和革命文學的關係。事實上，作為曾經積極革命的政黨，國民黨對中國的革命文化和革命文學都產生過深遠的影響。1928 也常常被文學史譽為革命文學開端的標誌，事實上並不完全準確，國民大革命時期的國共合作，共同建構了革命文化和革命文學。這一點，我們可以通過考察國民黨機關報《中央日報》的副刊，來重新思考和檢視革命文學的發生和發展脈絡。

　　大革命時期武漢的《中央副刊》是一個很好的切入點， 1927 年 3 月 22 日《中央日報》在武漢創刊，儘管其存續時間並不長，但對我們瞭解當時革命的複雜性以及之後革命走向問題卻至關重要，由孫伏園主編的《中央副刊》有助於我們更好地理解革命文

學、左翼文學的發生和發展，以及其豐富性和複雜性。

第一節　國民大革命與革命文學的發生

革命文學、左翼文學是研究界的老話題，卻屢屢被視為「一個學術的生長點」。新世紀以來，隨著革命文學、左翼文學研究的不斷深入，不少學者開始注意到了這些概念自身的含混，邊界的不清晰不確定。洪子誠提出：「進入『當代』之後，左翼文學或革命文學，成為惟一的合法存在的文學。這就必須先討論中國的『革命文學』或『左翼文學』這樣的概念，究竟指的是什麼。這個問題看起來好像是不言自明的，事實上要講清楚，並不是十分容易。……通常，我們在使用『左翼文學』、『革命文學』這些概念時，有時內涵並不很清晰，指涉的對象、範圍也不總是很清楚。」[1]頗有意味的是，洪子誠的這一追問是從當代文學研究的視角來提出，即提醒研究者需要正視「左翼文學」、「革命文學」等概念在現代文學和當代文學研究領域的差異。與此同時，引領新世紀以來左翼文學研究熱的王富仁也提出了這個問題，「第一個問題關於主流意識形態和左翼文學的問題」，在他看來，我們不能用 1949 年之後所謂主流意識形態去理解 30 年代的左翼文學。[2]

在洪子誠和王富仁的追問提出之後，注意辨析 1949 年前後

---

1 洪子誠：《問題與方法——中國當代文學史研究講稿》，北京：三聯書店，2002年，第259頁。
2 王富仁：〈關於左翼文學的幾個問題〉，《中國現代文學研究叢刊》，2002 年第1期。

「革命文學」、「左翼文學」的不同內涵，並回到歷史語境對「革命文學」、「左翼文學」及其相關概念進行重新考察和界定，這成為左翼文學研究領域的一個新氣象。程凱明確提出：「就歷史研究而言，『革命文學』、『左翼文學』、『社會主義文藝』等概念應有各自的歷史規定性。我傾向於將 20 世紀 20 年代以鼓動革命為目的的文學言論稱為『革命文學』，將三四十年代以對抗資產階級政權、宣揚無產階級革命或其他革命理念為特徵的文學實踐稱為『左翼文學』，尤以『左聯』為其代表。」

　　「左聯」和「左翼文學」的複雜關係自然引起不少學者的關注。早在 2000 年西南師範大學召開的中國現代文學研究會第八屆理事會上，「左聯和左翼文學」議題即是大會的一個重點，不少學者如錢理群等人就提出，「左聯與左翼文學這兩個概念應該有所區分。有的左聯成員的作品不帶左翼色彩，有的非左聯成員的作品卻是左翼文學」[3]葛飛也提出了同樣質疑，並追問何謂左翼、何處是它的邊界：「1930 年代的『左翼文藝運動』、『左翼思潮』、『左翼文化人』是學界習用的概念，這些仿佛是不證自明的名稱，一旦具體化就成了問題：哪些人可以稱得上是左翼文化人，哪些作品是左翼作品，哪些文化組織可謂左翼組織？左聯、劇聯盟員『當然』是左翼文化人，但是，左翼文化人卻不止於盟員。蕭紅、蕭軍等人雖然沒有加入左聯，一般仍被視為『左翼的』。如果說馬克思主義者皆可稱作左翼，那麼，我們如何處理胡秋原和被視為『第三種人』的杜衡？他們在 30 年代也承認文學有階級性，卻拒不接受黨/左聯的領導，或許可以稱之為非主流的左翼文化人？」[4]曹清華在《何為左翼，如何傳統——「左翼文學」的所指》

---

3 秦弓：〈左翼文學的歷史地位〉，《光明日報》2000 年 7 月 20 日。
4 葛飛：〈何謂左翼？何處是它的邊界？〉，《鄭州大學學報》2006 年第 1 期。

一文中，「試圖把『左翼文學』一詞放回到 1930-1936 年的文學歷史中，具體地分析與『左翼』相關聯的文學活動和寫作實踐，梳理『左翼文學』的多重所指」，並分析了「『左聯』對『左翼』的規訓」。

很顯然，這些回到歷史語境中對左翼文學、革命文學的重新考察和界定，為左翼文學研究、革命文學研究打開了新的天地，尤其是對左翼文學和左聯機構、左翼作家和黨團身份的辨析，是左翼文學研究走向深入的標誌。但是左翼文學和革命文學究竟是怎麼樣的關係？我們究竟要重返怎樣的歷史語境？除了程凱[5]之外，大多數研究者也只是把左翼文學放置在左聯成立到解散這一時段之內，即在 1930-1936 年的文學歷史中考察左翼文學的豐富和多重所指，而把左聯成立之前的 1928 開始的革命文學視為左翼文學的準備期。「左聯」成立即為一個分水嶺，之前為革命文學，之後為左翼文學，或者說之後革命文學和左翼文學就合二為一。「左翼文學開始稱為『革命文學』，只是到了左聯成立前後，才有『左翼文學』的稱謂。從本質上來說，左翼文學就是革命文學，就是『無產階級革命文學』、『社會主義文學』，是『普羅塔納尼亞（proletariat）文學（簡稱普羅文學），它是與布爾喬亞

---

5 迄今為止，完整而又細緻地把革命文學的譜系考察和左翼文學的發生推進到國民大革命歷史中的是程凱，他 2004 年的博士論文答辯稿《國民革命與「左翼文化思潮」發生的歷史考察》，到最近在博士論文基礎上大量增刪而出版的著作《革命的張力─「大革命」前後新文學知識份子的歷史處境與思想探求(1924-1930)》（北京大學出版社，2014 年），都展示了他在這一命題探索上所取得的成就。不過，在程凱的論著中，他一方面試圖清晰地勾勒革命文學、左翼文學的歷史發展變遷，另一方面又沉迷於革命的張力下文學和思想的複雜性探求，所以儘管他對國民革命不同時期的革命理念和文人心態做了極其精彩的闡述，但總體框架上仍然體現出共產黨人革命觀下的革命文學到左翼文學譜系構造。

（bourgeois）文學（資產階級或小資產階級文學）相對立的。」[6]

　　事實上，不論是對 1928 革命文學發生作為左翼文學準備期的闡述，或是對 1930 年「左聯」成立及其之後左翼文學內部複雜性的探究，這樣的歷史語境重返都是基於同樣的史觀邏輯，即從共產黨人單一的革命史觀來審視革命文學、左翼文學，革命文學的發生到左翼文學形成和共產黨人介入文學大體同步。過去大家普遍認為 1928 年為革命文學的起點，其實並不在於後期創造社和太陽社的成員提供了多麼新穎的理論，而在於這個時期倡導革命文學剛好和共產黨獨立革命的歷史進程相符，儘管當時倡導革命文學的創造社諸多成員還並非共產黨員。現在也有研究者把革命文學發生的上限追溯到 1920 年代初早期共產黨人鄧中夏、惲代英、蕭楚女、沈澤民等人的相關論述，但這一切都被描述為共產黨人個體意見表達，並不是具有整體指導意義的組織行為，同時也表明，即便早期的不成系統的革命文學提倡依然和共產黨人相關。「左聯」成立之所以成為分水嶺，成為從革命文學到左翼文學質的變化，同樣並不在於革命文學理論建構上有了多麼大飛躍，而在於共產黨黨團組織對文學的介入程度更深。據此我們就不難勾勒出一條清晰的革命文學和左翼文學發生、發展、變遷的脈絡，即從共產黨人個體性、零散性地提倡革命文學到最後由黨組織系統領導和建立左聯這樣的機構從而形成左翼文學。可問題是，左聯時期並非共產黨人第一次介入文學，在大革命時期從廣州到武漢，作為實際控制國民黨宣傳部的共產黨人，曾更系統更完整地介入和掌控了當時的文學和宣傳，尤以武漢政府時期更為顯著，那為什麼我們不能回到大革命的歷史語境中重新檢視革命

---

6 方維保：《紅色意義的生成：20 世紀中國左翼文學研究》，合肥：安徽教育出版社 2004 年，第 13 頁。

文學和左翼文學的來龍去脈呢？

　　另一方面，在左翼文學研究中，學界還是更多從理論的角度來考察革命文學和左翼文學的發生和變遷，艾曉明的《中國左翼文學思潮探源》是這方面最具有代表性的成果。在 2007 年再版的引言中作者明確指出，「左翼文學幾乎一開始就是一場理論運動，投身於這場運動的著作家們留下了大量的理論文字」[7]。當我們只是關注到革命文學理論的時候，我們很容易去把思考的中心投向這些理論的來源——蘇俄的或者日本的。艾曉明的著作就是詳細考察和分析了蘇俄、日本的文學理念如何構成了中國革命文學和左翼文學的理論來源，陳紅旗的《中國左翼文學的發生（1922-1933）》[8]，也著重分析了「俄蘇體驗」、「日本體驗」之于中國左翼文學發生發展的意義。尤其是日本的福本主義和後期創造社的轉變，藏原惟人的新寫實主義和太陽社的理論建構，這常常被視為革命文學發生的主要依據，不少學者都會援引胡秋原的說法，「在中國忽然勃興的革命文藝，那模特兒完全是日本，所以實際說起來，可以看作是日本無產階級文學的一個支流」[9]。可事實上，1928 年之前，中國共產黨人大革命時期的革命組織和革命理論，革命力量和革命實踐都遠超日本。為什麼我們不能把中國的大革命歷史實踐作為中國革命文學、左翼文學的理論依據呢？

　　這一切只是因為我們接受了「大革命失敗」這一前提，所以儘管這一時期共產黨人曾系統介入文學和宣傳，也只能是反思和

7　艾曉明：《中國左翼文學思潮探源》，北京：北京大學出版社，2007 年，第 7 頁。

8　陳紅旗：《中國左翼文學的發生（1922-1933）》，廣州：暨南大學出版社，2010年。

9　梁若容：〈日本文學對中國文學的影響〉，《中日文化交流史論》，商務印書館，1985 年，第 30 頁。

回避；只因為我們接受了「大革命失敗」這一前提，所以寧願把革命文學的興起完全歸功日本理論的輸入，也不願意在大革命的歷史中來檢視中國革命文學發生、發展。這種「大革命失敗」的前提，構成了學界忽視大革命之於革命文學的重要因素，也是學界凸顯「革命文學理論」而不是革命實踐的主要原因。

　　但是，我們真的可以把「大革命失敗」作為一個不加質疑的前提麼？

第二節　民國視野與
武漢《中央日報》及《中央副刊》

　　對於大革命這一複雜的歷史事件，國共雙方至今仍然分歧巨大。從國民黨方面來說，1927 年 4 月 12 日，上海清黨及武漢分共是國民黨在危難時刻挽救了革命，是對革命的維護，是引領中國國民大革命走向了最終的勝利；從共產黨方面來說，四·一二政變及其後武漢事件是國民黨背棄了「聯俄、聯共、扶助農工」三大政策，背叛了革命，是不折不扣的「反革命」行為，此後，共產黨人真正地並獨立地扛起了中國革命的大旗。直至今日，這種巨大的分歧和各自針鋒相對的判定依然主導著各界對國民大革命的闡釋。因此，正視這種複雜的多維的大革命，是我們理解革命文學和左翼文學豐富性、多維性的前提。

　　其實不僅國民黨方面從未認為 1927 下半年到 1928 是大革命的失敗，共產黨人當時也並不認為大革命失敗了，相反他們也認為 1927 年下半年以後正處於革命的高潮期，最終的勝利即將到

來。鄭超麟提到：「《布林塞維克》創刊號裡，我寫了一篇文章，題目大意是：《國民革命失敗後我們應當怎樣？》從題目可以知道文章內容。我是認為革命已經失敗了，我們應當從頭做起。出版之後，我們接到了中央通告，彷彿革命並非失敗，而是更進一層發展的。我們離勝利是更加近的。」[10]由此可見，「大革命失敗」說在當時並不為國共兩黨所認可，或者說，在當時國共兩黨對大革命都持一種複雜的甚至是極為混亂的態度。後來兩黨對大革命越來越清晰的評判都是建立在各取所需的遮蔽之上，因此，我們不只是回到大革命的歷史時段，更應回到多維革命史觀下的大革命中來檢視革命文學和左翼文學，即回到民國歷史視野下的大革命中去，擺脫過去單一的革命史觀，正視大革命的含混、複雜、多重可能性，這才是我們探究革命文學、左翼文學豐富性的邏輯起點。

回到民國歷史文化視野下重新考察大革命和革命文學的關係，避免以論代史，最好的切入點莫過於武漢國民政府時期的《中央日報》及其副刊。1926 年底國民政府及其中央黨部遷往武漢，標誌著武漢國民政府時期的開始，1927 年 3 月 20 日武漢國民政府正式宣告成立，3 月 22 日《中央日報》在武漢創刊。儘管武漢國民政府和《中央日報》存續時間並不長，但對我們瞭解當時革命的複雜性以及之後革命走向卻至關重要。

然而，在後來歷史記述中，國共雙方都有意迴避武漢時期的《中央日報》，偶有論及也大都作反面評價。

---

10 鄭超麟：《鄭超麟回憶錄》，東方出版社，2004 年，第 273 頁。根據《布林斯維克》創刊號原文核對，鄭超麟發表的文章題目為〈國民黨背叛革命後中國國民革命運動如何？〉，文章題目和鄭超麟回憶有出入，但是文章確實表達了國民革命已然失敗的主旨。

　　臺灣新聞史家只認可 1928 年 2 月 1 日上海《中央日報》作為始刊，有意迴避武漢《中央日報》的存在，「民國十六年三月，漢口曾有中央日報之發刊，自三月二十二日起至九月十五日停刊，計共發行一百七十六號，因為當時武漢政治局勢，甚為混淆，報紙亦無保存可供查考，故本報仍以十七年二月一日為正式創刊之期。」[11]很顯然，「報紙亦無保存可供查考」只是個說辭，而「政治局勢，甚為混淆」則是史實，更明確說，當時的大革命是那樣的複雜和豐富，而各黨各派總是按照自己後來的需求擇取或者規避。曾經參與過武漢《中央日報》編委會並在《中央副刊》發表過不少文章的胡耐安，後來在臺灣回憶這份報紙時頗多尷尬。「此之所談的『中央日報』，如果仿照朱家的『紫陽綱目』例來寫，可不應該冠之以『僭』或『偽』，才可免於有悖乎『正統』的道統？然乎否耶？暫不苛論。轉思：此一《中央日報》（在漢口出版的《中央日報》），確實是前乎其『時』的為現代中央日報『先河』之導；書僭書偽，又未免有激濁揚清的慊疚於心。」[12]

　　武漢《中央日報》是國民黨中央和國民政府創辦的真正意義上的第一份黨報，之前國民黨曾以上海《民國日報》作為其機關黨報，但它當時影響力有限，也沒有成立相應的國民政府，並且很快就降格為上海市黨部的地方性報紙，同樣《中央日報》創刊之前，武漢《民國日報》也只是湖北省黨部機關報而已。在國民革命即將徹底勝利並將一統全國之際，以國民黨中央的名義，創

11　上官美博：〈六十年大事記〉，胡有瑞主編：《六十年來的中央日報》，臺北中央日報社 1988 年，第 246 頁。

12　胡耐安：〈談漢口發行的《中央日報》〉，臺北《傳記文學》，1976 年 7 月，第 29 卷 1 期。

辦一份全國性的領導報紙,是《中央日報》第一次使用「中央」之名的緣由,也是其創辦的主旨所在。《中央日報》創刊時曾在武漢《民國日報》上刊登啟事:「本報為中國國民黨中央黨報,職在作本黨的喉舌,指示國民革命之理論與實際,以領導全國民眾實行國民革命。」[13]

照理來說,作為國民黨喉舌的《中央日報》不應被國民黨否認和回避,「指示國民革命之理論與實際」的《中央日報》,更不應該用「僭」或「偽」的稱號,除非這個「革命」並非國民黨後來所界定的革命,或者遠比國民黨人後來的「革命觀」更複雜、更豐富。

和國民黨人一樣,共產黨人和左翼人士後來的敘述中,也刻意迴避《中央日報》。武漢國民政府時期從事報刊宣傳工作的親歷者茅盾,在後來的記敘中這樣描述:「《中央日報》是國民黨中央宣傳部的機關報,部長顧孟餘原是北京大學教授,中山艦事件後,被蔣介石請去當了宣傳部長,因此在他領導下的《中央日報》是國民黨右派的喉舌,雖然主筆陳啟修也是個共產黨員。《漢口民國日報》名義上是國民黨湖北省黨部的機關報,但實際上是共產黨在工作。」[14]因為茅盾自己是《漢口民國日報》的主筆(總編),他自然無法否認《漢口民國日報》,於是就肯定其革命性,並稱讚「《漢口民國日報》是共產黨辦的第一張大型日報」。的確,從上海《民國日報》到廣州《民國日報》,再到漢口《民國日報》,我們可以看出中國國民革命包括共產黨人革命觀的發展變遷,這些報紙的副刊也是我們重構革命文學譜系不可或缺的環

---

13 武漢市地方誌編撰委員會主編:《武漢市志・新聞志》,武漢:武漢大學出版社,1991年,第58-59頁。

14 茅盾:《我走過的道路》上,北京:人民文學出版社,1997年,第358頁。

節，目前學界還少有人論及。但是，茅盾由此來貶低武漢《中央日報》及其副刊，並指稱其為「國民黨右派的喉舌」，則和事實大相徑庭。要知道，茅盾自己曾在《中央日報》副刊中主編「上游」特刊，發表了《最近蘇聯的工業與農業》、《<紅光>序》、《<楚辭>選釋》等文章，即便在所謂的「七一五政變」發生之後，茅盾辭去了《民國日報》的工作，仍在《中央副刊》發表了不少作品，如署名「玄珠」的《雲少爺與草帽》（《中央副刊》1927年7月29日）、《牯嶺的臭蟲──武漢的朋友們（二）》（《中央副刊》1927年8月1日）、詩歌《留別》（《中央副刊》1927年8月19日），還有署名「雲兒」的《上牯嶺去》（《中央副刊》1927年8月18日）。尤其是最後一篇《上牯嶺去》，從目前資料來看是茅盾的一篇佚文，《茅盾全集》中沒有收錄，最近出版的《茅盾全集·補遺》也沒有，包括最後一篇文章在內的詩文是茅盾大革命時期文藝創作活動的開始，值得我們去特別關注。即便到了1927年的七八月，茅盾和《中央日報》及副刊關係仍很密切，因此茅盾所謂「國民黨右派的喉舌」很顯然是後來立場的主觀呈現。

事實上，從1925年10月毛澤東任國民黨中宣部代理部長以後，共產黨人就進一步掌控了文宣領域，整理黨務案後，毛澤東雖然辭去代理宣傳部長，但共產黨人在宣傳領域的實際權力並未減弱。武漢國民政府時期，隨著恢復黨權運動的展開，共產黨人就更加系統更加完整地掌控了輿論宣傳、報紙雜誌。當時負責湖北宣傳工作的鄭超麟曾說道：「當時武漢所有的報紙都是共產黨員當編輯，或者能受共產黨指揮的。」[15]共產黨員身份的軍人部宣傳科主任朱其華也印證了這一說法，「武漢的中央日報與武漢

---

15 鄭超麟：《鄭超麟回憶錄》，東方出版社，2004年，第251頁。

民國日報，那時還全在共產黨手中」[16]。武漢國民政府時期共產
黨人對報紙的全面掌控，不免引起國民黨右派的抱怨，「一九二
七年初，滯留在武漢的吳稚暉，有一次見到張太雷，就以開玩笑
的口吻說：『國民黨的報紙，按共產黨的編輯方針辦，真是自己
養的女兒在家偷野漢子，天下少有，妙也乎？妙矣哉！』後來太
雷轉告秋白，秋白笑說：『我們幹的本來就是自古未有的事。』」
[17]很顯然，這一記敘帶有很強的藝術加工成分，但大體意思應該
不差。在當時，國民黨內一些右派的確對共產黨人在文宣領域中
風生水起表示了某種擔憂。

　　國民黨人抱怨共產黨人控制了《中央日報》從而極力回避，
共產黨人卻也因為它是國民黨的黨報而不願談及，從雙方都本該
重視卻又極力回避的姿態中，我們不難看出武漢《中央日報》及
《中央副刊》是中國革命史和革命文學史上極其複雜的一個存
在。因此，在民國的歷史語境中，考察武漢《中央副刊》既是對
革命文學、左翼文學在歷史語境中的重新檢視，也是對中國革命
文學譜系的重新構造。

第三節　「醬色的心」：革命的顏色和心態

　　在討論《中央副刊》有關革命文學的論述之前，我們首先應
該關注武漢《中央日報》及《中央副刊》的主要參編人員——報
紙的主編陳啟修，副刊的主編孫伏園，副刊星期日特刊「上游」

---

16 朱其華：《一九二七底回憶》，上海新新出版社，1933 年，第 258 頁。
17 羊　漢：〈一九二七秋白在武漢的情況片段〉，瞿秋白紀念館編：《瞿秋白研
　　究》（1），學林出版社，1989 年，第 384 頁。

的主編茅盾。儘管他們在當時並非純粹在文學領域活動，正如《中央副刊》並不是純粹的文藝刊物，文學家的「茅盾」那時還只是一個叫做「沈雁冰」的政治活動家；但是他們都是我們瞭解革命文學不可或缺的人物，從他們身上我們可以看出革命文學的豐富和複雜，以及革命文學和左翼文學之後的歷史走向。

　　《中央日報》主編陳啟修曾是北大教授，和李大釗等早期共產黨人關係密切，是中國翻譯《資本論》的第一人[18]，1923 年遊學蘇聯，在羅亦農、彭述之等人的薦下，經由蔣介石介紹加入國民黨，後又加入中國共產黨。武漢國民政府時期，陳啟修在國民黨中宣部工作，成為中央宣傳委員會主要成員之一，參與武漢《中央日報》創刊並任主編。陳啟修曾在《中央日報》撰寫了大量宣揚革命的社論，也在《中央副刊》上系統地刊登了他的一系列革命理論。例如第二天的副刊就開始刊登他在中央軍事政治學校 4 次演講整理而成的《革命的理論》[19]，在第八軍政治訓練班講授的《革命政治學》[20]，這些演講和言論涉及革命理論的方方面面，其中也有關涉到如何認知和理解革命文化、革命文藝。

　　當然從直接的文學理論建構和文學實踐來看，陳啟修的這些言論並不值得我們以革命文學的名義來展開討論，但是考慮到陳啟修從事革命宣傳和黨報主編的經歷構成了他後來革命文學理論譯介和文學創作實踐的素材來源，他的革命經歷以及後來的革命文學思考又極具代表性，所以，筆者認為學界目前對陳啟修之于中國革命文學和左翼文學的意義，仍缺乏應有的關注。

18　劉南燕：〈陳啟修——第一位翻譯〈資本論〉的中國學者〉，《前進論壇》，2003 年第 9 期。
19　陳啟修：〈革命的理論〉，《中央日報・中央副刊》，1927 年 3 月 23、4 月 2 日、4 月 9 日。
20　陳啟修：〈革命的政治學〉，《中央日報・中央副刊》，1927 年 4 月 18 日。

　　日本學者蘆田肇曾對陳啟修有較為系統的研究，他在《中國現代文學研究叢刊》發表了《陳啟修在東京的文學活動——關於他的詩論、文學評論和文學作品的翻譯、「新寫實主義」論等》，文章論述了陳啟修在中國無產階級革命文學發展中的意義，並以此「見證中國無產階級文學與日本無產階級文學運動之間的聯繫」[21]。不過，讓我更感興趣的是陳啟修對日本無產階級革命文學的譯介中明顯夾雜了自己大革命時期的個體體驗，甚至他因此對藏原惟人的新寫實主義有不少修正及反思。因其自身在大革命中曾有非常豐富的宣傳工作實踐，也歷經了 1927 政黨政策混亂而又多變的現實，這就使得陳啟修再次宣導革命文學時更多一份冷靜和全面，對文藝和革命的複雜性有著較為清醒的思考，不像後期創造社以及太陽社一些成員那樣簡單、激進，他特別不同意把文學歸結為宣傳或政黨政策的傳聲筒，而是小心翼翼地捍衛並追尋革命文學中的主體性建構。

　　尤其值得我們注意的是，陳啟修圍繞大革命時期的經歷創作發表在《樂群月刊》上的一系列小說，後結集出版名為《醬色的心》。陳啟修曾這樣跟茅盾解釋「醬色的心」：「『醬色的心』是比喻他自己在武漢時期，共產黨說他是顧孟餘（當時的國民黨中央宣傳部長）的走狗，是投降了國民黨的（陳原是共產黨員），所以他的心是黑的；但在國民黨方面，仍把他看成忠實的共產黨員，他的心是紅的；他介於紅、黑之間，那就成了醬色。」[22]陳啟修用力最多的一部小說《小大腳時代》堪稱是他自己大革命時期的寫實自傳，主人公姚武成曾是北大教授，遊學蘇聯，回國後

---

21 蘆田肇：〈陳啟修在東京的文學活動——關於他的詩論、文學評論和文學作品的翻譯、「新寫實主義」論等〉，《中國現代文學研究叢刊》，2007 年第 1 期。
22 茅盾：《我走過的道路》（上），北京：人民文學出版社 1997 年，第 403 頁。

在漢口擔任「中央黨報」主編，投入國民大革命，這一段經歷幾乎和陳啟修自己完全相符。更相符的是主人公在作品中大段大段的內心獨白，完全是陳啟修後來自我意識的完整投射，作品中姚城武因為對過激的群眾運動和婦女運動稍有些怠慢，馬上被人攻擊為宣傳部 G 部長的忠實走狗，很顯然 G 部長就是顧孟餘，《中央日報》的社長。主人公在這混亂而又茫然的革命中現實開始了自我的反思：

> 他想：自己的末路，也太可憐了，簡直無力資助一個投懷的小鳥！自己辛苦了兩年，只弄得一個病體，加上一個走狗的美名，大的走狗也好了，偏只是一個 G 部長的走狗，一個走狗的走狗！呸……渾蛋！走狗分什麼大小？根本錯誤，只在太過於忠實服從，太過於以半路出家人自居了。早應該主張自己的意見，如果主張不行，早應該引去呢……[23]

的確，顧孟餘接任宣傳部長後，啟用了不少和他一同從北京來的熟人進入宣傳領域，引起其他宣傳人員的不滿和嘲諷，如共產黨員朱其華諷刺顧孟余「染滿了北京的官僚的習慣」，在宣傳部「完全換上了他自己的一批人」，「他所帶來的人，都是他的高足，這些人不知道幹了些什麼事，中央宣傳部簡直工作也沒有做」[24]。陳啟修以及孫伏園等人就是在這種情形下被顧孟餘拉入到宣傳和黨報的編輯工作中，因此，陳啟修不論說什麼、做什麼，都無法改變他屬於「顧孟餘的人」的事實，朱其華曾多次表達「最使我不滿意的是中央日報」，原因僅僅是針對人而不是報紙本身，

---

23 陳啟修（陳勺水）：〈小大腳時代〉，《樂群月刊》1 卷 6 號，第 96 頁。
24 朱其華：《一九二七底回憶》，上海新新出版社，1933 年，第 25-26 頁。

「笨拙」的陳啟修和「布爾喬亞文學家的典型」孫伏園，不管他們身份是否為共產黨員，在朱其華一些人眼裡都是來自北京的顧孟餘的人，因而對《中央日報》及《中央副刊》就報之以「其內容是不待說了」、「不用說了」的鄙棄[25]。

可是，作為顧孟餘的人，甚至被罵為顧孟余的走狗，陳啟修最難釋懷的是顧孟餘並未把他真正當作自己人，在和茅盾的交談中，陳啟修提及顧孟余已做好隨時撤逃的準備卻讓前來打聽消息的陳啟修不要擔心，正如作品中的 G 部長自己找好了退路卻並未告知姚成武。

這種被紅的看做黑，被黑的看做紅，被後來的紅黑雙方都拋棄，淪為不紅不黑；或者說這種紅黑分明的劃分都是後來的返觀而已，在大革命時期紅黑原本就交織在一起。革命文學就是在紅與黑的交織中發生、發展著，呈現出醬色。無獨有偶，武漢《中央日報》停刊後，1928 年上海復刊的《中央日報》也有一個非常重要的文藝副刊，名稱就是《紅與黑》[26]，主編這一副刊就是大名鼎鼎的胡也頻、沈從文、丁玲。可見紅與黑交織融合的醬色在革命文學發展中是多麼重要的一種顏色，醬色的心是作家們多麼普遍的一種心態。

因為有了對「醬色」的自我體認，陳啟修自己也選擇了脫黨，在之後的革命家和理論家眼裡，這種「醬色的心」無疑是小資產階級心態的體現，脫黨是小資產階級背叛革命的行為。不過，陳啟修自己把這種「醬色的心」看成找回自我的開始，不再盲目的追隨所謂的「紅與黑」，尋找自己的道路，不再一味的服從他人

---

25 朱其華：《一九二七底回憶》，上海新新出版社，1933 年，第 118-119 頁。
26 具體論述上海《中央日報》文藝副刊「紅與黑」交織的意義，參見拙作〈紅與黑交織中的摩登——1928 上海〈中央日報〉副刊之考察〉，待發。

或政黨政策，「醬色的心」並非只是一種幻滅的悲哀，而是一種重新發現「自己」的喜悅。「他（姚成武，筆者注）同時發見出他自己的長處了。他覺得，找出一條應走的新路了。他看見獨立走路的自己了。他看見他自己變成完全的大大腳了。他反而發見G部長和許多自命為革命行家的人是小大腳了。」[27]

和陳啟修有著同樣選擇的還有《上游》特刊主編同時也是武漢《民國日報》主編的茅盾，茅盾也選擇了脫黨。過去，學界常常認為茅盾回到上海後，與黨組織失去了聯繫，因此思想極端苦悶，於是開始了文學的創作，這種苦悶感、幻滅感也在《幻滅》、《動搖》、《追求》等作品中集中體現，爾後引起了一些革命文學提倡者如錢杏邨等人的批評，茅盾據此寫《從牯嶺到東京》來進行自我辯護和對批評的回應。這樣的描述有諸多邏輯上的錯誤。事實上，茅盾脫黨並非是聯繫不上黨組織，而是和陳啟修一樣是他自己的主動選擇，在茅盾後來的回憶錄中分明記載著他回到上海後報告黨組織處理丟失支票的事情[28]，同時茅盾的回憶和鄭超麟的回憶都可以相互印證鄭超麟和茅盾、陳獨秀和茅盾往來的事實，由此可見和黨組織失去聯繫惟一合理的解釋就是茅盾自己的主動選擇。同時，根據趙璕的考證，「《從牯嶺到東京》乃同樣是茅盾主動選擇用以表達自己的主張的結果」[29]，因為在《從

---

27 陳啟修（陳勺水）：〈小大腳時代〉，《樂群月刊》1卷6號，第105頁。

28 茅盾在回憶錄有這樣的記載：「至於我失掉的抬頭支票，當時報告黨組織，據說他們先向銀行『掛了失』，然後由蔡紹敦（也是黨員，後改名蔡淑厚）開設的『紹敦電器公司』擔保，取出了這二千元。」由此可見，茅盾回到上海不存在聯繫不上黨組織一說。見茅盾：《我走過的道路》上，北京：人民文學出版社1997年，第381頁。

29 趙　璕：〈〈從牯嶺到東京〉的發表及錢杏邨態度的變化──〈幻滅・書評〉、〈動搖・評論〉和〈茅盾與現實〉的對勘〉，《中國現代文學研究叢刊》，2007年第1期。

牯嶺到東京》發表之前，茅盾的《幻滅》、《動搖》並未受到多少責難，自然也不存在茅盾回應批評和指責這樣的說法，它也不是茅盾被動的表達對革命文學的意見，而是茅盾追尋自我主體性的體現。

我們過去往往只是把「幻滅」、「動搖」之類的字眼用作對茅盾的批評，而事實上，和陳啟修對「醬色的心」的自覺認知並尋找獨立走路的自我一樣，茅盾對「幻滅」、「動搖」的自覺書寫，同樣有一種發現自我、找回自我的喜悅感和滿足感。多年以後，儘管茅盾不停地為曾經的脫黨做各種辯護的、悔恨的說辭，但仍有一種抹不掉的主體性情懷。「自從離開家庭進入社會以來，我逐漸養成了這樣一種習慣，遇事好尋根究底，好獨立思考，不願意隨聲附和。這種習慣，其實在我那一輩人中間也是很平常的，它的好處，大家都明白，我也不多講了；但是這個習慣在我的身上也有副作用。這就是當形勢突變時，我往往停下來思考，而不像有些人那樣緊緊跟上。」[30]

陳啟修（陳豹隱）和沈雁冰（茅盾），武漢國民政府時代最主要的兩大報紙主編，也是同為《中央副刊》上倡導革命文化和文學的重要人物，他們相逢在日本一定有太多共同的話題和想法，當茅盾聽到陳啟修有關「醬色的心」的闡述時，他會心有戚戚焉，一個是改名取「君子豹變」而隱的陳豹隱，一個是改名為矛盾而來的「茅盾」。他們並不是逃避、退隱，「停下來思考」是為了再一次的前行，為了重新出發。今天我們從多維的革命視野來觀照，就可以發現像陳啟修、茅盾這樣的脫黨者並沒有放棄革命的理念，他們只是無法認同當時混亂而又多變的政黨政策，

---

30 茅盾：《我走過的道路》上，北京：人民文學出版社1997年，第382頁。

由此開始通過文學上的譯介或者創作來表達自己對革命的獨立思考。中國的革命文學正是建立在這種獨立思考革命的基礎上，建立在對大革命實踐的深切體悟和反思基礎上，由此中國的革命文學以及後來成立的「左聯」雖受到日本的啟發，但很顯然，革命文學、左翼文學包括新寫實主義等諸多命題在日本越來越沒落，而在中國卻呈現出不斷繁榮的迥異局面，這一切均得益於中國的國民大革命，得益於像陳啟修、茅盾這樣的主體性價值追尋者。

當然，茅盾和陳啟修並非是個例，有太多和他們同樣經歷和感受的文人，例如武漢《中央副刊》的主編孫伏園、發表《脫離蔣介石以後》以及隨後在革命文學爭論中的重要人物郭沫若、創作《從軍日記》紅遍中國堪稱革命文學代表人物的謝冰瑩，等等。根據和茅盾一起被黨組織派往《民國日報》的張福康回憶，《中央日報》副刊主編孫伏園，「當時是中共黨員，後來也脫黨了」[31]。限於目前材料的匱乏，還沒有孫伏園加入共產黨的直接證據，不過根據後來很多武漢政府時期的人士回憶，共產黨在那個時候極力發展黨員，街頭群眾大會、學校工廠常有大規模集體入黨的情形，不少國民黨人士只有思想稍微激進(事實上，武漢國民政府時期不激進的國民黨太少了)，也會被動員加入共產黨，成為跨黨黨員，跨黨在當時也是很普遍的情形。孫伏園顯然屬於思想特別激進的，不管從其在副刊上發表的文章還是組織的稿件我們都不難看出這一點，例如大家都較為熟悉的毛澤東的《湖南農民運動考察報告》就被孫伏園登在《中央副刊》上，所以孫伏園加入共產黨或者成為跨黨份子並非沒有可能，當然這都需要繼續尋找資料做更進一步的論述。還有一個明顯的例子是郭沫若，他在《中央

---

31 張福康：〈回憶漢口《民國日報》、《中央日報》〉，《湖北文史資料》，1987年第4輯，第53頁。

副刊》上刊登的《脫離蔣介石以後》中所提到：「說我是投機呢，我的確是一個投機派：我是去年五月中旬才加入國民黨的，而且介紹我入黨的是我們褚公民誼。所以我自己才僅僅是一個滿了一周年的國民黨員，或者可以說是『投機嬰兒』罷。至於說我跨黨呢，那我更不勝光榮之至了。現在『跨黨』二字差不多成了『革命』的代名。只要是革命的，便是跨黨的。」[32]頗有意思的是，郭沫若後來的改寫中刪掉了加入國民黨和跨黨的這些字眼，只留下他和共產黨接近的事例以證明其革命性。此外大革命時期最引人注目的作家謝冰瑩，她是被《中央副刊》捧紅的一個作家，堪稱《中央副刊》在文學方面最大的成就。如果翻閱當時的報紙雜誌，回到歷史的現場來看，革命文學中最有影響力，可以說是革命文學第一人的當屬女兵身份的謝冰瑩，尋找發現、討論分析「我們的冰瑩」是當時一個熱門的話題，其人其作都成了革命的代名詞。估計謝冰瑩在武漢大革命時期加入了共產黨，不過目前我們仍然沒有這方面的直接資料，只有一些間接的證明，如謝冰瑩後來作為發起人之一創建北方左聯並擔任組織領導工作，楊纖如回憶謝冰瑩曾被「開除出黨」[33]，再比如武漢中央政治軍事學校的絕大部分學生都加入共產黨，著名的共產黨人左翼作家符號，也是謝冰瑩的丈夫，曾多次提到他們互相稱呼對方為革命伴侶。從以上諸多跡象來看，謝冰瑩的黨員身份基本可以確定。[34]

---

32 郭沫若：〈脫離蔣介石以後〉（七），《中央日報・中央副刊》第60號，1927年5月23日。

33 見楊纖如《北方左翼作家聯盟雜憶》中記載，「一九三一年初，謝冰瑩參加了非常委員會領導下的北平新市委籌備處，被以籌備分子開除出黨」，《新文學史史料》第4輯，人民文學出版社1978年，第218頁。

34 具體論述參見張堂錡〈論謝冰瑩的左翼思想及其轉變〉，《蘇雪林及其同時代作家國際學術研討會會議論文集》。

　　郭沫若要極力剔除他在大革命時期和國民黨的關係，謝冰瑩要掩飾和迴避她大革命時期和共產黨人的關聯，他們都只想把自我描繪為一種單純的色彩而非紅黑交織在一起的醬色。郭沫若、謝冰瑩、孫伏園、茅盾、陳啟修等等在《中央副刊》常露面的重要人物，他們大革命時期的政黨身份歸屬直到今天仍然撲朔迷離。「醬色」正是當時革命顏色的一種很好的描述，它既指涉分裂的國共雙方都無法真正體認的脫黨者，也指涉紅黑沒有像後來那麼涇渭分明時國共兩黨交織的跨黨份子。他們的革命實踐、思考、心態是中國革命文學生成、發展、演變的主導因素。畢竟，陳啟修、茅盾、郭沫若、孫伏園、謝冰瑩這些或被記住、或被疏忽、或被改寫的人，是我們在民國的多維的革命視野中探討革命文學所無法繞過的，他們的言行和創作也帶給我們對革命文學和左翼文學新的認知、新的界定。

第四節　從東京回到武漢──革命文學的外來理論資源與本土革命實踐

　　「從東京回到武漢」，這是錢杏邨後來批評茅盾時所用的標題，而且是不止一次使用的標題。茅盾主動發表《從牯嶺到東京》以後，錢杏邨迅速撰寫《從東京回到武漢──讀了茅盾的<從牯嶺到東京>以後》來做答覆。正如前文所提及，錢杏邨對茅盾的《幻滅》、《動搖》評價原本多是肯定和讚揚，但在這篇答覆文章中，則明顯是針鋒相對和嚴厲批判。頗有意思的是，錢杏邨最後的責問是要求茅盾恢復武漢的革命精神，回到武漢時期的無產階級革命文學倡導，並列舉了茅盾發表在《中央副刊》上的《<

紅光>序》為正面例證。「嗚呼，茅盾先生的走入歧途已經不成問題，事實已經很明白的放在我們的眼前了。我們為著無產階級文藝前途的發展而戰鬥，我們在『事實上』不能不揭穿，批駁他的主張，使革命的青年不致因他的甘言蜜語為他所惑。同時，我們認為每一個唯物論者誰都應該是一個勇於檢點自己的錯誤的人。無論如何，茅盾先生曾經相信過無產階級的唯物論的哲學的，如果他能以翻然悔悟，那我們指出他的錯誤，也就是希望他能夠把革命的現狀重行考察一下，把自己的理論重行檢定一回，認取自己的錯誤，勇敢的回到無產階級文藝的陣營裡來，依舊的為著無產階級文藝勝利的前途而戰鬥。」[35] 1930 年 3 月，錢杏邨編輯出版自己的《現代中國文學作家》第二卷，涉及對葉紹鈞、張資平、徐志摩、茅盾四個人的評論，有關茅盾部分的題目是從《新流月報》上發表的《茅盾與現實——讀了他的「野薔薇」以後》[36]而來，但是在本書茅盾論述的頁面頁眉上，保留了「從東京回到武漢」的字樣，並在文章後面有「附記」部分，專門解釋他直到付印前仍有使用「從東京回到武漢」作為茅盾評論的總題目的意思。「本卷第四篇內容，原分上下二部，上部批評茅盾君的三部曲。下部是答覆他的『從牯嶺到東京』的論文。當時便用了這論文的題目『從東京回到武漢』作全篇題目。在付印的時候，感到那篇論文放在這裡不相宜，故把它抽去，加上『野薔薇』一文。並改排了『序引』。因此，在本篇上還留著『從東京回到武漢』

---

35 錢杏邨：〈從東京回到武漢——讀了茅盾的〈從牯嶺到東京〉以後〉，伏志英編《茅盾評傳》，第 313 頁，開明書店，1936 年，另見《阿英全集》，安徽教育出版社 2003 年第 368 頁。
36 錢杏邨：〈茅盾與現實——讀了他的「野薔薇」以後〉，《新流月報》第 4 期，1929 年 12 月 15 日。

的題目，恐怕讀者誤會，特附記於此。」[37]錢杏邨結集出書時有關茅盾論的前後變化、差異以及改排、改寫，前文提到趙璕先生已經做了很好的考證，在此更值得我們關心的是錢杏邨對「從東京回到武漢」這一標題的迷戀。「從東京回到武漢」，這是「茅盾與現實」應該有的姿態和立場，也就是說即便在批評茅盾時，錢杏邨仍然和茅盾有一個共同點就是回到武漢的革命現實中來，恢復武漢的革命精神，再現大革命時期茅盾和大家同宣導無產階級革命文學的事業中來。這再一次說明，不論我們從哪個層面來思考、辨析中國革命文學、左翼文學，我們都應該也必須「回到武漢」，回到國民大革命的歷史中來檢視。

「從東京回到武漢」，在民國的歷史中重新檢視革命文學和左翼文學，《中央日報》及其《中央副刊》的確是一個很好的切入點，在這一份時間並不長的報紙副刊上，有太多的話題值得我們進一步討論，有太多的作家作品值得我們進一步關注。例如，30 年代紅色革命文學成為主流是否和一個強力的武漢革命政府和革命黨報支撐與培育相關？《中央副刊》有關托洛斯基革命文學觀念的提倡和 30 年代之後革命文學觀念究竟有怎樣關聯和差異？「左聯」立場是否是對武漢政府時期左傾文化立場的一種回歸？除了前面提到的陳啟修、茅盾、孫伏園、郭沫若、謝冰瑩之外，《中央副刊》上倡導革命文學的作家作品我們該怎麼來重新審視和分析，並探討他們之於中國革命文學、左翼文學的意義。像傅東華的《什麼是革命文藝》（1927 年 3 月 23 日）的演講，譯作《文學與革命》（1927 年 3 月 25 日開始連載）、顧孟餘的《學術與革命的關係》、張崧年的《革命文化是什麼》（1927 年

---

37 錢杏邨：〈茅盾與現實・附記〉，《現代中國文學作家》第二卷，上海泰東書局，1930 年，第 177-178 頁。

4 月 1 日）、鄧演達的《新藝術的誕生──致<中央日報副刊>》
（1927 年 4 月 5 日）、淦克超的《建設革命的文藝──呈孫伏園
先生》、顧仲起《紅色的微芒》（1927 年 5 月 8 日）、李金髮的
《革命時期就不顧文藝了嗎？》（1927 年 5 月 12 日）、曾仲鳴
的《藝術與民眾》（1927 年 5 月 19 日）、樊仲雲的譯作《無產
階級的文化與藝術》（1927 年 6 月 10 日開始連載）、黃其起的
《無產階級文藝的建設》（1927 年 6 月 20 日）、采真的《關於
無產階級文藝園地底創造》（1927 年 6 月 29 日）、符號的《無
產階級與文藝》（1927 年 7 月 5 日）等等，不勝枚舉；此外還有
像向培良、陳學昭、王魯彥、潘漢年、張光人（胡風）等都有不
少重要作品或著述刊登在《中央副刊》上。上述並不完全羅列的
作家作品在我們討論 1928 革命文學或之後的左翼文學時很少被
關注、被提及，由此不難看出我們的革命文學譜系建構中曾經缺
漏了多少重要的東西。借用錢杏邨的標題，「從東京回到武漢」，
這才能更好地實現對革命文學與左翼文學的歷史檢視，也定能帶
給我們對這一老命題的全新理解。

第二章　1928：紅與黑交織中的革命與摩登

繼法國大革命之後，被冠以「大革命」稱謂的是中國的國民大革命，這的確是一場由國共合作，廣泛動員各級民眾參與的轟轟烈烈的大革命。然而，隨著 1927 年上海及武漢一系列事件的發生，對這場革命的評判出現了前所未有的分歧。從國民黨方面來說，1927 年 4 月 12 日，上海清黨及其查禁國民黨左派和共產黨人的軍事活動，避免了中國革命淪為蘇俄的附庸以及無序的工農專制暴力運動，這是國民黨在危難時刻挽救了革命，是對革命的維護；就共產黨人來說，四一二政變及其後武漢事件是國民黨背棄了「聯俄、聯共、扶助農工」三大政策，致使中國革命背離了由蘇聯引領的世界革命潮流，這是對革命的公然背叛，是不折不扣的「反革命」行為。直至今日，這種巨大的分歧和各自針鋒相對的判定依然主導著各界對國民大革命的闡釋。

第一節　《中央日報》副刊與 1928 年革命文學的多維度辨析

1927 年以後國共雙方都繼續高舉著革命的大纛，把自己視為

革命的唯一代理人，而斥責對方為「反革命」。「革命」和「反革命」之間看似沒有任何妥協的空間，沒有任何的中間地帶和第三種可能，不是革命就是反革命，但「革命」和「反革命」又是如此交錯混亂且不斷相互轉變，恰如一枚硬幣的兩面，既截然不同，又同為一體，一體兩面。然而，這種「革命」本身所具有的複雜性在我們談論「革命文學」時卻往往被有意無意地忽略，我們只注意到了其中的一面，並由此來理解和闡述革命文學。例如我們常常把 1928 年視為革命文學的開端，把後期創造社和太陽社視為革命文學的倡導者，即便有研究者把革命文學向前追溯，也僅僅只是尋找到早期共產黨人鄧中夏、惲代英、蕭楚女、沈澤民等人的相關論述。很顯然，這只是注意到大革命中的一面，忽略了其一體兩面中的另一面，在此基礎上的革命文學建構無疑是把豐富的革命文學譜系簡單化、狹窄化，而由此做出的所謂從「文學革命」到「革命文學」的相關論述就更經不起推敲和質疑。所謂的「紅色三十年代文學」既不是那一時期文學的全部，也不是「革命文學」的全部，有一個和紅色相對而又相近的顏色——黑色，「紅」與「黑」正如革命與反革命一樣一體兩面。「紅與黑」是關涉大革命的最佳文學題目，在法國的文學史上已有這樣一部巨著，對於大革命時代的中國作家們來說，不可能不注意到「紅與黑」這麼一個好名稱。

　　事實上，1928 年上海創辦的《中央日報》曾有一個非常重要的副刊，就是《紅與黑》，主編和參與這一副刊的 3 個人在後來文學史上都鼎鼎大名——被國民黨殺害作為革命烈士而載入史冊的作家胡也頻，獲有從「文小姐」到「武將軍」殊榮的左翼女作家丁玲，文學成就斐然卻對革命文學不以為然的沈從文。但是我們後來只看到了《中央日報》及其副刊的「黑」而無視其「紅」，

或者說只是把其視為「反革命」的思想鉗制和輿論管控。所謂的「大革命失敗」不過是「紅」與「黑」、「革命」與「反革命」紛繁交錯中的一種描述，至少我們任意翻檢 1928 年上海《中央日報》就會發現，不論是其主刊還是副刊，壓倒一切的核心詞彙只有「革命」，文藝副刊的主題同樣是「革命」和「革命文藝」。由此可見，考察包括《紅與黑》在內的《中央日報》副刊，是我們認知 1928 革命文學複雜性的重要切入點，也意味著對革命文學譜系的歷史還原和重新梳理。

　　1928 年 2 月 1 日上海《中央日報》創刊，編列「第一號」，後來臺灣的新聞史大都以這一天作為國民黨中央黨報的開端。《中央日報》社也把這一天作為社慶創刊日，1978 年的 2 月 1 日和 1988 年的 2 月 1 日，臺灣相關機構都有隆重的《中央日報》50 周年、60 周年慶祝活動，中央日報社特別編撰了《中央日報五十年來社論選集》、《中央日報與我》、《六十年來的中央日報》，其中收錄了不少當事人的回憶文章。這為我們瞭解《中央日報》的歷史變遷提供了寶貴的資料，但其中有關 1928 年上海《中央日報》的具體內容卻很少。臺灣學界雖然強調 1928《中央日報》年作為黨報的開創意義，但具體闡述和研究幾乎無人涉及，即便在學者徐詠平的《中國國民黨中央直屬黨報發展史略》專文論述中，上海《中央日報》時期也都只是一筆帶過，「是年杪中央決在上海創辦中央日報，於十七年元月一日創刊，日出兩大張。旋中央頒佈『設置黨報辦法』，規定首都設中央日報，決定將上海中央日報遷京，是年十一月一日該報停刊。翌年二月一日《南京中央日報》創刊。」[1]而就在這一筆帶過的論述中，作者還把創刊時間誤

---

1 徐詠平：〈中國國民黨中央直屬黨報發展史略〉，李瞻主編，《中國新聞史》，第 324 頁，臺灣學生書局 1979 年。

作 1928 年元月一日。

相比較而言，大陸新聞史和學界似乎更看重上海《中央日報》，並把其視為國民黨新聞統制的重要一環來強調，這一部分甚至已經成為新聞專業學生學習和考研的重要知識點。然而，各大教材和各種著述有關上海《中央日報》的具體論述卻錯漏百出，有關上海《中央日報》社長如此關鍵的內容，各種教材和著述幾乎都表述有誤。從較早復旦大學新聞系新聞史教研室編寫的《簡明中國新聞史》，到最近的各種《中國新聞史》的精品教材和規劃教材[2]，包括極富特色擺脫以往革命鬥爭史觀的《中國新聞事業史》[3]等，這些教材都一致認為，「丁惟汾任社長」，「宣傳部長丁惟汾兼任社長」。其實，不少教材的這一錯誤表述是從著名學者方漢奇編寫的《中國新聞事業編年史》[4]而來，唯一以《中央日報》副刊作為主旨的專著《民國官營體制與話語空間──〈中央日報〉副刊研究（1928-1949）》，作者也錯誤地把宣傳部長丁惟汾視為社長。「1927 年底上海《商報》停刊，國民黨南京政府收購《商報》的設備，於 1928 年 2 月 1 日在上海創辦《中央日報》。國民黨宣傳部長丁惟汾擔任社長，東路軍前敵總指揮部政治部主任潘宜之任總經理，彭學沛任總編輯。」[5]事實上，根據上官美博編撰的有關《中央日報》的「六十年大事記」和「本報歷任重要

2 復旦大學新聞系新聞史教研室編：《簡明中國新聞史》，第 244 頁，福建人民出版社 1985 年；最近的新聞史教材見劉家林《中新聞史》（武漢大學出版社 2012 年）、方曉紅《中國新聞史》（北京師範大學出版社 2013 年），這些教材中都認為丁惟汾兼任上海《中央日報》社長一職。

3 吳廷俊主編：《中國新聞事業史》，第 190 頁，武漢大學出版社 2009 年。

4 方漢奇主編：《中國新聞事業編年史》（中），第 1095 頁，福建人民出版社 2009 年。

5 趙麗華：《民國官營體制與話語空間──《中央日報》副刊研究（1928-1949）》，第 18 頁，中國傳媒大學出版社 2011 年。

人事一覽表」，上海《中央日報》創辦時「社長由東路軍前敵總指揮部政治部主任潘宜之兼任」[6]，同樣曾擔任社長的陶百川、程滄波等人的回憶中明確指出了第一任社長是潘宜之[7]。和上海《中央日報》創刊關係非常密切的陳佈雷在回憶錄中也明確提到潘宜之社長，陳布雷的撰述是更可靠之證據，因為上海《中央日報》就是收購了和他淵源密切的《商報》而創辦，有志於報業的他也為蔣介石所賞識，被視為是擔任《中央日報》主編主筆的第一人選。陳布雷曾這樣記載道：「已而《中央日報》社長潘宜之（字祖義）來京，蔣公告潘約余為《中央日報》主筆，然《中央日報》有彭浩徐（學沛）任編輯部事，成績甚佳，何可以余代之，遂亦堅辭焉。」[8]

　　之所以有很多教材和研究者認為宣傳部長丁惟汾兼任《中央日報》社長，是因為大家有了一個先入為主的觀點，即蔣介石的重新上臺和南京國民政府開始進行思想和輿論管控，或是從第二任社長葉楚傖是中宣部長兼任推及而來，並把這些都納入到國民黨中央新聞事業統制的建構中。但實際上，不僅丁惟汾兼任《中央日報》社長有誤，宣傳部部長丁惟汾的說法更是錯上加錯。查閱有關丁惟汾的傳記和記事，包括臺灣政治大學有關該校重要創始人丁惟汾的介紹以及國民黨的黨史資料，從未有 1928 年丁惟汾擔任國民黨中宣部部長的材料。1928 年 2 月 2 日國民黨二屆四中全會召開之前，甯漢兩方在黨務上並未達成一致，有關各方的黨部黨務活動基本處於停滯狀態。正是在這次大會上，丁惟汾當選

6 上官美博：〈六十年大事記〉，〈本報歷任重要人事一覽表〉，胡有瑞主編：《六十年來的中央日報》，第 268、246 頁，臺北中央日報社 1988 年。
7 見陶百川：〈最長的一年〉，胡有瑞主編：《六十年來的中央日報》，第 36 頁，臺北中央日報社 1988 年。
8 陳布雷：《陳布雷回憶錄》，第 115 頁，東方出版社 2009 年。

為國民黨中常委,他和蔣介石、陳果夫提議改組中央黨部案,會議通過的最終改組方案是只設組織、宣傳、訓練三部,蔣介石任組織部長,戴季陶任宣傳部長,丁惟汾任訓練部長[9]。很顯然,把1928年2月1日創刊的《中央日報》描述為由宣傳部長兼任的話,那也不該是丁惟汾而應是確定要擔任中宣部部長的戴季陶。丁惟汾確曾有短暫兼任中宣部部長,但時間是1933年任職中央黨部秘書長時[10]。由此可見,不僅丁惟汾沒有兼任《中央日報》社長,1928年的中宣部部長丁惟汾更是子虛烏有,中宣部長兼任上海《中央日報》社長體現國民黨集團控制新聞事業,這更是後來者主觀立場投射下的事項呈現。

　　桂系的主要人物東路軍前敵總指揮部政治部主任潘宜之兼任上海《中央日報》社長,這更能說明這份報紙及其副刊是何如顛簸在大革命的浪潮中。儘管作為社長的潘宜之並不能干涉主編彭學沛的具體工作,但整個報刊的命運多少和政治革命者潘宜之在大革命中的起伏相關聯。潘宜之既是上海清黨工作的主要負責人,也曾私自釋放被捕的共產黨首腦周恩來,更是娶了懷有身孕待決的女共產黨員劉尊一為妻,難怪後來有通俗類讀物記敘潘宜之題目為《撲朔迷離的愛國將領》[11],其實撲朔迷離的革命家更為適宜,這也一再說明,我們需要在撲朔迷離的革命浪潮沖探析《中央日報》及其副刊。1928年下半年始,隨著蔣桂之間矛盾越來越突出,而身為桂系主要人物的潘宜之則難逃漩渦,1928年底上海《中央日報》的停辦直至在首都南京接續復刊,和蔣桂之間

9　榮孟源主編,孫彩霞編輯,《中國國民黨歷次代表大會及中央全會資料》,第531頁,光明日報出版社1985年。

10　有關論述參見楊仲揆《剛毅木訥的學者革命家——丁惟汾傳》中〈丁鼎丞先生記事年表〉部分,第228-235頁,近代中國雜誌社1983年。

11　見西江月:〈撲朔迷離的愛國將領〉,《東方養生》2010年第12期。

的紛爭多少有關聯。正是基於這樣的史實，有論者談及這一時期
《中央日報》為桂系所掌控，「掌控」同樣把民國時期《中央日報》運行機制簡單化，但至少說明，《中央日報》及其副刊絕不是什麼蔣介石和南京中央政府輿論控制的體現，這也是上海《中央日報》不同於後來南京《中央日報》的複雜性、多維性體現。

　　我們不僅要正視上海《中央日報》和之後南京《中央日報》的差異，同時也需要關注它同之前武漢《中央日報》及副刊的關聯。在重新編號的上海《中央日報》之前，1927年3月國民黨中央曾在武漢創設《中央日報》，著名的副刊大王孫伏園主編其副刊。但是正如上文所提及，臺灣新聞史論者有意迴避武漢《中央日報》的存在，「民國十六年三月，漢口曾有中央日報之發刊，自三月二十二日起至九月十五日停刊，計共發行一百七十六號，因為當時武漢政治局勢，甚為混淆，報紙亦無保存可供查考，故本報仍以十七年二月一日為正式創刊之期。」[12]很顯然，「報紙亦無保存可供查考」只是個說辭，而「政治局勢，甚為混淆」則是史實，更明確說，當時寧漢雙方正展開革命與反革命的相互攻訐。武漢《中央日報》及其副刊基本上展示出武漢中央極其激進的革命態度，就副刊來說，孫伏園主編的《中央副刊》創刊不久就刊登了毛澤東的《湖南農民運動考察報告》，也曾登載了郭沫若的《脫離蔣介石以後》，還包含有魯迅的演講和一些文章。這些極其激進的革命理念和旗幟鮮明的反蔣姿態正是後來臺灣史家無視武漢《中央日報》的原因，而武漢政府後來的「反革命」轉向也成了大陸學界回避的理由。事實上，武漢《中央副刊》同樣是我們了解「革命文學」譜系的重要一環，而迄今為止學界少有

---

12 上官美博：〈六十年大事記〉，胡有瑞主編：《六十年來的中央日報》，第246頁，臺北中央日報社1988年。

人論及。上海《中央日報》固然不像武漢《中央日報》及其副刊那樣激進，不過，寧漢合作後各方雖然在北伐和「反共」的名義下黨政趨於統一，但有關革命理論的闡述和建構卻並未走向一致，反倒呈現出更加多元化、多維化的特徵。

　　上海《中央日報》的主編彭學沛，在政治派系被認定為是不折不扣的汪精衛改組派核心人物；事實上，彭學沛真正追隨汪精衛是 1929 年之後的事了，所以有很多評論認為上海《中央日報》為汪派改組派所把持，這顯然不符合史實但也並非沒有道理。因為改組派一直都是一個較為鬆散的政治團體，從政治理念和革命理念上來說，彭學沛在 1928 年主編《中央日報》時較為接近改組派。改組派之所以成為一個擁有廣泛群眾基礎的政治團體，也得益於陳公博、顧孟餘等人的革命理論宣傳。陳公博的兩篇重要理論文章《國民黨所代表的是什麼？》、《國民革命的危機和我們的錯誤》以及創辦的刊物《革命評論》，顧孟餘創辦的刊物《前進》等，在當時掀起了革命思想的巨潮，在國民黨黨員和革命青年群體中廣受追捧，風行一時。陳公博在其一系列文章指出「中國最終革命的目的在民生，並主張國民革命應該以農、工和小資產階級為基礎」[13]，國民黨所代表的也應該是農、工、小資產階級、商人以及學生群體；顧孟餘在《前進》上則積極倡導加強國民黨黨權，力推黨內外民主。

　　雖然彭學沛曾經在《中央日報》上撰文《國民黨所代表的是什麼？——對陳公博氏理論的商榷》，與陳公博進行辯論，但彭文與其說是對陳公博的理論提出商榷，不如說是在其基礎上進一步補充和完善。彭學沛提出國民黨的革命基礎還應添加資產階

---

13 陳公博：《苦笑錄》，第 132 頁，現代史料編刊社，1981 年。

級，而黨和國家政府會在平均地權和節制資本的方針下限制大地主和大資產階級，因此國民黨是代表工農商資產階級全體國民的全民革命[14]。彭學沛擔任主編期間，《中央日報》一直努力建構和闡述國民革命理論，當然是不同於無產階級專政的革命理論，但不少論述和陳公博一樣，在具體分析中多少受到階級理論的影響。因此，在《中央日報》上我們很容易看到有關農民運動、工人運動、社會主義革命理論、蘇聯制度介紹的文章，其中不少就是彭學沛所撰寫。與此同時，彭學沛在《中央日報》上推進國民黨和政府的民主化，探討黨員的言論自由，這和曾經的武漢《中央日報》主編後來的改組派中堅顧孟餘觀念較為接近。《中央日報》創刊當天彭學沛發表了政論散文《射進窗子的一線太陽光》，「從此以後，在黨的內部，在國民革命政府的範圍內，一切政治活動應該採取一種完全不同的方法，應當走上新的途徑。那些老法門：陰謀，暴動，武力，再也不應採用了；……在同一黨裡，在民主主義的國家裡，要貫徹自己的政見，要克服自己的政敵，只有和平的討論，剴切的說明。」[15]既倡議國民黨內外民主，反對暴力無序，又號召改組國民黨尤其是基層黨組織，防止國民黨腐化墮落，喪失革命精神。在《中央日報》上，曾刊登有一封浙江天臺基層同志對全國黨員的懇切呼籲，題為《在下層工作同志的傷心慘絕的呼聲》，文章激烈批評了清黨之後貪污豪劣、腐化份子趁機混入國民黨內，致使革命精神失落。來信中甚至激憤談道：「如果說如此便是革命，誰不願反革命？如果說如此便是國民黨誰不願退出國民黨？如果說如此便是總理主義，則從今之

---

14 彭學沛：〈國民黨所代表的是什麼？──對陳公博氏理論的商榷〉，《中央日報》1928 年 6 月 2、3、4、6 日。

15 彭學沛：〈射進窗子的一線太陽光〉，《中央日報》1928 年 2 月 1 日。

後，誰不願由總理之信徒，一變而為總理之叛徒？」[16]

　　彭學沛在主編《中央日報》時是否是改組派並不重要，也不是本文考察的重點，但彭學沛和上海《中央日報》對革命理論的建構和提倡，對國民黨民主和自由運動的推進，強化和重塑國民黨的革命精神以抵制腐化，甚至在《中央日報》上出現「反革命」式的革命呼聲。這種對現實不滿而對革命理想的執著，這種及其赤誠而又激進的革命姿態，無疑和改組派一樣吸引了正在迷茫彷徨的革命青年和基層國民黨員。雖然沒有《中央日報》具體發行數量的統計，但是從報紙上不斷擴充的行銷處、代售點告示以及最後報紙終刊時財務報告的大量盈餘來看，《中央日報》在接受少量黨部經費支援的情況下獲得了良好的市場效益。市場機制也是我們考察上海《中央日報》多維性的重要因素，迎合青年心聲的「革命」遠比所謂的思想鉗制更符合當時的市場原則。這也就是為什麼在老牌黨報《民國日報》成為西山會議派保守言論陣地時，國民黨中央要另外設立《中央日報》，並以極其革命的姿態壓過了曾經積極倡導革命和革命文學的《民國日報》。可以說，曾經左派、革命文學的陣地在 1928 從《民國日報》轉移到了《中央日報》，正是因為上海《中央日報》的「革命」和「左」的色彩，1928 年 10 月底《中央日報》才會在所謂「需在國都所在地」的名義下停刊，並在數月後才在南京復刊。接替南京《中央日報》社長的則是中宣部部長葉楚傖，而此人正是先前已經非常保守的《民國日報》主編。

　　總之，我們只有回到大革命的複雜歷史中，重新檢視革命與反革命的含混交織，以多維革命視域才能進入到對上海《中央日

16　〈在下層工作同志的傷心慘絕的呼聲〉，《中央日報》，1928 年 4 月 10、11、13 日。

報》及文藝副刊,並由此展開對其「革命性」考察和分析，因為這份報紙最主要的兩個副刊《紅與黑》、《摩登》的編者或參與人胡也頻、丁玲、田漢，畢竟都是我們後來所公認的左翼經典作家。

第二節 紅與黑的交織

《紅與黑》並非是上海《中央日報》創立的第一個副刊，但它是最後一個副刊，也是最重要的一個副刊。從期數上來說，共出刊 49 期的《紅與黑》遠遠多於上海《中央日報》其它副刊，如出刊 38 期的《藝術運動》、31 期的《文藝思想特刊》、24 期的《摩登》等等，就是放眼民國時期所有的《中央日報》副刊，《紅與黑》在期數上也是排列前名。更值得我們注意的是，編輯或參與《紅與黑》副刊的胡也頻、沈從文、丁玲在後來的文學史上都鼎鼎大名,《紅與黑》副刊對三人之後的文學走向和文學史定位都有重要影響。可這麼重要的一個文藝副刊,學界除了一篇論文《從<紅與黑>到<紅黑>》[17]稍有涉及之外，其他也大都是在論述沈從文、丁玲時簡單提及。頗有意味的是，後來不管是沈從文還是丁玲，都有意淡化和迴避他們與《中央日報》及《紅與黑》的關聯。

丁玲特別強調胡也頻編輯《中央日報》副刊是由於沈從文的原因，「正好彭學沛在上海的《中央日報》當主編，是『現代評論派』，沈從文認識他，由沈從文推薦胡也頻去編副刊。也頻當時不瞭解《中央日報》是國民黨的。只以為是『現代評論派』,⋯⋯

---

17 黃蓉：〈從〈紅與黑〉到〈紅黑〉〉,《湖南人文科技學院學報》，2005 年 4 期。這篇文章也重心也是在《紅黑》雜誌的市場因素，對《紅與黑》副刊的論述並不十分深入。

胡也頻不屬於『現代評論派』，但因沈從文的關係，便答應到《中央日報》去當副刊編輯，編了兩三個月的《紅與黑》副刊。每月大致可以拿七八十元的編輯費和稿費。以我們一向的生活水準，這簡直是難以想像的。但不久，我們逐漸懂得要從政治上看問題，處理問題，這個副刊是不應繼續編下去的（雖然副刊的日常編輯工作，彭學沛從不參預意見）。這樣，也頻便辭掉了這待遇優厚的工作。」[18]在沈從文的記述中，彭學沛和胡也頻原本相熟，是彭直接找的胡也頻，「恰恰上海的《中央日報》總編輯浩徐，是前《現代評論》的熟人，副刊需要一個人辦理，這海軍學生就作了這件事。我那時正從南方陪了母親到北方去養病，又從北方回到南方來就食（計算日子大約是秋天），這副刊，由我們商定名就叫《紅與黑》。」[19]「上海的《中央日報》總編輯彭浩徐，找海軍學生去編輯那報紙副刊，每月有二百元以上稿費，足供支配。三個人商量了一陣，答應了這件事後，就把刊物名為《紅與黑》。」[20]

　　到底真實的事項是什麼？因為沒有直接而明確的材料，所以也許我們很難給出一個確切的說法。但是後來各方對此事的描述尤其是充滿縫隙的描述，恰恰是我們分析的重點，據此我們才可能真正理解《紅與黑》副刊的複雜性及其意義。

　　在丁玲後來的記敘中，胡也頻編輯《紅與黑》包括她參與此事是礙於沈從文情面，並有一種上當受騙的感覺，甚至說他們完全不瞭解這個報紙是國民黨創辦的。這基本不合乎情理，對當時

---

18 丁玲：〈胡也頻〉，《胡也頻選集》，第25-26頁，福建人民出版社1981年。

19 沈從文：〈記胡也頻〉，《沈從文全集》13卷，第28頁，北岳文藝出版社2002年。

20 沈從文：〈記丁玲〉，《沈從文全集》13卷，第112-113頁，北岳文藝出版社2002年。

的胡也頻和丁玲來說，參編《中央日報》副刊不僅意味著豐厚的收入來源，也是他們長久以來的文學夢想的實現，這麼重要的事情他們不可能糊裡糊塗就參與進去，也不可能不瞭解《中央日報》的黨派背景。胡也頻他們編輯副刊以及發稿時，曾有友人提醒他們注意政黨、黨派和顏色。胡也頻在副刊上明確答覆：「又有過朋友來向我說，要我不要亂投稿，有些地方是帶著某種色彩，投不得的。我默然：——的的確確，對於眼前的國內各種黨呀派呀的區別，我是一點也弄不清楚，這事實，正像那賣茶食和蜜餞的『稻香村』，『老稻香村』，『真稻香村』和『止此一家』的『真正稻香村』，一樣的要使人感覺到糊塗了。我想，單在要生活的這一點上，把寫好的文藝之類的東西去賣錢，縱然是投到了什麼染有顏色的處所，該不至於便有了『非置之死地不可』的砍頭之罪吧。」[21]很顯然，胡也頻這話是明顯針對當時各黨各派都爭相把自己塑造為革命的正統，並由此映射當時火熱的革命文學論爭。

8月14日《紅與黑》刊登了《一個觀念》，文章未署名，一般都認為是編者胡也頻，這篇文章是《紅與黑》創刊將近一個月後首次亮出編者的文學理念和辦刊宗旨。「凡能把時代脈搏，位置在藝術上，同時忘不了藝術的極致，是真，美，善，是真實，自由，平等的擁護，是可以達到超乎政治形勢以上更完全的東西，看不出勢力，階級，以及其它駭世騙人工具的理由，有了這樣感覺而在無望無助中獨自努力者，我們是同道。」[22]文章中更是譏諷了「階級」、「盛名的戰士」、「革命作者」等名目，認為這都不過是「競爭，叫賣，推擠，揪打，辱罵，廣告，說謊，詛咒」的體現，而他們甘做「愚人一群」的「呆子」，踏踏實實寫作。

---

21 胡也頻：〈寫在〈詩稿〉前面〉，《中央日報》，1928年9月18日。
22 〈一個觀念〉，《中央日報》1928年8月14日。

很顯然，以後來者眼光看來，這些觀念——對革命文學的譏諷和針砭，絕不像是胡也頻的，倒是完全符合沈從文，凌宇的《沈從文傳》一文中，「呆子」是出現頻率最高的一個詞。

　　《一個觀念》沒有署名，或許是三人共同的主張，但悖論之處在于，胡也頻所編副刊本就隸屬《中央日報》，而胡也頻卻在自己副刊中宣告超越黨派和顏色之糾纏，更有意味的是副刊本身就是鮮明的顏色命名——「紅與黑」。胡也頻對「顏色」、「色彩」的在意，對色彩之下革命的關注，並非從 1928 年《紅與黑》副刊時開始，早在北京孫中山去世時，胡也頻就明確談到了顏色和革命。「抱著真正革命的志向是不在乎得了個國民黨黨員的徽章。因此，我到現今還不是國民黨的黨員。正因為不是國民黨的黨員，所以對於中國之一般民眾的思想，要沉痛的說幾句話，大約不至於竟犯上『色彩』的嫌疑罷！」[23]文中胡也頻更表達了對一般民眾和有些大學生排斥革命的「那顏色」的強烈憤慨。

　　胡也頻的這種矛盾恰恰是「紅與黑」的最好注解，他一邊講著對顏色和革命的超越，一邊注目著革命和各種顏色。他所謂的超越階級、政治勢力的藝術極致追求，確有長久以來他身上唯美主義因素的影響，但並非以此來否定革命和革命文學，而更多體現著他對拉大旗作虎皮風潮的不滿，這一點倒與當時和後來的魯迅相同。胡也頻曾借鑒魯迅《藥》在《中央日報》上發表小說《墳》[24]，講述一個青年革命者被槍決後，負責處理屍體的四個工人認識到青年是為了他們才被無辜殺害，不忍把青年扔在亂墳崗，為其修墳立碑並常來看他。四個工人常常感歎青年犧牲後的孤單，除了一隻烏鴉停駐過墳頭，居然沒有任何人類來到，後來這四個

23　胡也頻：《嗚呼中國之一般民眾》，1925 年 3 月 31 日。
24　胡也頻：〈墳〉，《中央日報》，1928 年 9 月 26 日。

工人也被員警抓走並殺害，墓碑被搗毀，只剩下孤零零的墳。小說甚至在結尾描繪到未來很多年，這墳在新時代成為跳舞的樂園。這篇小說除了受到魯迅《藥》的明顯影響之外，革命青年的無端被殺，工人意識的覺醒等等，毫無疑問展現出作者對時代的激憤批判和革命情懷。詩歌《一個時代》刊登在 10 月 11 日的《紅與黑》副刊上，前一天《中央日報》剛剛舉行隆重的雙十慶祝專刊活動，國民黨黨政要人紛紛寄語獻詞美好革命時代，第二天胡也頻在其詩作中描述了他眼中的這個時代，「刀槍因殺人而顯貴，法律乃權威的奴隸，淨地變了屠場，但人屍難與豬羊比價」、「人心如驚弓的小鳥，全戰慄於危懼」、「鐵窗之冷獄於是熱鬧，勇敢的青年成了囚犯」[25]。從思想和藝術兩方面來說，像《墳》和《一個時代》這樣的作品絕對是革命文學的佳作，紅彤彤的色彩非常鮮明，情緒飽滿而又激烈。不過，在《中央日報》的《紅與黑》副刊上，胡也頻類似這樣鮮紅之色的作品實在太少，他的絕大部分作品是另一種色調，極其壓抑的苦悶、孤獨、徘徊、幻滅、頹廢，像詩作《遺囑》、《寒夜的哀思》、《死了和活著》、《空夢》、《生活的麻木》……這一類的暗黑色的作品實在太多了，小說《約會》、《那個人》、《八天（一個男子的日記）》等也大都呈現同樣的色調，主題基本是三角戀愛、戀愛的白日夢之類。

　　正是由於胡也頻在《紅與黑》副刊上作品的黑色基調，他的很多作品除了幾部鮮明色彩作品之外，都沒有被選入到《胡也頻選集》中，很顯然這是後來的編選者刻意要過濾掉「紅與黑」中的黑色。丁玲後來也為胡也頻的黑色做了很多遮掩，並極力塑造胡也頻的積極一面，甚至說他們逐漸學會了從政治立場上看問

---

25 胡也頻：〈一個時代〉，《中央日報》，1928 年 10 月 11 日。

題，毅然放棄了待遇優厚的《紅與黑》編輯工作。但這種大義凜
然的氣節很顯然是後來的敘述，而非事實，《紅與黑》的停刊並
不是胡也頻、丁玲他們的主動選擇，而是正如我們前面所提及，
是整個報社所有編輯的集體辭呈，是上海《中央日報》整體停辦
並要遷往南京。在胡也頻事務性啟事宣佈《紅與黑》停刊的同時，
報紙還醒目刊登了《本報停刊遷寧啟事》、《本社工作同人啟事》、
《停刊的前夜》，以及主編彭學沛的《今後努力的方針》等，這
些啟事和文章一再表達了對停辦上海《中央日報》的某種不滿，
甚至在回顧和對今後的建議中表明上海《中央日報》辦報的整體
原則，是通過揭露、批評、監督黨和政府以圖促進革命，不是炫
耀功績或遮掩問題。因此，我們與其認為是胡也頻他們因革命的
選擇而主動放棄編輯《紅與黑》，毋寧說這是上海《中央日報》
全體同人的「革命姿態」展示。但在後來，大家都理所當然地認
定國民黨黨報是紅色胡也頻身上的一個黑點，所以要極力去遮掩
去回避，完全無視當時紅與黑交織的複雜革命現實。

　　如果說丁玲等人迴避胡也頻和《中央日報》的關聯，這是怕
《中央日報》的「黑」有損于胡也頻的「紅」，而沈從文有意拉
開自己和《中央日報》的聯繫，則是為了迴避他極為「鮮紅」的
一面，回避他曾有過的革命情懷和對革命政治的積極介入。沈從
文提到這份報紙是彭學沛直接聯繫胡也頻編輯，還有最明顯證據
是他說此時陪母親在北京看病，也有不少研究者認為 1928 年 7
月沈從文在上海，的確，有關沈從文 1928 年在上海的史料非常混
亂，各家的描述也很不一致[26]，沈從文自己說回到上海的日子大

26　參見吳世勇編：《沈從文年譜（1902-1988）》的 55 頁注釋 1 部分，第 55 頁，
　　天津人民出版社 2006 年。

約是秋天，《吳宓日記》中則記載了 7 月 30 日他在從天津往上海船上和沈從文的初次會面[27]。而《紅與黑》創刊於 1928 年 7 月 19 日，此時沈從文確實未在上海，可是沈從文又確鑿無疑記載「紅與黑」的名稱是三人商定結果，這一副刊也是三人共同參與。唯一合理的解釋就是在沈從文去北京之前，他們三人已經商談了編輯《紅與黑》副刊之事。從《中央日報》和其副刊的設置來看，沈從文先和《中央日報》有聯繫，1928 年 3 月 23、27、28 日沈從文的《爹爹》刊載于《中央日報》的《摩登》副刊，3 月 12、20、22、24 日《卒伍》在《藝術運動》第 4 號和《文藝思想特刊》第 1-3 號發表。更值得注意的是，3 月 13 日《摩登》副刊因田漢小說《亞娜》映射事件而匆忙停刊，沈從文的小說《卒伍》轉移到新創刊的《文藝思想特刊》，《文藝思想特刊》沒有明確的編者，基本上是處理了《摩登》副刊的遺留稿件以及《藝術運動》的一些分流稿件，《卒伍》則是這一副刊上無數不多的原創作品。很顯然，臨時的《文藝思想特刊》是由主編或其他藝術類副刊編輯代管，尋找一個文學家開設一個真正文學副刊是彭學沛的當務之急，而沈從文此時發稿在《中央日報》上，且變換副刊陣地，怕也不是偶然巧合，彭學沛理應在這個時間動員熟人沈從文支持或者加入《中央日報》副刊。這個時候即三四月間也就是胡也頻和丁玲來上海的時間，沈從文又拉好友胡、丁，他們商議了「紅與黑」副刊的事情，只是胡也頻、丁玲匆忙去往杭州，所以編輯副刊之事才未有結果。正因為胡也頻和丁玲在上海短暫停留就去

---

27 參見吳宓：《吳宓日記 IV・1928-1929》，吳學昭整理，第 98 頁，三聯書店 1998 年。

了杭州，外人也難以瞭解其行蹤，所以沈從文是《紅與黑》副刊核心或連絡人就更說得通，當然胡也頻和彭學沛在北京時早已相熟也應該是事實，否則彭也不會放心把副刊交予胡也頻出面來主持。

　　沈從文之於《紅與黑》副刊的重要性還體現在他回到上海後副刊的變化，他的作品《上城裡來的人》重新出現在《中央日報》前兩天，即 8 月 14 日起《中央日報》連續刊發《本報副刊啟事》：「本刊原有之特刊，除國際，一周間大事，及藝術運動外，其他如文藝思想，文藝戰線，海嘯，經濟四種，改出《紅與黑》。」[28]也是在這一天，《紅與黑》副刊刊登未署名的《一個觀念》和編者的《寫在篇末》，這才是《紅與黑》副刊理念的公開宣告，也是《紅與黑》副刊大幹一場的宣言，正如我們前文所論述《一個觀念》中的「觀念」更像是出自沈從文，自此之後沈從文開始在《中央日報》上發表了一系列重要作品，《上城裡來的人》、《不死日記》、《有學問的人》、《屠戶》、《某夫婦》，這些作品中對「湘西下層人民現實與都市社會的形形色色」的描繪，在著名沈從文研究專家凌宇看來，「預示著沈從文創作漸趨成熟」[29]。

　　另一著名學者金介甫也注意到這一時期沈從文創作的變化，認為「沈從文作品中政治意識逐漸濃厚」[30]，從他在《紅與黑》發表的最早的兩篇作品《上城裡來的人》、《不死日記》很

28　〈本報副刊啟事〉，《中央日報》1928 年 8 月 14 日、15、16、17 日。
29　凌宇：〈沈從文選集・編後記〉，《沈從文選集》第 5 卷，四川人民出版社 1983年。
30　金介甫：《鳳凰之子：沈從文傳》，符家欽譯，第 153 頁，中國友誼出版公司1999 年。

明顯能夠看出變化的苗頭。前者是對軍閥侵害和掠奪鄉村、姦淫婦女的控訴，作品已經隱約從社會制度方面來看待問題，沿著這一路數一直到 1929 年《紅黑》雜誌，沈從文又大量控訴不合理的社會甚至從階級對立來分析社會，如《大城中的小事情》，就寫了工人受剝削和階級對抗，這些作品的階級意識和革命情懷比胡也頻和丁玲要鮮明的多，比當時以及之後的諸多左翼作品要真切。《不死日記》似乎繼續延續北京時代的自我書寫，也有類似胡也頻個人書寫的苦悶、孤獨與昏暗，但是更有一種強烈的不平和控訴，困苦、貧窮、受到書商的盤剝，第一人稱的敘述者似乎要麼徹底的崩潰，要麼絕望的抗爭，包括 1929 年《紅黑》雜誌上的《一個天才的通信》，這些作品已經是個人書寫的極致，下一步很自然上升到制度的控訴，也就是說我們在沈從文這一類及其暗黑的個人書寫中，也總能感受到紅色的革命情緒，比胡也頻和丁玲更強的革命情緒。難怪金介甫這樣評介《紅與黑》、《紅黑》時期的沈從文作品，「從這些小說一眼就能看出，不論就主題和題材方面看，都屬於二十年代末和三十年代初期中國左翼文學主流的範疇。」[31]可是，左翼文學主流從來沒有接納過沈從文，我們後來對於沈從文的「紅」總是視而不見，即便是紅與黑中的沈從文比胡也頻還要更革命些，相反，我們還把他作為革命文學的對立面、黑的一面而不斷強化，因為他總是譏諷和非議革命文學。事實上，沈從文嘲諷和非議的並不是革命文學觀念，他反感的是那些不如他窮困也沒有真實革命情感的人卻大打革命文學招牌。

31　金介甫：《鳳凰之子：沈從文傳》，符家欽譯，第 152 頁，中國友誼出版公司 1999 年。

並未發表的《不死日記》後邊部分，沈從文記述了他和胡也頻、丁玲 8 月 14 日步入上海文豪開的咖啡店，見到一些「光芒萬丈的人物」，「全是那麼體面，那麼風流，與那麼瀟灑」，暢談革命文學，沈從文「自己只能用『落伍』嘲笑自己，還來玩弄這被嘲笑的心情」[32]，也就是這一天《紅與黑》上刊登了《一個觀念》表達了對「革命文學」的不以為然。沈從文幾天對此事都未能釋懷，就像阿 Q 被假洋鬼子搶走革命且不許自己革命的委屈和不滿，他接連在日記中訴說真假思想前進和革命。「向前若說是社會制度崩潰的根原，可悲處不是因向前而難免橫禍，卻是這向前的力也是假裝的烘托而成的，無力的易變的吧。真的向前也許反而被人指為落後吧，這有個例子了。然而真的前進者，我們仍然見到他悲慘的結果。」[33]一面是自命的革命家，一面是真正孤獨的革命者，結果就是「一群自命向前的人物」，「制這類儼然落伍者的死命」，並宣告自己的勝利。毫無疑問，沈從文對革命認知相當深刻，對革命文學論爭也是一針見血，1928 年的沈從文也堅信自己才是孤獨的、真正的革命者，甚至寧願以「黑」的一面、落伍的姿態來展示自己的革命和前進。

　　「紅與黑」的確是大革命中最適合不過的題目，正如胡也頻、沈從文、丁玲他們在《紅黑》創刊釋名時說的那樣，「紅黑兩個字是可以象徵光明與黑暗，或激烈與悲哀，或血與鐵，現代那勃興的民族就利用這兩種顏色去表現他們的思想——這紅和黑，的確是恰恰適當於動搖時代之中的人性的活動，並且也正合

---

32 沈從文：〈中年〉，《不死日記》，第 72-73 頁，人家書店 1928 年。
33 沈從文：〈中年〉，《不死日記》，第 75-76 頁，人家書店 1928 年。

宜於文藝上的標題。」[34]儘管在這篇《釋名》中作者說他們只是把紅黑作湖南方言橫豎、橫直的意思，但作者煞費苦心的闡述恰恰表面了「紅與黑」的真實寓意。光明與黑暗、激烈與悲哀、血與鐵既是交織在個人胡也頻、沈從文的文學思想和文學創作中，也是整個《紅與黑》副刊、整個《中央日報》文藝副刊的最好注解，在其它副刊如《摩登》既有柏心《叛逆的兒子》吞食反動惡霸勢力心肝的赤裸裸暴力訴諸，也有王禮錫《國風冤詞》的含蓄表達，林文錚《藝術運動》、《文藝思想特刊》既有對西方唯美藝術的推崇，也有在翻譯《惡之花》的告白中對撒旦式革命精神的呼喚。

正視大革命中的「紅與黑」交織，我們發現了與過去不一樣的胡也頻、丁玲，也看到了更加複雜的沈從文，更是透過包括《紅與黑》在內的《中央日報》副刊洞悉了 1928 革命文學的豐富與多面。

第三節　革命與摩登

《摩登》是上海《中央日報》創設的第一個副刊，從報紙創刊的第二天即 1928 年 2 月 2 日起，到 3 月 13 日突然停刊，共發刊 24 號。如果說通過《紅與黑》這一最後副刊，我們能看出《中央日報》文藝副刊在革命與反革命交織中的複雜性和含混性，那麼通過《摩登》這第一個創設的副刊，我們可以洞悉《中央日報》

---

34 胡也頻：〈釋名〉，《胡也頻選集》下，1075 頁，福建人民出版社 1981 年。

文藝副刊的主導方向，至少是創辦者所期待的方向。

關於《摩登》的主編，學界一般認為是王禮錫或田漢，又或者是兩人共同主編，不過，根據田漢在《摩登》副刊上所作的《黃花崗》序言部分記述，「黃花崗一直沒有寫完，中央日報出版鄧以蟄先生主編《摩登》又以寫完此篇為囑」[35]，這明確無誤表明主編是鄧以蟄。但在《摩登》副刊中，最關鍵之人還是田漢，從整個《摩登》24 期上發表作品來看，田漢一個人超過總篇目半數之多，署名「記者」的《摩登宣言》就是田漢所寫，後收入《田漢文集》。

近些年來，研究界對「現代」和「現代性」的關注持續不斷，可不少研究者都是從西方理論預設出發，尋找文學作品和文學現象來印證，很少有人真正深入到歷史現場中考察國人對「modern」的認知理解。《中央日報》的《摩登》副刊為我們提供了中國作家如何闡述現代，如何探索摩登文藝的建構，可是學界對此卻一直缺乏應有的關注。

早在留日期間，田漢就和郭沫若、宗白華信中暢談他有關「Modern Drama」構想，感歎中國研究和關注這一命題的人太少，田漢在有些地方把它翻譯為「近代劇」，即把 Modern 譯為近代，思考中國傳統戲曲的摩登轉換[36]。上海《中央日報》創立之初，田漢和一群志同道合者繼續思考和探索中國傳統藝術的「摩登」轉換，如鄧以蟄之前也曾涉及戲曲轉化這一命題；王禮錫在《摩登》上發表《國風冤詞》，反復提到「摩登」和「摩登精神」，

---

35 田漢〈黃花崗（長篇革命史劇）〉，《中央日報》1928 年 2 月 4 日。
36 田漢：〈田漢致郭沫若函〉，宗白華、田漢、郭沫若《三葉集》，第 56-71 頁，安徽教育出版社 2006 年。

他要做的就是揭示中國傳統文學如《國風》中被遮蔽的抗爭的摩登精神[37]；常乃德也是用摩登精神來重新審視被當時統治者所排斥的柳子厚[38]；其他文藝副刊如《藝術運動》、《中央畫報》的編者林文錚、林風眠也是探討中國畫和藝術的摩登化命題。《中央日報》文藝副刊上的諸多理論文章、批評、創作以及翻譯作品，都展示了中國文藝界探索和實踐現代性的複雜歷程，也體現出《中央日報》文藝副刊的活力與開放。

更值得我們注意的是，田漢等通過《摩登》副刊塑造了一個關鍵字——「摩登」，1934 年「摩登」已經廣泛出現在上海社會文化的方方面面時，《申報月刊》對這一詞的詞源考察指向了田漢，「即為田漢氏所譯的英語 Modern 一辭之音譯解」[39]。摩登看似只是一個簡單的音譯，正是由於田漢以及《摩登》副刊的賦予，使得這一語詞有了比「近代」、「現代」更複雜的歷史內涵和理論維度。

首先，從田漢的《摩登宣言》及這一副刊上的文藝理論和創作來看，田漢他們是明確把摩登和革命關聯起來，和國民黨主導的國民大革命聯繫起來。《摩登宣言》中明確提到：「中國國民黨者摩登國民運動，摩登革命精神之產物也。國民黨之存亡亦觀其能摩登與否為斷。勵精國治真能以國民之痛癢為痛癢，所謂摩登之國民黨也。反此則謂之『不摩登』，或謂之腐化惡化，自速其亡耳。」[40]由此可以看出，田漢包括王禮錫、鄧以蟄、徐悲鴻、

---

37 王禮錫：〈國風冤詞〉，《中央日報》1928 年 2 月 11 日。
38 常乃德：〈柳子後思想之研究〉，《中央日報》1928 年 2 月 18 日。
39 〈新辭源・摩登〉，《申報月刊》1934 年 3 月 15 日，3 卷 3 號。
40 記者（田漢）：〈摩登宣言〉，《中央日報》1928 年 2 月 2 日，另見《田漢文

林文錚等《摩登》參與者，大家有一個共識，即摩登和革命、抗爭相輔相成，革命精神產生摩登，摩登與否亦與不斷革命相關，否則「腐化惡化」、「自速其亡」。前文曾有提及學界對現代性的火熱關注，可在這些「現代」探討熱背後隱含了用「現代觀」取代「革命觀」的邏輯，顯然這未必是當時的知識份子思維邏輯，至少和《摩登》副刊所展示的不相符合。摩登這一語詞遠比「現代」更加符合歷史的本來面目，更加傳神，更加豐富和複雜。學界的確有關注「摩登」，尤其自從李歐梵的《上海摩登——一種新都市文化在中國 1930-1945》[41]出來之後，摩登這個詞語就迅速被熱炒，為研究者廣泛使用。但是不少研究者並沒有厘清摩登和現代之間的區別，包括李歐梵自己都是在混用這兩個語詞，更值得注意的是，李歐梵和不少研究者把革命和摩登對立起來，認為革命話語壓制了摩登，這顯然是比較片面的。與此同時，摩登越來越被賦予一種欲望和消費的含義，甚至是庸俗化的意義，例如學者解志熙提出了摩登主義的說法，「這樣一種複製『現代』所以貌似『現代』、但不免使『現代』時尚化以至於庸俗化的文化消費和文學行為方式，就是『摩登主義』。」[42]張勇在對「摩登」的考辯中也指出：「其逐漸偏向於『時髦』的意思，開始與『現代』分野」[43]。

　　事實上，不論是把現代觀和革命觀對立起來，還是認為革命

集》第 11 卷，第 464 頁，中國戲劇出版社 1984 年。
41 李歐梵：《上海摩登——一種新都市文化在中國 1930-1945》，北京：北京大學出版社 2001 年。
42 解志熙：《現代文學研究論衡》，開封：河南大學出版社 2005 年
43 張勇：〈「摩登」考辯——1930 年代上海文化關鍵字之一〉，《中國現代文學研究叢刊》2007 年第 6 期。

壓制了作為消費的摩登，都並不符合「摩登」的本意。從《中央日報》的《摩登》副刊及當時文藝創作來看，革命和摩登是如此緊密相連，在《摩登》副刊上，大都是因為其「革命」而彰顯摩登價值的作品。徐悲鴻的《革命歌詞》為革命吶喊，田漢的重要作品《黃花崗》，是他革命戲劇的一部大作，林覺民等人的革命精神曾引起廣大青年的共鳴。田漢原本在《摩登》副刊上要完成革命三部曲「三黃」系列，除了《黃花崗》其他兩部並未完成，寫武昌起義的《黃鶴樓》，寫南京抗帝的《黃浦江》，都因《摩登》副刊的停刊而終止了寫作計畫，後來和計畫大不同的《顧正紅之死》算是《黃浦江》的一個小片段。在田漢等人看來，這些弘揚和表現革命精神的文學作品才是真正的摩登文學。

　　其次，有關摩登和革命何以能結合而不是相悖，田漢和《中央日報》文藝副刊提供了重要的思路，革命之「魔」與摩登之「摩」的契合。創刊號《摩登宣言》中田漢開篇就昌明，「歐洲現代語中以摩登一語之涵義最為偉大廣泛而富於魔力」[44]，也是在《摩登》創刊的第一天，田漢發表《薔薇與荊棘》來表達自己的文學理念，他援引廚川白村論文《惡魔的宗教》中的觀點，「經典和武器，宗教和征服，本是難兄難弟，正和寺院的法典與銀行帳簿，說教僧與姦淫婦女是跟著走的一樣」[45]，他提出「荊棘」也隨著「薔薇」。文學要從荊棘之路的反抗與掙扎中走出，化為薔薇，田漢甚至還引用了《浮士德》中魔與神來喻示奮進。《摩登》停刊之後繼而創辦的《文藝思想特刊》最重要的作品就是林文錚翻

---

44 記者（田漢）：〈摩登宣言〉，《中央日報》1928 年 2 月 2 日，另見《田漢文集》第 11 卷，第 464 頁，中國戲劇出版社 1984 年。
45 田漢：〈薔薇與荊棘〉，《中央日報》1928 年 02 月 2 日。.

譯的《惡之華》，在譯者自己看來，波德賴爾的作品是對傳統希伯來神的藝術傳統和希臘美的藝術傳統惡魔式反叛。無獨有偶，田漢捨棄「近代」、「現代」的稱謂而選擇把 modern 音譯為「摩登」，也因為「摩登」這一詞天然蘊含著「魔鬼性」，當時詞典在解釋摩登時都會提到首要意義即「作梵典中的摩登伽解，系一身毒魔婦之名」[46]，後來上海流行的摩登女郎，尤其是革命文學中大量出現摩登女郎，既承載著魔鬼式的誘惑、欲望，又最終皈依革命真理正道，這些我們似乎都能在阿難和摩登伽女的典故中找到原型，後來田漢的名作《三個摩登女性》是再好不過的說明。

革命和摩登基於魔性的結合帶來了前所未有的魔力，這種魔力也因中國缺乏西方那樣的宗教傳統而變得無可遏制，比如像彌爾頓巨著《失樂園》那樣探究革命之「魔」和宗教之「聖」的關係，像雨果和狄更斯那樣思考革命。事實上，田漢所引用和樂道的《浮士德》就有魔的力和神的力複雜探索，而田漢在《薔薇與荊棘》中對神的力並無多少感觸，更感興趣那促使人前進的魔力。如田漢所宣稱，「居摩登之世而摩登者無不昌，不摩登者無不亡，偉哉摩登之威力也」[47]，當革命和摩登的魔力一旦開啟，就勢不可擋，永無止境，不斷向前，甚至把曾經的宣導者田漢落在後面。田漢在《摩登》副刊大談國民黨革命和摩登，陳明等一群南國社的青年們獨立出來另組摩登社，批評田漢的落伍和不夠摩登，開始「轉向普羅文學靠攏了」[48]，不久之後又有更摩登的「摩登青

---

46 〈新辭源・摩登〉，《申報月刊》1934 年 3 月 15 日，3 卷 3 號。

47 田漢記者（田漢）：〈摩登宣言〉，《中央日報》1928 年 2 月 2 日，另見《田漢文集》第 11 卷，第 464 頁，中國戲劇出版社 1984 年。

48 趙銘彝：〈關於摩登社的補充和說明〉，《新文學史料》1980 年第 2 期。

年社」宣告成立，發起人就有著名詩人白莽。沒有什麼可以替代摩登和革命，只有更摩登，最摩登，更革命，最革命，一場偉大的革命總是另一場偉大革命的驛站，摩登總在孕育著更摩登的出現，革命和摩登的潮流永不停息，滾滾向前。甚至革命和摩登的理念和內容是什麼都不重要，重要的是追隨革命的潮流。隨著國民黨政權的日益穩固，當權者掛著革命尚未成功的口頭禪卻在執行穩定的文化理念，田漢弘揚革命精神的《孫中山之死》被戴季陶批判最後乃至禁演，正如上海《中央日報》因為其激進革命而被停刊。但革命和摩登的潮流卻無法停止，青年們繼續追隨和尋找，只要能繼續革命就是摩登，否則就是落伍。《中央日報》文藝副刊及其編者也自此有了分野，田漢選擇迎頭趕上，完成「我們的自己批判」；沈從文堅守自己的「落伍」，選擇了不摩登，儘管他堅信自己是真革命但卻被視為革命的對立面，時髦姑娘丁玲和胡也頻選擇摩登，也就選擇了繼續的革命。當南京復刊後《中央日報》和其文藝副刊不再「摩登」，不再有各式各樣革命理論的探討爭鳴，不再有像《惡之華》這樣的法國文學作品譯介，它也自然被視為革命和革命文學的對立面。但無論如何，上海《中央日報》及其《摩登》、《紅與黑》等副刊，為我們留下了紅與黑交織下摩登，實在值得我們細細探究和分析。

　　總之，從多維的革命視野出發，我們就可發現，1928 年上海《中央日報》文藝副刊革命性毋庸置疑，而且無比豐富和複雜，是革命文學譜系中的重要一環，紅與黑交織，既展示了革命中血與火的鮮紅，也提供了革命中幻滅的暗黑，這才是完整的革命文學，也是極具意味的摩登文學。可是在革命和摩登的魔力推動下，

後來者總是以更革命和更摩登的姿態輕易否定曾經的革命和摩登，最後只能把 1928 年革命文學描述成突變，對 1928 年上海《中央日報》文藝副刊的重新考察，既是對革命文學譜系的重新梳理，也是在歷史語境中對中國文學「現代性」、「摩登性」的重新探究。

第三章　國民黨訓政理念下的革命文學

1929 年，《中央日報》正式遷往國都南京，其文藝副刊也展示出國民黨人在文藝上的努力。目前學界理所當然地把國民黨相關文藝視為和左翼文學相對應的右翼文藝，的確，南京國民政府成立之後一些文藝政策和理念帶有某種保守立場。但這並非全部的事實，至少從《中央日報》文藝副刊以及其它國民黨主辦的刊物上，我們不僅看到很多左翼作家的身影，就文學理念上來說，很多《中央副刊》上的文學理念和左翼有異曲同工之處，另外被我們後來視為聲勢浩大的左翼戲劇和左翼電影，其實基本上都是由《中央日報》副刊及其相關刊物推動的。即便國民黨及其《中央副刊》上所倡導的民族主義是極其保守的右翼文學，我們也更應該仔細清理分析國民黨從激進的革命黨到執政黨的轉變的歷史過程中，其黨報《中央副刊》從先前張揚革命話語到宣導民族話語的複雜過程。

第一節　訓政與國民黨人的革命觀及革命文學

1949 年之後很長一段時間，我們的文學研究和文學史書寫，

都把 1928 年開始的左翼文學樹為 30 年代文學主潮，或乾脆以「左聯十年」或「左翼十年」來命名。大家要麼忽略南京國民政府成立之後的文藝理念及文學活動，要麼把其斥為和革命文學相對立的反革命文藝。上世紀 80 年代以來，伴隨著現代文學研究界的平反思潮，有關國民黨文藝研究的禁區也有所突破。尤其是 1986 年，《南京師大學報》刊登了一組有關國民黨右翼文學研究的文章，《關於開展「國統區右翼文學」研究的若干問題的思考》（秦家琪）、《從<前鋒月刊>看前期「民族主義文藝運動」》（朱曉進）、《從<黃鐘>看後期「民族主義文藝運動」》（袁玉琴），《國民黨 1934 年<文藝宣傳會議錄>評述》（唐紀如）。這組專題論文的發表，預示著有關國民黨的文學研究將迎來巨大突破，文學南京也勢必成為研究界的一個重要話題。作為突破研究禁區的系列論文，論者仍在傳統革命文學史觀的邏輯下展開論述，不過，他們的問題意識尤其是對未來進一步研究該命題的構想，特別值得我們關注。這組系列論文提出了研究國民黨右翼文藝的兩大議題，首先是怎樣知己知彼的研究和闡述「國統區右翼文學的產生、演變過程」，如何把握「國民黨的文藝政策和策略」；另外一個議題就是對國民黨的民族主義文藝和民族國家關係問題的涉及，儘管論者對國民黨的民族主義文藝基本持否定性的評價，但無疑為後來的研究開啟了新方向。事實也是如此，此後研究南京國民政府文藝基本圍繞著上述兩大議題展開，即國民黨文藝統制問題以及民族主義文藝和民族國家形象建構問題。

　　毫無疑問，民族國家話語的引入，為南京國民政府文藝的重新定位提供了新的可能。只要我們稍稍清理一下既往的研究思路，就不難發現，在告別過去的革命文學史觀的同時，學界基本確立了現代性研究範式。有關現代性的理論可謂眾說紛紜，而把

民族國家建構和現代性關聯起來則是備受關注的一種研究思路。劉禾曾提出，「『五四』以來被稱之為『現代文學』的東西其實是一種民族國家文學（著重號為原文所有，筆者注）。這一文學的產生有其複雜的歷史原因。主要是由於現代文學的發展與中國進入現代民族國家的過程剛好同步，二者之間有著密切的互動關係。」[1]

很顯然，在民族國家建設這一命題上我們無論如何都繞不開南京國民政府，不管我們是否同意「黃金十年」的說法，南京國民政府與現代中國的形塑則是不爭的事實。作為建國方略最重要的文宣領域，則有政府和官方明確主導的民族主義文藝運動和思潮。因此，超越過去簡單的意識形態對立，進而從民族國家建構的角度來考察南京國民政府的文藝，無疑為這一命題開拓出無限寬廣的研究空間，文學南京的意義也被凸現出來。

倪偉在其代表性論著《民族想像與國家統制——1928-1948南京政府的文藝政策及文學運動》的前言中，明確提到：「我認為，20世紀中國文學研究是20世紀中國研究的一部分，它應該緊扣住中國的現代性來展開論題，探討中國特殊的現代性是如何在文學的創作、生產以及演變過程中呈現出來的，也即是說中國文學的現代性是如何得以實現的。……我個人更感興趣的問題是文學與現代民族國家建設之間的關係，即文學是如何被整合進民族國家建設的方案之中的？它在民族認同或是民族意識的形成過程中發揮了什麼樣的作用？……把現代文學放在民族國家建

---

1 劉禾：《語際書寫：現代思想史寫作批判綱要》，上海：三聯書店，1999年10月第1版，第191-192頁。

設的大背景下加以審視，可以使我們對 20 世紀中國文學獲得一種新的認識。正是基於上述思考，我選擇了南京國民黨政府的文藝政策和文學運動作我的研究課題。在我看來，南京國民黨政府在其統治時期所制定的文藝政策以及策動的文學運動，在表面上看來，是為了對付左翼文學的，完全是出於政黨意識形態鬥爭的需要，但是再往深裡想，這一切又是和國民黨所制定的建國綱領緊密關聯的。換言之，國民黨政府所推行的文藝政策在一定程度上可以說是其建國方略在文藝領域裡的具體實踐。由此入手，我們可以對文學與現代民族國家建設之間的互動關係展開具體的分析，從一個側面揭示中國現代性艱難而獨特的過程。」[2]

　　之所以如此詳細援引倪偉專著的前言說明，不僅因為這一著述是南京國民黨政府文藝研究的代表性成果，更在於倪偉的這種研究視角、研究模式，為這一領域的研究者所普遍採用。其他涉及國民黨文藝的博士、碩士論文，例如北京師範大學錢振剛的博士論文《民族主義文藝運動研究》（2001 年）、復旦大學周雲鵬的博士論文《「民族主義文學」論》（2007 年）、湖南師範大學的畢豔博士論文《三十年代右翼文藝期刊研究》、華東師範大學的牟澤雄博士論文《（1927-1927）國民黨的文藝統制》（2010年）、南開大學房芳的博士論文《1930—1937：新文學中民族主義話語的建構》（2010 年），等等，這些論文大都著重涉及國民黨政府文藝政策和民族國家建構，大家也都共同指向一個文學思

---

2 倪偉：〈「民族」想像與國家統制——1928-1948 南京政府的文藝政策及文學運動〉，前言第 9 頁，上海教育出版社，2003 年。

潮，即民族主義文藝運動。

民族主義文藝運動是 20 世紀 30 年代文壇的一件大事，相關研究著述已經相當豐富，參與的社團和人員考證也較為詳盡[3]，這一運動的官方背景已成學界共識。但是，有關民族主義文藝運動如何成為官方的文藝政策和運動，大家卻語焉不詳。 1930 年 6 月 1 日在上海成立的前鋒社及《民族主義文藝運動宣言》的公佈，正式標誌著國民黨官方民族主義文藝思潮和運動的展開。可問題在於，從南京國民政府成立到 1930 年六七月間這段時間，南京國民政府的文藝政策、理念和文藝活動究竟有些什麼？有關這一點，學界鮮有人論及或一筆帶過，很多關注南京國民政府文藝的著述雖說從 1928 年談起，但實際上大都從 1930 年明確的民族主義文藝政策及運動出來之後談起，並以此回溯南京國民政府成立之後的文藝理念。不少學者都認為，1928-1930 年這個時期正展開革命文學論爭，而國民黨官方完全缺席。「在 1928 年『革命文學』的激烈論戰中，新生的國民黨政權，實際上是處在一種尷尬的邊緣位置，既不能控制和引導論戰的走向，亦不能提出一個有力的對抗話語。」[4]倪偉也這樣提到，「『革命文學』口號的提出，引出了一場激烈的文學論戰，當時有影響的代表性文學刊物，像《語絲》、《小說月報》和《新月》等，都被捲入了這場論戰。由於論戰各方缺乏必要的理論準備，又加上囿於宗派主義

---

3 參見錢振綱：〈民族主義文藝運動社團與報刊考辨〉，《新文學史料》2003 年第 2 期。
4 趙麗華：〈〈青白〉、〈大道〉》與 20 年代末戲劇運動〉，《中國現代文學研究叢刊》2007 年第 1 期。

的門戶之見和個人意氣之爭,『革命文學』論爭並沒有達到應有的理論水準。論戰各方堅持己見,互相攻伐,上演了一場爭奪文學話語權力的混戰。儘管如此,這場論戰卻在客觀上擴大了無產階級文學的影響,使馬克思主義的意識形態得以迅速地傳播開來。令國民黨人頗為難堪的是,在這場爆熱的文學論戰中,他們竟然無從置喙,提不出什麼獨到的見解和主張,當然就更沒有能力來引導和控制這場論戰的走向了。」[5]

其實,不論是在 1928 年之前還是在 1928 年之後,國民黨人從來都沒有放棄過革命的大纛,然而不少論及南京國民政府文藝政策和文藝運動的著述,卻基本只關注國民黨文藝中的民族主義文藝思潮而無視其革命文學宣導。這樣的論述主觀預設了南京國民政府與革命文藝的絕緣,並由此框定國民黨相關文藝與民族主義文學的天然聯繫。

認為南京國民政府成立伊始在文藝上尤其是革命文學論爭中毫無作為,這種觀點本身就基於對革命和革命文學的簡單化理解、狹窄化認知。過去,我們一談革命文學總是和共產黨人或傾向共產黨人的左翼關聯起來,這顯然來自後來人的刻意建構和有意遮蔽。其實自 20 世紀 20 年代以來,革命就是一個各家競相追逐的神聖事業,歷史學者王奇生認為,從 1920 年代以來,革命從過去的國民黨的「一黨獨『革』到三黨競『革』」,三黨是指最有影響力的三大政黨,中國國民黨、中國共產黨、中國青年黨。「1920 年代的中國革命,本是一場由不同黨派、群體以及精英與大眾所共同發聲(贊成或反對)、組合(推動或抗阻)而成的運

5　倪偉:《「民族」想像與國家統制——1928-1948 南京政府的文藝政策及文學運動》,第 6 頁,上海教育出版社,2003 年。

動。我們有必要盡力『復原』和『再現』那個年代裡不同黨派『眾聲喧嘩』的狀態。」[6] 1927 年之後，三大政黨之間革命的理論和宣傳較之過去更加多元，尤其各政黨內部因對大革命的不同態度裂變為不同派別，革命聲音更加「喧嘩」。

　　各大政黨、各種派別眾聲喧嘩的革命聲音，是我們理解 20 世紀 20 年代以來革命文學豐富性與複雜性的基本前提，也是我們重構革命文學歷史譜系的基本依據。而報紙副刊尤其當時頗有影響的《中央日報》及文藝副刊，是我們「復原」和「再現」那個年代「眾聲喧嘩」革命聲音的最好依據。例如武漢《中央日報》副刊上積極倡導的無產階級革命文學[7]，這既表明國共兩黨曾經在革命文學上高度一致，也說明並非到了 1928 年無產階級革命文學才蓬勃興起、擴大影響；上海《中央日報》副刊可謂是「革命與反革命」、「紅與黑」交織中的「摩登」[8]，即便是南京國民政府成立之後，其黨報的重要副刊卻依然由後來大名鼎鼎的左翼作家田漢、丁玲、胡也頻等人把持，由此可見革命話語之於國民黨人，之于中國文學摩登性、現代性的重要意義。遷寧之後的《中央日報》及副刊，其革命性固然不像武漢《中央日報·中央副刊》那麼激進，也似乎不像上海《中央日報》文藝副刊那麼複雜，但是只要我們翻檢南京的《中央日報》及其副刊，革命仍然是最為核心的語詞，統一革命理論，統一革命宣傳是《中央日報》各個版塊 1929 年以來最核心的任務。《中央日報》每日報頭刊登「總

---

6 王奇生：《革命與反革命：社會文化視野下的民國政治》，社會科學文獻出版社，2010 年，第 68 頁，。

7 見拙作〈國民革命與革命文學、左翼文學的歷史檢視——以武漢〈中央副刊〉為考察物件〉，《中國現代文學研究叢刊》，2015 年第 5 期。

8 見拙作〈「紅與黑」交織中的「摩登」——1928 年上海〈中央日報〉文藝副刊之考察〉，《文學評論》2015 年第 1 期。

理遺囑」，黑體提示「現在革命尚未成功」[9]，其各個版面所談論所言說的大都關涉革命，各個副刊討論和倡導的也是革命文學，其實有研究者已經注意到了這一現象[10]，但並未意識到《中央日報》副刊倡導革命文學的歷史意義和價值。

第二節　革命的「大道」與
王平陵的革命文藝觀

　　副刊《大道》是《中央日報》1929 年遷寧後最為重要的一個副刊，它得名於孫中山先生最喜引用的「大道之行也，天下為公」，這是《禮記·禮運》中的一句。《大道》並非純粹的文藝副刊，徵稿要求為「二千字左右研究黨義，討論問題，發揮思想的文字」[11]，以「介紹世界思潮，黨義宣傳，以及社會實際問題的討論」[12] 為辦刊思路，文章內容包括「評論，研究，譯述，社會狀況，談話，書報批評，文藝，遊記，通訊，隨感錄數種」[13]，作者隊伍大都為國民黨黨政要員、名人、理論家。可以說，《大道》副刊刊登的基本都是關乎國民黨黨義和革命理論的重要文章，雖說徵稿要求 2000 字左右，實際上我們常看到連載好幾期的長篇宏文；雖說標榜「討論問題」，實際上常是國民黨的高官和理論家直接宣講政策；「黨國氣息」濃重的理論宣導，是《大

9　「總理遺囑」從 1932 年 7 月開始在報頭位置消失，代之為廣告宣傳之類內容。

10　參見付娟的《〈中央日報·青白〉副刊（1929-1930）與國民黨文藝運動》，四川師範大學碩士論文 2008 年，作者注意到了 1929 年《中央日報》革命文學問題，但仍然用固有的革命觀來看待《青白》副刊上的革命文學宣導。

11　〈本刊啟事〉，《中央日報·大道》，1929 年 4 月 6 日。

12　〈本刊啟事〉，《中央日報·大道》，1929 年 7 月 24 日。

13　〈本刊徵稿簡則〉，《中央日報·大道》，1929 年 5 月 5 日。

道》副刊最為顯著的特徵。因此，雖非純粹文藝副刊，但《大道》卻對我們理解國民黨的文藝理念、文藝政策、文藝運動，有著至關重要的作用，更何況《大道》副刊上有很多明確關於文學方針的論述。《大道》比較集中的話題就是國民黨革命理論的闡述，胡漢民、孫科、戴季陶、潘公展等人的革命理論或直接刊登，或被闡述研讀，如傅況麟的《國民革命與革命農民的權利教育》、《革命理論之批評家》（《大道》副刊 1929 年 4 月 15、1929 年 9 月 3 日），黃舜治的《知識階級與革命》（1929 年 11 月 19 日、20 日），等等。此外作為某些時段替代《大道》副刊的《微言》、《新聲》副刊也有大量對革命問題的闡述，如毛禮銳的《國民革命與社會革命》（《新聲》副刊 1929 年 4 月 11 日）、雷肇堂的《從社會心理學的觀點說明國民革命與共產革命之異點》《微言》副刊 1929 年 2 月 28 日）、施仲言《民眾文學與新文學之關係》（《微言》副刊 1929 年 2 月 28 日）等等。頗有意味的是，在冗長理論的文章中間，《大道》副刊仍然夾雜了一些短小的文學作品，其中不乏極具革命主題的書寫，如夢生寫於鎮江黨部的《凱旋的歌聲》，「青天白日飄揚漢江／武裝鏗鏘戰鼓鐺鐺／這是革命勝利的光芒／這是封建勢力的滅亡／……／朋友／只要拋跑入革命的疆場／最後的勝利終在我掌上／聽喲！凱旋的歌聲在歡唱／朋友，我們再也不要徜徉彷徨／墳墓是反動者的故鄉／……」[14]。

　　《中央日報》上和革命文藝密切相關的欄目自然當屬《青白》副刊，較之於《大道》的長篇幅的革命黨義宣講，《青白》副刊起初定位為日常生活的各種資料搜羅。從形式來說，《青白》徵稿要求是篇幅短小，內容上「不分門類，各種文字」，只要有趣充實就行。副刊早期編輯李作人在《我們的打算》中這樣提倡：

---

14 夢生：〈凱旋的歌聲〉，《中央日報‧大道》，1929 年 4 月 13 日。

「以前，大家投來的稿件裡面，大部分是談性愛的東西，我們是
不以為談性愛的東西絕對沒有新的意義，我們以為凡是與人類生
活有關的資料，都為我們工作的範圍所包裹，性愛，我們盡可以
發洩，不過，我們要兼顧到生活的一切，如實際的生活問題，社
會的進化趨向，民間的風俗改革，時事的新聞評斷，實用的科學
常識，人生的藝術描寫，一切的建設計畫，急切的民眾運動，都
是我們所需要討論的資料，我們要把他來調和一下才好。」[15]由
此可見，早期《青白》副刊，定位搜羅五花八門的日常生活，但
這種日常生活顯然蘊含著國民黨的革命精神、革命理念的生活宣
揚，如陰陽曆的計時革新，民間風俗的革新，人力車夫的生活和
地位，如何平民化生活等等問題。事實上，編者也特別看重《青
白》上有關文藝和政治的討論，如在 1929 年 3 月 16 日的《編後》
中提到，「以後希望愛護本刊者，關於小品文字（如黨務政治短
評及文藝批判為最好）多多賜下」[16]。其實這之前《青白》也已
經刊登了不少有關革命和文藝的短文，如成名作家魯彥的《介紹
狂飆演劇運動》，文章對打破苦悶的革命戲劇和狂飆精神的宣揚
[17]，談論革命和戲劇的《革心的工具——戲劇》[18]，談論心理革命
和文化宣傳的《再論心理革命》，還有像《一個青年女子的懺悔》
這樣的書信文章，講述一個小資產階級的女青年要和過去醉生夢
死的優越生活告別，深入民間自食其力，把自己的生命奉獻給革
命事業，末尾特別引用總理話並用黑體標出，「今日之我，其生
也為革命而生，其死也為革命而死」[19]。在這裡不得不特別強調
陳大悲的革命劇作《五三碧血》，這部五幕劇從 1929 年 3 月 11

---

15 李作人：〈我們的打算〉，《中央日報・青白》，1929 年 3 月 3 日。
16 〈編後〉，《中央日報・青白》，1929 年 3 月 16 日。
17 魯彥：〈介紹狂飆演劇運動〉，《中央日報・青白》，1929 年 2 月 28 日。
18 羊牧：〈革心的工具——戲劇〉，《中央日報・青白》，1929 年 3 月 11 日。
19 劍譚：〈一個青年女子的懺悔〉，《中央日報・青白》，1929 年 2 月 22 日。

日開始在《青白》副刊上刊載，這時的主編還是李作人，一直到8月8日才連載完，而副刊主編早換成了王平陵。李作人和後繼者王平陵主編副刊時都曾強調文章的短小，超過千字，基本不會刊登，陳大悲的這部五幕劇顯然很是例外，連載時間之長，佔用版面之多，實乃《中央日報》副刊歷史上絕無僅有，哪怕後來郭沫若的名劇《屈原》在《中央日報》上連載時，時間和篇幅也難與之相比。《五三碧血》由李作人約稿，接任的王平陵不僅沒有嫌棄冗長而把它砍掉，反而是作者都不願堅持寫下去時不斷催稿並鼓勵。陳大悲後來向讀者道歉說：「我把《五三碧血》最後的一幕擱淺了……青白的編輯，王平陵先生，屢次來電話催我交稿，我便屢次重新再寫，寫了好幾個第五幕，簡直的全是一些沒有靈魂的東西，寫了就撕，撕了再寫，直到前幾天，才決心犧牲睡眠，點了兩夜的蚊香，才把這最後一幕完功。」[20]由此可見這篇劇作在編輯眼裡的重要性，可謂最能代表 1929 年《中央日報》副刊理念的作品，然而翻閱相關研究，竟然一篇文章都沒有，有關戲劇的編目大全之類也基本都沒有提及《五三碧血》。正如編者王平陵和作者的通信中所讚頌，描寫「濟南事件」的《五三碧血》特別契合《中央日報》副刊有關革命文藝的提倡，「《五三碧血》，不是恭維你，的的確確是富有革命性的劇本，結構，情節，描寫，都能恰到好處，與近代一般的作風，當然不同」[21]。

　　王平陵對陳大悲《五三碧血》革命性主題的高度肯定和讚揚，其原因在於他比李作人更注重把《青白》建設成文藝的園地，準確地說，革命文藝的園地。1929 年 4 月 21 日，王平陵接任《青白》編輯，預示著《青白》副刊進入一個新的時期，當期發表了

---

20 陳大悲：〈為「五三碧血」向讀者道歉〉，《中央日報‧青白》，1929 年 7 月 23 日。
21 〈通訊〉，《中央日報‧青白》，1929 年 8 月 1 日。

王平陵類似宣言的文章，《蹈進「革命文藝」的園地》，編者大聲疾呼：「真真的『革命文藝』的建設，實在是急不容緩的問題。今後的『青白』，願意和愛好文藝的讀者，共同在此方面努力，希望大家蹈進『革命文藝『的園裡來，努力墾殖，努力灌溉。『青白』敬以十二分的誠意，接受所有的貢獻和建議。」[22]可以說，自王平陵接手《青白》後，風格和面貌大為改變，儼然純文藝刊物，且集中明確、系統化地探討建設革命文藝的問題。此後幾乎每期《青白》都有王平陵的文章，而絕大多數都是有關革命文藝的提倡或創作，如《革命文藝》（1929 年 4 月 27 日）、《跑龍套的》（1929 年 4 月 28 日），《副產品》（1929 年 4 月 29 日），《多與少》（1929 年 4 月 30 日），《皈依》（1929 年 4 月 30 日），《回來罷！同伴的》（1929 年 6 月 6 日），《降到低地去》（1929 年 6 月 17 日），《致讀者》（1929 年 7 月 1 日），《藝術與政治》（1929 年 7 月 6 日），《編完以後》（1929 年 7 月 7 日），《再來刮一陣狂風》（1929 年 8 月 7 日），《評思想統一》（1929 年 9 月 6 日），《建設 positive 的文學》（1929 年 11 月 7 日），等等。

王平陵的「革命文藝觀」的具體內容探討以及其和普羅文學之間的區別聯繫，限於本文論述重心不在以後另撰文詳述，筆者在此想要強調的是，1929 年南京的《中央日報》副刊，尤其是王平陵接受後的《青白》，幾乎都是有關革命文學的倡導和討論，也有不少作家甚至是大牌的作家，有些還是後來成為左翼的代表作家，在《青白》上討論革命與文學、革命與戲劇的關係，如白

---

22 王平陵：〈蹈進「革命文藝」的園地〉，《中央日報・青白》，1929 年 4 月 21 日。

癡的《理論與作品》、閻折悟的《戲劇的革命與革命的戲劇》、楊非的《革命文學與民眾戲劇》、田漢的《藝術與藝術家的態度》、《藝術與時代及政治之關係》、洪深的《政治與藝術》、心在的《藝術與民眾》，等等。正如有研究者所統計的那樣，「從 1929 年 4 月 21 日到 1930 年 5 月 9 日共出版 253 期，幾乎占整個《青白》統計總數的一半，刊出評論文章 261 篇、小說 222 篇、翻譯小說 46 篇、詩歌創作 180 首、翻譯詩作 34 首，劇本 11 個；從質上說，這個時期的《青白》大部分評論文章都涉及了『革命文學』及『民眾戲劇』等問題」[23]。

　　《大道》是革命的理論闡發，《青白》是革命的文藝提倡，其實我們只要翻閱 1929 年的《中央日報》，從大文學的視野出發，《中央日報》各個版塊共同營造了濃厚的「革命文學」氛圍。《中央日報》的外交和中外關係版塊是「革命外交」，如像邵元沖的《如何貫徹我們「革命的外交」》（1929 年 10 月 17 日），理解了革命外交也許會對中日、中蘇關係和事件有更多體悟如「濟南慘案」、「中東路事件」，也就會明白為何《青白》副刊及其編者把《五三碧血》作為革命文藝的典範，也能重新審視「中東路」事件後民族主義文藝的如火如荼。《中央日報》的黨務版塊常有黨員的人生觀培訓，像《種種反革命與革命人生觀—胡漢民在中央黨部及立法院講》（1929 年 10 月 15 日、16 日）、革命家的藝術修養問題有《革命家應有藝術修養（葉楚傖先生講）》（1929 年 7 月 7 日），而革命的人生觀和革命者的藝術修養不正是革命文藝最核心的命題麼？就連《中央日報》中縫廣告也是革命和革命文藝書籍的推薦如《中央軍校續編革命叢書、革命文藝

23　付娟：《〈中央日報・青白〉副刊（1929-1930）與國民黨文藝運動》，四川師範大學碩士論文，2008 年。

及革命格言兩種》（1929 年 6 月 11 日）、《南京北新書廉價革命刊物優待代表》（1929 年 5 月 31），甚至有《曆書須加印革命紀念日》（1929 年 8 月 31 日）的提議，其實每個革命紀念日如五卅、五四等都會開闢專版專欄，中宣部也定期在《中央日報》上放出近期加強宣傳的革命口號，這些不都是和革命文藝最為密切的內容麼？

由此可見，只要我們秉承多元而非單一的革命史觀，僅以國民黨的黨報《中央日報》和副刊為考察對象，我們很難說國民黨缺席了 1928 年之後的革命文學倡導和論爭，學界以往用民族主義文藝來概括南京國民政府成立之後的文藝理念和文藝政策，也顯然是偏頗之論。可是，國民黨官方後來明確打出了民族主義文藝運動的招牌，這是文學史上的定論和共識，那麼國民黨如何從革命文學轉型到 1930 年民族主義文藝，恰恰是最值得我們關注和探究的文學史命題。因為對這一命題的考察和辨析，不僅帶給我們對 20 世紀 30 年代文學思潮的重新認知，還關聯著我們對後來抗戰文學發生的全新理解，甚至帶給我們對民國歷史語境下中國現代文學歷史進程的重新敘述。而轉折時代的 1929-1930 年《中央日報》副刊，仍然是我們考察這一命題的絕佳切入點。

第三節　革命文學與民族主義文學論爭的重新闡釋

長久以來，大家把《中央日報》副刊核心人物王平陵和上海的潘公展、朱應鵬等人，視為「民族主義文藝運動」的組織者和發起人。不過，最近學者張玫對王平陵是否參與民族主義文藝運

動作了詳細考證，並指出：「王平陵被認為是『民族主義文藝運動』的發起者與參與者之一，與文學史不符」[24]。張玫對歷史細節的考證詳細充分，厘清了諸多含混的史實，對這一議題的研究很有助益，但作者對整個民族主義文藝運動來龍去脈的大方向把握存有偏差。

　　1930 年 6 月 1 日，一群自稱為「中國民族主義文藝運動者」的文人在上海結社，成立前鋒社（因是 6 月 1 日成立又名「六一社」）並發表《民族主義文藝運動宣言》，這被學界認為是國民黨發動民族主義文藝運動的標誌。因為大家普遍認為前鋒社係官方策劃的御用文人社團，後臺老闆為時任上海社會局局長潘公展，而潘又和蔣介石所看重的 CC 系陳氏兄弟及其掌控的中組部關係密切。但根據倪偉的考證研究，既無法證明潘公展是「前鋒社」的後臺和積極參與者，也無法證明前鋒社的官方屬性，「同一時期的其他國民黨文學社團如『中國文藝社』、『開展文藝社』、『流露社』和『線路社』都接受官方的津貼，但我目前尚未找到可以證明『前鋒社『也曾接受官方津貼的材料。《前鋒週報》前期的稿件都為『前鋒社『成員義務承擔，不計稿酬。」[25]此外，根據前鋒社徵求社員的標準和要求，我們也可發現前鋒社的定位和官方策劃的御用社團之間有不小的差距，「凡與本社宗旨相同，不分性別，曾在本社出版之前鋒週報投稿三篇以上，經本社認為合格者均得為本社社員」[26]。由此可見，把前鋒社定位為官方欣賞的民間社團組織更恰當些。

---

24 張玫：〈再論王平陵：「民族主義文藝」還是「三民主義文藝」〉，《中國現代文學研究叢刊》，2015 年第 10 期。
25 倪偉：《「民族」想像與國家統制——1928-1948 南京政府的文藝政策及文學運動》，第 54 頁注釋 1，上海教育出版社 2003 年。
26 〈前鋒社徵求社員〉，《前鋒週報》第 1 期，1930 年 6 月 22 日。

　　事實上，學界有關前鋒社和潘公展以及二陳 CC 系親密關係的描述，基本上引自「左聯」機關報《文學導報》1 卷 4 期上思揚的《南京通訊》，副標題為「三民主義的與民族主義的文學團體及刊物」，但很顯然，這篇通訊太過主觀情緒化且多為猜度之詞。可是學界卻普遍不加辨析地採用思揚的說法，尤其是他誇大國民黨中宣部和二陳 CC 派中組部之間矛盾的敘述，提出三民主義文學和民族主義文學相對抗的說法，被後來的研究者廣泛引用，並作為國民黨文藝思潮論述的基本依據。「在一九三〇與一九三一相交的數月間，民族主義文學與三民主義文學之對抗，在南京頗囂塵上，雖然彼此都是國民黨的自家人」[27]。很多學者依據此說，把三民主義文藝視為中宣部系統的提法，把民族主義文藝視為中組部系統的理念，並且得出了如下結論，前鋒社不會把民族主義文藝運動宣言交由中宣部審定，民族主義文藝運動不是國民黨官方文藝政策和運動，上文提到的學者張玫就依照此說，認為中宣部系統的王平陵不是民族主義文藝運動的發起者和參與人。

　　然而，正如前文所論述，我們尚無證據表明提出民族主義文藝運動的前鋒社是 CC 系掌控的社團，那麼就更無所謂兩個系統的文學理念和口號對抗之說。前鋒社之所以不會把民族主義文藝運動的宣言交由中宣部來審議決定，並非兩個派系之間的衝突和抵牾，恰恰是因為前鋒社自我民間社團體認，雖然前鋒社中不少成員具有國民黨員身份或曾擔任黨政職務，但這一社團的文學活動並非是因為黨政工作職責所在，他們的文學主張起初並非來自管轄意識形態的中宣部的指示或授意。

---

27 思揚：〈南京通訊〉，《文學導報》1 卷 4 期，1931 年。

　　前鋒同人結社之後，他們的宣言最早並非發表在 6 月 22 日創刊的《前鋒週報》，而是以《民族主義的文藝運動發表之宣言》[28]為題，刊登在上海《申報》本埠增刊版的副刊《藝術界》。從宣言發表的陣地以及文章前面介紹來看，影響和波及範圍僅限於上海地區，也許是前鋒社的成員後來自己也覺得影響力不夠大，他們只聲稱宣言是發表在他們的刊物《前鋒週報》和《前鋒月刊》，學界目前也基本沿用此說。《前鋒週報》是 6 月 29 日第二期才開始刊登《民族主義文藝運動宣言》，並於 7 月 6 日第三期才連載完成，10 月才在《前鋒月報》的創刊號上刊登。然而，在 1930 年 7 月 4 日，《中央日報》副刊《大道》上全文刊登了《民族主義文藝運動宣言》，雖然相比 6 月 23 日「申報本埠增刊」的刊登是晚了幾天，但是比學界公認的《前鋒週報》完整刊登要早兩天，比《前鋒月刊》的登載更是早很多。就影響力來說，不論是「申報本埠增刊」中的一個副刊，還是前鋒社成員後來津津樂道的《前鋒週報》、《前鋒月刊》，遠不如《中央日報》及其副刊，尤其是黨國氣和政策味濃厚的《大道》副刊。《中央日報》的《大道》副刊全文刊登《民族主義文藝運動宣言》之前，以傅彥長、朱應鵬、葉秋原等為核心的文藝小團體早已形成，20世紀 20 年代初期他們就在探討文學和民族關係問題，也有一系列的著述出版，《民族主義文藝運動宣言》中的基本觀點業已成型。有關這一點，有研究者已經做了詳細考證，題為《「民族主義文藝運動」興起的歷史文化語境探析——兼對<民族主義文藝運動宣言>來源的考證》[29]。事實上，考察民族主義文藝運動興起

28　〈民族主義的文藝運動發表之宣言〉，《申報本埠增刊・藝術界》，1930 年 6月 23 日。

29　周雲鵬：〈「民族主義文藝運動」興起的歷史文化語境探析——兼對〈民族主義文藝運動宣言〉來源的考　證〉，《社會科學輯刊》2011 年第 2 期。

的歷史文化語境，我們不難發現，起初這一團體的黨國氣息並不
濃厚，同人文藝味更鮮明些，他們對世界各國文學中民族精神和
民族特色的分析，尤其是對弱小民族國家文學中的民族精神之肯
定，多有真知灼見，他們的觀念不難使我們聯想起魯迅最初的文
學實踐活動。

　　雖然 1930 年之前，前鋒社骨幹成員的民族文學觀點已基本
定型，相關著述也已見諸報刊或公開出版，但在文學界卻並無太
大影響，更遑論是一場文學運動了。事實上，前鋒社這一民間社
團主張的《民族主義文藝運動宣言》，正是由於《中央日報》的
《大道》副刊轉載及闡發，或可以說，正是由於《中央日報》的
推波助瀾，民族主義文藝才運動起來，成為思潮並上升為國民黨
官方的文藝理念和文藝運動，由此受到各方關注，不論是贊成方
或反對方。尤其之後不久，潘公展又在《大道》副刊上發表了《從
三民主義的立場觀察民族主義的文藝運動》，明確把民族主義文
藝運動和國民黨意識形態及革命理念對接起來。「中國現在是國
民革命時期，在革命過程中間，文藝既然是時代和環境的產物，
當然是需要一種富於革命情緒的文藝，以與國民革命的進展相適
應。」「只有民族主義的文藝，真可以認為中國所需要的革命文
藝。也只有民族主義的文藝運動，可以希望為中國民族始終培養
革命的根苗，開拓革命的生路。」[30]事實上，原本前鋒社成員的
民族文學主張更偏重文藝，而《中央日報》的《大道》副刊更著
重把其向革命化的方向引領，正如潘公展所說的，「只有民族主
義的文藝，真可以認為中國所需要的革命文藝」，當然這個革命
是國民黨人所秉承的三民主義為指導的國民革命。也正是由於
《中央日報》副刊的介入，此後民族主義文藝運動的論述越來越

---

30 潘公展：〈從三民主義的立場觀察民族主義的文藝運動〉，《中央日報・大道》，
　　1930 年 7 月 18 日。

朝著關涉現實政治和革命的方向走去，這一點從後來吳原編的《民族文藝論文集》[31]中就可以看出，這本 1934 年由杭州正中書局出版的集子相比前鋒社自己 1930 年編的《民族主義文藝論》[32]，更多政治和革命議題。可以說，也正因為王平陵在《中央日報》轉發刊登《民族主義文藝運動宣言》，潘公展用國民黨革命理念來進一步闡發，這兩人也因此成為民族主義文藝運動的重要發起者和參與人。雖然在具體的社團發起和宣言起草時，並未見到二人的身影，但把這一民間社團理念和文學活動上升到政府文藝理念和文藝運動，顯然二人居功至偉，這就是後來臺灣史家論及民族主義文藝定把王平陵、潘公展放在前列，這也是當時左翼作家如茅盾等人批判「民族主義文藝運動」是國民黨中宣部所為的原因之所在。

　　民族主義文藝並非革命文藝的對立面，國民黨人的革命話語和民族話語有其內在的統一邏輯，那就是基於訓政理念的三民主義革命觀。如果檢索從 1928-1949 年的《中央日報》及其副刊，也僅就標題而言，「革命」這一語詞出現頻率超過 2000 多次，「三民主義」和「訓政」緊跟其後，分別有 500 多次和 300 多次的出現頻率[33]。1929 年之後《大道》副刊上除了明確談論訓政的理論文章之外，論及文學時基本都涉及三民主義的革命和訓政理念，如周佛吸的《倡導三民主義的文學》（1929 年 9 月 21、10 月 1-2 日），《怎樣實現三民主義的文學——複大道編者先生》（1929 年 11 月 24 日），《何謂三民主義文學》，（1929 年 11 月 26-30 日連載），此外最為關鍵的還有中宣部部長葉楚傖的《三

---

31 吳原（編）：《民族文藝論文集》，杭州正中書局，1934 年。
32 前鋒社（編）：《民族主義文藝論》，光明出版部，1930 年。
33 統計數字根據上海數位世紀網路有限公司製作的「《中央日報》(1928-1949)標題索引」的網路版，雖然統計未必十分嚴謹，因為有些標題有重複或缺漏，但「革命」、「三民主義」、「訓政」三個詞頻出現最高，應該沒有異議。

民主義的文藝創造》（1930 年元月 1 日）。因此，也有不少學者
認為國民黨的文藝最初是三民主義的文藝，並如前文所說，把三
民主義文學和民族主義文學對立起來，進而基於整體左右立場之
分，把左翼的革命文學和右翼的三民主義文學、民族主義文學對
立起來。然而，這種觀點不僅與事實不符而且在邏輯上很難講
通，只要我們正視《中央日報》上隨處可見的「革命話語」，仔
細閱讀《中央日報》及副刊上的相關文章，我們就不難發現，三
民主義和民族主義其實都是作為修飾詞的首碼，完整的名稱應該
是「三民主義的革命文學」或「民族主義的革命文學」。而這些
文章的字裡行間，這些論說的背後邏輯，都是極其明確的訓政理
念，正是基於訓政理念，國民黨人希望把自身的革命理念統一起
來並使之成為整個國家民族的價值理念，這也正是潘公展用三民
主義的立場來闡發民族主義文藝的思路。1928 年 8 月 11 日，國
民黨第二屆中央執行委員會第五次全體會議上午表決通過「統
一革命理論案」、「民眾運動案」、「革命青年培植救濟案」、
「厲行以黨治政、治軍案」；下午表決通過「訓政時期遵照總理
遺教，頒佈約法」、「訓政時期之立法、行政、司法、考試、監
察五院，逐漸實施等案」。訓政與革命理論和宣傳的統一如影相
隨，「自總理逝世，迄至現在，黨的革命理論，由同志憑各個對
主義的認識，及革命實際變動的觀察，致革命理論，紛歧萬端。
致理論中心不能建立。共信不立，互信不生，則宣傳不能統一，
行動不能一致，力量不能集中。數年來，黨內糾紛百出，實源于
黨員對革命理論未能統一。現在本黨宣傳刊物如雨後春筍，其思
想立場，微有出入者有之；絕對異趨者有之，……」[34]自此之後
國民黨的每一次代表大會或中央全會，都會毫不例外的強調訓政

34　〈統一革命理論案〉，榮孟源主編：《中國國民黨歷次代表大會及中央全會資
　　料》上，光明日報出版社， 1985 年。

理念，「幾乎毫不例外要通過一個《統一革命理論案》之類的議案」[35]。很顯然，訓政理念背後有明顯的一黨專政色彩，《中央日報》副刊談論革命文學、三民主義文學以及民族主義文學時，大都會理直氣壯地宣傳和鼓吹黨治文學。因此，這種一元化的思想統一要求和作為，不僅會遭到被他們斥為反革命的其他黨派文藝工作者的反駁，自由主義的文人強烈反對也是預料中的必然。不過，訓政是革命尚未成功的一個階段，憲政實施，還政人民，這才是革命最終成功的標誌。雖然很多人以國民黨最終的軍事失敗來認定訓政的失敗與虛偽，也有學者提出了國民黨一個弱勢獨裁政黨在近代中國失敗的必然[36]，然而，就整個民國的機制層面來審視，革命的道路從軍政到訓政再到憲政的設計，又為民國文學、文化，為廣大知識份子和民眾甚至是反對者提供了憲政的理想和生存的空間[37]。從更長的制度變革來說，「通過事實上的訓政，最後實現了政治民主化。如果不是夾雜獨統之爭，臺灣的政治發展應當說不失為由一黨專制的訓政導入憲政體制的一個成功範例。」[38]

　　總之，通過對南京國民政府成立後《中央日報》及副刊的考察，訓政理念的革命文學是國民黨文學的內在理念和根本方針，而諸如三民主義文學、民族主義文學是其表現形式。訓政理念下

---

35 江沛、紀亞光：《毀滅的種子——國民政府時期意識形態管理研究》第 6 頁，陝西人民教育出版社， 2000 年。

36 詳細論述參見王奇生：《黨員、黨權與黨爭：1924——1949 年中國國民黨的組織形態》，上海書店出版，2009 年。

37 具體論述參看李怡的〈憲政理想與民國文學空間〉，張武軍的〈民國憲政與法制下的左翼文學與右翼文學〉，《鄭州大學學報》2012 年第 5 期。

38 郭寶平，朱國斌：《探尋憲政之路：從現代化的視角檢討中國 20 世紀上半葉的憲政實驗》，山東人民出版社，2005 年。

的革命文學關乎很多富有意義的文學史命題,如訓政理念下革命文學的精英啟蒙立場與之前五四啟蒙文學之間,顯然有更為直接更為內在的關聯,也許這才是文學革命到革命文學更為深層的內在邏輯,1929 年之後《中央日報》副刊上的民眾化戲劇的啟蒙運動吸引了包括田漢等南國社同仁就是明顯的例證,美國學者費約翰對「喚醒與訓政」、「喚醒與啟蒙」[39]話題的涉及,直到今天仍然沒有學者跟進。

　　革命和革命文學始終是國民黨文宣領域的一條經線,與之相伴隨的恰恰是訓政理念這條緯線,沒有了訓政緯線,革命文學的經線也就戛然而止。這就是談論民國文學時顯然不能以 1949 年來區隔,國民黨遷台之後的文學主張及意識形態管控和 1949 年之前大陸時期並無本質區別,反而與臺灣開放黨禁真正實現憲政後有明顯差異。其實我們細細琢磨,國民黨在臺灣實行一黨訓政時,其文學和宣傳仍然是革命式的話語,文學形態的轉變恰恰來自憲政的真正實施。訓政下的革命文學,這只是筆者通過翻閱《中央日報》及副刊而提出的一個命題,作為通往向憲政道路上的訓政時期革命文學,蘊含著極其豐富的內容,如黨治文學中的革命與反革命話題,憲政目標與文學中的民主、個性、自由話題,憲政方向與民國文學的生存空間、發展走向等話題,因為議題實在太過龐大,未能細細展開,希望將來能和學界研究民國文學的同仁一起來全面探討和分析。

---

39 參看費約翰(李霞等譯):《喚醒中國:國民革命中的政治、文化與階級》,北京三聯書店,2004 年。

第四章　《中央日報》副刊與抗戰文學的發生

　　有關抗戰文學的發生，學界一直關注不夠，僅有的論述也大都側重於強調共產黨領導下的《新華日報》副刊以及左翼人士主導下的「文協」的成立。然而，重新考察和分析《中央日報》和《新華日報》副刊，從「盧溝橋主題藝術運動」的策劃到聯合作家們團結起來成立「文協」等全國性組織，都是由《中央日報》及副刊或台前或幕後所主導。事實上，《中央日報》、《新華日報》這兩大報紙副刊共同處在民國歷史文化這一語境下，它們之間並非只是對臺戲，還有更多複雜的關聯。由此可以幫助我們進一步發掘抗戰文學的豐富性、多元性和開放性。

　　「文革」結束後，兒童文學劇本《報童》曾引起了廣泛贊譽，它先由中國兒童藝術劇院搬上舞臺，爾後，北京電影製片廠把它改編成電影，這部影片紅遍了中國。《報童》的故事並不複雜，主要是通過報童的視角揭示了《新華日報》的出版、發行在國統區受打壓、被破壞的遭遇。影片一開始有這樣一個情節設置，兩個報童一個叫賣《新華日報》，一個叫賣《中央日報》，彼此針鋒相對，互不相讓，後來在大家的感召和幫助下，《中央日報》小報童覺醒了，加入到《新華日報》的革命陣營。影片的結尾，周總理親自帶著小報童，迎著敵人的刺刀和機槍，突破封

鎖，沿街叫賣和發送《新華日報》，受到群眾熱烈的追捧和擁護，《新華日報》把黨的聲音傳遞到國統區的各個地方。

很顯然，這部號稱優秀的現實主義兒童之作，有太多的細節與歷史史實不相吻合，像周恩來懷抱《新華日報》沿街叫賣，像《新華日報》和《中央日報》如此革命與反革命的勢不兩立等等。後來有人專門對周恩來重慶街頭賣報做了研究，並得出結論，認為這與歷史事實嚴重不符，並附有《關於周恩來同志賣報問題調查材料選編》[1]。當然，《報童》祇是一部文藝作品，藝術加工可以不必完全拘泥于現實。然而奇怪的是，後來很多人的回憶錄中，都提及周恩來當街賣報也是他們親眼目睹的事實。而之後不少嚴肅的歷史著述和學術論著則以這些當事人的回憶為材料支撐，這樣，周恩來當街賣報、散發報紙成為了不容置疑的史實。

第一節《中央日報》和《新華日報》副刊：並非只是對臺戲

事實上，不僅僅是周恩來當街叫賣《新華日報》這一細節，有關《新華日報》的很多論述都建立在當事人後來的回憶和記敘基礎之上。1959 年，潘梓年、吳克堅、熊瑾玎等當事人結集出版了《新華日報的回憶》[2]，收錄有潘梓年的《新華日報回憶片段》、吳克堅的《艱苦複雜的鬥爭》、熊瑾玎的《突破紙張封鎖，使反動派為之失色》等文章。1979 年更多當事人更豐富的回憶錄結集

---

1 王明湘：〈周恩來同志在重慶沒有賣過《新華日報》的調查〉，《重慶文史資料》第 6 輯，第 63-82 頁，1980 年。
2 潘梓年、吳克堅、熊瑾玎等：《新華日報的回憶》，重慶：重慶人民出版社，1959 年。

為《新華日報的回憶》[3]，1983 年《新華日報的回憶·續集》[4]也相繼出版。這幾部當事人的回憶文章為「文革」後《新華日報》的研究提供了難得的史料支撐，也為後來的《新華日報》研究定下了一個基調，那就是強調《新華日報》在國統區的戰鬥性。誠然，這種觀念的產生有歷史的原因和現實的考量，因為自抗戰結束後，有關《新華日報》和國統區文化文學的「右傾」說就沒有停止過，「反右」運動和「文革」期間，不少《新華日報》的當事人和國統區文人還因此蒙冤受辱。「文革」結束後， 伴隨著撥亂反正的潮流，這些當事人自然會集中筆力聲明自己不是叛徒、也沒有犯過右傾的錯誤，而是始終為黨、為革命在文化宣傳和文藝創作上作出了巨大貢獻。可以說，上世紀 80 年代起步的抗戰文化和文學研究主要是駁斥「右傾論」，《新華日報》的革命性和戰鬥性就成為反擊「右傾論」的最有力證據，畢竟《新華日報》屬於黨報，是和中共長江局、南方局以及周恩來密切相關的。

　　直至今日，有關《新華日報》的研究成果已經相當豐富，但總體上大家仍停留在對《新華日報》及其副刊戰鬥性、革命性的闡述。例如，論文集《堅持團結抗戰的號角：1938-1947 年代論文集》（1986）、重慶市檔案館、中國第二歷史檔案館合作編撰的《白色恐怖下的新華日報──國民黨當局控制新華日報的檔案材料彙編》、黃淑均、楊淑珍的《抗日民族統一戰線的號角──戰鬥在國統區的<新華日報>》（1995）、左明德的《血與火的戰鬥──<新華日報>營業部紀實》（2000）、吳揚的《鬥爭的藝術──

3　陸詒、吳玉章、潘梓年等：《新華日報的回憶》，成都：四川人民出版社，1979年。
4　石西民、范劍涯編：《新華日報的回憶·續集》，成都：四川人民出版社，1983年。

淺析抗戰時期<新華日報>與國民黨鬥爭的策略》（2007），這些
研究成果從題目到內容都不難看出其主旨所在。

頗有意味的是，不少研究著述強調《新華日報》革命性的同
時，大都會選擇《中央日報》作為對立面來比較，以此來凸顯《新
華日報》的進步性和革命性。例如曹恩慧的論文《國共兩黨對韓
國獨立運動的看法比較研究——以抗戰時期的<中央日報>與<新
華日報>為中心》（復旦大學碩士論文，2001）、黃月琴的論文
《二十世紀三四十年代國共兩黨報紙廣告研究》（武漢大學碩士
論文，2002 年）、馬娟的論文《<新華日報>對國統區輿論的建
構和消解》（安徽大學碩士論文，2010）、李全記的論文《抗戰
時期中國共產黨領導下的戰時文化宣傳工作研究》（河南師範大
學碩士論文，2011）、曹炎的論文《抗戰時期<新華日報>、<中
央日報>、<大公報>輿論宣傳研究》（湖南師範大學碩士論文，
2011 年），等等[5]。從最近這幾年這一系列的碩博士論文來看，
我們不難發現把兩大報紙作對比以此來凸顯《新華日報》的革命
性，這是目前研究界的主導傾向。在副刊的研究上也呈現出同樣
的思路，把《中央日報》和《新華日報》副刊拿來作對比，認為
它們是彼此針鋒相對，或者批判《中央日報》副刊如何體現著國
民黨政府鉗制思想，或者肯定《新華日報》副刊又如何展示了左
翼作家在文學上的戰鬥性。例如郭楓的碩士論文《抗戰時期重慶
<新華日報>、<中央日報>副刊上的文藝戰爭》就是這一思路模式
的集中體現。

事實上，我們總是有意忽略了《中央日報》和《新華日報》
及其副刊的彼此關聯性，忽略了他們同處於民國歷史文化這一共

---

5 上述碩博士論文均引自中國知網博碩士論文庫。

同語境中，用這種後來的政治上的二元對立來替代抗戰時期國共兩黨的複雜關係，同時也把《中央日報》和《新華日報》這兩份報紙及其副刊簡單化和概念化了。例如，不少研究著述基本上開篇就提到《新華日報》是黨在國統區公開發行的報紙，很顯然，用抗戰時期壓根兒就沒有的「國統區」、「解放區」之說來表述，正如當下很多抗戰神劇中的臺詞「八年抗戰開始了」一樣可笑。然而，這不正是我們抗戰文學研究的實際情形麼？直到今天，我們仍然在大談特談抗戰時期的「國統區文學」和「解放區文學」。

由此可見，要把抗戰時期的文學研究向前推進，我們就得回到當時的也就是民國的歷史文化語境中，而不能衹是依賴後來人的回憶和記敘。從當時的報紙副刊來考察抗戰時期的文學，其實是一種很好的思路，《中央日報》和《新華日報》這兩大黨報報紙及副刊的確是我們認知抗戰文學複雜性的最好切入點，尤其是《中央日報》副刊，相比較《新華日報》副刊而言，學界對它的關注和研究還遠遠不夠。

第二節 抗戰文學：並非自然而然的產生

今天有關抗戰文學的發生，大陸的文學史基本上都會從「七七事變」後中共中央通電宣言這一歷史背景講起，然後談及《新華日報》的成立以及共產黨人和左翼作家主導下成立「文協」（中華全國文藝界抗敵協會）。唐弢等主編的《中國現代文學史》就是這樣描述的，「一九三七年十二月，以中國共產黨首席代表身份參加抗日民族統一戰線工作、擔任軍委會政治部副部長的周恩來同志來到武漢。他十分關心抗日文藝運動的開展，親自領導了

以武漢為中心的國統區文藝運動。他通過武漢的八路軍辦事處和黨在國統區公開發行的《新華日報》，以及親身參加和組織各種抗日的文藝活動，……把聚集在武漢的大批文藝工作者組織起來，除了一部分輸送到延安和各個抗日民主根據地，絕大部分的文藝工作者，通過中華全國文藝界抗敵協會和郭沫若主持的軍委會政治部第三廳，都被吸收到抗日民族統一戰線中來，組成一支浩浩蕩蕩的抗日文藝大軍。」[6]在這樣的描述中，《新華日報》以及副刊之于抗戰文學的意義常常被強調，尤其是大家把《新華日報》和「文協」成立關聯起來，並由此證明了「文協」的成立是共產黨人和周恩來起到了主導作用。

然而，《新華日報》創刊於 1938 年 1 月 11 日，「文協」也是在 1938 年 1 月才開始籌備。那麼在這之前的文學思潮和文學動向呢？這可是真正關係到抗戰文學的發生問題，而且在此之前，左翼文學界圍繞著抗戰和民族話語曾經有過巨大的分歧，這就是著名的「兩個口號」之爭。從「兩個口號」的巨大分歧到形成全國一致的抗戰文藝，這很顯然並不是一個簡單的過程。然而，有關左翼文學的話語轉型和抗戰文學的發生，我們總是籠統地描述為自然而然的發生或含混地一筆帶過。1980 年代，樓適夷在為《中國抗日戰爭時期大後方文學書系》作序時就提到：「盧溝橋事件與八一三上海全面抗日戰爭的爆發，使一時展開的所謂兩個口號的內部論爭，自然歸結為一個口號：『抗戰文藝』，使所有文藝工作者都站在這面共同的大旗之下了。」[7]作為《新華日報》的《團結》副刊的主編，樓適夷也參與了「文協」早期的籌

---

6 唐弢、嚴家炎主編：《中國現代文學史》三，人民出版社，第 3-4 頁，1989 年。
7 樓適夷：《中國抗日戰爭時期大後方文學書系（第一編 文學運動）•序》，重慶：重慶出版社 1989 年，序言第 2 頁。

備工作，他的這一闡述很具有代表性，然而「自然歸結為」抗戰文藝的說法太過簡單和含混。其實，「兩個口號」論爭期間，就有人提出過抗戰文藝這一說法，例如楊晉豪在「兩個口號」論爭時期就提議：「為了使現階段的中國文藝運動，能有一個更自然，更正確而且更通俗的文藝口號起見，所以我特在已存兩個口號——『國防文學』和『民族革命戰爭的大眾文學』——之外，另又提出了『抗戰文藝』這一口號。……『國防』和『抗戰』在中文的意義上顯然是很有出入的。前者是對於正在侵略進來的敵國外患作防禦，而後者是對於已經侵略進來的敵人以及壓榨的人們立即作反抗的戰爭；前者是局限於一時間性一國家性的，而後者則是有延續性與國際性的；為了這一點意義，我另提出了『抗戰文藝』這一新的文藝口號，大概不至於被人誤認為是故意標新立異吧！」[8]然而，楊晉豪提出的「抗戰文藝」這一合理的說法在當時並沒有獲得左翼文學陣營的認可，由此可見，就左翼文學立場來看，抗戰文藝「自然而然」產生在邏輯上很難說清楚。

　　不僅大陸學界忽略抗戰文學發生這一重大命題，臺灣及海外其他地區，也忽視甚至是有意回避這個問題，因為在他們看來，抗戰文學的發生，總不免和左翼文學牽扯到一起。正如臺灣一學者後來所總結的：「為何大家避談抗戰文學呢？一談到抗戰文學，就難免涉及卅年代文學及作家，一提到卅年代文學及作家，就感覺到有如燙手的山芋，總認為那是『左傾文學』」，這位學者也強調因為不願涉及「左傾作家」而避談抗戰文學，「實則這

8　楊晉豪：〈〈現階段的中國文藝問題〉後記〉，中國社會科學院文學研究所現代文學研究室編《「兩個口號」論爭資料選編》下，1982年，第1045-1047頁。

是『因噎廢食』的不智之舉」[9]。然而,這位學者所反思的現象在臺灣學界是極為普遍的,所以在有關抗戰文學的發生問題上,他們會特別強調「左翼」文學界內部的矛盾、分歧,以及兩個口號最終被拋棄,以此來證明左翼和共產黨人在抗戰文學發生和發展過程中幾乎沒有什麼影響力。例如李牧在他的《三十年代文藝論》中談到,「其實,這兩個口號都是笨拙的,抗戰而後,自然而然地都被淘汰而稱為『抗戰文藝』了。」[10]夏志清在他的《中國現代小說史》中,有專門一個章節題為「抗戰期間及勝利以後的中國文學」,夏氏大談特談「兩個口號」之爭,然後直接過渡到抗戰後共產黨人的文藝批判和文藝鬥爭,其言下之意是想表明,在抗戰文學中左翼文學界和共產黨人實際上起到的是破壞作用。

由此可見,不論是大陸的學界還是臺灣及其他海外地區的研究界,大家對於抗戰文學的發生都不怎麼關注,或者選擇各取所需的回避。因此,我們要考察抗戰文學的發生,就必須回到當時的歷史語境中,而兩大政黨的黨報文藝副刊顯然能夠提供給我們有關抗戰文學發生的諸多歷史細節。

9　端木野:《整理抗戰文學》,李瑞騰《抗戰文學概說》,臺北:文訊月刊雜誌社,1987 年,第 179-180 頁。
10　李 牧《三十年代文藝論》,臺北黎明文化事業股份有限公司,1973 年,第 101 頁。

第三節　《中央日報》副刊與
盧溝橋意義的生成

　　只要我們認真翻閱《中央日報》及其副刊，就不難發現，在每一次中日衝突時，《中央日報》副刊都展現出極其鮮明的抗戰姿態。「九一八」事變後不久，由王平陵、黃其起、何雙璧主編的《青白》副刊，改名為《抗日救國》特刊，把民族主義文藝的命題具體化為抗日救國的文藝，可以說這是較早提出抗戰文藝的呼聲。

　　1937 年盧溝橋事變發生後，當時大家還未意識到這一事件會成為中日全面戰爭的開始，《中央日報》副刊先於主刊而對此事作出強烈回應，文化文藝團體比軍政人員表現出更積極的抗戰姿態。7 月 12 日，《中央日報》副刊《中央公園》幾乎開闢了盧溝橋專版，刊載蔣山的《關於盧溝橋》、徐亞的《盧溝橋》，還配有大量的盧溝橋圖片如《盧溝橋石獅之一》、《橋上之禦碑亭》、《由橋上遙望宛平》等[11]。7 月 13 日，《中央日報》刊登了署名抱璞的《民族抗戰聲中談談盧溝曉月》，這不僅是首次有人提出把文藝和民族抗戰關聯起來，也是整個《中央日報》自七七盧溝橋事件來首次出現「民族抗戰」的提法，「盧溝橋已成為我們和敵人血戰肉搏的所在」[12]。7 月 14 日，《中央日報》第二版出現了《京文化團體紛電慰抗敵將士》的報導，副刊《中央畫刊》全

11　蔣山：〈關於盧溝橋〉，徐亞：〈盧溝橋〉，《中央日報・中央公園》，1937
　　年 7 月 12 日。
12　抱璞：〈民族抗戰聲中談談盧溝曉月〉，《中央日報・中央公園》，1937 年 7
　　月 13 日。

版都是盧溝橋和北平的名勝圖以及抗戰現場圖。7 月 15 日，《中央日報》刊登《京文化界紛電當局，戮力殺敵捍衛國土》的報導，在當天的副刊《貢獻》上，刊登了詩歌《盧溝橋是我們的墳墓》[13]，來謳歌二十九軍將士誓死守衛盧溝橋的抗戰淨勝，「盧溝橋是我們的墳墓」，這是守城將士當時喊出的口號，在前面的《民族抗戰聲中談談盧溝曉月》中也特別描述了這一情形。7 月 17 日，《中央日報》刊登了《南京文化界商禦侮方針》，這是一次南京文化界和文藝界的大聚會，由《時事日報》的副總編輯方秋葦、《中央日報》副刊的重要編輯王平陵等人聯名發起。在此之後的《中央日報》各個副刊，如《中央公園》、《電影週刊》、《貢獻》等各個副刊版塊，基本上都是圍繞著盧溝橋為題材以民族抗戰為主旨的詩文和藝術作品。

　　7 月 25 日，《中央日報》刊登了《首都報人勞軍公演，今日開始排戲，田漢昨日講述劇情及所需演員》的報導，並附錄了田漢《盧溝橋》中的唱曲《盧溝月》這一段。這場首都報人的勞軍公演實際上是由《中央日報》的新聞記者和副刊人員號召起來的，從報導內容來看，是《中央日報》社同仁作為召集人並提供了《中央日報》大禮堂作為活動和排演地點，除了劇本的作者和擔任編劇的田漢之外，起到主要作用的還有《中央日報》的《戲劇週刊》、《戲劇副刊》的編輯馬彥祥、餘上沅，以及他們所支持建立的「中國戲劇學會」等團體。8 月 8 日、9 日，《中央日報》接連預告、報導了正式公演的《盧溝橋》，這是一個由兩百餘報人動員演出，並委託聘請了上海戲劇界的一些明星，如作曲

13　一瞥：〈盧溝橋是我們的墳墓〉，《中央日報・貢獻》，1937 年 7 月 15 日。

的冼星海和張曙，著名的演員胡萍、王瑩、金山、戴涯等客串演出[14]，首日演出後，《中央日報》對客串明星給予很高評價，「參加客串之諸君，均甚賣力，為劇本增色不少」[15]。南京報人集體公演的《盧溝橋》和兩天前上海演出的《保衛盧溝橋》，被公認為是抗戰戲劇乃至整個抗戰文學的頭炮。而且這兩個以「盧溝橋」命名的戲劇演出中，有不少人如洪深和馬彥祥是兩邊都參加，從宣傳和聲勢上來看，南京報人公演的《盧溝橋》更具影響力。這不僅僅是因為南京報人公演的《盧溝橋》有田漢這樣一位戲劇界的執牛耳者作編劇，洪深和馬彥祥這樣的知名導演參與，更是由於《中央日報》社的良好組織，聯合了各大頗有影響的新聞報人共同參與，在前期的宣傳和新聞炒作以及後期的報導和評論上更勝一籌。

從《中央日報》副刊的策劃和宣傳報導來看，他們很顯然不只是把《盧溝橋》話劇看做一個藝術作品，儘管這齣戲劇的確是《中央日報》副刊長久以來有關「盧溝橋」系列主題的最高呈現，在藝術上尤值得稱道，特別是田漢創作的插曲《送出征將士歌》、《盧溝月》、《盧溝橋》等歌詞，經由張曙譜曲後，藝術魅力和感染力都大大提升。事實上，《中央日報》是把「盧溝橋」系列作品當作一場藝術運動，當作一場聲勢浩大的宣傳運動來搞，而圍繞著話劇《盧溝橋》的種種活動則是這場運動的頂峰。正如前文所粗略列舉的，在《中央日報》的副刊各個版塊，包括繪畫木刻、攝影插圖、舊體詩詞、音樂曲調、戲劇電影、遊記散文、歷

---

14 〈首都報人聯合四大戲院慰勞抗敵將士公演，四幕新型偉大民族戲劇盧溝橋〉，《中央日報》，1937 年 8 月 8 日。

15 〈報人公演盧溝橋〉，《中央日報》，1937 年 8 月 10 日。

史梳理等等,都緊緊圍繞著盧溝橋來展開。但很顯然,由 200 多人參演的戲劇《盧溝橋》在南京大華、國民、首都、新都四大劇院公演,其重要性怎麼強調都不為過。

首先,在《中央日報》系統地策劃「盧溝橋」藝術作品及話劇《盧溝橋》公演活動的帶動下,大量的「盧溝橋」戲劇和小說作品問世,例如張季純的《血灑盧溝橋》(《光明》3 卷 4 號,1937 年)、胡結軒的《盧溝橋》(《文藝》5 卷 1、2 期,1937)、蔣青山的《盧溝曉月》(《文藝》5 卷 1、2 期,1937)、李白鳳的《盧溝橋的烽火》(《戲劇時代》1 卷 3 期,1937)、陳白塵的《盧溝橋之戰》(《文學月刊》9 卷 3 號)、文賽閬的《盧溝橋》(劇作集《毀家紓難》,1938)[16],此外還有張天翼等人集體創作的小說《盧溝橋演義》影響也較大。

其次,在《盧溝橋》成功上演後,營造演出場面的宏大、追求參演人數的規模、強調演出性質的公演和募捐,成為戲劇演出界開始廣泛使用的操作範式,例如其後在武漢以《大公報》策劃的《中國萬歲》募捐公演為代表,在重慶以新聞界策劃的《為自由和平而戰》募捐公演為代表。這些大型的話劇演出參與人數都超過百人,規模極其宏大。更重要的是,「公演」作為一種演出模式和運作模式被普遍採納,例如我們所熟悉的話劇史上著名的「霧季公演」。毫無疑問,這種操作範式使得話劇地位大大提升,也使得話劇在抗戰時期進入輝煌期和成熟期。而這個源頭不能不追溯到《中央日報》副刊的《盧溝橋》公演運動的實施,不能不提及盧溝橋事變後《中央日報》副刊整體性的連續不斷的「盧溝

---

16 盧溝橋主題的戲劇作品參見李鋒統計的「七七國難戲劇」目錄,李峰:〈「七七國難戲劇」述評〉,《抗戰文化研究》,2010 年。

橋」藝術主題策劃。

　　最後，《中央日報》副刊上以盧溝橋主題為主導的抗戰文藝作品的刊登和傳播，使得「抗戰文學」先於「抗戰」而出現。過去我們總是把抗戰文學描述成隨著七七全面抗戰爆發自然而然發生。事實上，正如前文所提及，盧溝橋事變發生後，大家並沒有把這件事視為全面抗戰爆發的標誌，而是看作華北中日駐軍摩擦的局部事件，直到 7 月 17 日，隨著日本的步步緊逼，蔣介石在盧山發表談話，亮出「抗戰」宣言，此時仍受到國民黨政府內部軍政及外交人員的勸阻，延遲到 19 號才公開發表宣言[17]。順便提及一點，著名的盧山談話抗戰宣言，也是出自《中央日報》社長程滄波之手，「地無分南北，年無分老幼，無論何人，皆有守土抗戰之責任，皆應抱定犧牲一切之決心」，宣言中的這句話在抗戰時期反復出現在各種文藝作品裡，出現在各種文宣口號中。事實上，即便國民政府抗戰宣言公開發表後，宋哲元依然和日本方面和談，甚至達成協議，直到 7 月 28 日，《中央日報》才有了《和平絕望準備抗戰，一切談判昨晚完全停頓》[18]的報導。8月 13 日蔣介石向張治中下達全面攻擊日本上海侵略者的命令後，這才真正進入全面抗戰。當然，全面抗戰的爆發究竟起於何時並非本文要談論的核心，筆者在此想要強調的是，不是因為有了抗戰才有了抗戰文學，因為在局勢還未明朗時刻，重要的社論和報導都未輕易使用「抗戰」的字眼，而《中央日報》副刊以及

17　參見吳景平的〈蔣介石與抗戰初期國民黨的對日和戰態度——以名人日記為中心的比較研究〉，陳紅民主編《中外學者論蔣介石——蔣介石與近代中國國際學術研討會論文集》，浙江大學出版社，2013 年，第 92-108 頁。

18　《中央日報》，1937 年 7 月 28 日。

文藝界卻旗幟鮮明的提倡了抗戰文學和相關主題書寫。也就是說，正是抗戰文學以及盧溝橋系列作品的呈現，成為推動抗戰發生的重要輿論力量，也可以說，正是由於大量盧溝橋的書寫以及圍繞其展開的藝術運動，才使得原本祇是局部衝突的盧溝橋事變在其後的敘述中被塑造成全面抗戰爆發的標誌，而這場盧溝橋主題的藝術運動主導者當屬《中央日報》副刊。

第四節　《中央日報》副刊與

抗戰文學局面的形成

　　《中央日報》副刊上出現大量直接冠之以「抗戰」名稱的作品、討論文章，這些固然是抗戰文學發生的重要標誌，但更為重要的是深層的和抗戰緊密結合在一起的文學機制的生成。作家的活動方式和組織形式是我們考察抗戰文學發生的關鍵要素。

　　伴隨著全國統一抗戰局面的形成，在文藝領域也開始形成全國性的組織，如中華全國電影界抗敵協會、中華全國戲劇界抗敵協會、中華全國文藝界抗敵協會、中華全國美術界抗敵協會、中華全國木刻界抗敵協會、中華全國漫畫界抗敵協會，等等。這些協會基本都冠之以「中華全國」的名義，是和以往文藝社團大不相同的新型的文藝組織。正如研究者段從學對「文協」所作的定位，「中華全國文藝界抗敵協會（以下簡稱『文協』）是中國現代文學史上明確而自覺地以領導和組織抗戰時期的文藝運動為目標的一個全國性文學組織」，「其人員組成的複雜性和包容性，

超越了現代文學史上所有的文藝團體，初步建立起了一種新型的作家組織」[19]。我們以往的研究大都祇是強調因抗戰發生而形成的文藝界的團結，可是我們忽略了更為深層的作家和文藝家新的組織形態的出現，這種內在的機制變革對後來文學思潮和文學觀念的影響更為深遠。

這種全國性的文藝組織的形成和《中央日報》及其副刊有著密切關係，正如前文所提及的，《中央日報》副刊社策劃的話劇《盧溝橋》，正是在這齣戲劇大規模的排演活動中，南京以及一些上海的戲劇界同仁，在《中央日報》及《戲劇副刊》相關人士的主導下，形成了「劇人」大聯合。1937 年 7 月 25 日，《中央日報》在報導《盧溝橋》公演排演的同時，另外也特別報導了「劇人」們的聯合談話會，「留京劇人田漢、余上沅、戴涯、萬家寶，暨國立戲劇學校留京同學，中國戲劇學會全體會員，發起勞軍救國募捐聯合公演，定於今（二十五）日下午四時，假公餘聯歡社召集南京劇人舉行談話會」[20]。由此可見，在聯合公演造就抗戰輿論的同時，《中央日報》副刊有意識地利用自己的影響力把劇作家組織起來，報導中提及的田漢、余上沅、戴涯、萬家寶（曹禺），以及盧溝橋的導演馬彥祥、洪深，這些人要麼曾經在《中央日報》副刊擔任主編、編輯，要麼是和這些擔任編輯的人是至交好友，例如田漢和《中央日報》副刊編輯王平陵關係很不錯，而洪深和《中央日報》的《戲劇運動》副刊編輯馬彥祥則是師生情誼。正是這些人憑藉《中央日報》這個平臺有意識地聯合，其

---

19 段從學：《「文協」與抗戰時期文藝運動》，北京：北京大學出版社，2012
　年，第 1 頁。
20 《中央日報》，1937 年 7 月 25 日。

中和《中央日報》關係最密切的張道藩和王平陵在促使「劇人」聯合上所起的作用尤為重要，這為後來先於「文協」而成立的「劇協」（中華全國戲劇界抗敵協會）奠定了基礎。1937 年 12 月 31 日，「劇協」在武漢光明大戲院正式成立，理事和常務理事及各部門負責人主要就是我們上述所列舉的那些人，張道藩、王平陵、田漢、余上沅、戴涯、馬彥祥、洪深等人，加上陽翰笙和國民黨的要員陳立夫、方治，以及武漢當地漢劇社的朱雙雲、傅心一和其他地方劇或舊劇人富少航、趙小樓等[21]。從陽翰笙當時寫的祝辭來看，他所要祝賀的並非左和右的團結而是新與舊的聯合，「團結了最不易團結的新舊劇界」，「從今天以後，我們將要努力使我們戲劇藝術在內容上無新的與舊的區分，只有在形式上才有歌劇與話劇的類別」[22]。其實抗戰時期文藝界對待「新舊」命題和前二十年的態度有了很大不同，可以說，抗戰時期幾次大的文學爭論都和新舊相關。當然，這是一個值得另外撰文詳細討論的大命題，筆者在此想要說明的是，文藝界左和右的融合團結也許不是抗戰文學發生時的重要關注點，左和右的區分、所謂左翼文人主導了抗戰文學團結局面的形成是後來人主觀立場的投射。在「劇協」班底的基礎上，1938 年 1 月中華全國電影界抗敵協會成立，正如學者提出的那樣，抗戰之前根本「不存在嚴格意義上的『左翼電影』[23]」，抗戰爆發後更無所謂夏衍、陽翰笙等

21 人員名單參見中國第二歷史檔案館的《中華全國戲劇界抗敵協會》檔案，卷號十一（2）789，〈戰時文化界抗日團體組織活動史料選〉，《民國檔案》1997年第 3 期。

22 陽翰笙：〈我的祝辭〉，《抗戰戲劇》1938 年，第 1 卷 4 期。

23 李永東：〈租界裡的民國機制與左翼電影的邊界〉，《文藝研究》，2015 年第4 期。

人後來回憶中的左右翼電影的聯合與鬥爭。和戲劇界一樣，電影界統一的協會的形成和《中央日報》的《電影週刊》以及其所聯繫起來的影人密不可分。

由此可見，不論是戲劇界還是電影界，其全國性的協會組織，都是國民黨政府通過《中央日報》副刊或台前或幕後組織起來，而「劇協」和「影協」則為文協的成立奠定了基礎，這一點研究「文協」的段從學已經著重提及。「先於『文協』成立的中華全國戲劇界抗敵協會、中華全國電影界抗敵協會等幾個全國性組織，都是以這種特殊的社會歷史心理為基礎，在有關黨政機關的支援和說明下迅速組織起來的。這些全國性文化團體的相繼建立，把全國文藝作家組織起來的共同願望推向了新的高度，為『文協』的建立提供了積極的文化氛圍。」[24]其實不止是氛圍，更主要的是操作模式和背後的支援力量，我們對比下 「文協」的各部門負責人，就可發現《中央日報》副刊的編輯人員起的作用最為重要，如曾主編《中央日報》的《青白》和《大道》副刊的王平陵，主編《文藝週刊》的中國文藝社同仁，主編《中央公園》的華林，以及和《中央日報》副刊關係密切的幕後參與者如張道藩、邵力子等人，他們既是「文協」籌備和成立過程中的主導力量，也都擔任著「文協」中最重要職務，是「文協」成立後向前運行的核心人物。

在《中央日報》及其主管機構中宣部的籌劃下，「文協」等全國統一性的文藝團體先後成立，標誌著中國的文學因作家的組織形態的變化而步入一個新階段。事實上，「集中」、「一致」

---

24 段從學：《「文協」與抗戰時期文藝運動》，北京：北京大學出版社，2012年，第40頁。

不僅是文藝界的訴求，也是整個文化界和宣傳領域人士在中日危機時的共同心聲，甚至他們主動提出接受國民黨政府的戰時統制。遠在西安事變發生時，之前一直對國民黨政府持有批評立場的新聞界，卻在 12 月 16 日公開發表《全國新聞界對時局共同宣言》，「國內輿論界，以全國各地報館通訊社一致連署，發表共同宣言，在中國新聞歷史上，尚為創舉，其意見表示已有重大影響，當可想見」，這份影響很大的宣言強調，「對任何主義和思想，亦應絕對以國家民族生存為最高基點」，「吾人堅信欲謀保持國家之生命，完成民族之復興，惟有絕對擁護國民政府，擁護國民政府一切對外之方針與政策」[25]。1937 年盧溝橋事變及八一三之後，《大公報》更是積極做出改變，反復倡議減少對政府的指責，而是表決心「我們誓本國家至上、民族至上之旨」[26]。事實上，後來被我們稱之為國民黨法西斯主義體現「國家至上、民族至上、軍事第一、勝利第一」之口號，恰恰是《大公報》首先提出並一直極力倡導的。

　　這些言論看似與自由、民主等五四以來的價值觀念有所背離，這就是學界常常有人提及的所謂「救亡壓倒啟蒙」說，事實上，這只是一個方面。在新聞界、文藝界擁護「集中」走向一致的同時，他們「集中」在一起的機制則是依循民主、自由和憲政，而且國民黨政府的態度也因知識份子和其他黨派的擁護減少了壓制性措施，換句話說，抗戰成了大家共同朝著民主憲政方向努力的契機。新的《出版法》頒佈，國民黨第五屆中常會第九次會

25　〈全國新聞界對時局共同宣言〉，秦孝儀編：《西安事變史料》（上冊），《革命文獻》第 94 輯，第 488-492　頁。

26　〈報人宣誓〉，《大公報》，1939 年 4 月 15 日。

議通過的《國民黨中央文化事業計劃綱要》開始執行，正如有研究者對這一綱要的評價，「首次以是否違背或妨礙『民族利益』作為檢查刊物的標準，並且對階級鬥爭等『專門內容』不再禁止」[27]。在 1938 年頒佈的《抗戰建國綱領宣傳指導大綱》中，有關言論、出版、結社的自由也得到了進一步的強化，而並非受到了更嚴酷的壓制。正如時任宣傳部長邵力子在抗戰期間宣傳方針中所表白的，「自本人服務中宣部以後，關於檢查標準，即決定不用可扣則扣的方針，而改用可不扣即不扣的方針。……數月以來，新聞界同業已都能認識，檢查為此時所必要，不僅不妨礙言論之自由，而且還能加以輔助。」[28]

由此可見，抗戰文學的發生恰恰和這些內在的機制因素關聯在一起，上文論及了《中央日報》主導的《盧溝橋》公演之于抗戰文學發生的意義，其實這一演出過程中還有一個備受關注的事件，就是因抗戰言論入獄的「七君子」親臨現場觀看，臺上臺下打成一片燃起了激情抗戰的聲音。而從最新的檔案揭示，七君子事件是背後日本軍政府武力逼迫所致[29]，而當國民政府決心抗戰時，這些壓力自然並不存在，七君子出獄預示著抗戰局面、抗戰輿論的形成和保障，而「七君子」公開亮相和《盧溝橋》公演的聯動，則預示了抗戰文學新氣象以及整個抗戰輿論新局面的形成。按照這樣的思路延展，我們就可發現，《新華日報》及其副

27 曹立新：《讓紙彈飛——戰時中國的新聞開放與管制研究》，新北市：臺灣花木蘭出版社，2012 年，第 58 頁。
28 邵力子：〈抗戰期間宣傳方針〉，《抗戰與宣傳》，獨立出版社，1938 年，第 2 頁。
29 參見〈揭開「七君子」事件的內幕——日本外交檔案摘譯〉，《檔案與史學》，2004 年，第 2 期。

刊的創設，預示著抗戰文學和文化的真正發生。因為之前共產黨人的言論的確受到了很大程度的限制，而《新華日報》的出版發行，尤其考慮到《新華日報》大多數從業人員都是從監獄裡釋放出來的政治犯，其中所體現的文學的民國機制要素更為顯著。也就是說，抗戰文學的發生既和全國性的統一性的文藝組織形態相關，也和言論、出版、結社的民主憲政理念相關。這種特性成就了抗戰文學的開放性與多樣性，也使得抗戰文學和五四以來的價值理念一脈相承。抗戰文學絕不是救亡壓倒啟蒙的體現，恰恰是啟蒙意識最高漲的時刻，例如新啟蒙運動就伴隨著抗戰出現；抗戰文學也不是革命與反革命的左右之爭，而是民主憲政理念貫徹與否的抗爭。從《新華日報》及其副刊來考察，民主自由和憲政理念一直是其最核心的價值，這也是抗戰時期整個文藝界、文化界的核心價值理念，民主黨派伴隨著抗戰越來越昌盛就是最有力的證據。正是民主憲政、自由結社等原則的有效實施和貫徹，是抗戰文學得以生成並走向繁榮的制度性保障，正是在這個意義上，我們可以把《新華日報》及其副刊的開設作為抗戰文學最終形成的主要標誌。

　　從民國的歷史文化語境出發，我們可以發現《中央日報》副刊對抗戰文學生成的主導性作用，從民國的文學機制出發，我們可以發現《新華日報》副刊作為抗戰文學開放性價值的標誌性意義。這兩大報紙副刊共同處在民國歷史文化這一語境下，兩者之間是有競爭，如《中央日報》設有《戲劇研究》副刊，《新華日報》也開設了《戲劇研究》，兩方都籌畫了各自的戲劇特刊；《中央日報》設有《婦女新運週刊》，《新華日報》則開設了《婦女之路》副刊。但是他們之間只是針鋒相對的敵我關係麼？且不說

因為轟炸原因聯合版的開設和各大報社的輪編，《中央日報》和《新華日報》如何禮贊對方的抗戰將領和英雄，僅就副刊和文藝方面而言，兩大報紙的相互配合、合作實在是不勝枚舉。《中央日報》副刊開設屈原研究並刊登郭沫若的《屈原》，《新華日報》也極力推崇《屈原》，《中央日報》發表陳銓的劇作，《新華日報》也積極評價推介《野玫瑰》和陳銓的其他作品。兩大報紙副刊都積極推動抗戰時期戲劇運動，在唱對臺戲的同時，更是在競爭中相互提升、協調促進。在民族形式和文學新舊雅俗的討論上，兩大報紙副刊都曾積極介入。在聲援貧病作家的活動中，《新華日報》固然很積極走在前面，可《中央日報》也不落後，起到的實際作用甚至更顯著。郭沫若的五十壽辰固然是《新華日報》策劃的重頭戲，可《中央日報》及其國民黨文宣領域的重要人物悉數到場。《新華日報》的《婦女之路》和《中央日報》的《婦女新運》對戰時女性形象的塑造和動員更多是相互配合而並非後來回憶者所敘述的相互詆毀。最有標誌意義的事件莫過於兩大報紙都在抗戰期間隆重紀念五四，尤其對《中央日報》來說，更是難能可貴，因為只有「在 1928 至 1931，以及 1940 至 1949 這兩大階段中，國民黨政權對於五四有較多的闡釋『熱情』」[30]，而這種熱情是通過《中央日報》的紀念體現出來的。兩大報紙對五四的紀念再一次印證之前所論述的抗戰文學和五四內在的承續。

　　總之，《中央日報》、《新華日報》兩大報紙副刊之間並非只是對臺戲，還有更多複雜的關聯。由此可以幫助我們進一步發掘抗戰文學的豐富性、多元性和開放性。同時，我們的抗戰文學

30　趙麗華：《民國官營體制與話語空間：〈中央日報〉副刊研究（1928—1949）》，中國傳媒大學出版社，2011 年，第 125 頁。

研究亟需回到民國歷史文化框架下，只有這樣，抗戰文學研究才會打開一片新天地。

中編 民國歷史語境與左翼革命文學的重新闡釋

第五章 民國國家歷史文化形態與左翼文學之考察

近百年來，中國文學界和研究界從未停止過關於文學史闡述框架的思考，一個又一個曾經新穎且充滿活力的概念被提了出來又不斷被修正，如新文學、現代文學、百年中國文學、20 世紀文學、現代中國文學等等。每一次新的「命名」，都為我們的研究提供了新的圖景，新的活力，可是「新」、「百年」、「20 世紀」、「現代」等語詞在啟動學術研究的同時，也帶給了我們新的困惑，在祛魅的同時，也帶來了新的遮蔽。直至今天，學界仍然不斷尋求新的概念範疇，新的「敘史」框架，重寫文學史的動力和努力從未止息過。

第一節 民國歷史文化語境
中的「左」和「右」

　　探討民國憲政法制與左翼文學和右翼文學的關係，包含著民國和憲政法制兩個層面的內容。我們對左翼文學和右翼文學的評價和闡述首先應該在民國社會歷史文化的整體框架下展開，這是一個基本前提。

　　眾所周知，我們過去的文學史基本上完全配合著共產黨人的革命史，描述的就是舊的中國——即中華民國是如何被共產黨領導全民推翻，這就是我們常常言說的新民主主義革命。在我們的歷史書寫中，中華民國從來不是作為歷史的主體出現，而是作為共產黨帶領全國人民革命的對象。在革命史觀的指導下，在政治統帥下，我們過去的文學史書寫必然是以左翼文學為主流，其他的則為支流或逆流。不僅右翼文學無法出現在我們過去的文學史敘述中，就連非左翼的文學也在很長一段時間要麼被沉默要麼被批判。當沒有了作為對立面的右翼文學，也沒有了同時期既非左又非右的文學作為參照，孤零零地佔據文學史的左翼文學也就失去了應有的價值和意義。脫離了民國的社會歷史語境，僅僅依據政治得勝者的邏輯以及後來政治鬥爭的需要，我們也很難闡述清楚稱之為「主流」的左翼文學的發生和發展。

　　在我們的革命史敘述中，中國共產黨領導全國人民，推翻三座大山，推翻舊中國建立新中國，這被認為是一種歷史的必然。這種歷史的必然毋庸置疑，當然，中國共產黨領導的革命分兩步走，新民主主義革命和社會主義革命，前者是準備階段，後者是

最終目標。在共產黨領導的新式的特殊的資產階級革命過程中，反對的是三座大山，革命的主力是工農，可以聯合的對象是小資產階級和民族資產階級。在革命對象和聯合對象的劃分上，就出現了左中右的評價。和共產黨人合作，贊同革命的就是左派，反之就是右派，沒有明確表態的就是中間派。換言之，左中右派不是描述共產黨人和工農革命力量的，因為他們是絕對正確派，是歷史發展的必然派。當然，在中國共產黨領導的革命過程中，也走過彎路，也有過曲折。有向右拐的，有向左偏的，例如陳獨秀的右傾、抗戰時期中共中央長江局和南方局的右傾，瞿秋白的左傾、王明、李立三的左傾等等，只有遵義會議確立的毛澤東為首的正確路線才使得中國革命不斷走向勝利。換言之，左和右在黨內來說都是與毛澤東正確路線相悖的「不良傾向」。中國共產黨革命的階段不同，聯合和鬥爭的對象也有所區別，左中右也就有了很大的變數；黨內的路線之爭，不同的時期有不同的需要，有時候需要反右，有時候又需要批左，黨內的左右之分也同樣充滿著變數。由此看來，不論是對聯合和鬥爭對象的左中右之分，還是對黨內非正確路線的左右傾錯誤路線之分，其標準都是含混的，多變的。

在我們的政治革命描述中，左中右派，左傾和右傾變幻不定，那麼配合著革命史觀的文學史中左與右也隨之不斷變幻。可是，具體到左翼文學和右翼文學，我們往往都覺得它們不言自明，左翼文學就是共產黨領導的無產階級革命在文學領域的體現，右翼文學就是反革命在文學領域的表現。可事實並非如此，只要稍作考察，我們不難發現，被稱之為左翼文學的也往往被認定為忽「左」忽「右」的。左翼文學倡導初期，魯迅是作為被批判的對象，被無產階級革命文學倡導者批之為「二重的反革命」，

似乎就是很「右翼」的作家了，最右翼的稱號法西斯也用在了魯迅身上。後來在組織力量的介入下，把聯合魯迅、茅盾等人作為一項黨的政策來貫徹，太陽社、創造社和魯迅等人停止了論爭，並在此基礎上成立了「左聯」。而在左聯成立大會上，之前還有右派嫌疑的魯迅作《對左翼作家聯盟的意見》大會發言，告誡左翼作家，「倘若不和實際的社會鬥爭接觸」，「倘不明革命的實際情形」，「左翼」很容易變成「右翼」。[1]後來果真若此，在「左聯」解散時，不同意左聯草率解散的魯迅被左聯裡的黨團作家批評為「左傾」的「關門主義」。再往後，1945 年，抗戰勝利，出於統一和整合思想的需要，國統區和淪陷區即便是共產黨人和左翼作家，也被認為是犯了右傾論錯誤。1945 年 12 月，茅盾總結八年抗戰文藝成果和傾向時指出：「試虛心自問，八年來，我們的作品有多少是反映了人民的民主要求？不幸是既少而微弱。倘從這一點來看，我們即使說過去八年來的文藝工作的主要毛病是右傾，大概也不算過分吧？」[2]1949 年，中華全國文學藝術工作者召開代表大會，郭沫若、茅盾和陽翰笙先後發言指出國統區革命文藝運動的右傾偏向。1949 年後，胡風和其同仁們的悲劇無法避免，他們被視為最右的反革命派，儘管胡風實際上「左的可愛」。再往後，馮雪峰被視為反黨的極右份子受到清算。1958年反右，越來越多的文藝工作者開始遭殃。「文革」期間，之前還是批判別人「右」的周揚等人，也被批判為在 30 年代執行右傾投降路線。「文革」結束後，左翼文學首先被重新正名，文學界又開始反思和批判 1949 年後至「文革」期間的「極左」。

---

1 魯迅：〈對於左翼作家聯盟的意見〉，《魯迅全集》第 4 卷，人民文學出版社 2005 年，第 238-244 頁。

2 茅盾：〈八年來文藝工作的成果及傾向〉，《文聯》1 卷 1 期，1945 年 12 月 10 日。

上述是對我們常常言說的文學中「左」與「右」演變的簡單描述，由此可見，常常被我們視為不言自明的「左翼文學」的標準其實是很含糊的，與此相對應，我們在 1949 年後批判的思想文化和文學領域的「右翼」也和之前完全不是一回事。因此，脫離了民國社會歷史文化語境，就不能清楚地界定「左翼」和「右翼」，也只有依托文學的民國機制分析，我們才能闡述清楚「左翼」和「右翼」的發生與發展，才能確切衡量它們各自的價值。畢竟，在我們後來建構的革命史、黨史框架中，「左」的和「右」的都是要被批判的，文學領域裡的「左」與「右」也不例外。

第二節　民國憲政法制與左翼文學的發生

重返民國歷史文化語境，是我們理解左翼文學和右翼文學的首要前提。除此之外，我們還需要正視作為民國機制之一的民國憲政法制的作用。

乍看起來，左翼革命文學和民國憲政法制實難相容。左翼無產階級革命文學中的「革命」不就是要 「革中華民國的命」麼，中華民國充其量不過是資產階級性質的共和國，更何況後來以蔣介石為首的國民黨背叛了孫中山的革命，成為代表著大資產階級、大買辦、帝國主義利益的反革命集團。用馬克思主義的學說來分析，法律和國家一樣，不是超階級的，法律代表著統治階級的利益，是階級統治的工具，中華民國的法律和掌控中華民國的國民黨一樣，都是維護大資產階級反動派的利益。具體到文學領域，民國法制自然是維護著反革命的右翼文學和文化，限制、鎮壓、迫害無產階級革命思想文化和文學，這也就是過去文學史常

描述的文化領域的「圍剿」。「蔣介石法西斯政府為了配合軍事上的反革命『圍剿』，壓制革命文化運動，在文化教育領域內採取了一系列反動措施，如頒佈扼殺言論出版自由的『出版法』、『圖書雜誌審查辦法』，查禁書刊，封閉書店……。」[3]事實上，這種描述仍然不過是我們後來依據革命史觀的一種歷史重構。只要重返民國的社會歷史文化語境，我們就不難發現，左翼文學的發生和發展都和民國憲政法制有著密切的關聯。

　　首先，左翼革命文學的起源和捍衛中華民國的憲政法制相關。

　　有關左翼文學的發生和探源，學界已經有比較顯著的成果。[4]從外部思想來源來看，是和從蘇聯、日本傳來的無產階級文學理念有關，從內在的社會形勢來看，是和 1920 年代以來的國內革命潮流相關。這就是不少研究者和文學史教材把革命文學發生的上線定在 20 年代初期，認為鄧中夏、沈澤民等共產黨人較早開始了革命文學的提倡。把革命文學的提倡追溯到早期共產黨人，顯然是要構造無產階級革命文學的「革命」正統性。但事實上，鄧中夏、沈澤民以及後來的茅盾等人倡導革命文學時的「革命」並不是無產階級性質的革命，而且當時倡導革命和革命文學的不僅有共產黨人，還有國民黨人。這個時期如火如荼引發社會普遍關注的革命是孫中山和國民黨領導的「國民革命」。那麼這場「國民革命」的本質究竟是什麼？在中華民國業已成立之後，孫中山

---

3 唐弢主編：《中國現代文學史・二》，人民文學出版社，1979 年，第 3 頁。

4 有關左翼文學的發生和探源，可參考程凱：〈「革命文學」歷史譜系的構造與爭奪〉，《中國現代文學研究叢刊》2005 年第 1 期，第 46-62 頁；陳紅旗：《中國左翼文學的發生》，吉林大學博士論文，導師為陳方競，cnki 編號為2005.109222；艾曉明：《中國左翼文學思潮探源》，長沙：湖南文藝出版社 1991 年。

仍然不斷打出「革命」的旗幟，其目的究竟何為？如果要用一個關鍵字來界定這個「革命」的性質和目的，那就是「護法」。所謂護法，就是指維護《中華民國臨時約法》，打倒踐踏和廢止臨時約法的袁世凱和其後的北洋軍閥。孫中山也把自己南下組織的政府稱之為護法軍政府，護法軍政府在一系列的護法和北伐失敗後，孫中山開始不再依靠南方軍閥，而是採取聯俄聯共的策略，組建自己的軍隊，伺機北伐。孫中山病逝後，蔣介石繼續進行了「衛法復統」的北伐。護衛臨時約法，恢復國民會議，重建共和政府，再行民主憲政法統，統一中華民國，這就是孫中山的國民革命理念，也是後來北伐戰爭的目標。

　　正是在這樣的護法的國民革命中，才生發出了革命文學的需求。我們只需翻閱當時的報刊和書籍，也就不難發現，護法的革命和革命文學是多麼的受歡迎和追捧。1920 年代之後《新青年》季刊，《中國青年》週刊，《洪水》雜誌，上海《民國日報》的副刊《覺悟》，廣州《民國日報》的副刊《學匯》等是宣導革命文學的主要陣地。尤其是《民國日報》的《覺悟》副刊，大量宣導革命文學，其中刊登了包括鄧中夏、沈澤民等共產黨人有關革命文學的論述。《民國日報》是國民黨機關報，其創辦宗旨就是反袁護法，「護法」也是該報長期宣傳的一個目標。《廣州民國日報》是國民黨在廣州的機關報，它所開闢的《學匯》副刊著手建設廣州的革命文學，並轉載上海《民國日報·覺悟》上的一些宣導革命文學的文章，如沈澤民的《文學與革命的文學》在上海發表幾天後就被《學匯》轉載[5]。在《廣州民國日報》的推動下，革命文學得到廣州文學界的回應，同時國民黨人不斷地邀請知名作

5　澤民：〈文學與革命的文學〉，上海《民國日報·覺悟》，1924 年 11 月 6 日，11 月 14 日開始轉載于廣州《民國日報·學匯》。

家來到廣州，推動廣州革命文學的發展。如郭沫若、郁達夫等創造社幹將以及魯迅等人就是在「護法」的國民革命理念吸引下，被邀請到廣州，並介入到革命文學的積極倡導中。郭沫若、郁達夫和魯迅等人發表了大量提倡革命文學的文章，作了不少關於革命文學的講演。在大量倡導革命文學的文章中，其理論資源多種多樣。有人從俄蘇革命文學尋找理論依據，如瞿秋白的《赤俄新文藝時代的第一燕》，也有從法國大革命中找到啟示，如郭沫若的《文學與革命》，也有從英國浪漫主義那裡發現共鳴，如沈雁冰（茅盾）的《拜倫百周年紀念》，也有從階級論立場來談論，如沈澤民的《文學與革命的文學》、郁達夫的《文學上的階級鬥爭》等。[6]不論宣導革命文學的理論資源多麼迥異，可祇要一具體到革命文學中的國內「革命」，都無一例外地指向護法的國民革命，包括早期提倡革命文學的共產黨人也認可「革命」就是國民革命。如郭沫若在《文學與革命》中稱革命是對外「打倒帝國主義」，對內「打倒軍閥」的「國民革命」，「國民革命」是郭沫若這篇文章中一個關鍵字[7]；早期共產黨人沈澤民在《文學與革命的文學》中指出宣導革命文學的「都是承認中國非國民革命不可的人」[8]；陳伯達在《洪水》雜誌上發表的文章題目就是《努力國民革命中的重要工作》，鄭伯奇在《創造週報》上發表的文章題目就是《國民文學論》。

由此可見，革命文學的發生和國民革命密切相關，而國民革命的性質和目標就是維護具有憲法性質的《中華民國臨時約

6　上述論文見丁丁編輯的《革命文學論》，上海泰東圖書局，1927 年 1 月初版，1930 年 2 月第 5 版。

7　郭沫若：〈革命與文學〉，見丁丁編輯的《革命文學論》，上海泰東圖書局，1927 年 1 月初版，1930 年 2 月第 5 版，第 82-97 頁。

8　澤民：〈文學與革命的文學〉，上海《民國日報・覺悟》，1924 年 11 月 6 日。

法》，再造民主共和的法統。不管是從革命文學的倡導者，還是一般的讀者群眾，都認可和文學聯繫起來的革命是護法的國民革命。尤其是倡導革命文學的主要陣地《民國日報》，其宗旨和目標就是護法。因此，我們說左翼革命文學的發生正是基於對民國法制尤其是憲法的維護，對民國憲政法制的恢復。

第三節　民國憲政法制與左翼文學的發展

1928 年後，左翼革命文學取得迅猛發展，仍和民國法制有著密切的關係。

在左翼革命文學的發生學中，不少研究者和文學史把上線定在 1928 年。的確，在革命文學的歷史譜系中，1928 年是個很特別的年份，這一年被認為是正統的無產階級革命文學的興起。這種正統性不僅是後來大多數文學史和研究著述所賦予（如不少文學史都把 1928 年作為中國現代文學第二個十年，即革命文學的開始），也是歸國的年輕創造社成員如李初梨、成仿吾等人的刻意塑造。儘管李初梨等人在追溯革命文學的譜系時強調了同一陣營的郭沫若在大革命時期的貢獻，但是這些剛從日本歸國的年輕成員更注意區分 1928 年前後革命性質的差異。他們強調 1928 年後的革命性質應該是無產階級性質的革命，革命的目標是推翻剛建立的南京國民政府政權。事實上，創造社強調 1928 並把自身塑造為無產階級革命文學的正統，在一般人看來，他們仍得益於護法的國民革命中的「革命」資本。當創造社成員在不斷推演無產階級革命文學的理論話語時，卻不可避免地陷入一種悖論。這就是近些年來不少學者在研究中所提到的，1928 年革命文學的興

起，恰恰中國革命處在低谷的時刻，「『革命文學』的爭論，呼籲『文學』轉向『革命』，但事實上作為『大革命』失敗的產物，卻是『革命』轉向『文學』的一種形式」。[9]而且，頗為弔詭的是，20 年代後期操持馬克思主義話語談論革命文學的，如成仿吾等人，和經典的馬克思的「社會存在決定意識」不同，他們更強調革命意識的決定作用。「極端突出主觀精神的能動性，幾乎把馬克思的命題顛倒了過來，這就構成了他（成仿吾）及其同人『革命文學『論述的最顯著特徵。」[10]

　　無產階級革命現實和革命文學的理論話語之間反決定的悖論關係，用革命文學倡導者馬克思主義的話語很難闡述清楚。然而，我們從民國法制和言論出版保障的關係角度出發，也許會對革命文學在革命低谷時期的爆發有一個更為合理的解釋。

　　中華民國南京政權建立後，宣佈結束軍政，進入國民黨一黨托管的訓政時期。不論是「以黨建國」的軍政，還是「以黨治國」的訓政，所透射出國民黨一黨集權專制的傾向已經非常明顯，因而共產黨人的革命有合理性和正義性。但另一方面，按照孫中山的建國方略，軍政和訓政都是憲政的準備和過渡階段，國民黨最終要還政於民，實行憲政。當然，對國民黨內的專制獨裁者來說，他們並不會甘心還政於民，但是由於國民黨政府內部的派系分裂以及一些信奉憲政理念的革命先賢的存在，更由於秉承民國共和法統原則的廣大知識份子群體的存在，國民黨政府不斷被督促著向憲政的方向前行。在 1929 年 6 月 15 日第三屆中央執行委員第

9　陳建華：《革命與形式——茅盾早期小說的現代性展開》，上海：復旦大學出版社 2007 年 8 月，第 171 頁。

10　陳建華：《革命與形式——茅盾早期小說的現代性展開》，上海：復旦大學出版社 2007 年 8 月，第 172 頁。

二次全體會議討論關於訓政時期之規定案，決議訓政時期規定為六年，至民國二十四年完成，並制定了「訓政綱領草案」，「厲行法治主義，明定行政系統，實施全民政治」[11]。即便國民黨公佈了訓政的 6 年期限以及計畫方案，知識份子群體包括國民黨內部要求提早結束訓政的呼聲從未間斷。在 1931 年九一八事變之後，國民黨拋出了一系列旨在加強中央集權的舉措，其宣稱是為了「攘外」，但這無疑和憲政方向背道而馳，引發了不少人的強烈不滿。大學教授王造時則認為日本入侵是落後訓政制度造成，他提出救國根本政策就是要求國民黨結束一黨訓政，實施憲政，「取消一黨專制，集中全國人才，組織國防政府」。[12]「青年黨和中華職教社也於事變（九一八事變）後不久，提出了國民黨結束訓政，還政於民的要求」；章太炎、褚輔成等國民黨元老和馬相伯、黃炎培、沈鈞儒等民主人士呼籲國民黨當局「解除黨禁，進行制憲」；1931 年底國民黨四屆一中全會上，孫科、何香凝、李烈鈞等人提出多項提案「要求提前結束訓政，籌備憲政」。[13]事實上，在國民黨宣佈進入一黨訓政的同時，國民黨內部也有對獨裁專制的警惕。為了限制黨治和集權，1928 年，在孫科、胡漢民等人的建議下，國民黨實施「五權制」。行政、立法、司法、考試、監察五權分立制，這是孫中山民主憲政的制度設計，也是他「護法」革命的主要目標。原本在憲政時期實施的五權憲法制度在訓政時期啟動，足以說明國民黨至少考慮到民主的分權和制衡原則。訓政時期，在國民黨和國民政府一系列的重要文告、律法

---

11 〈國民政府關於頒佈行訓政時期施政綱領草案的訓令〉，1929 年 7 月 20 日，《中華民國史檔案資料彙編》，第五輯第一編，文化（一），江蘇古籍出版社，第 3—4 頁。

12 王造時〈救亡兩大政策〉，見《荒謬集》28 頁，自由言論社 1935 年版本。

13 鄭大華：《民國思想史論》，社會科學文獻出版社，2006 年，第 276-277 頁。

中，首先強調的都是「中國國民黨本革命之三民主義、五權憲法建設中華民國，既用兵力掃除障礙，由軍政時期入於訓政時期，尤宜建立五權之規模，訓練人民行使政權之能力，以期促進憲政，奉政權于國民」；「國民政府本革命之三民主義，五權憲法以建設中華民國」。[14]在 30 年代，隨著一系列內外事件的發生，在知識份子界發生了「獨裁和民主」之爭，關於這場論爭學界已有較多關注，本文無意在此細談，但是這場論爭有助於我們洞悉民國憲政和言論出版自由的命題。參加論爭的有主張獨裁的蔣廷黻、錢端升、丁文江等人，有反獨裁主民主的胡適、張熙若等人，毫無疑問他們都是當時社會上有名望的知識份子，不是著名教授就是資深編輯，或者是著名社會活動家。這些人也大都留學歐美，受過民主法制的長期薰陶，因此他們提出的獨裁主張我們不能簡單歸因於民主素養的匱乏。在自由主義的丁文江等人看來，中國政府應向德意志那樣需要獨裁專制以加強國力，這就說明之前中華民國並非是完全的獨裁政體，正說明了民國憲政機制的有效。在胡適等民主派看來，國民政府不夠民主，有獨裁傾向，如果說訓政時期的國民政府是一黨專制，卻允許人們反對這種獨裁專制的自由，這也不正說明了中華民國憲政機制的有效。總之，民主和獨裁可以自由討論，「獨立評論」[15]，這本身就是民主憲政的體現。

正如民主和獨裁的討論折射出民國憲政和法律機制的有效性。30 年代前後，左翼文學和右翼文學的興起和相互交鋒同樣得

---

14 分別見《中華民國國民政府組織法》（1928 年 10 月 8 日）和《中華民國訓政時期約法》（1931 年 6 月 1 日），引自《國民政府公報》第 99 期，1928 年 10 月，《國民政府公報》1936 年 6 月 1 日。

15 「民主和獨裁」的討論主要在《東方雜誌》和《獨立評論》兩個雜誌上展開，而《獨立評論》強調不依靠任何黨派，獨立自由的評論。

益於民國憲政和法制。由於國民黨政府在軍事方面的壓制，武裝革命陷入低谷，這是不爭的事實。革命文學的提出正是由於革命之路被堵死，從而轉向文學。大革命期間，火熱的革命激情已經徹底點燃，青年們嚮往革命、追隨革命成為潮流和風尚。在真正的革命期間，用魯迅的話來說，「大家忙著革命，沒有閒空談文學了」，由於國共的分裂和國民黨日趨保守，革命運動戛然而止。革命的行動比較艱難，革命文學就成為革命青年們僅有的慰藉和選擇。而事實上，正由於革命先賢和廣大知識份子所爭取到的民國憲政機制的存在，革命文學的宣導也獲得較大的自由。正是在廣大革命青年的期待下，在民國憲政和法律言論自由的保障下，共產黨人提出的無產階級革命文學反而蓬勃興起。正如夏志清在他的《中國現代小說史》中所描述的：「一九二七年是共產黨挫敗的一年，但是共產黨的作家，則從此努力在文學方面奪取領導地位。一些曾經參加北伐的作家，被踢出政治舞臺之後，帶著失敗和挫折所產生的狂熱，重新回到他們從前的文化工作崗位。」[16]唐弢在他主編的文學史中這樣描述到：「口號（即無產階級革命文學，筆者注）提出後，很快得到兩個社團內外的廣泛回應和支持，在先後出版的《流沙》、《戰線》、《戈壁》、《洪荒》、《我們月刊》、《畸形》、《摩洛》、《澎湃》以及《泰東月刊》等雜誌上，都曾展開熱烈的宣傳和討論，從而形成了盛大的聲勢。」[17]除了革命文學的口號引發巨大關注之外，左翼作家實際上控制了大量的刊物，較為著名的有創造社的《洪水》、《創造月刊》、《新思潮》，《文化批判》，太陽社的《太陽月刊》、《我們月刊》、《引擎》、《拓荒者》，左聯成立後創辦的《萌

---

16 夏志清：《中國現代小說史》，香港中文大學出版社，2001 年，第 99-100 頁，
17 唐弢：《中國現代文學史・二》，人民文學出版社，1979 年，第 7 頁。

芽》、《前哨》、《文學導報》、《文學》、《十字街頭》、《光
明》、《文學界》等。這些刊物吸引了大量作家尤其是青年作家
的投稿，如夏志清所說，「一如所料，當時有一大批態度左傾，
渴望發表作品的青年作家，他們除了投靠左聯出版的這許多雜誌
之外，別無他途，因此左聯就能夠駕馭他們。一九三二年以後，
左傾思想更為盛行。」[18]

　　革命文學的興盛，不僅僅是因為革命行動受挫後革命者們無
奈的選擇，也漸漸成為左翼作家們主動認可的抗爭手段。創造社
被公認為是倡導無產階級革命文學的正統，他們也曾主動利用資
產階級的民國法律為自己保駕護航。一九二八年六月十五日上海
劉世芳律師代表創造社及創造社出版部在上海《新聞報》上刊出
啟事：「本社純係新文藝的集合，本出版部亦純係發行文藝書報
的機關；與任何政治團體從未發生任何關係……在此青天白日旗
下，文藝團體當無觸法之虞，此吾人從事文藝事業之同志所極端
相信者……此後如有誣毀本社及本出版部者，決依法起訴，以受
法律之正當保障……此後如有毀壞該社名譽者，本律師當依法盡
保障之責。」[19]這種利用資產階級法律卻自詡為無產階級革命文
學的正統，並任意誣汙他人為反革命的做法，曾多次受到魯迅譏
諷。但創造社的策略無疑是成功的，強調自己的「純文藝」特徵，
這也說明了，民國的憲政和法律機制為左翼革命文學的發生發展
提供了必要的保障。事實上，常常譏諷創造社聘請律師的魯迅曾
也利用法律和北洋軍閥時期的教育部打官司，且獲勝，後來，魯

18　夏志清：《中國現代小說史》，香港中文大學出版社，2001年，第104頁
19　〈啟事〉，上海《新聞報》，1928年6月15日。

迅也運用法律武器狀告書店老闆李小峰，討要稿費。

　　利用民國法律對文學的保障，左翼作家和左聯黨團也常常有意把政治鬥爭轉向文藝鬥爭，「左聯五烈士」就是最典型的事例。在過去的文學史上，左聯五烈士曾是被大書特書，佔據單獨的篇章，這並非因為他們文學藝術上的成就使然，而是因為國民黨反動派迫害左翼革命文學的明證。今天越來越多的材料和研究證明，「左聯五烈士」並不是一個單純的文藝事件，而是一個複雜的政治事件。左聯五烈士的被捕並非因為文學活動，而是和其他三十多位共產黨員因政治原因同時被捕，這就是著名的「東方旅社事件」。「東方旅社事件」主要針對對象不是左聯，而是黨的重要領導人何孟雄等人。更可悲的是，東方旅社事件的罪凶不僅有國民黨反動派，還有當時共產國際領導人米夫和中共領導人王明等黨內領導人。正是因為何孟雄等人反對米夫和王明壓制黨內民主的做法，引起王明等人的強烈不滿，「右派」的帽子被扣在何孟雄等人頭上，就在何孟雄、李偉森、柔石等人開秘密會議時，王明等提供消息給巡捕房，借國民黨之手除掉了何孟雄等反對派。[20]「東方旅社事件」和「龍華屠殺」發生後，共產黨的活動受到沉重打擊，為了揭露國民黨的兇殘屠殺，也為了扭轉形勢，振奮士氣，在馮雪峰等人的多方奔走下，以左聯文藝界人士身份作為一個突破口，來揭露國民黨屠殺共產黨的罪行，來悼念被屠

---

20 有關「左聯五烈士」的詳細史跡參加趙歌東〈雕像是怎樣塑成的——「左聯五烈士」史跡綜述〉，《文史哲》2009 年 1 期。另外根據黨史材料公佈，當時具體出賣何孟雄等人的是時任中共組織部長的康生，不僅提供了會議時間、地點還有參會人員的身份以及入黨後的活動，參見王錫堂〈與黨內「左」傾錯誤拼死抗爭的何孟雄〉，《黨史縱覽》2010 年第 5 期。

殺的烈士。馮雪峰通過《文藝新聞》報導了左聯成員李偉森、柔石、胡也頻、殷夫、馮鏗被槍殺的事實,並強調了他們因文學而犧牲。從此之後,有關左聯五烈士因文學而死開始定型,左聯在其雜誌《前哨》上作紀念專號,發表《中國左翼作家聯盟為國民黨屠殺大批革命作家宣言》和《中國左翼作家聯盟為國民黨屠殺同志致各國革命文學和文化團體及一切為人類進步而工作的著作家思想家書》,並由於魯迅和國際上知名作家高爾基、法捷耶夫、巴比塞等介入,成為世界文學領域中一個重大文藝事件。國民黨遭受到了國內外各界輿論的強烈譴責,陷入前所未有的輿論被動中。事實上,以文藝作為突破口紀念左聯五烈士和抗議國民黨人的屠殺幾乎沒有遭到太多限制,不僅有《前哨》的公開專號,魯迅也在此之後寫下一系列大家都熟識的文章,就連沈從文也曾寫了《記胡也頻》,並公開在《上海時報》連載,一如他後來在《國聞週報》公開發表的《記丁玲女士》一樣,《記胡也頻》後來也由光華書局在 1932 年公開出版,此外自由主義文人蕭乾在他主編的《英文簡報》中也作了胡也頻專號。由此可見,「左聯五烈士」原本這一共產黨內的政治鬥爭,被公開定位為中國無產階級革命文藝運動的前驅者,而民國的憲政和法律機制為此提供了可能。此外,左聯作家們因政治身份而身陷囹圄時,強調其文藝家的身份,並利用法律武器往往會使其轉危為安,例如史良為艾蕪和任白戈辯護並保釋成功,策略就是一口咬定當事人只是文藝家。著名共產黨領導人陳獨秀被捕後,檢察官以「危害民國」及「叛國罪」向法院控告,章士釗的公開辯護書也是強調其思想宣傳和言論出版自由的無罪。章士釗更是聲稱,國民黨和國民政

府都不能不等同於國家，民國非國民黨一黨之國，「本國某一黨
派推翻某一黨派的政權取而代之，不得謂之『亡國』」，章士釗
這樣闡述他和知識份子心目中的民國，「民國者何？民主共和國
之謂也，亦別于君主專制國之稱，……其內容無他，即力爭憲法
上集會、結社、言論、出版、信仰之自由權利」。[21]

　　在民國的憲政和法律機制中，左翼文學成為主潮，倒是站在
政府立場的右翼文學反而理不直氣不壯。大革命時期，左的思潮
很是興盛，而右派則有點偷偷摸摸見不得人的樣子，當時還被稱
之為「紅色將軍」的蔣介石也曾感歎，「現在本黨有許多黨員，
無論在什麼地方，甚至於在黨部開會，連三民主義提也不敢提，
簡直視三民主義為不足道的東西，這還成什麼黨」。[22]1928 年之
後，左翼思潮仍然很盛，而右翼思想並不吸引人。具體到國民黨
所提出的三民主義文學，雷聲都不大，雨點就更小，國民黨文藝
官員和青年都不好理直氣壯的闡述三民主義文學。「一些心懸黨
國利益，積極鼓吹三民主義文學的黨內人士更是滿腹辛酸，倍感
委屈。曾在《大道》上發表長篇大文《何謂三民主義文學》的周
佛吸，在給王平陵的信中大吐口水，說自己『曾以研究之所得，
商之於研究文藝的朋友們，收穫到的卻是些譏笑和輕侮』，自研
究三民主義文學以來，所收到的這種譏笑和輕侮，『真是不能以
車載斗量』。」[23]文藝界對三民主義的反感，源於他們思想自由
的要求。不僅左翼人士反對以三民主義作思想鉗制，中間派文人
同樣反應強烈。在三民主義文學出爐後，梁實秋、胡適等人都寄
予了辛辣的嘲諷和抨擊。而這背後，同樣有一個憲政和法律的背

---

21 〈章士釗律師為陳獨秀的辯護詞〉，《申報》，1933 年 5 月 4 日。
22 萬仁元 方慶秋：《蔣介石年譜初稿》，中國檔案出版社，1992 年，第 563 頁。
23 倪偉：《「民族想像」與國家統制》，上海教育出版社，2003 年，第 10 頁。

景。1933 年，在中華民國憲法草案起草委員會會長孫科的授意下，副委員長著名法律家吳經熊以個人名義發表了《吳經熊氏憲法草案初稿擬稿》，因為憲法第一條明令「中華民國為三民主義民主共和國」，引發強烈爭議，大家都反對將三民主義這一國民黨派的主義作為民主共和國的限制，因而抗議之聲強烈，孫科和吳經熊不得不著文答辯解釋。1936 年「五五憲草」公佈後，因第一條仍未改動，再次引發各方強烈批評和反對。1946 年頒佈《中華民國憲法》，作出讓步和解釋，第一條改為「中華民國基於三民主義，為民有、民治、民享之民主共和國」。即便如此，仍遭受到青年黨等黨派強烈抗議，他們認為「三民主義」就不應該出現在憲法中。[24]然而詭譎的是，在 1946 年共產黨人卻並不反對三民主義入憲，而在此之前抗戰爆發之初，共產黨人聶榮臻、彭真、鄧拓大談特談三民主義的現實主義的文藝。[25]而同在抗戰時期，當張道藩提出以三民主義文藝作為「我們需要的文藝政策」時，又再一次遭受到梁實秋等人的激烈批駁，而張道藩則是小心翼翼的解釋，含糊其辭的轉折退讓，這再次證明文學民國機制的有效性。[26]

　　由此可見，歸因民國的憲政和法制，左翼革命文學反而理直氣壯，而右翼文學則多受人譏諷。這也是世界各個憲政國家的共同現象，知識份子大都以左翼為榮，而以靠近政府的右翼立場為

---

24 有關三民主義入憲的詳細內容，參見王龍飛〈三民主義入憲探析〉，《江漢大學學報》2011 年 2 月。

25 鄧拓：〈三民主義的現實主義與文藝創作諸問題〉，《邊區文化》，1939 年 4 月創刊號，此外刊登的還有聶榮臻的講話〈三民主義的現實主義——在邊區文藝座談會上的講話〉中強調這個概念的內涵來自「三民主義」和「抗戰建國」的綱領。此外，彭真的〈關於三民主義的現實主義〉、邵子南的〈從現實主義學習什麼？〉、新路的〈我對三民主義的現實主義的認識〉等。

26 李怡：〈含混的「政策」與矛盾的「需要」——從張道藩〈我們需要的文藝政策〉看文學的民國機制〉，《中山大學學報》2010 年第 5 期。

恥。得益於民國卻批判民國，這正是知識份子價值和品格的體現，這也是民國法律機制之於文學的有效性體現。總之只有在民主共和憲政制度下，在法律制度保障下，我們才能真正認識和評判左翼文學和右翼文學的價值，才能闡述清楚左翼文學的發生發展。

第四節　民國視角與左翼文學的價值評判

重返民國歷史文化語境，評價左翼文學和右翼文學，我們需要堅守法制的框架。

左翼和右翼這一對稱謂最初來源於法國大革命，它們的內涵在法國革命史中已有不小變動，當它們傳入中國時，對它們也有多種解讀。具體到三十年代的中國，筆者以為，左翼最主要的特質就是以公平正義為首要原則，右翼最大的貢獻就是以民族國家為先導。法律也是行正義與公平之事，因而從民國法制入手也許會對左翼文學和右翼文學有一個新的評述和解讀。

在不少左翼作家筆下，民國的司法是黑暗的，是帝國主義和國內統治者、權貴們行兇作惡的保護傘。沙汀有一部很有名的小說《法律外的航線》，描繪了帝國主義凌駕中國法律之上，殘害百姓的事實，沙汀並以這篇小說題目作為自己小說集的總名稱，樂鵬舉發表在《洪水》半月刊上有篇小說，題目是《文明人的法律》，描述英國士兵強姦中國婦女而法庭宣判其無罪，許欽文《該死的紅丸犯》描繪了執法者執法犯法的事實。陽翰笙 1928 年創作的《女囚》更有意味，共產黨員岳錦成質問刑逼審訊他的軍法官，「什麼是刑法，？我犯了你們什麼法？」並以法律上對政治

犯的權益保護質問軍法官，而軍法官則回答「我不懂什麼法不法」。此外，中間派作家老舍的《我這一輩子》、《駱駝祥子》、《月牙兒》中，主人公都充滿著對民國黑暗法律的不信任和詛咒。

　　事實上，諸多左翼作家對民國法律黑暗的揭示，在批判民國法律「正義性」欠缺的背後，作家們希冀通過自己的書寫來對正義進行補充。「補充」意味著應該堅守一個法制的框架，並把正義作為最終的追求目標，而並非是簡單的以暴易暴。可是在左翼文學和右翼文學的對抗中，都出現了過度渲染暴力的傾向，魯迅對此曾有深深的擔憂和激烈的批判。

　　早在大革命時期，魯迅就對吳稚暉倡導的革命文學中的「打打、殺殺、血血」、「打打打、殺殺殺、革革革、命命命」有強烈不滿和批判。革命和革命文學的目的都是為了弱勢群體，為了給他們公平和正義，而並非張揚暴力。在左聯的機關刊物《文學月報》1卷4號上曾發表有芸生的詩歌《漢奸的供狀》，詩中有「你這漢奸──真是混帳──當心，你的腦袋一下就會變做剖開的西瓜」，魯迅對此強烈不滿，曾專門寫了著名的《辱罵和恐嚇絕不是戰鬥》，在文章中他寫道，「我想，無產者的革命，乃是為了自己的解放和消滅階級，並非因為要殺人，即使是正面的敵人，倘不死於戰場，就有大眾的裁判，決不是一個詩人所能提筆判定生死的。」魯迅提到「大眾的裁判」明顯包含了法律審判的意味，其實，魯迅言辭文風很是激烈，對國民黨政府也從未抱有任何幻想，但魯迅對民主共和制度下的法律機制仍抱有期待，魯迅加入「中國民權保障同盟」並擔任主要職務就是明證，而「民權」顯然是法制詞彙。但是左翼革命文學中，語言的暴力和對暴力的訴諸比比皆是。周靈均在《太陽月刊》中的詩歌《渡河》寫道，「我彷彿已在戰場中呼喊：殺殺殺！我要把鮮紅的血液汙遍

了革命旗兒。」馮憲章的《匪徒的吶喊》更是吶喊道，「粉碎富人的洋樓！焚燒富人的園丘！……殺盡廠主與地主！」就連魯迅所稱頌的殷夫也有大量渲染暴力的詩句，「我們要敲碎資本家的頭顱，踢破地主爺的胖肚，你們悲泣吧，戰慄吧」！（《我們是青年的布爾塞維克》）「我們要把敵人殺得乾淨，管他媽的帝國主義國民黨，管他媽的取消主義改組派，豪紳軍閥，半個也不剩！」（《五一歌》）

　　此外，大量的左翼革命小說中更是充滿著對暴力的癡迷和崇拜，如蔣光慈的《咆哮了的土地》、《少年漂泊者》、《沖出雲圍的月亮》，洪深的《五奎橋》，吳組緗的《樊家鋪子》等等，在這些作品中，暴力尤其是群體性的暴力完全被納入到「革命正義」的敘述框架，而法制原則和法律正義則完全被忽略。正如王德威在《罪與罰》中所分析的，「農民的暴力固然表現了他們的苦大仇深，卻也是一種詭異的模擬：他們把地主壓迫他們的那套非理性方式，變本加厲，用來還治其人。而我所謂的『恐怖主義』，指的是恐怖活動所包含的儀式性意義。經過流血（尤其是無辜者的血）暴力，革命者昭告了他們的政治目標，也藉此強固彼此作為『法』外之民的向心力。」[27]這種對完全漠視法律的暴力崇拜，在後來的革命文學作品如土改小說、戰爭小說中更是比比皆是。這種語言上的暴力和主題上的暴力在 1949 年後被發揮到極致，影響了幾代中國人的思維模式和行為方式，對中國社會和文化都造成了極大的傷害，這是我們今天不得不反思的一個重點。

　　另外一方面，右翼文學中也有不少訴諸暴力，鼓勵暴力消滅無產階級革命運動的作品。如朱大心《劃清了陣線》，和「馬克思的養子們」，「刀對刀，劍對劍」。雷盛的詩歌《前沖》中同

---

27 王德威：〈罪與罰〉，《現代中國小說十講》，復旦大學出版社，2003 年，第44 頁。

樣充滿煽動性的文字，「向前沖，消滅俄蘇毒藥的迷蒙」。右翼文學中成就最大的莫過於黃震遐《黃人之血》，這篇作品中亦有大量對暴力的推崇，以及武力解決「赤禍」的創作目的。這些同樣都是非常惡劣的傾向。

要真正說清左翼文學和右翼文學和它們的價值，它們如何發生和發展的，首要的前提是回到民國的歷史文化語境中。其次是正視左翼文學、右翼文學尤其是前者和民國法制的關係。把左翼革命文學的上線定在 1920 年代初，我們就可發現，革命的背景和主體都是護法的國民革命。把左翼文學的上線或者說它的繁榮定在 1928 年大革命失敗後，我們就可發現，其原因就是得益于民國憲政和法制的保障。最後，我們要站在民國法律的框架下評判左翼文學和右翼文學，對雙方都存有的暴力傾向應有所反思。

正是基於民國的憲政原則和法律機制，左翼文學和右翼文學在 20 世紀 30 年代都取得了迅猛發展，「左」和「右」只是兩個比較有代表性的極端，而 30 年代是各種思想和流派競相鬥豔的時代，是文學佳作和大師輩出的時代。這同樣說明了，民國憲政和法律機制的有效性。

第六章　左翼文學民族話語中的「岳飛式」和「水滸式」

　　左翼文學從階級話語向民族話語的轉變過程中，在「國防文學」的提倡中，最熱門的題材有歷史上抗擊異族的戰爭如岳飛的事蹟等，還有當時義勇軍的抗日事蹟等。岳飛類題材獲得認可度較高，它引發的左翼內部爭議也很大，另外岳飛題材也是備受國民黨右翼文人青睞的題材，所以我們選取了對於民族話語中「岳飛式」進行分析考論。在「國防文學」的提倡中，和「岳飛」題材時間背景都大致相當的《水滸傳》也被提出是「國防文學」的代表，儘管這樣的提法當時只有周木齋一個人，[1]但它當時引發了左翼內部的爭議，並且後來成為延安所欣賞的一個題材。因此，探討分析民族話語中的「水滸式」，尤其把它和「岳飛式」相比較，有利於我們更好的認知左翼文學從階級話語到民族話語的複雜性，以及左翼文人和右翼文人在民族話語上的針鋒相對。

1　周木齋：〈水滸傳與國防文學〉，《文學界》創刊號，1936 年 6 月 5 日，第 134-139 頁。

第一節　左翼文學界有關「岳飛」
形象的爭論

　　在國防文學的提倡中，不少人認為岳飛題材是「國防文學」的絕好材料。何家槐提議，「我們的民族英雄是值得復活的，如岳武穆，文天祥，薛仁貴，花木蘭，蘇武，史可法，馮子材，蔡公時，鄧鐵梅」。[2]周鋼鳴在《民族危機與國防戲劇》中呼籲道，「岳飛，文天祥，史可法等民族英雄」應該在舞臺上被表現出來，秦檜，吳三桂，曾國藩等賣國賊的行為，「用批判的方法整理」。[3]

　　左翼文學界不少人談到復活民族英雄岳飛、文天祥等，這很有可能是受到蕭三來信的影響。蕭三提出了在組織上解散「左聯」的建議，在創作上也提出了一些指導性意見，並且額外強調文壇上的策略，也就是他給國內左翼的關於轉向民族話語的第三條建議：

　　第三在策略方面。我們對付敵人應用以毒攻毒及利用其招牌的方法，比方他們提倡「民族主義文學」，我們不必空口反對他們這一招牌，而應把它奪過來占為己有，即充實它的內容。多寫民族救國英雄，如東北義勇軍事實，復活岳飛，文天祥，史可法……痛罵秦檜，吳三桂，袁世凱……使成為革命民族戰爭時代

---

2 何家槐：〈作家在救亡運動中的任務〉，《時事新報‧每週文學》1936 年 1 月 11 日，《「兩個口號」論爭資料選編》上，第 15 頁。

3 周鋼鳴：〈民族危機與國防戲劇〉，《生活知識》第 1 卷 10 期，《「兩個口號」論爭資料選編》上，第 42-47 頁。

的革命民族文學。[4]

　　從蕭三信中可以看出，左翼文學由階級話語轉向民族話語時，策略就是要把敵人的招牌奪過來為己所用，這裡，蕭三所說敵人的招牌就是指「民族主義文學」的口號。另外蕭三對於義勇軍之外的岳飛等民族英雄的重視，也可看出，國內的岳飛形象塑造是一個文學熱點。毫無疑問，曾被作為共產黨的文藝問題指示的蕭三信為很多人所接受，但是，先前的「民族主義文藝派」曾經在文學主張上受到了左翼文學界的批判，包括他們所塑造和宣揚的岳飛形象。尤其是魯迅，曾不遺餘力地批駁「民族主義文藝派」對於岳飛的書寫。

　　1931 年九一八事變後，為此，左翼文學界對「民族主義文學」展開了激烈的批判，其中魯迅先後發表了著名的揭批文章《「民族主義文學」的任務和運命》、《沉滓的泛起》等，「日本佔據了東三省以後的在上海一帶的表示，報章上叫作『國難聲中』。在這『國難聲中』，恰如用棍子攪了一下停滯多年的池塘，各種古的沉滓，新的沉滓，就都翻著筋斗漂上來，在水面上轉一個身，來趁勢顯示自己的存在了。」魯迅所列舉的沉滓都是當局政府和民族主義文學派在文化領域中的表演，「有的去查《唐書》，說日本古名『倭奴』；有的去翻字典，說倭是矮小之意；有的記得了文天祥，岳飛，林則徐」。這裡魯迅把國難中復活民族英雄岳飛稱之為「沉滓」之一，認為「不過是出賣舊貨的新廣告，要趁

---

4 蕭三：〈給左聯信〉，北京大學等編《文學運動史料選》，上海教育出版社，1979 年 6 月，第 328-333 頁。

著『國難聲中』或『和平聲中』將利益更多的榨到自己的手裡的。」
[5]魯迅敏銳地覺察到，利用岳飛做旗幟，主要不是塑造什麼民族精
神，而是鞏固當權者的統治，岳飛式的愛國，正是奴才式愛國的
典範。魯迅後來在《真假堂吉訶德》中對於「岳飛式」民族話語
做了更尖銳地解析：「他們何嘗不知道什麼『中國固有文化』咒
不死帝國主義，無論念幾千萬遍『不仁不義』或者『金光明咒』，
也不會觸發日本地震，使它陸沉大海。然而他們故意高喊恢復『民
族精神』，彷彿得了什麼祖傳秘訣。意思其實很明白，是要小百
姓埋頭治心，多讀修身教科書。這固有文化本來毫無疑義：是岳
飛式的奉旨不抵抗的忠，是聽命國聯爺爺的孝，是斫豬頭，吃豬
肉，而又遠庖廚的仁愛，是遵守賣身契約的信義，是『誘敵深入』
的和平。而且，『固有文化』之外，又提倡什麼『學術救國』，
引證西哲菲希德之言等類的居心，又何嘗不是如此。」[6]

　　尤其讓魯迅覺得難以接受的是，這種「奴才式」的愛國大量
出現在小孩子的讀物中。針對社會上把岳飛、文天祥並列為少年
兒童學習之楷模，魯迅清醒地指出，這種自欺欺人的宣傳，無助
於民族國家救亡，而且給小孩子看的更是登錯地方的文章。「印
給少年們看的刊物上，現在往往見有描寫岳飛呀，文天祥呀的故
事文章。自然，這兩位，是給中國人掙面子的，但來做現在的少
年們的模範，卻似乎迂遠一點。他們倆，一位是文官，一位是武
將，倘使少年們受了感動，要來模仿他，他就先得在普通學校卒

5　魯迅：〈沉滓的泛起〉，《魯迅全集》第 4 卷，人民文學出版社，2005 年，第
　　331-334 頁。
6　魯迅：〈真假堂吉訶德〉，《魯迅全集》第 4 卷，人民文學出版社，2005 年，
　　第 534-537。

業之後，或進大學，再應文官考試，或進陸軍學校，做到將官，於是武的呢，準備被十二金牌召還，死在牢獄裡；文的呢，起兵失敗，死在蒙古人的手中。宋朝怎麼樣呢？有歷史在，恕不多談。」[7]

　　魯迅在這裡提出一個很深刻的命題，就是大家為什麼都不追究岳飛的歷史事實，他最終到底是報國了沒？為什麼會這樣？岳飛被召回屈死在牢獄中，不僅沒有實現報國，反而因「忠君」枉送性命。儘管近代以來「國家」已徹底取代「君王」，但是對於「岳飛式」愛國提倡，明顯是符合統治集團的國家主義而遠離立人的啟蒙主張。對於秉承「立人」思想的魯迅來說，岳飛式愛國所包含的國家話語和奴才道德永遠讓他無法接受。曾有「北平大學教授兼女子文理學院文史系主任李季谷氏」提出《一十宣言》，即王新命等十教授的《中國本位的文化建設宣言》，這位李季谷即李宗武在末尾提出道，「為復興民族之立場言，教育部應統令設法標榜岳武穆，文天祥，方孝孺等有氣節之名臣勇將，俾一般高官戎將有所法式雲」。針對此，魯迅諷刺道：「凡這些，都是以不大十分研究為是的。如果想到『全而歸之』和將來的臨陣衝突，或者查查岳武穆們的事實，看究竟是怎樣的結果，『復興民族』了沒有，那你一定會被捉弄得發昏，其實也就是自尋煩惱。」[8]

　　在涉及民族話語中的岳飛形象時，魯迅總是警惕地指出，但凡如此拿岳飛作旗幟提倡民族主義、愛國主義而實質上是讓大家

7　魯迅：〈登錯的文章〉，《魯迅全集》第 6 卷，人民文學出版社，2005 年，第 591-592 頁。

8　魯迅：〈「尋開心」〉，《魯迅全集》第 6 卷，人民文學出版社，2005 年，第 279-282 頁。

忠順。有關魯迅對於民族話語中岳飛形象的反感我們不再一一羅
列，他還曾有一首諷刺詩，題為《好東西歌》，諷刺所謂武岳飛
和文秦檜們的同流合污。[9]總之，魯迅對於民族危機中大樹特樹岳
飛為典範一直持反感態度。因而，最早看到蕭三信的魯迅，對於
蕭三的「策略」上復活岳飛建議不以為然，而且在接受記者採訪
他關於聯合意見時，他針鋒相對地「戰略」上把岳飛類民族英雄
歸在不「正確」，不「現代」的一類。「民族危機到了現在這樣
的地步，聯合戰線這口號的提出，當然也是必要的，但我始終認
為，在民族解放鬥爭這條聯合戰線上，對於那些狹義的不正確的
國民主義者，尤其是翻來覆去的投機主義者，卻望他們能夠改正
他們的心思。因為所謂民族解放鬥爭，在戰略的運用上講，有岳
飛文天祥式的，也有最正確的，最現代的，我們現在所應當採取
的，究竟是前者，還是後者呢？這種地方，我們不能不特別重視。
在戰鬥過程中，決不能在戰略上或任何方面有一點忽略，因為就
是小小的忽略，毫釐的錯誤，都是整個戰鬥失敗的泉源啊！」[10]

　　很顯然，魯迅這段話是針對蕭三信的「建議」以及眾多接受
蕭三建議而大談「復活岳飛」的文章而發。不過，上述這段文字
並未被收入到《魯迅全集》中，也就是說，學界似乎並沒有怎麼
認可這篇文章是魯迅所著。的確，這段談話出自《幾個重要問
題》，刊登在 1936 年 6 月 15 日《夜鶯》1 卷 4 期。根據《夜鶯》
編者的附記，「魯迅先生病得很厲害——氣管發炎，胃部作痛，
不能執筆。本文是《救亡情報》記者的一篇訪問記，因為所談的

9　魯迅：〈好東西歌〉，《魯迅全集》第 7 卷，人民文學出版社，2005 年，第
　　397 頁。

10　魯迅：〈幾個重要問題〉，《夜鶯》1 卷 4 期，1936 年 6 月 15 日；另見《魯
　　迅最後遺著》，莽原書屋，1936 年 11 月，第 27-30 頁。

都是幾個重要的現實問題，故加上一個題目轉載於此。」[11]筆者
就此線索搜尋，原來這篇《幾個重要問題》是根據《救亡情報》
上的《前進思想家魯迅訪問記》[12]改寫而成，作者署名為「本報
記者芬君」，最初發表於 1936 年五月卅日第 4 期的《救亡情報》。
魯迅逝世後，《救亡情報》在 1936 年 11 月 1 日的「悼魯迅先生
特輯」中，引用了訪問記中魯迅話語的部分內容包括上述引文的
一段，題為《魯迅先生生前救亡主張》[13]。再往後，1936 年 11
月，登太編撰了《魯迅訪問記》一書，選錄了芬君的文章並以此
為書名。根據筆者搜集到的《魯迅訪問記》版本來看，此書 1936
年 11 月初版，由春流書店出版，長江書店總經售。後來中國社
科院文學研究所魯迅研究室編撰的《1913-1983 魯迅研究學術論
著資料彙編》中收入此文，他們沒有搜尋到上述指出的《救亡情
報》上的原刊稿，採用的就是登太編《魯迅訪問記》一書中的收
錄文章，但他們把此書的總售經的長江書店當成出版者，算是一
個小失誤。登太編寫的《魯迅訪問記》1937 年 4 月再版，可見此
書在當時的影響力。而且還需著重提及的是，1939 年文化勵進社
「盜版」了此書，書的封面頁為「茅盾等」著，版權頁為「編者
登太」，出版者為「文化勵進社」，發行者為「上海大夏書店」，
內容和春流書店版一模一樣，後來也有不少人把此書誤認為是大
夏書店出版。簡單介紹了這篇文章的流轉情形和版本概況，再來
看這篇訪問記的內容。雖說是署名記者芬君的採訪文章，可是根

---

11 魯迅：〈幾個重要問題〉，《夜鶯》1 卷 4 期，1936 年 6 月 15 日。

12 芬君：〈前進思想家魯迅訪問記〉，《救亡情報》第 4 期，第 2 版，1936 年 5
   月 30 日。後來登太編選此文章時，題目省去了原報最前排的「前進思想家」
   字樣，故本文後面為求統一，都採取《魯迅訪問記》做標題。

13 〈魯迅先生生前救亡主張〉，《救亡情報》第 24 期，第 1 版，1936 年 11 月 1
   日。

據文尾的注釋，「本文抄就後，經魯迅先生親自校閱後付印」。[14]由此可見，文章中援引魯迅的話部分基本上可視為魯迅自己的創作。而《夜鶯》上發表的編者自擬的《幾個重要問題》，和《救亡情報》上的《魯迅先生生前救亡主張》一樣，就是把芬君採訪文章中的魯迅原話部分摘錄了出來，《夜鶯》上把作者署名為「魯迅」，故可以算作是魯迅的著作。也正是基於這樣的原因，1936年 11 月，魯迅逝世後不久，莽原書屋編寫《魯迅最後遺著》，收錄了《夜鶯》上的《幾個重要問題》，把它視為魯迅臨終前的重要作品之一。[15]綜合考量，筆者認為《魯迅全集》應該收入《幾個重要問題》。

回到魯迅的文章本身，魯迅提出的民族解放鬥爭的「戰略的運用」，「有岳飛文天祥式的，也有最正確的，最現代的」。這是魯迅對於救國團體提出的「聯合戰線」問題的態度，也是針對蕭三的「策略」——利用民族主義文學的招牌，復活岳飛文天祥等民族英雄。魯迅對此顯然秉承一貫的見解，他過去把國民黨和「民族主義文藝派」提倡岳飛為民族英雄的說法視為「沉滓」，而對於現在黨的領導人和左翼文學界復活岳飛的提法也認為是和正確的、現代的民族話語相對立。

不過，魯迅對於「岳飛式」的愛國和民族話語的批駁，引起了另外一些人的不同意見。這不同意見並不是出自最早提倡復活民族英雄的「國防文學」提倡者，而是來自在日本以郭沫若為首的東京左聯同人。郭沫若重視岳飛等歷史民族英雄的題材可能是

---

14 芬君：〈魯迅訪問記〉，《救亡情報》1936 年 5 月 30 日，第 2 版；另見登太編寫的《魯迅訪問記》，春流書店 1937 年 4 月再版，第 130-134 頁；再另見，茅盾等著，登太編《魯迅訪問記》，文化勵進社 1939 年初版，第 130-134 頁。

15 魯迅：〈幾個重要問題〉，《魯迅最後遺著》，莽原書屋，1936 年 11 月，第 27-30 頁。

出於自己對中國古代歷史文化的熟悉和掌握，和蕭三信和國內黨組織傳達過來的「國防文學」相關情形沒有多大關係，我們無法確切得知任白戈是否把蕭三的建議，尤其是利用民族主義文學所重視的岳飛「策略」傳達給郭沫若等人，但是作為傳達人任白戈的相關文章和討論講話中，並未看到對於岳飛題材的表述，所以重視岳飛形象在民族話語中的作用就是郭沫若自身的文化趣味選擇。郭沫若的看法似乎比較簡單明確，不是要不要提倡岳飛的愛國行為，而是要分辨哪些是打著岳飛旗號的秦檜。「這幾年來的事實擺在那兒，究竟誰個是中行說，誰個是秦檜，誰個是賈誼，誰個是岳飛，誰個是真真正正地在臥薪嚐膽，誰個是堂堂皇皇地在賣國殃民？」[16]這是郭沫若為支持國防文學寫的第一篇稿子——《在國防的旗幟下》，這篇文章沒有寫完，也比較不成熟，後來在此基礎上，郭沫若擴充完成了《國防·汙池·煉獄》一文，後者也比前者早發表，可以視為郭沫若的最早公開聲明。在這篇文章裡，郭沫若再次批評了那些打著岳飛「精忠報國」的旗號的秦檜們，即民族主義者和國家主義者，並把他們看做汙池式的愛國主義。

　　正是魯迅和郭沫若在岳飛是民族英雄與否態度上有所分歧，東京左聯在有關的「國防文學集談」中，專門涉及了「岳飛式的國防文學」這一話題。林林首先表態：「說到典型問題，國內有所謂岳飛式的典型，好像從前民族主義文學者也曾提出的。不過，我們不是狹義的國家主義者。在這民族危機之下，我們愛愛國主義者的岳飛，我們尤其愛社會主義的岳飛。在這裡，我們提出反對韓光第式的典型。因為他是替帝國主義進攻『以平等待

16 郭沫若：〈在國防的旗幟下〉，《文學叢報》1936年7月1日，《「兩個口號」論爭資料選編」》上，第410-412頁。

我的民族』蘇聯。當然，我們的國防文學不應該單以『岳飛式』
的姿態出現。」[17]很顯然，林林所要做的努力是把岳飛爭取到左
翼這邊，同時極力發掘「愛社會主義的」現代岳飛。不過，對於
這一問題，還是郭沫若來得比較直接，他指出：「魯迅先生把國
防文學分為岳飛式與非岳飛式而立在後者的立場，我看這是有點
語病的。我們應該分為『真岳飛式』與『假岳飛式』。真正的岳
飛我們是應該歡迎的。只要不是掛羊頭賣狗肉的愛國者，不管是
岳飛還是文天祥，我們都應該歡迎的。」[18]

　　從郭沫若的這段話，我們可以體察到，郭沫若與魯迅民族話
語問題上認知態度的差異。魯迅一貫對岳飛尤其是對於利用岳飛
作權勢統治之用不以為然，蕭三提出「策略」性的迎回岳飛時，
魯迅針鋒相對地把岳飛放在了民族話語中「不正確」「不現代」
的一類；郭沫若自己對中國歷史文化包括岳飛在內有極大興趣，
當魯迅提出對於民族話語中的岳飛復活的異議時，郭沫若針鋒相
對地指出了魯迅的「語病」，強調歡迎「真正的岳飛」。從對待
岳飛的不同態度，就可發現魯迅和郭沫若在文化趣味上的差異，
郭沫若強調從中國的歷史文化傳統中獲取民族認同的信心和勇
氣，而魯迅更強調現代中國的實際鬥爭；作為曾親身經歷過軍事
鬥爭和政治鬥爭的郭沫若來說，他較為關注政治策略的成敗得
失，而對於一直堅守思想啟蒙的魯迅來說，它更強調思想「戰略」
上對於中國人的現代塑造。

　　郭沫若的鮮明表態直接影響了東京左聯贊同國防文學的同
人，林林馬上接著郭沫若歡迎「真正的岳飛」表態說：「郭先生

---

17 郭沫若輯《國防文學集談》，《「兩個口號」論爭資料選編》下，第 849-850
　　頁。
18 郭沫若輯《國防文學集談》，《「兩個口號」論爭資料選編》下，第 853 頁。

所說的岳飛和魯迅先生所說的岳飛不同，我們歡迎郭先生所說的岳飛。」郭沫若又跟進說：「是應當歡迎岳飛的，現在中國不能不談國防。」[19]在「集談」結束的總結中，郭沫若再一次強調：只要能反帝的人在目前同是我們的朋友，故爾岳飛也好，文天祥也好，陸秀夫也好，張倉水也好，都值得我們歡迎，我們謳歌。[20]東京左聯同人在有關「國防文學」的座談會之後，林林繼續大談岳飛為民族精神的象徵。他在《詩的國防論》中稱讚岳飛是「我們中間的一個」，「岳飛的世界觀，是停留在忠君報國上面，但在當時，他確是盡一個最尖端最積極的任務的，岳飛這偉大性格的詩人，我認為值得目前救亡戰士所崇拜者，有三點」，這三點分別是，「第一點——反抗性，他抱著『精忠報國』的壯志，始終未嘗忘卻了『還我河山』這句標語。」「第二點——智性，他在當時看出了敵人以『中國攻中國』（岳飛語）的奸計，深信抗戰的正當，深信自己的勝利。」「第三點，他完全和士兵人民大眾的利益要求相一致。」林林進一步昇華了岳飛的現代意義：

　　岳飛因為受著那時代的限制，他的世界觀，不能超過時代的界線，因此，精忠報國的精神，已在前引的《滿江紅》詞中的「朝天闕」，和「歸來報明主，恢復舊神州」這詩句上面充分表現著。但這不能取消了岳飛可紀念的意義。在今日國防戰線的了解上，這種「天闕」應該是人民大眾的政府，而「明主」，應該是代表人民大眾利益去抗敵救國的巨大人物。中國已無君可忠，只有國可報，岳飛設生在今日，他定不會忠於君，而忠於人民大眾的吧，

---

19 郭沫若輯《國防文學集談》，《「兩個口號」論爭資料選編》下，第 853-854 頁。
20 郭沫若輯《國防文學集談》，《「兩個口號」論爭資料選編》下，第 873 頁。

他這種真正的愛國主義，必定是一個徹底的反帝國主義者的。[21]

　　林林提倡復活岳飛時，既吸收了郭沫若「真岳飛」的主張，也參考了魯迅的「現代」提議，與魯迅批評岳飛題材的「非現代」不同，林林希望把岳飛思想中的陳腐觀念用現代理念去代替，用人民大眾替換君王。應該說，這是一個美好的構想，問題在於如何貫徹到文學的實踐中，這恐怕不是一個簡單的問題。

　　總而言之，左翼文學界從階級話語向民族話語轉變過程中，提出了重視岳飛題材和恢復岳飛民族英雄的主題。它首先是由蕭三寫信作策略上的建議提出，對於蕭三信國內左翼很多人是當做政策指示來執行的，因而在國防文學宣導中相應地提出了重視岳飛題材的主張。不過，很顯然這種主張受到了過去一直批判「岳飛式」愛國的魯迅的反對。在魯迅看來，過去國民黨及其右翼文人提倡岳飛書寫表現的是一種奴才文化、忠順道德；現在左翼人也提出並讚賞岳飛的愛國行為，這種「非現代」的行為可能會成為民族解放鬥爭失敗的源泉。這體現出了魯迅對於啟蒙運動的堅守，對於國家主義可能造成壓制「人」的行為的警惕。因而，在魯迅眼裡，不論是哪方提出復活岳飛的主張，都是沉滓的泛起，都是非現代的奴才文化的體現。而郭沫若出於對中國傳統文化的喜愛，也因為對民族話語爭奪中策略的重視和運用，提出了和魯迅針鋒相對的「真岳飛」主張。由此也可看出，在向民族話語轉變過程中，魯迅和郭沫若的文學趣味、關注焦點、思維方式都有很大的不同，這也體現在他們後來在民族話語上的分歧。林林企圖在綜合魯迅和郭沫若的態度上，把岳飛形象中的民族話語和左翼文學的價值觀、和無產階級革命觀連接起來。應該說，這是很

21　林林：〈詩的國防論〉，《質文》第 2 卷第 2 期，1936 年 11 月 10 日，《「兩個口號」論爭資料選編》下，第 947-960 頁。

美好的構想，卻不容易實現。因為，但凡某一類題材的流行，它勢必會形成一種價值傳統，結合蕭三的建議和魯迅的批評我們可得知，岳飛原本是國民黨人和「民族主義文藝」的傳統題材，因此當我們評析左翼文學界內部關於「岳飛式」民族話語的分歧時，我們不能不跳出左翼文學來關注岳飛題材流行的原因尤其是右翼文人對於岳飛的書寫。

第二節　民國歷史文化形態下的「岳飛」形象與國家建構

　　岳飛類題材著作在民國時期非常受歡迎。根據筆者搜集到的民國時期編著的有關岳飛題材類著作，最早是孫毓修著的《岳飛》，這本書是面向少年兒童和普通民眾的。它由商務印書館 1913 年 9 月初版，筆者同時還搜集有 1915 年 10 月的第三版，1917 年 9 月的第五版，1922 年 6 月的第十版，此後民族危機更嚴峻時估計還應有若干版本。1944 年，商務印書館在孫毓修原編寫的基礎上，由郭箴一改編出版了新的《岳飛》，新版的《岳飛》歸屬於商務印書館出版的「少年叢書」。此書出版後幾乎年年再版，並後有改版，可見《岳飛》一書影響之大，尤其是作為少年叢書的影響力。此書大致講述岳飛生平，流露出濃厚的漢族中心主義思想。同時面向兒童的還有 1936 年章衣萍編著的《岳飛》[22]，由兒童書局出版發行，此書 1936 年 7 月初版，筆者搜集到的還有

---

22 此書的版權頁為章衣萍編著，發行者為張一渠，印刷出版為兒童書局，不過書的封面編著者卻是他的妻子吳曙天，看來那個時候也有一種成果多種演算法的方式了。

1939 年 8 月的第十三版，1940 年 3 月的第十四版，1949 年的第十六版。這本《岳飛》隸屬于兒童書局出版的「中國名人故事叢書」系列，也主要是針對少年兒童的通俗讀物。此書在戰時出版業不景氣的情形下，再版近 20 次，同樣可見其影響力之大。大體說來，最早的最有影響的一些岳飛類書都主要是面向少年兒童的——魯迅所批評過的，登錯地方弄錯對象。此外，民族危機嚴峻時，面向少年兒童的更多。褚應瑞的《岳飛抗金救國》[23]和《精忠報國的岳飛》[24]都由上海民眾書店出版，其中《精忠報國的岳飛》還被世界書局作為「中國歷史故事」系列初版，扉頁還印有「小朋友這些書都是你最喜歡的，高小初中及民眾學校適用」[25]。白動生的《岳飛》，由正中書局在 1936 年出版，後在重慶重新出版，此書為「正中少年故事集」中的「歷代先賢先烈故事集之五」[26]。孔繁霖的《岳飛》，是針對青年的思想培養，此書為青年出版社的「青年模範叢書」之一，初版本不詳，筆者搜集到的是 1946 年的再版。本書除了介紹岳飛生平事蹟外，最後一章是談岳飛對於當今的影響，題為「岳飛留給我們的，是什麼？」作者總結了 5 點，第一點「是他的艱苦奮鬥」，尤其是在「剿匪」方面的艱辛努力。第二點「是他事親的孝順」，第三點「是他持身的清廉」，第四點「是他寬宏的度量」，第五點「是他治軍的嚴明」，尤其是岳飛的治軍要訣，「仁、智、信、勇、嚴，缺一不可」，作者認為，當時的人們應該學習岳飛的優秀品質，「繼續為保衛國家民族而奮鬥」！[27]

---

23 褚應瑞：《岳飛抗金救國》，上海民眾書店，1939 年。
24 褚應瑞：《精忠報國的岳飛》，上海民眾書店，1942 年。
25 褚應瑞：《精忠報國的岳飛》，世界書局印行，出版時間不詳，見扉頁。
26 白動生：《岳飛》，由正中書局在 1936 年初版，1943 年重慶第 4 版。
27 孔繁霖：《岳飛》，青年出版社，1946 年再版，第 109-113 頁。

　　岳飛類書非常暢銷，尤其是面向少年兒童的，這樣一來，出版岳飛類書自然成了一些大型的商業出版機構的選擇。除此之外，涉及岳飛題材出版的就是和國家政府關係密切的一些出版社如正中書局、青年出版社等。事實上，在普及和宣傳岳飛民族英雄形象的過程中，國家政府起到了極為重要的作用。尤其是在中日民族矛盾嚴峻的時刻，利用岳飛來進行民族的動員和宣傳，成為國家主義話語的一個主要表現形式。1933 年由管雪齋編述、白鳳軒發行、漢口文德印刷公司印刷了《岳武穆》一書，內容同樣是介紹岳飛生平，馬占山、王以哲、蔣光鼐等人為此書題辭，在武漢地區很是流行。1935 年由審選者李劍虹、編輯者袁清平出版的四大民族英雄故事系列《岳文戚史集》，此書由軍事新聞出版社 1935 年初版，1936 年再版，由古今圖書社發行，臺北新文豐出版公司 1979 年再次出版。岳飛研究會編撰專門研究岳飛文章，引用此書時，把此書的發行者古今圖書社誤作出版者。[28]《岳文戚史集》中岳飛章節大致講述岳飛生平事蹟，並附有岳飛詩詞、奏疏等，書的前面有馮玉祥親筆題字「民族模範」（見文後附圖），封底有宣傳字樣：「各軍政機關學校團體所必備；是復興民族挽救危亡的必讀之書！」[29]由無夢、易正綱編著的《中國軍神岳武穆》，此書 1935 年 5 月由汗血書店出版，為《汗血小叢書》之一。汗血書店於 1934 年成立，是民族主義文藝派的專屬出版機構，辦有《汗血月刊》、《汗血周刊》、《民族文藝》月刊、《國民文學》等民族主義文藝派雜誌；汗血書店還有和《中國軍神岳武穆》同時出版的，旨在宣揚愛國主義甚至還有類似軍國主義傾

---

28 見岳飛研究會選編：《岳飛研究》，浙江古籍出版社，1988 年 1 月第 1 版，第 427 頁。
29 李劍虹審選、袁清平編輯：《岳文戚史集》，軍事新聞出版社，1935 年初版，正文前頁和封底頁。

向的一些書籍，如《縱橫歐亞的成吉思汗》、《秦始皇之民族的功業》、《唐太宗之精神及其事業》、《平倭名將戚繼光之生活批評》、《漢武帝》、《抗金護宋的民族英雄李綱》《史可法的精神事業》等等。[30]在《中國軍神岳武穆》的第一部分就探討「民族和民族英雄」，民族英雄對於一個民族是不可或缺的，民族英雄不論成敗，「皆是使民族精神吐著萬丈的光芒，民族意識由消沉而振作。」[31]

除上述之外，介紹岳飛生平故事的還有，范作乘的《岳飛》，中華書局 1935 年初版，1943 年 6 月在重慶重新出版[32]；彭國棟的《岳飛評傳》，由商務印書館在 1945 年 9 月重慶初版，1945 年 11 月上海初版，1947 年上海再版[33]，後臺北中正書局重新出版，並再版數次；由《古本小說集成》編委會編撰的「古本小說集成」系列中，關於岳飛的就有《岳武穆盡忠報國傳》和《武穆精忠傳》。此外，還有大量的「民族英雄」類書籍，如當時較為流行的《民族英雄百人傳》、《民族英雄故事》（雅苑出版社）、《民族英雄剪影》（戰時文化社）、《民族英雄史話》（黃埔出版社）、《中國歷代民族英雄傳》（大方書局）、《中國歷史上之民族英雄》（商務印書館）等書中，岳飛當仁不讓的佔據重要位置。

由此可見，在民國時期尤其是 20 世紀 30 年代以後，伴隨著民族危機的加劇，弘揚岳飛民族氣節的傳記在社會上大量出現，有旨在針對少年兒童的、有意在塑造青年模範的、有針對軍事團

30　有關汗血書店和民族傳統英雄的闡釋是一個很有意義的話題，留待他文詳述。
31　無夢、易正綱：《中國軍神岳武穆》，汗血書店出版，1935 年 5 月，第 3-4 頁。
32　范作乘：《岳飛》，中華書局 1935 年，1943 年重慶版。
33　彭國棟：《岳飛評傳》，由商務印書館在 1945 年 9 月重慶初版，1945 年 11 月上海初版，1947 年上海再版。

體的、也有面向普通民眾的。出版岳飛類傳記叢書的有運作很好的商業出版社，也有和國民黨政府關係密切的「官方」出版機構。總體而言，在宣傳岳飛的民族話語中，國家體制和商業運作走在了一起，共同奠定了岳飛的民族英雄楷模地位。

　　但很顯然，不論是針對哪一類讀者群體，在岳飛形象的塑造和宣傳上，國家話語佔據了主導地位。在岳飛式的愛國描寫中，安內剿匪和外抗強敵被同等重要地宣傳出來。例如，在章衣萍的《岳飛》中，提到岳飛的愛國精神時強調對內對外兩方面，「他知道金兵準備攻打中國，他知道國內有許多盜匪，中國的地位是很危險的，他是一個中國人，當然應該擔負救中國的責任。」[34]孔繁霖的《岳飛》中，佔據篇幅最多的是「為安內掃除強盜」一章，強調岳飛在剿匪方面的卓有成就。書中的諸如此類描寫，「政府對於剿匪工作，要他一面以軍事的力量擊滅愚頑不化的惡匪；一面又以政治的方法寬懷他們，只要他們棄惡就善，政府絕不追究既往，容許他們自新，總之，希望很順利的在最短時間把這個大患掃除。」[35]和其他岳飛傳記中剿匪側重不同，作者強調的是岳飛如何先掃除「江西的」、「最壞的匪首」，然後再去收拾「福建」的匪徒。這些描述誠然是岳飛時代宋史的闡釋，但很顯然針對當時的政治，影射意味昭然若揭。

第三節　民族主義文藝思潮中的「岳飛」書寫

　　正是由國家意識話語所主導的岳飛宣傳，直接影響到了岳飛

---

34 章衣萍：《岳飛》，兒童書局，1936 年 7 月初版，第 24 頁。
35 孔繁霖：《岳飛》，青年出版社，1946 年再版，第 39 頁。

題材的文學創作，尤其是對當時傾向國家主流意識形態的右翼文學而言，岳飛故事成為他們最青睞的題材。例如「民族主義文藝」的重要刊物《奔濤》雜誌上多有刊載岳飛類題材小說，共計有魏韶蓁的《刺背》和《遺恨》，竹均的《朱仙鎮》等。《奔濤》是由魏韶蓁創辦的一份文藝刊物，魏韶蓁也成為書寫岳飛故事最得力的一位。《刺背》敘述少年岳飛拒絕楊ㄠ派人來動員入夥的拉攏，楊許之金錢珠寶，岳飛的回答是，「想乘我現在窮困的時候，來動搖我的意志，汙我的清白，他們太瞧不起人了。」「承你的好意，感激得很！但可惜你們看錯了人，我岳飛只知道忠義，豈是利祿所能動搖的嗎？我不能做國家的罪人，請你收起吧！」母親和岳飛商量，為了讓奸人們死心，為明志，特在背上用針刻下四個大字，「精忠報國」，並淋醋和墨，這樣就永不褪色。刺背的過程中「岳飛感覺背上一陣奇痛，不由自主的牙關咬緊。但是，他並不覺得苦，反而感著非常的暢快，在他的眼前，四個紅字——『精忠報國』，慢慢地，慢慢地擴張了開來，現出一個光明燦爛的境域。」[36]《遺恨》講述岳飛部將施全刺殺奸賊秦檜未遂，被捕後大罵秦檜，後撞死於秦檜轎柱的故事。[37]此外發表在《奔濤》1卷5期上，由竹均創作的《朱仙鎮》，取材岳飛接到召回金牌後離開朱仙鎮的情形，描寫岳飛如何不顧部將和工商士農為代筆的朱仙鎮百姓的挽留，明知返京有危險毅然為忠孝所驅。竹均的小說對於岳飛的忠孝觀念都給予了充分肯定。

比較有影響的關於岳飛的文學書寫當屬戲劇領域中顧一樵的《岳飛》和谷劍塵的《岳飛之死》。

顧一樵不怎麼為人所知，他的原名顧毓琇卻為人們所熟識。

---

36 魏韶蓁：〈刺背〉，《奔濤》1卷1期，第24-27頁。
37 魏韶蓁：〈遺恨〉，《奔濤》1卷4期，第184-188頁。

顧毓琇是鼎鼎大名的科學家，國際公認的電機權威和自動控制理論的專家，4 年時間拿到麻省理工學院的科學學士、碩士、博士學位，創造該院記錄，也是第一個獲得該校科學博士的中國人。1921 年 1 月，作為「文學研究會」的首批成員，顧毓琇積極參與了外國小說和戲劇的譯介工作，1923 年創作四幕劇《孤鴻》，刊載於《小說月報》[38]，頗受好評。1923 年留學美國後，和留美的聞一多、余上沅、熊佛西等往來密切，意氣相投，共同倡導「國劇運動」。1929 年回國，目睹中國民族危機的加劇，相繼寫下歷史劇《項羽》、《蘇武》、《國殤》、《西施》等，尤其是目睹1932 年的一二八戰火後，顧義憤填膺，於 3 月 9 日完成四幕劇《岳飛》，5 月 4 日重新改舊劇本《西施》。1932 年七月，顧毓琇把《荊軻》、《項羽》、《蘇武》、及《岳飛》結集一起，名為《岳飛及其他》[39]，交由新月書店出版。1939 年，顧修改《岳飛》，並於 1940 年 4 月由重慶商務印書館出版單行本，後再出 2 版、3版[40]，4 月 1 日至 4 月 5 日，《岳飛》由國立戲劇學校在重慶國泰大戲院公演。「5 日早場，由國民外交協會招待英、美、法、蘇大使及其他外交使節，並各贈以『還我河山』紀念旗幟，尤空前盛況。」[41]據作者事後回憶，「英國駐華大使卡爾爵士特函余上沅致謝道賀。」[42]《岳飛》還曾被改編為京劇在北碚上演，顧親臨觀賞，此外還曾被改編成各種地方戲上演。還有一點需要提

---

38 顧一樵：〈孤鴻〉，《小說月報》，第 14 卷 3 號，1923 年 3 月。
39 顧一樵：《岳飛及其他》，新月書店，1932 年 7 月初版。
40 顧一樵：《岳飛》，商務印書館，1940 年 4 月初版；另，1943 年 8 月第二版，1945 年 12 月第三版。
41 顧一樵：〈岳飛初演後記〉，《岳飛》，商務印書館，1940 年 4 月初版，第81 頁。
42 顧毓琇（顧一樵）：〈戲劇與我〉，《顧毓琇戲劇選》，商務印書館，1990年 3 月第 1 版，第 354-358。

及，那就是自全面抗戰爆發後，顧一樵就上調教育部任次長，由此可說明他和當時國家主流意識的密切關係。

《岳飛》共計 4 幕，第 1 幕講述朱仙鎮大捷，其中金軍軍師哈迷蚩被活捉、受審是第 1 幕最精彩的片段，其中的「中蕃」之別可見作者的民族主義表述，其中對於中國語言、文化、習俗認同的優越感和自豪感淋漓盡顯，對於所謂的「藩氣」、「藩名」的嘲笑和貶低也可看出民族主義的保守排外一面；對於辱罵藩人為孫子的描繪也看出民族話語中對於人的尊嚴的蔑視。劇作對中國傳統道德特別推崇，作者對於岳飛道德氣節的高度讚揚，認為其是中國文化精神的代表，有這樣的精神發揚，中國豈能亡，而秦檜夫妻之所以賣國叛國，就在於他們把中國的傳統道德淪喪。不過，顧一樵終究是留學歐美，中國道德文化的眷戀和西方自由文明的嚮往，曖昧不清地投射到交戰的大宋和金國雙方。劇中有一段關於哈迷蚩見秦檜夫人描寫，哈說貴國男女很不自由，那麼夫人見我豈非不合禮節呢？秦檜夫人的回答是，軍師是金邦人，我也依金邦的規矩。這時哈看到了秦檜夫人的婢女若蘭，於是有了下面一段精彩對白：

哈：夫人，請問這位是誰？

夫人：是我的小婢。

哈：什麼叫小婢？

夫人：就是丫頭。

哈：什麼是丫頭？

夫人：哦，外國沒有這個丫頭的制度？丫頭就是不自由的少女，在家侍候老爺太太的。

哈：哎，這不但不自由，並且不平等！

夫人：是的，金邦沒有丫頭就是平等。[43]

　　僅從這段對白來看，秦檜夫人依照金邦的規矩不避諱男女的種種規矩，並且認可「自由平等」的人與人之間的準則，這似乎是一段現代普世價值對於中國民族文化痼疾的勝利。至少可以看出留學美國多年的作者於中西之間，在普世的價值理念和傳統的文化觀念之間的複雜態度。

　　在作者看來，岳飛的「精忠」和秦檜夫婦的「失德」形成鮮明對照，儘管劇中也曾有所暗示秦檜之上還應有宋帝負責，不過作者過多對秦檜夫婦道德淪喪的譴責，尤其是秦檜夫人淫蕩失德的描述，在一定程度上削弱了對於岳飛悲劇實質的把握。也可以說，作者探討的並非是岳飛悲劇的問題，而是通過對於岳飛的「精忠報國」悲壯行為的讚頌，激發國人對於中國傳統文化美德的認同。抗戰時期，作者重出單行本，和顧一樵來往密切的余上沅親自部署戲專學生趕排此劇赴重慶公演，並招待外國使節觀看。這可看出，國家意識形態不僅把此劇作為民族主義的國內動員，也把其視為向外表明自我民族氣概的體現。

　　谷劍塵是中國現代戲劇界又一個重要的人物，20 世紀 20 年代他和應雲衛等成立上海戲劇協社，在洪深之前首任排演主任，是該社的早期負責人。後在江蘇省教育學院擔任戲劇講師和教導員，抗戰爆發後任教國立戲劇專科學校。谷劍塵一直致力於民眾戲劇實踐活動和理論探索，著有《民眾戲劇概論》[44]，影響很大。谷劍塵和民族主義文藝派的關係比較密切，似乎可以算作 20 世紀 30 年代民族主義文藝派中的一員，例如他的《怎樣去幹民族主義的民眾戲劇運動》，發表在民族主義文藝的著名刊物《前鋒

43　顧一樵：《岳飛》，商務印書館，1940 年 4 月初版，第 41-42 頁。
44　谷劍塵：《民眾戲劇概論》，民智書局，1934 年。

月刊》1 卷 4 期。[45]在《岳飛之死》的引言中谷劍塵也提到寧願被罵為「民族主義的走狗」，也要把岳飛的「忠實」表現出來，而不願用過新的「進步的世界觀」來認定「岳飛是一個軍閥」。[46]

在劇本中，作者筆下的岳飛確實非常切合民族主義文藝觀，例如岳飛中毒臨死前留給兒子岳雲的遺言就可見一斑：「當時，……聖上啟用我……的時候，我就主張『攘外必先安內』的政策，……」[47] 這其中的「攘外必先安內」正是當時國民黨的政策。不過，這不僅僅是作者有意來迎合時局，根據作者的說法，「寫《岳飛之死》曾做過這些功夫，讀過和這些題材有關係的書籍」無數，包括當時社會流行的記載岳飛生平事蹟的書，如商務印書館的少年叢書《岳飛》。當然，作者也聲稱他的《岳飛之死》雖依據大量的史實材料，但也考量當時的社會環境和戲劇的舞臺效果，是把有關岳飛的正史和野史以及演義類小說的材料綜合起來運用。[48]岳飛口中的「攘外必先安內」的確符合當時國民黨的主流思想，岳飛時代的社會現實和 20 世紀 30 年代的民國有很大的類比性，一樣內亂外患。岳飛面對內亂外患的現實，他主張先全力剿除內寇，不可有仁心招安之念。為此岳飛曾上奏道：「臣竊惟內寇不除，何以攘外；近效多壘，何以服遠。比年群盜競作，朝廷務廣德意，多命招安；故盜亦玩威不畏，力強則肆暴，力屈

---

45 谷劍塵：〈怎樣去幹民族主義的民眾戲劇運動〉，《前鋒月刊》1 卷 4 期，第 188-204 頁。

46 谷劍塵：《岳飛之死》，中華書局 1936 年 6 月，引言第 1-12 頁。另，說岳飛是軍閥的觀點，見呂思勉最早寫的是《白話本國史》，其中提出岳飛是軍閥，呂思勉《白話本國史》三，商務印書館，1923 年。

47 谷劍塵：《岳飛之死》，中華書局，1936 年 6 月，第 137-138 頁。

48 谷劍塵：《岳飛之死》，中華書局，1936 年 6 月，引言第 1-12 頁。

則就招。苟不略加剿除，蜂起之眾未可遽殄。」[49]内寇剿除是精忠報國第一步，其次才是抗擊外敵，收復失地，迎回二聖。在岳飛看來，攘外必先安內。岳飛曾在翠岩寺題詩云：「秋風江上駐王師，暫向雲山躡翠微。忠義必期清塞水，功名直欲鎮邊圻。山林嘯聚何勞取，沙漠群凶定破機。行復三關迎二聖，金酋席捲盡擒歸。」[50]對於當時的皇帝高宗來說，對內剿匪他肯定贊同，而外抗胡虜則不必用盡全力，至於迎回二聖，只是岳飛的不識時務之舉。因而後人常讚頌，尤其是民國時期高贊的岳飛「精忠報國」更多是因為他對內的剿匪。並且為此，高宗曾御賜岳飛衣甲、兵器等無數，並「賜禦箚於旗，曰『精忠岳飛』，令行師必建之。」高宗親筆書寫「精忠岳飛」四字繡成一面軍旗，此後這面「精忠岳飛」軍旗就成為岳家軍的法寶，盜匪望此旗，無不聞風而逃或乞降歸順，岳家軍由此也越來越壯大。[51]這面旗幟大概就是後人讚頌岳飛的「精忠」由來，並由此混淆岳飛背上刺字「盡忠報國」，成為「精忠報國」[52]。

由此可見，寫作《岳飛之死》前曾深入研究岳飛的谷劍塵，很清楚地知道，「攘外必先安內」的思想可能為岳飛首倡。其實，蔣介石所提出的「攘外必先安內」很有可能也出自岳飛那裡。據蔣介石自己公開宣稱，他最佩服的歷史人物就是岳飛，九一八之

---

49 [宋]岳珂編，王曾瑜校注《鄂國金佗稡編續編校注》上，卷第五，中華書局 1989 年 2 月，第 176 頁；另見《鄂國金佗稡編續編校注》下，中華書局 1989 年 2 月，卷第十《招曹成不服乞進兵箚子》，第 836 頁。

50 [宋]岳珂編，王曾瑜校注《鄂國金佗稡編續編校注》下，卷第十九，《題翠岩寺》，中華書局 1989 年 2 月， 第 979 頁。

51 [宋]岳珂編，王曾瑜校注《鄂國金佗稡編續編校注》下，卷第十九，中華書局 1989 年 2 月，第 1420-1421 頁。

52 [宋]岳珂編，王曾瑜校注《鄂國金佗稡編續編校注》上，卷第四，中華書局 1989 年 2 月，第 67 頁。

後，蔣介石常以岳飛自勵，以安內為先。國民黨裡，常有不少人自比岳飛，對內剿匪，對外抗敵。在這個背景下，再來看《岳飛之死》的主題，毫無疑問是貼近國民黨的主流意識。通過劇作，作者傳達出來的是，危害民族國家的是內賊而非外敵，強化統治者的統治力可能才是這部劇作真正的主旨。

其實不獨谷劍塵戲劇中的岳飛如此，但凡涉獵岳飛題材的小說、傳記，大都是為了強化國家統治權威和民族認同。所以過去書寫岳飛題材的常常被指責為民族主義文藝派，這也並非無的放矢。儘管在《岳飛之死》引言中，谷劍塵對於別人的指責不以為然，但從主旨來看，他的創作卻是和民族主義文藝派很是接近，而且他的回應似乎也驗證了他自認為民族主義文藝派的一員。民族主義文藝派大都把岳飛的「安內剿匪」和「攘外抗敵」看得同等重要，甚至前者比後者更緊急。例如《奔濤》雜誌上幾篇岳飛題材的小說主題也是如此，很多岳飛的傳記故事集也大都含有這樣的主題。

通過對於諸多岳飛題材的文學作品考察分析，我們不難發現，岳飛是傾向國民黨的右翼文人的天然好題材。岳飛的史實事蹟，精神理念也很符合當時國民黨的政策。所以，國家和政府一方面大力宣揚岳飛，文藝創作上也有相應的配合創作。而且這些岳飛題材的作品以及岳飛傳記，都更多是強調岳飛的剿匪之功，肯定剿匪即為「精忠報國」的最大體現，這樣的創作主題恰恰也符合如我們上述所考證的岳飛「精忠報國」的由來。這的確是加強國家統治在文藝創作上的體現，但這理念明顯和啟蒙思想背道而馳，有悖於現代民主觀念。這也是為什麼魯迅不遺餘力批評岳飛以及岳飛題材創作的緣由，儘管郭沫若提出「真岳飛」，林林倡導創作出社會主義的岳飛，但他們更多停留在口號的呼喊上，

如何把岳飛史實納入到左翼視野的創作中，恐怕是一件很難完成的命題。

第四節　左翼從「岳飛式」到「水滸式」民族話語的演變

　　岳飛民族英雄的題材創作很明顯不利於左翼，以它為題材的文學作品和傳記恰恰體現出用民族主義的立場對左翼「匪亂」的指責。左翼文學界儘管很想策略性地利用岳飛書寫來擴展自己在民族話語上的權利和影響力，儘管理論上倡導得很熱鬧卻無法付諸文學實踐。就在這當中，一個很個別的寫作倡議出現在左翼文學的民族話語中，這就是周木齋提出的《水滸傳》是「國防文學」的代表，可以圍繞著水滸英雄進行民族話語的表達。1936 年 6 月 5 日，周木齋在《文學界》上發表《〈水滸傳〉和國防文學》。《文學界》的創刊號堪稱「國防文學」的一個專刊，上面發了一組提倡「國防文學」的理論文章，有何家槐的《文藝界聯合問題之我見》、周揚的《關於國防文學》、茅盾的《想到什麼就寫什麼》，以及周木齋的《〈水滸傳〉和國防文學》。

　　周木齋在文章開篇提到，「《水滸傳》是反抗官僚的文學作品，也是國防文學的作品。」很顯然，水滸英雄們雖然也面臨岳飛式的忠君，但他們比岳飛更多一層強烈的抗爭統治者的精神，尤其是被後人們演繹的神乎其神的水滸英雄的俠義之風，為積弱的宋朝帶來尚武之力。岳飛剿匪被認為是「精忠報國」，這顯然是統治者的態度；水滸英雄們抗擊官僚的忠義，這顯然符合下層民眾的期待。周木齋也在文章中認為，「《水滸傳》的一百單八

個好漢，大致可以說是流氓無產者的集團，他們都講義氣，這個誰也承認。他們反抗官兵，怎麼也能說忠呢？原來他們所反抗的，只是貪官污吏，土豪劣紳，這就表示他們忠於國家，忠於民族，他們的忠才是真正的忠，不是統治階級用以統治，欺騙，麻痺的忠。」周木齋指出儘管「他們受時代的限制，沒有形成正確的國家觀念和民族意識」，但往後人們每逢民族危機之時，常常「秋風思猛士」，這也就是《水滸傳》被稱為「國防文學」的原因。周木齋似乎對於《水滸傳》頗有研究，包括對於《水滸傳》的版本演化，旁徵博引，指出《水滸傳》為何到《忠義水滸傳》。周木齋的意思很明顯，反抗官僚的水滸英雄看似「不忠」但恰是忠於民族國家的體現。[53]

當然，周木齋提出《水滸傳》為「國防文學」，是否有意針對當時社會上的岳飛類題材，我們不得而知。也可能僅僅是周木齋對水滸感興趣，反正有人來邀他寫支持「國防文學」的文章，他就以自己所長示之，根據筆者搜集，周木齋曾在《文學》上發表《金聖歎與七十回〈水滸傳〉》；[54]又或許，作為國防文學主要陣地的《大晚報》的編輯兼《火炬》副刊的負責人，他的這篇文章僅僅只是一個並無多少深意的表態。不過以今天的後見之明來分析，岳飛和水滸英雄誰更稱得上民族英雄，這的確是饒有趣味的對比。水滸英雄和岳飛所處時代基本一致，他們骨子裡的「忠君」（抑或換成愛國）一致，但表現形式卻有較大差異。岳飛把剿匪當做愛國和民族大義體現，而水滸英雄則把抗擊官僚甚至對抗政府看做是民族大義的體現。

---

53 周木齋：〈〈水滸傳〉和國防文學〉，《文學界》創刊號，1936 年 6 月 5 日，第 134-137 頁。
54 周木齋：〈金聖歎與七十回〈水滸傳〉〉，《文學》第 3 卷 6 期，1934 年 12 月。

　　事實上，雖然周木齋提出《水滸傳》為國防文學是一個極其特殊的個案，曾受到左翼文人內部的冷嘲熱諷，自己人也覺得底氣不足，但這並不妨礙水滸後來成為左翼陣營中的一個熱門題材。當然時間、地點以及政治背景不再是 1935-1937 年間的上海，而是抗戰時期的延安等抗日民主根據地，即後來所稱之為的「解放區」。再沒有比梁山及水滸英雄們能更貼切地隱喻延安及其共產黨事業，如果說上海的民族話語更多是全國性的、甚至糾纏著殖民的世界性的，那麼岳飛所主導的國家主義式的愛國自然會受到重視，而偏居延安的共產黨人則肯定欣賞被逼迫盤踞于梁山的英雄們。當然還有一個無法忽略的重點，蔣介石最佩服的是岳飛，而毛澤東最喜歡的則是敢於反抗的梁山好漢，這又是一組頗有意味的對比。毛澤東喜好《水滸》，人所皆知，他幾乎是逢人就推薦《水滸》，打土豪後首先搜尋的是《水滸》書，長征路上帶著的也不是馬克思、列寧的著作，而是水滸英雄們的傳奇故事。[55]有關毛澤東喜好「水滸」的例子不勝枚舉，不過需要特別提到的是毛澤東對於岳飛和水滸英雄們的態度比較，毛澤東曾向他的「過激派」老師李漱清先生談起他的讀書感想。「歷代遺留下來的這些歷史小說和神話故事，精華與糟粕並存，有的地方他的確非常喜歡，然而有的地方又讓人看了很是掃興，還有的甚至叫人很生氣。他很喜歡李逵、武松、魯智深這些不畏強暴的英雄好漢，十分痛恨高俅、童貫、蔡京這些欺壓百姓的奸臣。他認為牛皋比岳飛有氣魄，岳飛比不上他。岳飛明明知道秦檜要加害於他，卻偏要跑到風波亭去送死；牛皋的膽子大得多，他敢於拉起

---

55 毛澤東喜好《水滸傳》的情形可參見，李銳著《毛澤東早年讀書生活》中的「讀《水滸傳》」專節，遼寧人民出版社 1992 年第 1 版；徐中遠著《毛澤東讀評五部古典小說》中的「《水滸》要當作一部政治書看」專章，華文出版社，1997年。

人馬，上太行山落草，造皇帝老子的反……」[56]

在毛澤東看來，岳飛似乎是讓人掃興的糟粕之所在，而水滸英雄們也包括類似的落草牛皋都是他的所愛。不難預見，毛澤東本人對於《水滸傳》的強烈喜好、水滸英雄的造反精神都會成為共產黨人文學創作的熱門話題。延安平劇研究院就是在毛澤東的支持與帶動下，先後完成了戲劇《逼上梁山》[57]和《三打祝家莊》[58]。1944 年 1 月 9 日，毛澤東看了延安平劇院編演的歷史劇《逼上梁山》以後，當即高興地給編導們寫了這樣熱情讚譽的信：「看了你們的戲，你們做了很好的工作，我向你們致謝，並請代向演員同志們致謝！歷史是人民創造的，但在舊戲舞臺上（在一切離開人民的舊文學舊藝術上）人民卻成了渣滓，由老爺太太少爺小姐們統治著舞臺，這種歷史的顛倒，現在由你們再顛倒過來，恢復了歷史的面目，從此舊劇開了新生面，所以值得慶賀。你們這個開端將是舊劇革命的劃時期的開端，我想到這一點就十分高興。」[59]《逼上梁山》「逼」完之後，在毛澤東的期許之下，延安平劇研究院繼續創作了毛澤東最喜引用的《三打祝家莊》，此劇同樣受到毛澤東的高度讚揚。

《逼上梁山》來自於《水滸傳》中林沖如何被逼上梁山的故事，這故事內容眾所皆知，在此無需贅述；毛澤東肯定「被逼」的主題也常常為人所樂道，在此也無需進一步說明。不過，本文所關注的是，延安改編的水滸故事是如何處理民族意識和階級意

---

56 尹高朝：《毛澤東和他的二十四位老師》，中央文獻出版社，2001 年 8 月第 1 版，第 84 頁。
57 延安平劇研究會集體編寫《逼上梁山》，華中新華書店，1946 年 4 月；另見延安平劇研究院集體創作《逼上梁山》，新華書店，1949 年 5 月天津第 1 版。
58 平劇研究院集體創作《三打祝家莊》，海洋書屋，1947 年 11 月第 1 版。
59 毛澤東 1944 年 1 月 9 日致揚紹萱、齊燕銘信，見毛澤東《毛澤東書信選集》，人民出版社，1983 年 12 月第 1 版，第 222 頁。

識之間的複雜糾纏。很顯然，改編的《逼上梁山》對此是有所關注和思考，在劇作中，林沖和高俅父子的最初衝突就來自民族大義。戲劇的第一幕主要描繪官兵如何驅趕、鎮壓逃難的百姓——他們眼中的「流寇」。從高氏父子的對話中可見，以林沖為首的禁軍在鎮壓百姓方面不僅不出力，反而時常站在百姓一邊。有一段林沖和老兵的對話特別有意味：

林：（唱）實指望大展才能把外寇打，不曾想禁軍營內遇見了他。

老：禁軍弟兄要提起打外寇，人人高興。可是高太尉一上任就讓弟兄們打災民，你想咱們禁軍弟兄們誰不是莊家戶出身？誰下得手去打自己的父母兄弟呀？他要是這麼下去，我們就給他一個不服從軍令，看他怎麼辦吧！[60]

此外，戲劇的後面，在高衙內陷害林沖以及林沖上梁山之前，還有一段民族大義的強調。高氏父子派人燒草料場一則嫁禍害死林沖，另外因和金國有來往，「破壞邊防，便利金國進攻」。原作之中並無此事。不難看出，在林沖被逼上梁山的故事中，戲劇改編者刻意在林沖的私怨之上，即林沖妻子被高衙內看中所以陷害林沖，加上了林沖和高氏父子之間的愛國與賣國之爭，這更為林沖的上梁山增添了捍衛民族大義的正當性。因而延安平劇研究院改編的《逼上梁山》重點不在於林沖是否能代表無產階級、勞動人民的爭議，而在於以林沖為首的梁山英雄們和以高俅為代表的統治者們，哪個是愛國，哪個是賣國？這其中所喻示的國共在民族話語權上的爭奪一目了然，很顯然，對於延安來說，運用水滸的題材比岳飛要得心應手多了。

張揚水滸英雄們的民族大義，除了在延安這一特殊的地域受

---

60 延安平劇研究會集體編寫《逼上梁山》，華中新華書店，1946年，第17頁。

到重視外，國民黨的首都重慶也有人持同樣態度。這就是最深諳
讀者閱讀喜好，也是最流行的連載小說大師張恨水，他敏銳地拾
起了水滸題材，創作《水滸新傳》。《水滸新傳》最初在 1940
年 2 月 11 日—1941 年 12 月 7 日上海《新聞報》連載，寫成 46
回，上海淪陷後，於 1942 年冬寫完最後 22 回。這並不是張恨水
第一次書寫水滸故事，早在九一八事變後，張恨水曾寫《水滸別
傳》，以阮小七故事為核心，旨在喚起禦侮意識，用他自己的話
來說：「我寫作的意識，又轉變了個方向。由於這個方向，我寫
任何小說，都想帶點抗禦外侮的意識進去。例如我寫《水滸別
傳》，我就寫到梁山招安以後，北宋淪亡上去。」[61]寫於 1940 年
代的《水滸新傳》，更具有抗戰的精神。作者著重寫宋江等招安
之後，和主戰派張叔夜等一起英勇抗金的故事。不論是忠義的宋
江、盧俊義、武松，還是偷雞摸狗的時遷、品行不端的董平，在
張恨水筆下都可謂頂天立地的民族英雄。在張恨水的新傳中，一
些主要人物及故事情節和水滸全本中大致相同，例如武松斷臂擒
賊，宋江、李逵中毒身亡，不一樣的地方在於武松斷臂擒住的不
是方臘而是金軍首領鐵郎；宋江飲酒不是顯示忠君，而是寧死不
願意屈從漢奸張邦昌和金賊，並為其他梁山兄弟示警。最值得稱
道的是，張恨水筆力更多放在傳統水滸中一些末流的下等英雄
上，這些人物形象和故事都有了很大的改動，例如：品行不端的
董平成為不畏強敵、以身殉國第一位梁山好漢；偷雞摸狗的時遷
潛入燕京作細作毒殺金軍元帥斡離不，後遭擒飲鴆從容就義。時
遷之死，作為全書最後一章一個重要英雄事蹟，他代言作者道出
了全書的主題。時遷被高俅本家哥哥所審判，高自誇得意並責罵
時遷等梁山好漢為偷雞摸狗之賊。時遷大喝一聲道：「閉了你那

61　張恨水：《寫作生涯回憶》，人民文學出版社，1982 年，第 46 頁。

鳥嘴，你道我們是偷雞盜馬賊，不過，老爺們是偷過雞盜過馬。但老爺們比你們懂得廉恥，不像你這般良心喪盡，向敵人叩頭。你弟兄不偷雞盜馬，卻把中原都盜賣了。」[62]《水滸新傳》寫水滸英雄們抗擊異族，這本已是對於傳統名著最大的改編，而作者尤其著力寫時遷這一路小兄弟們的民族氣節，正如作者後來總結說更能凸顯出「是以愧士大夫階級」[63]主題。不難理解，毛澤東看到這部小說頓生知音之感，他讚揚到：「《水滸新傳》這本小說寫得好，梁山泊英雄抗金，我們八路軍抗日。」[64]後毛澤東赴重慶時，專門單獨接見張恨水，和其一番暢談。毛澤東理所當然地把張恨水這部作品看做是為共產黨書寫的一部著作，這固然不是張氏創作的初衷，但也並不牽強。因為在抗日的大背景下，張恨水這部作品的映射意義顯而易見，例如一開始講到宋江等人之所以願意歸順正規軍就在於通過張叔夜所說的小義與大義的辨別，張叔夜致信宋江等，「足下嘯聚山寨，榜其堂曰忠義，忠寧有過於愛國？義甯有出乎愛民。」[65]這讓人不難聯想共產黨人接受改編為八路軍和新四軍。再例如書中有一漢奸名叫「水兆金」，很容易讓人猜到指的是汪兆銘汪精衛。不過，要在歷史的書寫和現實的隱喻中找到一一對應關係，有時候卻不那麼能自圓其說。如果真按毛澤東所說，水滸英雄抗金就象徵八路軍抗日，那麼我們應當如何看待收編水滸英雄的張叔夜呢？要知道，根據張恨水的說法，《水滸新傳》來自《宋史》中的「張叔夜傳」，[66]而且在張氏筆下，張叔夜更是完美的民族英雄，看來要一一索引對應

---

62 張恨水：《水滸新傳》，中國民間文藝出版社，1986 年，第 676 頁。

63 張恨水：《寫作生涯回憶》，人民文學出版社，1982 年，第 63 頁。

64 張占國、魏守忠編：《張恨水研究資料》，天津人民出版社，1986 年，第 136 頁。

65 張恨水：《水滸新傳》，中國民間文藝出版社，1986 年，第 121 頁。

66 張恨水：《水滸新傳》，中國民間文藝出版社，1986 年，「自序「第 1 頁。

的話，那麼張叔夜難道就是蔣介石？當然，張恨水是不是要表現八路軍的抗日，自當另議，但毛澤東的評價可以看出他心目中自比水滸英雄的情結，也可看出，延安共產黨人對於水滸愛國的共鳴。

　　張恨水的《水滸新傳》以史喻今，具有無限開放性，除了共產黨人從中讀出自我認知外。還有學者陳寅恪從中針對當時的時事讀出民族的傷感與無奈，陳寅恪在西南聯大時，雙眼已盲，但仍請人找來張恨水的《水滸新傳》。1945 年 8 月，結合當時的時事，寫下一段感賦，題為《乙酉八月聽讀張恨水著水滸新傳感賦》，「誰結宣和海上盟，燕雲得失涕縱橫。花門久已留胡馬，柳塞翻教拔漢旌。妖亂豫麼同有罪，戰和飛檜兩無成。夢華一錄難重讀，莫遣遺民說汴京。」

　　宣和結盟，燕雲之地重得，前文提及的《逼上梁山》中曾出現過，是在林沖和高俅父子對話時出現，不過《逼上梁山》裡是高俅父子主張結盟金國，而林沖認為遼快亡，而金國強盛，意欲圖謀不軌，乃我國之大敵。陳寅恪先生寫於 1945 年 8 月的這首詩，寫在蘇聯願意出兵中國東北打擊日本的時代背景下，遼與金的指涉一目了然，「妖亂豫么」的影射同樣顯而易見。在抗戰即將勝利的喜悅背景下，陳寅恪「戰和飛檜兩無成」的清醒與沉重格外突出。陳寅恪對張恨水《水滸新傳》的解讀，和毛澤東的解讀，和延安平劇研究院的《逼上梁山》，幾乎是針對同樣的歷史書寫，卻透析出截然不同的時事指涉和觀感，同樣都是借助歷史做出民族話語的表達，卻大相徑庭彼此間相差萬餘里，讓人別有一番感慨上心頭。

第七章 民國國家歷史文化形態下的延安文學

　　近些年來「民國文學」這一概念和闡述框架受到了越來越多學者的青睞，成為時下一個學術熱點。張福貴較早提出「從意義概念返回時間概念」，用「中國民國文學」取代「現代文學」，用「中華人民共和國文學」取代「當代文學」[1]，丁帆提出以 1912年中華民國成立作為「新舊文學的分水嶺」，有助於我們正視「被中國現代文學史遺忘和遮蔽的七年（1912-1919）」，他在其他一系列文章中指出這種斷代的意義就是要引入「民國文學」，「晚清文學」歸屬「清代文學」，「民國文學」就是「民國文學」，丁帆不僅提出了民國文學的概念問題，還進一步探討了「民國文學風範」。[2]湯溢澤指責「『新文學』對其他文本的粗暴排斥，呼喚『民國文學史』的產生」。[3]除此之外，還有不少學者都論及了

---

1 張福貴：〈從意義概念返回到時間概念——關於中國現代文學的命名問題〉，香港《文學世紀》2003 年 4 期；〈從「現代文學」到「民國文學」——再談中國現代文學的命名問題〉，《文藝爭鳴》2011 年 13 期。
2 丁帆：〈新舊文學的分水嶺——尋找被中國現代文學史遺忘和遮蔽的七年〉，《江蘇社會科學》，2011 年第 6 期；〈給新文學史重新斷代的理由——關於「民國文學」構想及其它的幾點補充意見〉，《中國現代文學研究叢刊》2011 年 3期；〈「民國文學風範」的再思考〉，《文藝爭鳴》2011 年 13 期。
3 湯溢澤：〈以「民國文學史」替代「新文學」史考〉，《湖南社會科學》，2010年 1 期。

民國文學的「命名」意義。

　　在一系列探討民國文學意義的論述中，李怡提出的「民國文學機制」，秦弓（張中良）的「民國史視角」，臺灣研究者張堂錡提出的「民國文學的現代性」和「現代文學的民國性」[4]，特別值得我們重視。他們不僅提出了民國文學作為「敘史」框架的整體意義，也用各自的「民國文學機制」或「民國史視角」來闡釋具體的文學史實和文學現象，分析和評判具體的作家作品。李怡強調說，民國機制是指文學文化生存發展過中的體制因素，「在如今最需要我們正視和總結的東西便是一種能夠促進現代中國社會與文化健康穩定發展的堅實的力量,因為與民國之後若干的社會體制因素的密切結合,我們不妨將這種堅實的結合了社會體制的東西稱做『民國機制』。」[5]具體說來，文學生成的民國文化機制包括了「民國經濟機制」、「民國法律機制」、「民國教育機制」，以及由此影響的作家的「精神氣質與人文性格」等。[6]秦弓也呼籲到,「應該勇於正視民國為現代文學提供的發展空間」，「民國的政治、法律、經濟、教育、軍事、文化等都是在民主共和國的框架內發展的。如果不是民國,像袁世凱似的獨裁者就不會有那樣的結局,現代文學也不會有今天所能看見的格局和成果。」[7]

4　張堂錡：〈從「民國文學的現代性」到「現代文學的民國性」〉，《文藝爭鳴》，2012 年 9 期。

5　李怡：〈「五四」與現代文學「民國機制」的形成〉，《鄭州大學學報》2009 年 4 期。

6　李怡：〈從歷史命名的辨證到文化機制的發掘〉，《文藝爭鳴》2011 年 13 期，另見李怡〈民國機制：中國現代文學的一種闡釋框架〉，《廣東社會科學》2010 年 6 期。

7　秦弓：〈現代文學的歷史還原與民國視角〉，《湖南社會科學》2010 年 1 期。

第一節 民國歷史語境與延安文學研究的新突破

　　隨著越來越多的學者對民國文學研究的關注，質疑和批評之聲也隨之增多。其中，最主要的質疑來自延安文學研究領域，如何處理文學的民國文學相關思路和延安文學的關係，如何運用文學的民國機制來解釋、定位、研究延安文學，成為對民國機制研究最有衝擊力的發問和質疑。

　　延安文學研究領域中取得了不少成果的趙學勇先生提出：「民國期間，儘管由國民黨執政，但國共兩黨間文化話語權的爭奪從來就沒有停止過，國共兩黨的文化路線、政策、策略及實施方式均有著本質區別，反映在文學理論與創作中，再明顯不過地體現在自『左翼』文學到後來的延安文藝的實踐中。因此，如果說『民國機制』說能夠成立的話，那麼如何深化研究與之相對的『延安機制』，以及由『延安機制』所產生的中國當代文學？」[8]《文學評論》最近刊登了韓琛的論文《「民國機制」與「延安道路」——中國現代文學史研究的範式衝突》，作者也著重探討了「民國機制」與「延安道路」之間的「糾結、對立與衝突」，並且做出了這樣的發問，「如果『民國機制』真的是一個具有更大理論涵蓋性的新範式，那麼它必須面對並解決的一個問題是：為何『民國機制』為其內生的『延安道路』所取代？甚至『民國機

---

8 趙學勇：〈對「民國文學」研究視角的反思〉，《中國社會科學報》2013 年 11月 1 日。

制』在當下中國的出現本身，就直接面臨著來自新左派學者之重估『延安道路』的文學史論述的挑戰。」[9]其實，作為「民國機制」概念的發明者李怡先生也注意到了這一問題，在《文學的「民國機制」答問》一文中周維東最後提出了這樣的問題：「我們研究民國時期的文學，是否也應該考慮當時歷史狀況的複雜性，比如是不是民國時代的所有文學都從屬於『民國機制』？比如解放區文學、淪陷區文學？除了『民國機制』，當時還存在另外的文學機制沒有？」面對這樣的提問，李怡首先承認「這樣的提問就將我們的問題引向深入了」！然後他籠統闡述道：「在『民國』的大框架中，也在特定條件下發展起了一些新的『機制』，但是民國沒有瓦解，這些『機制』的作用也還是局部的。」「延安文學能夠在大的國家文化體系中存在，也與民國政治的特殊架構有關，在這個意義上，也可以說是民國機制在特殊的局部滋生了新的延安機制， 並最終為發展後的延安機制所取代。」[10]

由此可見，不論是「民國文學研究」的倡導者還是對民國文學相關概念的質疑者，都已經意識到延安文學是我們進一步在更深更廣層面上繼續談論民國文學時所無法繞開的命題，也是亟需解決的一個命題。

回到民國歷史文化語境，是我們認知延安文學的前提。要深入地討論或解決民國文學和延安文學的相關問題，我們首先得確定在什麼樣的層面來談論這個問題。從趙學勇和韓琛兩位先生的文章中，我們很容易發現一個共同的邏輯起點，他們都傾向於從「重寫文學史」思潮的範疇中來解讀民國文學，並由此落實到對

---

9 韓琛：〈「民國機制 」與「延安道路」——中國現代文學史研究的範式衝突〉，《文學評論》2013 年，第 6 期。
10 李怡、周維東：〈文學的「民國機制」答問〉，《文藝爭鳴》2012 年第 3 期。

具體的民國機制及其相關概念的反思或質疑。例如趙學勇先生開篇就指出：「從某個角度看，民國視角的文學史構想反映了中國現當代文學學科的一種拓展趨向，使得學科結構和內涵更趨複雜化，是 1990 年代以來『重寫文學史』的一種持續與延伸，如果這一文學史構想得以實現的話，那麼，此前的現當代文學史的整體模態都將會受到很大的挑戰。」[11]韓琛在其文章的內容提要中就明確提出：「『民國機制』的發明是啟蒙範式的『重寫文學史』思潮的延續，重估『延安道路』的文學史敘述則是革命範式的當代實踐。」[12]

　　事實上，雖然最近有關民國文學的研究成為熱點話題，但是不同研究者的提法和指向卻有很大差別。不少研究者的確是在重寫文學史的呼籲中拋出了民國文學史的概念，如陳福康、張福貴、丁帆等人都特別強調「民國文學史」這一概念的闡述和運用。誠然，新的文學史框架的搭建將為我們的文學研究提供一個更為廣闊的平臺，有著不可估量的價值，但很顯然，對文學史名稱和學科的辨析、討論，以及如何去書寫一部民國文學史，這不是我們文學研究的全部命題，也不是首要命題。我們首先面對的是一個個具體的文學問題，文學現象，而提出和使用民國文學相關概念，是要把「民國」作為進入那個時期文學的切入點、認知視角，提出民國文學相關概念並非為了營造一種話語態勢，而是重新解讀和重新分析作家作品的需要。其實，仔細考察 1980 年代開始興起的重寫文學史思潮，我們不難發現，這都是基於「文革」後

---

11 趙學勇：〈對「民國文學」研究視角的反思〉，《中國社會科學報》2013 年
　　11 月 1 日。
12 韓琛：〈「民國機制」與「延安道路」──中國現代文學史研究的範式衝突〉，
　　《文學評論》2013 年，第 6 期。

研究界對諸多作家作品的重評，對具體文學現象和問題的重新認識。同理，我們今天應該把「民國」作為一種切入視角或認知方法，由此來展開對具體文學現象和作家作品新的理解，來解決一些我們過去難以應對的文學命題，最終也許民國文學史的書寫和建構會水到渠成；也許永遠無法完成一個讓人們滿意的民國文學史編撰，但是只要我們用諸如民國機制、民國史視角解決了或部分解決了過去研究中的一些難題，豐富或細化了我們對一些文學現象、作家作品的闡釋，這其實比討論能否編撰一部民國文學史或者圍繞著相關概念不斷辨析更有意義，更有價值。所以，筆者傾向于張中良的民國史視角、李怡的民國機制，並在這樣的層面來看待「民國」和「文學」的關聯，傾向於把民國機制作為方式方法，在民國的歷史文化語境中，來談論延安文學的生成與發展，來豐富我們對它的理解。在我看來，延安畢竟是中華民國版圖下的一個區域，延安文學是中華民國時期一個特定時段、特定場域的文學現象，一個我們談論民國文學時的具體問題，而不把它上升到一種道路模式，如「延安道路」。

　　既然延安文學是中華民國一個特定時段、特定區域的文學，我們首先就得在民國歷史文化語境中去認知和分析它。誠然，徹底重返過去的歷史現場已絕無可能，我們事實上只是選取民國作為一個研究的視角，來分析和考察延安文學的發生、發展和演變。從 1949 年中華人民共和國成立之後直至今日，大陸研究延安文學的著述已經非常之豐富，但是這些研究大都基於一個共同的角度，即站在革命勝利者的一方，站在中華人民共和國的立場上。「文革」之前，延安文學研究一直受到政治的干涉和干預，在橫向的時間段上，把延安文學置於國統區、淪陷區文學之上，以革命的延安文學統攝和整合其他地區文學為終結；在縱向的時

間段上，把五四文學到革命文學到延安文學描述成為一種不斷的
進步和發展，一種歷史演變的必然。「文革」之後，在撥亂反正
和重評思潮中，對延安文學的研究也在以「反思」為主導的方向
上展開，即把「十七年時期」和「文革」時期的文學創作的凋零，
文化政策的失誤，文學發展的停滯歸結到源頭的延安文學上。這
就形成了研究界兩種相互矛盾的態勢，越是有研究者不斷強調延
安文學對中華人民共和國文學直至當下的重要影響，另一些研究
者則就越是把我們後來的文學失誤歸結到延安文學那裡。趙學勇
發表的一系列論文如《延安文藝研究：歷史重評與當代性建構》、
《延安文藝與現代中國文學》、《延安文藝與 20 世紀中國文學
論綱》，就是集中探討了延安文藝對後來文學的影響以及和當下
文藝建構的問題。「延安文藝的形成是百年中國文化史、文學史
上最重大的文化事件之一，它是馬克思主義文藝理論中國化的重
大成果，也是中國新文學歷史邏輯發展的合理結果。延安文藝不
僅在當時產生了廣泛的政治文化影響，對建國後的文藝進程也產
生了毋庸置疑的決定性影響，其模式及指導思想，在建國後近 30
年間，規範和制約著中國當代文學的基本走向和實踐品格，也不
乏對新時期以來中國文學諸種思潮產生了廣泛影響。」[13]「延安
文藝作為『中國經驗』的集大成和馬克思主義文藝理論中國化的
重大成果，既是中國新文學歷史邏輯發展的合理結果，又全面規
範了當代文學的建構與走向。在新的時代語境下探討延安文藝與
中國新文學的歷史演進，對於真正認識『中國歷史』，總結『中
國經驗』有著相當重要的意義。」[14]另有一些研究者，也是在從

---

13 趙學勇，田文兵：〈延安文藝與 20 世紀中國文學論綱〉，《陝西師範大學學
報》，2013 年 1 期。
14 趙學勇：〈延安文藝與現代中國文學〉，《解放軍藝術學院學報》，2012 年第 4 期。

後來文學發展演變的層面上提出了對的危機也就如期而至了，這就是：不僅黨派文學會使文學日漸喪失其自我確證的審美本性，而且會把國家的文學或民族的文學降格為一種高度意識形態化了的延安文學的反思，例如袁盛勇認為後期延安文學的核心概念是「黨的文學」，「當毛澤東在新的共和國成立之際，決意要憑藉自己的意識形態話語權威把黨的文學轉換為國家的文學，那麼，更大的危機也就如期而至了，這就是：不僅黨派文學會使文學日漸喪失其自我確證的審美本性，而且會把國家的文學或民族的文學降格為一種高度意識形態化了的黨派文學。」[15]在反思的聲音中，我們很容易看到對延安及其後文學諸如此類的評價：「高度意識形態化」、「主體性喪失」、「個體自由喪失」、「缺乏藝術性」等等。

　　由此可見，當我們從中華人民共和國的角度來觀照延安文學時，我們不得不面臨如此針鋒相對的認知和評判。其實已經有不少學者提出了還原歷史語境來看待延安文學，「對延安文學研究的最有效途徑，毋寧回到歷史的語境中，揭示延安文人如何承擔既定的意識形態而對剛剛開始（或過去）的歷史事件做『經典化』的工作。也就是說，我們回到歷史的深處，揭開文學文本的生產機制和意義結構，並尋找和把握延安文人在創作過程中呈現出的不可化約的複雜心態。」[16]但是僅僅回到延安內部的歷史語境中來認知延安文學仍然是不夠的，僅僅從延安的內部來考察分析延安文學仍然無法廓清很多問題。

　　所以，我們應該從民國的視角出發，在民國的歷史語境，把

15 袁盛勇：〈重新理解延安文學〉，《通向現代文學的本來》，北京：中國文史出版社 2007 年，第 75 頁。

16 黃科安：《延安文學研究》，北京：文化藝術出版社，2009 年，第 9 頁。

延安地區及其文學狀況都放置在中華民國的歷史版圖中來考察。我們不是討論其應否發生、是否必然的問題，而是細緻探究延安文學發生發展演變的民國的時空要素。我們從民國歷史文化語境來考察延安文學，不是消解延安文學的意義和價值，而是在一個更廣闊的歷史層面來重新認知和分析延安文學。

第二節　民國政治形態與延安文學

從政治形態來看，延安文學的形成與延安這一特定政治區域的形成與不斷擴展相關，可是延安這個特殊的政治區域和其內的文化活動怎麼樣形成和發展起來的呢？從共產黨人的立場來說，長征是北上抗日，是一次偉大的勝利。可是，「二萬五千里長征」並最終走向延安的道路真是由共產黨人預先設計好的行程嗎？很顯然，當我們擺脫了單一的中國共產黨人的視角，從民國政治形態出發，就會發現延安這一特殊政治區域形成和走向都是極其複雜的。直到長征的最後一刻，途中無數次變更目的地的中共中央都沒有確定最終走向何處。在和張國燾的南下路線決裂後，北上的中共中央其目標顯然是期待在蒙蘇邊境建立根據地，保全自己，然而向甘肅、內蒙西進的道路是那樣的艱難，在幾乎陷入絕境時，中共中央領導人從甘肅的報紙上發現了陝北紅軍和根據地的存在，這才決定轉戰陝北。即便到了陝北，紅軍繼續長征西進的念頭也並未徹底打消。

這並非是要否定紅軍和共產黨人在長征中的努力和創造性的貢獻，也並非是以選擇延安的偶然性來解構延安道路的歷史必

然性表述。我只是想提醒大家注意到這樣一個事實——中華民國名義上的統一與實際上的地方軍閥勢力的割據，不論是在圍剿紅軍的戰役中還是後來的抗日戰事中，蔣介石不斷地強化中央集權和地方派系勢力對此的抵制，是我們分析和闡述共產黨人政治活動、文化活動最為重要的國家歷史情態。中共中央和紅軍長征路線的選取很大程度上基於微妙的中央軍和地方勢力之間的關係，同樣的，正是在東北軍、西北軍、晉軍、中央軍多方勢力的相互牽制下，共產黨人後來在延安才得到了很大的發展空間。更重要的是，這些地方軍閥勢力在某種程度上為延安文化興起提供了基礎，例如張學良東北軍駐紮陝西時東北和華北大量流亡師生聚集西安，後來不少人如《松花江上》的作者張寒暉等轉向延安；1936 年 10 月為了對抗國民黨中央，閻錫山邀請一些共產黨人士，成立山西犧牲救國同盟會，訓練新軍，「犧盟會」中就有後來大名鼎鼎的被認為是延安文藝方向的趙樹理以及韋君宜等作家；抗戰爆發後，原本就一直致力地方教育的閻錫山成立民族革命大學，在全國範圍內廣邀社會文化精英，訓練青年學子，而民族革命大學中不少師生如蕭軍、徐懋庸、艾青等人後來都前往延安。

　　當然，我們並不是要美化地方軍閥或者要去證明國民黨中央政府在思想文化上的開放與開明，可以說民國的政治現實，甚至事實上碎裂的民國政治形態為共產黨人的政治和文化主張提供了存在和發展的空間。在整個抗戰時期，我們既看到了國民黨政府部門主導吸納左翼人士參與的第三廳展開了轟轟烈烈的文化活動，國民政府扶持和支助的「文協」的成就斐然，我們也看到了在國民黨中央加強思想控制時，桂林、雲南、香港等地方勢力

或其他勢力掌控的區域為共產黨人和左翼文化文學發展提供的保障，這些地區的文學文化與延安文學和文化的發展構成了相互依存、相互配合、相互支撐的關係。

　　民國的政治形態還體現在憲政理念畢竟是民國致力的一個目標，從現代民主法制來看，民國時期的憲政和法制確有很多不夠完善之處。但憲政和法制畢竟是中華民國的立國之本，是其合法性的基石。民國憲政法制畢竟為人們權力和權利提供了必要的保障。國統區內共產黨人在憲法保障下言論、出版、結社等政治文化活動，也和延安文化活動構成了相互配合、相互促進的關係。例如《新華日報》屬於共產黨在國統區公開發行的報紙，過去我們總是描述國民黨政府如何壓制《新華日報》，可是我們換個角度來看，《新華日報》的公開出版，不停地表達自己抗議的權利並不斷獲勝不正是基於一種民國機制的有效性麼？抗戰時期國民黨政府確曾設立中央圖書雜誌審查委員會、新聞檢查局等機構，用以加強新聞出版統制和輿論控制，根據相關檔案資料揭示，國民黨新聞檢查人員的確對《新華日報》很注意，但是他們總害怕影響國共兩黨關係而很少有實際懲處措施，實際上，整個圖書出版審查在抗戰時期都沒有真正貫徹下去。黃炎培的《延安歸來》更是引發了由《新華日報》、《憲政月刊》、《民憲》、《民主世界》等雜誌發起的「拒檢運動」，國民黨在輿論壓力下取消了戰時新聞檢查制度。正是這樣的機制保障使得「延安」在國統區不斷地擴大影響，沒有《新華日報》等報刊傳媒對延安的積極宣傳報導以及延安相關著述的公開發表出版，延安估計很難贏得那麼多人的認同和嚮往。

第三節　國民政府的延安經濟

政策與延安文學

　　民國經濟在內的其他機制要素和歷史情境也是我們考察延安文學發生和文學觀念變化的重要原因。過去我們總是強調延安的自力更生，自主發展，並在這一經濟基礎上強調延安文學的獨立性、自主性。事實上，延安地區的整體發展以及其內部的政治、文化走向都和國民政府對待延安的經濟政策息息相關。

　　「西安事變」以後，尤其是全面抗戰爆發後，成千上萬的青年知識份子奔向延安，除了年青人愛國主義和理想主義的情懷外，支配廣大青年選擇延安的還有經濟和工作上的考量。全面抗戰爆發後，正常的學校教育受到了前所未有的震盪，學生們的前途和工作是非常現實而且非常緊要的問題。國共兩黨以及各方勢力都在爭取學生，陝北在其轄內先後成立的一系列大學如抗日軍政大學、陝北公學等招收學生。陝北吸引青年學子有這樣一些優勢：讀書幾乎免費、相比較而言讀書成本較低；入校考核門檻極低後來幾乎不做文化程度要求，甚至到最為主要的政治談話考核也降低了標準，「一般國民黨、三青團員的青年也可以報名」[17]；採取速成的辦班策略，很快就能畢業且安排工作。當然，抗戰時

17　有關陝北公學籌備成立和招生的相關消息見《新中華報》1937 年 9 月 9 日、9月 14 日的報導，有關招收標準的放寬參見劉恕的〈關於八路軍駐湘通訊處為抗大、陝北公學招生工作的回憶〉，中國人民解放軍歷史資料叢書編審委員會編：《八路軍新四軍駐各地辦事機構（4）》，北京：解放軍出版社 1999 年，第 537　頁。

期公開活動在各個地區的八路軍辦事處，他們利用國民黨管轄區域的報刊雜誌為陝北做公開宣傳，這都為延安吸引學生創造了有利條件。這種低門檻的吸納制度其實也埋下了後來延安 「審幹」的伏筆。

　　不單是一些沒有工作的青年人基於經濟的考量選擇延安，很多作家在抗戰中的選擇也大都和工作和經濟因素相關。周揚、艾思奇、胡喬木等人就是組織安排調動工作，郭沫若等人選擇重慶也基於第三廳的工作，胡風選擇重慶開始也是由於工作上的考慮。艾青接受周恩來安排去延安，其中最主要的原因就是周恩來說艾青在延安可以不用擔心生計問題，「安心寫作」[18]。其實胡風的妻子梅志在皖南事變後也希望和胡風一起去往延安，「M 贊成去延安，她說，到了那兒，孩子可以進托兒所，她能參加工作，我也不必為一家人的柴米油鹽發愁了。」[19]的確，在戰時文人經濟狀況都普遍不佳的情形下，延安的供給制對大家還是有很大吸引力。但相對而言，業已成名的一些「大作家」或者「大知識份子」在很多地方可以獲得收入，所以他們選擇前往延安的幾率要小些。

　　從延安方面來說，吸納知識份子也得有經濟作為支撐。有意思的是，在 1941 年之前，延安的經濟收入主要依靠國民黨政府的撥款，例如，1937 年 77.2%、1938 年 51.9%、1939 年 85.79%、1940 年 70.50%的歲入來自國民黨政府的外援，而這四年平均財

---

18 艾青：〈在汽笛的長鳴聲中——〈艾青詩選〉自序〉，《艾青選集》第三卷，成都：四川文藝出版社 1986 年，第 311 頁。
19 胡風：《胡風回憶錄》，北京：人民文學出版社 1993 年，第 220 頁。

政收入的 82.42%來自國民黨政府撥款[20]。這些政府撥款保證了早期延安供給制的順利運行，也為吸引知識份子和作家提供了最為重要的物質條件。「1939 年、1940 年奔赴延安的左翼革命文藝達到高峰，1941 年開始減少」[21]，這恰好和國民黨政府的撥款統計相吻合。在 1941 年前，延安知識份子的筆下常常有較為優越的生活待遇和經濟補貼的描述，作家們也較為自由自在，拿著不低的津貼想幹什麼就幹什麼，想寫什麼就寫什麼。而 1941 年起經濟逐漸緊張， 42 年、43 年經濟危機最為嚴重，延安開始簡政，並開展生產運動、下鄉運動。部隊和機關都投入到生產運動中，而作家們逍遙自在的文化俱樂部活動方式就顯得比較尷尬。在生產和下鄉運動中，怎麼樣把作家們組織起來，像黨政機關人員、部隊士兵、學校學生那樣接受安排，投入實際的生產勞作或者為生產勞動服務，其實是延安領導人關注的焦點。從這個層面來理解延安文藝座談會和「講話」，我們可能會有很多新的啟示和發現。在文藝座談會召開的同時，《解放日報》改版，鋪天蓋地的對勞動生產英雄吳滿有進行宣傳和報導，並在文藝座談會結束後開始出現「吳滿有方向」的說法。延安文藝座談會最後一天朱德作了長篇發言，其中就談到了作家寫作和生產自救的問題，他指出記者莫艾有關吳滿有「這篇報導的社會價值不下於 20 萬擔救國公糧（1941 年陝甘寧邊區徵收公糧的總數）」[22]。

---

20 統計資料來自邊區財政廳各年度的《財政工作報告》，《財政工作報告》及匯總資料來自陝甘寧邊區財政經濟史編寫組、陝西省檔案館編《陝甘寧邊區財政經濟史料摘編》第六編「財政」，西安：陝西人民出版社 1981 年，第 13 頁。
21 蔡麗：《傳統、政治與文學》，北京：社會科學出版社 2013 年，第 30 頁。
22 莫艾：〈吳滿有在大生產運動中〉，田方、午人、方蒙編《延安記者》，西安：陝西人民教育出版社 1993 年，第 476 頁。

　　文藝座談會結束後，敏銳的詩人艾青真正領會了座談會和毛澤東、朱德講話的精神，很快創作出長詩《吳滿有》，這首長詩在《解放日報》全文刊登，並有評論文章稱其為文藝的新方向。在艾青創作《吳滿有》之前，已經有領導提出了吳滿有式的文化下鄉，這就是後來成為中國版畫大師的古元，因《向吳滿有看齊》受到陸定一的大加讚賞。陸定一寫了《文化下鄉——讀古元的一幅木刻年畫有感》，向根據地文人提出了「方向性」的要求[23]。「吳滿有」方向既是延安政治經濟的方向，也成為文藝工作者努力的方向，即投身生產運動中或參加實際勞動或宣傳描寫生產勞動正面的人或事，這個方向才是講話之後文藝的真正方向，而並非後來的「趙樹理方向」。艾青後來回憶說，「《吳滿有》這首詩發表後影響較大，《解放日報》整版篇幅刊登，宣傳部門還用電報形式發到各個解放區。朱子奇前幾天來說：毛主席很喜歡這首長詩。詩人紀鵬與韓笑來我這兒時說他們是讀了《吳滿有》之後參加革命的。」[24]用電報形式向外傳播和推廣一部作品在文學史是絕無僅有的，除非是把其視為政策方向性的文檔。延安之外的文藝工作者也印證了這種說法，1944 年 7 月山東根據地的文藝工作者談到：「解放日報評論艾青所作的長詩《吳滿有》，指出那詩本身是朝著文藝的新方向發展的東西；根據這一評價，新華書店介紹這篇詩的時候，對文藝的新方向這一概念又作了一番解釋，

23　陸定一：〈文化下鄉——讀古元的一幅木刻年畫有感〉，《解放日報》1943年 2 月 10 日。
24　周紅興：《艾青研究訪問記》，北京：文化藝術出版社 1991 年，第 330 頁。

那就是『為誰寫』、『寫什麼』、『怎麼寫』的問題。」[25]沿著
吳滿有方向和主題開掘的不少作家和文人受到大家的矚目和推
崇，成為後來的重要作家或藝術家。繼續報導吳滿有的莫艾成為
後來新聞界的重要人物，上文提到的古元因吳滿有主題的版畫創
作而成為延安木刻版畫的代表人物，柯藍因散文詩《吳滿有的故
事》等一系列作品而成名，于光遠導演了秧歌劇《吳滿有》、賀
敬之作詞，馬可譜曲的歌曲《吳滿有挑戰》，聞捷創作了《吳滿
有在鄉備荒大會上》，解放區第一部有故事的電影片就是《勞動
英雄吳滿有》，後來大名鼎鼎的凌子風拍攝並擔任主角。此外，
因策劃組織《解放日報》大規模宣傳吳滿有事蹟並撰寫了《開展
吳滿有運動》的李銳，獲得了毛澤東的認可和賞識。如果翻閱文
藝座談會後延安報刊上的作品，《兄妹開荒》、《大生產》、《移
民》之類的經濟生產主題以及與之相適應的語言和形式，成為主
導潮流，獲得黨政領導的高度讚賞。可以說，「吳滿有方向」才
是延安文藝座談會後作家們的努力和實踐的方向。富有意味的
是，吳滿有在後來的國共內戰中被國民黨俘虜，國民黨對延安塑
造的具有方向意義的吳滿有很是重視，迫使其發表了投誠反共的
電臺講話和報紙宣言，也有說是國民黨偽造的講話和宣言，但自
此之後吳滿有方向再也無人提起。

　　很顯然「吳滿有方向」和我們普遍公認的文藝座談會和《講

---

25 其雨：〈從〈吳滿有〉說到大眾的詩歌〉，劉增傑等編《抗日戰爭時期延安及
　　各抗日民主根據地文學運動資料（下），太原：山西人民出版社 1983 年，第
　　135 頁。

話》確立的工農兵方向有不小衝突。過去，我們常常從階級視角出發，工農兵主體方針、無產階級的文藝就必然有改造小資產階級知識份子的要求，可是「吳滿有」從階級成分來說，是一個有雇工的富農甚至可以說是致富起來的小地主。很顯然，從當時的經濟機制出發，我們就會發現延安文藝座談會講話確立的並不是無產階級的「工農兵」方向。事實上，在文藝座談會之前，在經濟緊張的時刻，不少知識份子卻常常是為貧苦百姓、傭人、小鬼們代言，諷刺和攻擊那些享受特權、冷落和漠視普通百姓的幹部。從思想上，從實際行為上，延安廣大的幹部顯然比知識份子、作家們更脫離群眾，在國民黨政府停發撥款之後，幹部的特權待遇就顯得格外突出。而幹部對知識份子的「暴露」和「批判」更為不滿，認為知識份子拿著津貼、不幹實事卻大放厥詞。延安文藝座談會主要解決的是經濟危機下文藝界和幹部之間越來越明顯的對立和衝突，另一個就是我們上述所論述的把知識份子武裝起來從事生產的問題，而並非是延安知識份子脫離群眾的小資產階級階級性的問題。文藝座談會一共召開三次，1942 年 5 月 2 日毛澤東開場作「引言」提出問題供大家討論，5 月 23 日（蕭軍日記中記載是 5 月 22 日）毛澤東作總結發言，而《講話》正式發表則是 1943 年 10 月 19 日。開會三次前後 20 多天，毛澤東《講話》正式發表則距離座談會有近乎一年半的時間，這麼長時間後正式發表的《講話》和延安文藝座談會現場討論內容有何變遷值得我們細細探究。從《講話》正式發表的「引言」部分，我們仍然能看出毛澤東的重心之所在的一些端倪，「文藝作品在根據地的接受對象，是工農兵及其黨政軍幹部。根據地也有學生，但這

些學生和舊式學生也不相同，他們不是過去的幹部，就是未來的幹部。」「即拿幹部說，你們不要以為這部分人數目少，這比大後方出一本書的讀者多得多，大後方一本書一版平常只有兩千冊，三版也才有六千冊，但是根據地的幹部，單是延安看書的就有一萬多。而且這些幹部許多都是久經鍛煉的革命家，他們是從全國各地來的，他們也要到各地去工作，所以對這些人做教育工作，是有重大意義的。我們的文藝工作者，應該向他們好好做工作。」[26]在「引言」部分的「對象」問題中，絕大部分內容都在談幹部，談到工農兵的地方連帶著幹部或把幹部放在工農兵前面，引言主要引出的是對待幹部的問題，而在正式的「結論」發表時，「幹部」幾乎消失，剩下了純粹的「工農兵」。這究竟是因 20 來天座談會討論而改變的主旨傾向還是一年半以後發表時因政治、經濟、時事變化才改變的，是非常有意思的命題。

第四節　三民主義與延安文學思潮

最近這些年來，學界對延安文學的評判主要從「民族主義」的文學理念展開，有研究者把民族主義視為「延安文學觀念形成的最初動力和邏輯起點」[27]，更有不少人運用民族——現代性理論來發現延安文學的現代性特徵，更有不少學者把本土化的延安文藝視為反西方中心主義的「反現代的現代性」。唐小兵認為：

---

26 毛澤東：《在延安文藝座談會上的講話》，新華書店，1949 年 5 月再版。
27 袁盛勇：〈民族主義：前期延安文學觀念形成的最初動力和邏輯起點〉，《蘭州大學學報》2005 年第 1 期。

「延安文藝的複雜性正在於它是一場反現代的現代先鋒派文化運動。」[28]還有學者認為，「毛文體或毛話語從根本上該是一種現代性話語——一種和西方現代話語有著密切聯繫，卻被深刻地中國化了的中國現代性話語。」[29]

從文學理念上來看，民族主義的確為延安文學的發展提供了必要的動力支援，可是我們需要進一步追問的是，延安文學中的民族主義何以形成？難道國民黨和其他政治勢力就沒有順應民族主義的要求麼？如果延安的民族主義是民族現代性的體現，國民黨所具有的鮮明的民族主義特徵就不是現代性的體現麼？反西方現代的現代性是更有價值的現代性，可是在美國觀察員和西方記者的眼裡，延安似乎更接近西方的民主理念而不是對抗著西方的民主觀念，延安常常對外宣傳和展示的是「三三制」的民主政策。顯然，用西方傳來的民族——現代性解讀延安文藝和歷史的事實有著多麼大的出入和隔膜啊！要弄清延安文藝的民族主義理念的來龍去脈，發展變遷，我們與其用一個先驗的西方時髦理論來作所謂的「再解讀」，不如回到民國的歷史情境中去再現它的豐富與複雜，正如張堂錡所呼籲的，去探究「民國文學的現代性」和「現代文學的民國性」。

延安民族主義話語的形成和變遷和民國這個大語境，和國共關係密切相關。我們細數左翼文人從 1935 年到抗戰結束的民族主義表述，國防文學、民族革命戰爭的大眾文學、三民主義文化和文學、三民主義的現實主義文學、革命的三民主義文化、真三

---

28 唐小兵：〈我們怎樣想像歷史（代導言）〉，《再解讀：大眾文藝與意識形態》（增訂版），北京：北京大學出版社 2007 年，第 6 頁。

29 李陀：〈丁玲不簡單——毛體制下知識分子在話語生產中的複雜角色〉，《昨天的故事：關於重寫文學史》， 北京：三聯書店 2011 年，第 153 頁。

民主義文化、民主主義的現實文學、新民主主義文化和文學，這一系列概念的提出和背後所代表的文學理念，我們當然可以用民族主義來概括，但並非是說民族主義主導了這些概念和文學理念的形成，相反，它們是在政治、經濟、文化、宣傳、動員等外在機制作用下，經由作家、理論家內在的思考、探究中逐步呈現的各種理念。其實這恰恰最能體現民國機制闡述有效性的地方，運用民國機制顯然讓我們對這些文學理念形成和變遷的過程理解得更加細緻、更加豐富，而不是簡單化。

　　共產國際統一戰線政策的出爐，「八一宣言」的發表，王明馬上領會「國防政府」的倡議而重提「國防文學」，「左聯」的解散、以黨團組織名義推行「國防文學」口號的做法引發了堅守個人主體性的魯迅的不滿；帶著共產國際和陝北統一戰線政策來上海做統戰工作的馮雪峰，為了安撫魯迅，為了消除魯迅和黨之間的隔閡而動議提出了「民族革命戰爭的大眾文學」。在國共並未真正合作之前，陝北領導人包括張聞天、周恩來、毛澤東對馮雪峰的文藝口號是極其滿意的，例如張聞天和周恩來在 1936 年 7 月捎信給馮雪峰：「你對周君（指周揚，筆者注）所用的方法是對的。你的老師與沈兄好嗎？念甚。你老師送的東西雖是因為交通關係尚未收到，但我們大家都很熟悉。他們為抗日救國的努力，我們都很欽佩。希望你轉致我們的敬意。對於你的老師的任何懷疑，我們都是不相信的。請他不要為一些淺薄的議論，而發氣。」[30] 1937 年 1 月馮雪峰回到延安向黨中央彙報工作，同毛澤東等領導同志都作過長談。「在許多次的深夜長談中，毛澤東同

---

30 程中原：〈體現黨同魯迅親密關係的重要文獻──讀 1936 年 7 月 6 日張聞天、周恩來給馮雪峰的信〉，《魯迅研究月刊》1992 年第 7 期。文中所引內容，均見本文所刊載的原信手稿部分。

志一再關切地詢問魯迅逝世前後的情況，表示了對魯迅的懷念之情。毛澤東同志和中央其他領導同志對馮雪峰的工作給予肯定。」[31]

1937 年 5 月後，在上海辦事處主任潘漢年安排下，倡導「國防文學」的中堅人物如胡喬木、周揚、艾思奇、周立波、徐懋庸等相繼來到延安，延安的態度有了明顯轉變，宣傳部部長吳亮平作了官方的結論，他說：「對於『國防文學』和『民族革命戰爭的大眾文學』這二個口號的論爭，我們同毛主席與洛甫、博古等也作過一番討論，認為在目前，『國防文學』這個口號是更適合的。『民族革命戰爭的大眾文學』這個口號，作為一種前進的文藝集團的標幟是可以的，但用它來作為組織全國文藝界的聯合戰線的口號，在性質上是太狹窄了。」[32]

1937 年 7 月全面抗戰爆發，經過了漫長的政治和軍事博弈的國共兩黨，在三民主義的框架下開始了又一次的合作。7 月 15 日，中共發表了《中共中央為公佈國共合作宣言》，向全國同胞公佈了共產黨人奮鬥之總目標，而三條總目標基本上和孫中山及國民黨闡述的三民主義沒有出入，而 4 條宣言的首條就是「孫中山先生的三民主義為中國今日之必需，本黨願為其徹底的實現而奮鬥」[33]。儘管國共兩黨圍繞著三民主義有著不斷的爭論，如真

---

31 馮夏熊：〈馮雪峰——一位堅忍不拔的作家〉，見包子衍、袁紹發編《回憶雪峰》，中國文史出版社，1986 年 7 月第 1 版，第 13 頁。另外陳早春等著的《馮雪峰評傳》也是同樣的表述，似乎是參考了馮夏熊的文章，見陳早春、萬家驥著《馮雪峰評傳》，重慶出版社，1993 年 10 月第 1 版，第 226 頁。

32 朱正明：〈陝北文藝運動的建立〉，《西北特區特寫》，每日譯報社編印，1938 年，第 58 頁。

33 〈中共中央為公佈國共合作宣言〉，中共延安市委統戰部，編：《延安時期統一戰線史料選編》，北京：華夏出版社 2010 年，第 117-118 頁。

假三民主義、革命的或保守的三民主義，新舊三民主義等等提法
的辯論和爭執，但雙方都沒有脫離三民主義的框架體系，並依據
各自對三民主義的闡釋來總結和建構自己的文學文化理念。與此
同時，在抗日民主根據地各個邊區，大家也都在三民主義的框架
下提出各自的文化、文學理念，當延安地區已經開始提出「新的
民主共和國」的說法並逐漸討論提出「新民主主義」的概念時，
同屬共產黨人控制的其他區域如晉察冀邊區卻火熱地討論著「三
民主義的現實主義」文學概念，即便毛澤東的《新民主主義論》
發表後，在其他地區有的作家並未完全轉向新民主主義文學，如
《抗敵週報》在 1940 年 5 月 30 日的文章中仍然援引彭真的提法，
「邊區是三民主義的現實主義文學最好的園地」[34]，也有的人希
望完美對接新民主主義文學和三民主義的現實主義這兩個概
念，如在《紀念高爾基與我們文化運動的方向——<抗敵報>社論》
一文中就談到，晉察冀邊區提出了「三民主義的現實主義創作方
法」這一口號，「並且，邊區的進步作家一致依這一口號而創作。
這個三民主義的現實主義，在毛澤東同志《新民主主義論》發表
以後的今天來講，顯然也就是新三民主義的現實主義，就是新民
主主義的現實主義」[35]。而投身晉察冀邊區文藝活動並未聆聽「講
話」也未參加文藝界「整風」的趙樹理、孫犁，卻在後來意外地
成為「講話」之後延安文藝的方向，事實上，孫犁後來所念念不
忘的仍是鄧拓等人所表述的極富熱情和自由的三民主義的現實

---

34 〈三年來邊區的文化教育事業（節錄）〉，劉增傑等編《抗日戰爭時期延安及
　　各抗日民主根據地文學運動資料（中）》，太原：山西人民出版社 1983 年，第
　　54 頁。
35 張學新 、劉宗武編《晉察冀文學史料》，天津：天津社會科學出版社 1989 年，
　　143 頁。

主義文學理念。

很顯然，延安文學中的民族主義表述是極其豐富的，這恰恰是三民主義為其提供了極具彈性的表述空間，當然我們並非以三民主義來消解延安文藝民族主義表述的獨特性，相反，在三民主義的語境中我們才可以洞悉延安民族主義真正吻合現代價值理念的地方。抗戰初期毛澤東談到三民主義時就說道「我們老早就是信仰三民主義的」，「現在的任務是必須為真正實現革命的三民主義而奮鬥，這就是說以對外抗戰求得中國獨立解放的民族主義，對內民主自由，求得建立普選國會制，民主共和國的民權主義，與改善人民生活，求得解除大多數人民痛苦的民生主義，這樣的三民主義與我們的現時政綱，並無不合，我們正在向國民黨要求這些東西。」[36]抗戰期間，共產黨人和延安始終積極爭取民主自由、憲政共和，督促國民黨落實三民主義的憲政理念，可以說，三民主義讓共產黨人和延安成為最有活力的一個群體，並由此吸引了知識份子和其他黨派政治勢力的贊同和擁護。

民國文學和延安文學這兩個概念並非是彼此相互抵牾，相互對立。從民國視角出發，回到民國歷史文化語境中，是我們認知延安文學的前提。結合民國的政治形態、經濟形態和三民主義的意識形態等要素，我們才可更好地闡釋延安文學的發生、發展和觀念的變遷。過去我們站在延安——中華人民共和國的立場上遮蔽了民國歷史文化的諸多豐富複雜的因素，從民國歷史文化語境來進入文學的研究並不會遮蔽延安或消解延安，相反，正是借助民國的政治、經濟、教育、學習、法律、動員、結社、傳播等等

---

36 毛澤東：〈中日問題與西安事變——與史沫特萊的談話〉，《毛澤東文集》第一卷，北京：人民出版社1993年，第491-492頁。

諸多機制要素，我們打開了延安文學研究的一片新天地，發現一些前所未有的新命題、新啟示。

第八章　民國大歷史與蕭軍「延安日記」的私人敘述

　　蕭軍一直是現代文學研究領域裡備受關注的作家，大家關注的焦點主要集中在三個方面，一是作為東北作家群的代表較早涉及抗戰題材書寫；二是作為奔赴延安的文人代表，即蕭軍在延安的著名命題；三是和蕭紅的關係及關聯比較研究，即文學史上的「二蕭」。但有關蕭軍的婚姻家庭和個人日常生活，除了和蕭紅的關聯之外，其他時段卻鮮有人涉及，尤其是蕭軍的家庭日常生活和延安蕭軍的關係，幾乎是個空白。對於蕭軍來說，舉家遷至延安，是改變他一生的轉折點。過去我們總是把文人奔赴延安視為革命信仰追求，作為愛國有志青年，當國家陷入危亡的緊急時刻，為了國家為了革命的勝利，當然要心懷國家勇往直前奔赴聖地延安。但這樣的描述往往是 1949 年之後文人們的記述，新出版的蕭軍《延安日記》，具有重要的史料價值，是我們回到民國歷史現場探究蕭軍私人日常生活和個人精神世界的絕好材料。可以毫不誇張地說，蕭軍的系列日記，其價值和意義遠在他的諸多小說之上。不論是日記所記錄他們全家自川渝遷至延安的心路展示，還是延安日常瑣屑生活的實錄，甚至是自我牢騷的發洩、夫妻關係的本真呈現、對他人帶有鮮明主觀情緒的好惡評判等等，

這都屬於中國知識份子在戰火中，在民國大歷史下，在延安獨特空間背景下，豐富而又微妙的思想行為與精神追求。可以說，對蕭軍日記中的婚戀以及其心態的關注與剖析，恰恰是對抗戰文學中「人」的研究的豐富。

第一節　家庭日常生活與作為
「方向」的延安

在研究界，對於蕭軍的研究無論是著作或者是論文都很多，幾乎囊括方方面面，但是家庭這一點卻很少有人涉及。對於蕭軍來說，舉家遷至延安，是改變他一生的轉折點。作為愛國有志青年，當國家陷入危亡的緊急時刻，為了國家，為了革命的勝利，當然要心懷國家勇往直前。但是，即使胸懷天下，他們果真在民族大義面前能夠義無反顧拋開小家，絕無一絲私念或顧慮嗎？家庭對他們來說真的是無足輕重嗎？全家一起奔赴延安，是蕭軍第二次踏上延安的土地。徐塞、王科在為蕭軍做的評傳中用寥寥數語概括了蕭軍第二次到延安的原因：「嚮往那曾經瞻仰過的棗園燈光」；舒群要「經重慶赴延安，敦促他同行」；「他知道只有延安才是實現自己人生理想的所在」[1]即「實現自己爭取國家與民族獨立、平等，實現沒有人剝削人、人壓迫人」[2]的理想。很明顯，這是在強調延安的影響，這一解釋讓蕭軍到延安的這一行為看起來是那麼的理所當然，然而為國家為民族為人類的人生理想看起

---

[1]　王科、徐塞：《蕭軍評傳》，重慶：重慶出版社，1995 年第 186 頁。
[2]　王科、徐塞：《蕭軍評傳》，重慶：重慶出版社，1995 年第 164 頁。

來卻並不是那麼真實生動。錢理群也曾提到蕭軍二次赴延的原因，「1940年又因為不堪忍受國民黨專制統治，再度踏上延安的土地」[3]還有人說「隨著白色恐怖的加重，進步人士不斷被暗殺的消息傳來，蕭軍決定離開成都。」[4]後來在重慶經八路軍辦事處幫助下到達延安。後兩者相對前者來說雖然也比較簡單但卻更具體，而不是用空洞的人生理想一筆帶過。那麼到底是什麼促使他第二次選擇了延安這一當時在知識份子心中崇高而又神聖的革命聖地呢？從蕭軍日記中可以尋出蛛絲馬跡。

若以時間為劃分標準，關於抗戰時期的日記記錄約占了蕭軍日記總量的二分之一，除了川渝時期，延安時期記錄最多。蕭軍日記從不同方面不同程度上反映了當時的社會環境。個人的生存狀況、心理狀態、文學活動、精神追求等通過日記也清晰地得以呈現。蕭軍曾說「我要把每天所看到的，更詳細，更有系統的記錄下來。」[5]「無論是卑醜的，光明的，自己的別人的……全要記載下來。」[6]省略號的使用，表達出蕭軍想要用日記記錄下所有見聞的雄心。日記中既有對時事的感慨，對社會現狀的評判，對日常生活的牢騷與埋怨，也有個人抒情表達，對家庭、對朋友、對自我的評價與定位，言辭犀利之處不留一點情面，也有普通男女間的兒女情長，還有部分詩歌、雜文、書信也在其中，內容非常豐富。雖然如蕭軍所說無論是卑醜的、光明的、自己的、別人的等等全部要記錄下來，但就日記內容來看，他所記錄的內容仍以

3 錢理群：《1948：天地玄黃》，濟南：山東教育出版社，1998年版，第130頁。
4 王瑋：《四十年代延安文藝運動中的蕭軍》，陝西師範大學碩士論文，2014年。
5 蕭軍：《延安日記(1940-1945)》上卷，香港：牛津大學出版社，2013年版，第291頁。
6 蕭軍：《延安日記(1940-1945)》上卷，香港：牛津大學出版社，2013年版，第49頁。

「私人的事情」居多，尤其是家庭生活。雖然蕭軍曾提到要把日記當做文章寫，預備發表，但是其中的私人事情卻不在這之列，把私人事情寫在日記中只是為了省一本簿子。[7]在延安日記的出版後記中提到，在出版這部日記時有很多的顧慮包括篇幅、政治因素、朋友人情的考慮、私人的考慮，為了給讀者展現一個真實的蕭軍，留下那個年代的側面記錄，最終決定不做刪節全部發表，日記中多是一個作家的直接觀感和印象，無論他的觀點是否正確，都是他當時當地的想法記錄，模糊修飾的成分很少，未摻雜後來所謂的偉大、光榮的色彩。[8]日記中所記錄的私人事情，相對那些公開發表的文章等更能看到一個真實的人，而且從中也可以尋出我們忽略的促使蕭軍去延安的家庭原因。

蕭軍在 1939 年 8 月 20 日的日記中曾說「我確實需要一個工作好環境和一個能傾吐的人，但是我沒有……孩子和老婆會減低了人的驕傲和豪氣啊！因為有了女人，又有了孩子要生出來了，我只能困在這裡喲！」[9]1939 年 8 月的成都並不太平，「四川七師長叛變」「樂山被轟炸」這樣的亂事和環境擾害著蕭軍，但蕭軍此時已是一個女人的丈夫，一個未出世的孩子的父親，不再是孑然一身可以單槍匹馬說走就走的流浪漢，即使需要出走另尋好的環境，因為家庭的責任和負累也不能跨出半步。女人與孩子儼然成了羈絆蕭軍的鎖鏈，孩子與女人也成了他以後人生中思考的重要因素。最初在蕭軍的道路選擇裡，延安只是其中之一。已在

7　蕭軍：《延安日記(1940-1945)》上卷，香港：牛津大學出版社，2013 年版，第 292 頁。

8　參見 蕭軍：《延安日記(1940-1945)》下卷，香港：牛津大學出版社，2013 年版，第 772-773 頁。

9　蕭軍：《日記補遺》，香港：牛津大學出版，2013 年版，第 154 頁。

成都居住一年多的蕭軍在 1939 年 10 月 24 日的日記中寫到「明年五月以前一定要離開成都，去的方向——延安，桂林，新加坡。這三處恐怕以去延安為多，這樣可以減除我一些家庭上的煩惱！使她入學，也許會變得好些」。[10]這是在蕭軍日記裡較早提到離開成都後可能會去的方向，在三者之間選擇延安，是因為延安可以提供入學的機會，可以使蕭軍達到減輕家庭煩惱的目的，這裡所指的家庭煩惱主要是妻子王德芬引起的。在日記中蕭軍多次提到二人精神上的隔閡，直言兩人之間是只有肉體沒有靈魂的畸形的愛，這是蕭軍想讓妻子入學的一個重要原因。蕭軍在日記中把妻子比喻成一個只知道要糖果的孩子，「她是一個只知道要糖果，而從不想糖果來源的孩子。她只是想到自己的人。她沒有人類的同情，也沒有革命和追求的熱情，她對我的勞力、精神、成就……是不了解，不愛惜……是冷漠的。」「她對什麼也不理解，也不求理解……」[11]蕭軍渴望在夫妻之間達到一種靈與肉的契合，顯而易見在日記中顯現出來的妻子形象是不思進取的，對蕭的工作不理解，「孩子」這一稱呼也暴露出蕭軍對妻子不成熟的不滿。有時候在蕭的眼裡，不僅二人靈魂上不在一個層次，就連肉體欲望也得不到滿足，「我所接觸的女人總沒給我這滿足——無論在靈的方面還是肉的方面」。[12]「每一個女人她們全要我扶助，全要耗去我一大部分精力，耽誤我的工作……我為什麼要這樣被榨取？我為什麼要這樣被犧牲……」[13]在蕭軍與王結婚後，家庭的收入來源全靠蕭軍，在妻子眼中男人養家是再正常不過，

---

10 蕭軍：《日記補遺》，香港：牛津大學出版，2013 年版，第 222 頁

11 蕭軍：《日記補遺》，香港：牛津大學出版，2013 年版，第 92 頁。

12 蕭軍：《日記補遺》，香港：牛津大學出版，2013 年版，第 98 頁。

13 蕭軍：《日記補遺》，香港：牛津大學出版，2013 年版，第 222 頁。

但是在蕭軍眼中，妻子卻沒有做好她該做的事情，比如合理規劃收支，讓蕭軍全心投入工作中，不以生活中的小事去煩惱他，不浪費他的精力等等。蕭軍記錄日記除了逗號、句號之外，還喜用省略號、感嘆號、破折號。省略號的使用多是思索而無果或情感上失望，表達一種無奈與失落，言有盡而意無窮，感嘆號意在宣洩情緒的滿點，在與妻子孩子等家庭事務相關的內容中多使用感嘆號和省略號，可見家庭對蕭軍情緒的影響之大。

　　1939 年 10 月 26 日的日記中蕭軍又一次提到去延安。「計畫明年五月前去延安。第一，在那裡可以不顧到生活和人事。第二，可以寫完《第三代》，學俄文，馬列著作。第三，可以使芬有個學習和改造自己的機會。第四，那裡的政治環境較安全些。」[14]並且相信「我的光明不久就要到來」。[15]去延安的四個原因裡第一個就是不顧及到生活和人事。這裡的生活主要指家庭生活。在日記中提到的川渝時期的家庭生活主要包括與妻子之間的日常，家庭的經濟收支，家庭環境這幾方面。1939 年 11 月 25 日給胡風寫信道「我決定明年三月間要走，因為此地無論什麼環境——政治，經濟——也好像非逼我走不可了。更是經濟，我每月固定收入只有四十元（而這報館又有朝不保夕之勢），開銷卻要一百元。過去靠了一點稿費版稅還可支援，自從這孩子一生花了近乎二百元，於是每月就要虧空六十元了。此地物價還每日加高，所以非走不可」。[16] 經濟上本就不寬裕，孩子的降生使得經濟上入不敷出，這也成為蕭軍出走的主要因素之一。在物價開始上漲還沒有到最嚴重的時候，家庭的經濟開支負擔對蕭軍來說已經難以承

---

14 蕭軍：《日記補遺》，香港：牛津大學出版，2013 年版，第 225 頁。
15 蕭軍：《日記補遺》，香港：牛津大學出版，2013 年版，第 225 頁。
16 蕭軍：《日記補遺》，香港：牛津大學出版，2013 年版，第 260 頁。

擔。其實 1939 年成都的物價漲幅尚且不大，四零年後物價上升的速度明顯增加，至四五年物價總指數是抗戰初期的一千多倍。物質生活的壓力增大，其實不僅僅是蕭軍一個人的困擾。1939年居住在成都的葉聖陶也提到物產不夠消費而引起的物價飛漲，米、水果等食品價格都在不斷上漲。除了經濟的困難，政治環境也不如人意。隨著白色恐怖的加重，進步人士不斷被暗殺的消息傳來，蕭軍也榜上有名 「最近在省府又有一批名單，上面又有了我的名字，說我是共產黨的負責人」[17]，「各方面傳來風聲，說三民主義青年團準備對付我了」[18]。據日記記載蕭軍一家在成都居住不到一年時已搬家多達八次，而且在 1939 年下半年的日記裡頻繁的提起警報。「跑警報的時候，我從劉家把孩子獨自抱回來，無保障的自己行走在大路上，一些沒有價值的人卻在坐著汽車逃命……我抱著孩子坐在醫院中，不躲避，想著萬一炸死了更好，省得再這樣艱難的生活下去！」[19]樂山被轟炸的慘狀蕭軍不是沒有耳聞，頻繁的警報帶來的不僅是對生命的威脅，還有自我對生命的無奈妥協。

　　如果說第一次到延安是偶然經過，那麼第二次就是有意為之。第一次赴延經歷給他留下了深刻印象，文人受到領導主動探望，能與共產黨最高領導人肩並肩站在一起飲酒，不是所有人都能做到[20]，人不分貴賤上下，平等的和諧氛圍更是難得。共產黨的非常禮遇、對魯迅的肯定[21]，給蕭軍第二次赴延播下了潛在的

---

17 蕭軍：《日記補遺》，香港：牛津大學出版，2013 年版，第 237 頁。
18 蕭軍：《日記補遺》，香港：牛津大學出版，2013 年版，第 258 頁。
19 蕭軍：《日記補遺》，香港：牛津大學出版，2013 年版，第 223 頁。
20 參見王德芬〈蕭軍在延安〉，《新文學史料》1987 年第 4 期。
21 參見秋石〈關於蕭軍第一次抵達延安的一些情況——對《南方週末》所刊〈延安日記〉裡的蕭軍與毛澤東〉一文之質疑〉，《魯迅研究月刊》，2014 年 12 期。

種子。但促使他第二次選擇前往延安的重要個人因素是他的家庭。蕭軍雖然身不再延安，但卻非常關注延安，他曾經提到《解放》[22]很符合他的胃口。1937 年中共中央進駐延安，之後的幾年一直是張聞天主持黨的宣傳文化工作，在共產黨高層相對多元領導的局面下，延安城有了紛繁的文事，文化政策比較寬鬆，對文化人很是包容，用盡一切方法吸引知識份子到延安去，開明之風尚盛行、民主之氛圍濃厚。[23]1938 年魯藝、馬列學院的成立，1939 年中國女子大學的開創對於蕭軍來說，恰好可以滿足他學俄文、馬列著作，和讓妻子入學的願望。雖然「嚴格的等級供給制是長征到達陝北，進駐延安後逐步發展完備起來的」[24]，但是對於延安的公家人來說，一切衣食住行都由政府提供，而且 1939 年的延安無論是外部居住環境還是發展空間都比成都優越，延安在蕭軍眼中成為了一個可以安身立命的理想之地。

　　蕭軍只是千千萬萬赴延知識份子中的一個。知識份子赴延原因錯綜複雜，既有對國共兩黨抗戰初期作戰態度、作戰成果及兩方統治下社會狀況的客觀比較等原因，又有個人主觀因素的影響，當然與延安對知識份子的政策、對外積極宣傳、對內大力建設邊區使之成為抗戰模範區的努力息息相關。就個人因素來說，抗戰初期赴延原因因人而異，有的是為了採訪如陳學昭，有的是受到延安方面主動邀請如冼星海，有的堅信只有共產黨是真抗日，有的是為躲避戰亂，有的是因逃避婚姻，有的是尋求自我發

22　1937 年創辦的中共中央理論刊物，1941 年停刊。
23　朱鴻召：《沿河邊的文人》，上海：東方出版中心，2010 版，第 77-82 頁。
24　朱鴻召：《延安日常生活中的歷史 1937─1947》，桂林：廣西師範大學出版社，2007 版，第 30 頁。

展的空間和舞臺等等。[25]對於蕭軍來說，除了客觀因素之外，經濟的困難、生存環境的惡劣（警報、被政府監視）、為了讓妻子成為理想中的另一半、為了尋求更好的生存發展空間，這些都成為促使蕭軍前往延安的重要個人因素。當然，並不是說蕭軍選擇延安只以個人因素作為主要考慮因素，在這裡我們只是發掘被人們忽略的個人因素中的家庭因素對蕭軍的影響。心懷家國的蕭軍在綜合考慮個人因素和客觀條件下，決定帶領全家前往延安。在西安八路軍辦事處的幫助下，經過國民黨的重重關卡於 1940 年 6 月中旬到達延安。

第二節 蕭軍延安日常生活和個體精神

按照傅其三的說法，家庭生活包括物質生活、倫理生活、文化生活、審美生活。[26]就蕭軍延安日記內容來看，物質生活與倫理生活是蕭軍家庭生活中出現最多也是最基本的內容，文化生活與審美生活是蕭軍一直所要追求的，讓妻子入學，自己對妻子的「諄諄教誨」都是為了在生活上也達到一種審美追求。家庭生活是私人生活，「私人生活史表面看來指涉的是一個與『公共』無涉的世界，然而，沒有任何人可以生活在與世隔絕的孤島上。因

---

25 參見楊軍紅：《抗戰初期知識份子赴延安》，中共中央黨校博士論文，2015 年。

26 參見傅其三著《家庭生活美學》，北京：兵器工業出版發行，1993 版第 9 頁。物質生活包括衣食住行，家庭收入與支出、家庭安全等；倫理生活包括愛情生活，家風與家庭人際關係、親友關係、鄰里關係、同事關係等；文化生活包括家庭教育、家庭文體活動等；審美活動包括家庭美育、藝術鑒賞與創造、家庭生活的情趣、氣氛與風格等。

此所謂的『私生活』多多少少均與社會性的空間劃分有關」。[27]身處延安，其家庭生活必定受到延安整個大的社會環境的影響，如延安的物質經濟條件，決定了一個家庭的消費內容和消費水準。而家庭生活反過來又會影響他的個人情緒，對妻子的態度與評價，甚至於對文學、邊區政府，政策等的看法與態度。蕭軍曾說生存，傳種，發展，自由是人的終極目標，然而最基本的生存目標在延安卻常常引起蕭軍詬病。

蕭軍來延安一個非常重要的原因是經濟的困難，對國民黨統治下經濟混亂、物價上漲、權勢階層大發國難財懷有嚴重不滿。延安這個生活基礎本就不厚的陝北小城經濟狀況隨著與國民黨關係的變化再加上人口的不斷增加也出現了物價飛漲、通貨膨脹等嚴重的經濟問題。如 1941 年初「皖南事變」發生後，國民黨加強對解放區的經濟封鎖，延安物價飛漲，特別是輕工製品。[28]但是「無論物價如何漲落，對於在延安和陝甘寧邊區各級政府單位工作的『公家人』，影響是不大的。當時在解放區，八路軍、政府機關和學校，全部實行『供給制』」，[29]這也是為什麼蕭軍在全國物價均上漲的情況下選擇延安的原因。蕭軍雖然沒有入黨，他本人主觀意願上不願像三國時代那些「士」似的在一個據主的下面生活著，像一個屬員，被別人豢養著[30]，但他卻是由政府供

27 姜進、李德英主編《近代中國城市與大眾文化》，新星出版社，2008 年版，第258 頁。

28 朱鴻召：《延安日常生活中的歷史 1937—1947》，桂林：廣西師範大學出版社，2007 版，第 22 頁。

29 朱鴻召：《延安日常生活中的歷史 1937—1947》，桂林：廣西師範大學出版社，2007 版，第 24 頁。

30 蕭軍：《延安日記(1940-1945)》上卷，香港：牛津大學出版社，2013 年版，第129 頁。

養，享受公家人的待遇，在他下鄉時也還一度被當做公家人看待。而且初到延安確實在物質上是比較受用的，剛到延安「不愁吃喝。每天除開兩頓小米，一頓麵食，菜錢八分以外，每月還有津貼十二元，可以隨便花」[31]。然而在經濟困難時期，供給制只能滿足衣食住方面最低限度的需求。物質生活簡單地說包括衣食住行，物質方面最令蕭軍煩惱的就是吃的問題。

蕭軍時常為食所難，為食所困，因食而思。蕭歌在保育院之時他去看望，如果帶有蘋果或番茄要偷偷塞給她，雖然他對自己的這種行為感到尷尬，但是為了讓女兒能夠嘗到鮮有美味只能如此。因為食物問題引發出對保育院的關注。在蕭軍日記裡因為女兒的緣故曾多次提到延安保育院，對保育院的工作感到不滿，從自己女兒入保育院後發生的巨大變化如形象醜陋、身體多病，由己及人，想到在前線戰士們的孩子，寫出《紀念魯迅要用真正的業績》。他總是為飲食而苦惱，為了物質環境的不好而抱怨。「我要去借錢吃得更好一些。這裡的伙食是刻板的，監獄似的伙食，早晚兩次小米稀飯，一頓饅頭，幾片山芋，沒有一點油水，毫不能刺激食欲。我知道那些做政治工作的人全比我們這『文化人』吃得好。這裡所謂優待『文化人』是形式的一種政治策略，我不能使我自己損害啊！」[32]並寫信向艾思奇以「近來因為王德芬入院生產，又增加了一些用度。而文協的伙食照例……近來頗以為

31 蕭軍：〈妻遲錄二章〉，《蕭軍全集》第 16 卷，北京：華夏出版社，2008 版，第 456 頁。

32 蕭軍：《延安日記(1940-1945)》上卷，香港：牛津大學出版社，2013 年版，第 190 頁。

苦。長此下去身體恐將不堪」[33]為理由借錢。飲食的簡單粗糲誘發這個硬漢的牢騷滿腹，從這最基本的食的問題上，蕭軍又生髮出關於民主公平的思考。由食不均，上升到對政策的不滿。其實供給制度的完善，「從其本質上說恰恰是一種生活等級制」[34]蕭軍很清楚的看到了等級差別的存在。但是客觀來說，在物質匱乏的延安，想要做到物質平均分配根本不可能。比如新鮮牛奶的存在是極少為人所知的特殊供應物，只有個別人能享受到。後來與何思敬發生的關於「平均主義」的辯論[35]，何批評蕭軍提倡平均主義，蕭雖然說他提倡有原則的平均主義，是為小鬼的生活鳴不平，但也有為自己叫屈的意味。關於作家在延安寫不出來東西的原因，蕭軍也曾在文藝月會上補充強調是因黨在生活上不關心作家[36]。民以食為天，即使是注重精神生活的知識份子也不能免俗。不能滿足口腹之欲，使蕭軍情緒上出現很大波動，對於邊區的一系列問題的看法幾乎都由此處生發出來，如對特權存在的關注與不滿，對黨人的看法，甚至是對於黨人德性問題的思考。其實物質的貧乏不只是蕭軍一人有此感受。當時確實存在為了滿足口腹之欲就結婚的現象，而蕭軍對於這種現象也是嗤之以鼻，他對於婚姻更多看中的是情感而不是物質，對於這種現象他也曾在日記中批判過那些不以愛情為基礎，為了地位或特權的獲得而結婚的

33　蕭軍：《延安日記(1940-1945)》上卷，香港：牛津大學出版社，2013 年版，第191 頁。

34　朱鴻召：《沿河邊的文人》，上海：東方出版中心，2010 年版，第 51 頁。

35　蕭軍：《延安日記(1940-1945)》上卷，香港：牛津大學出版社，2013 年版，第328 頁。

36　蕭軍：《延安日記(1940-1945)》上卷，香港：牛津大學出版社，2013 年版，第217 頁。

女人。其實蕭想要的不僅僅是生存還有生活，但戰時的延安能夠同時顧及數萬人的生存已是不易。蕭軍雖然因飯食惡劣又無錢感到落寞困頓，也只能用將來的夢，支持現在的疲倦。[37]物質生活條件也會影響他與妻子間的關係。物價穩定，錢財受用，對妻子的埋怨與牢騷則較少一些，物價上漲，則很容易因為金錢產生精神上的不愉快。日記裡多次提到芬把錢全用去買東西，也不只一次提到芬要吃肉，沒有計劃的花錢，不顧及整個家庭開銷，引起蕭軍對她的責備和批評。如「芬為了顧面子，買了鞋的債要全數還，她甚至不想到孩子的雞蛋，以及我必要時買點蔥吃的錢全不留，這使我很不愉快。她完全忽略了我在寫作，她卻只顧她的鞋，顧她的面子……」[38]

　　在延安，蕭軍也仍然被家庭瑣事所煩惱。因為妻子的惰性，不打掃衛生，為孩子洗屎布，倒夜壺等全都消磨著蕭軍的耐心，經常因家庭瑣事浪費他的時間而苦惱。蕭軍對妻子的要求是①持家，不以家庭繁瑣小事耽誤你的工作和精神；②幫助事業；③精神安慰，即是說能在精神上鼓勵你；④物質安慰，即是說最低能給你做一點好飯菜吃。[39]在蕭軍看來王德芬是一個條件都不具備的，當然這種批評可能是處於某種激動的情緒下表達出來的，王德芬並不是如蕭軍所說一無是處。蕭軍從私人生活體驗中衍生出來的對妻子的期望在《論「終身大事」》裡則成為了對女性的普

37 蕭軍：《延安日記(1940-1945)》上卷，香港：牛津大學出版社，2013 年版，第594 頁。

38 蕭軍：《延安日記(1940-1945)》上卷，香港：牛津大學出版社，2013 年版，第595 頁。

39 蕭軍：《延安日記(1940-1945)》上卷，香港：牛津大學出版社，2013 年版，第43-44 頁。

遍性要求。蕭軍經常在日記中埋怨妻子懶惰、自私、愛享樂不會
理家，沒有計劃的花錢等，小資產階級性幾乎成了他評價妻子的
標籤。王本身家庭條件不錯，十二歲的年齡差距無論是生活經驗
上還是人生閱歷上，王德芬都與蕭軍存在一定的距離，再加上二
人本身的性格、生活習慣的不同，在短暫的甜蜜過後，他們也不
可避免的成為現實生活中普通的飲食男女，即使一個在文壇上有
影響力的作家，也逃脫不了生活的藩籬，來到延安雖然能保證基
本的生存，但生活卻還是要自己親歷。蕭軍視工作如生命，雖然
他始終向王德芬表明「我和你戀愛那時起，我並未為了你是美
人，你是天才……而是為了我自己，我的事業。我向你說的明白，
我願你作為我的女人，以我的事業為中心，同時我也幫助你發
展，但我卻不能完全為你，或與你平分」[40]，蕭軍在這裡說的很
明白，他是一個以事業為中心的人。在他的觀念裡照理家庭瑣事
多半是妻子的責任，然而更多時候，在他看來他是充當著丈夫和
父兄的角色，在生活上對其加以照顧，在思想上對她開導，鼓勵
她進步。蕭軍不止一次的把蕭紅與王德芬對比。「你和蕭紅是不
同的，我可以任性的生活，她懂得我，我們幾乎在生理上有著共
同感覺的東西……靈魂上有一種共鳴……我和你……只是理
性……」[41]蕭軍認為在精神上蕭紅是他的知己，然而與之相比卻
是王德芬對蕭軍的不理解。普遍整風開始之後，蕭軍與妻子在靈
魂上似乎更近一些。蕭軍對初期整風非常積極，甚至寫信給毛澤

40　蕭軍：《延安日記(1940-1945)》下卷，香港：牛津大學出版社,2013 年版，第
　　53 頁。

41　蕭軍：《延安日記(1940-1945)》上卷，香港：牛津大學出版社，2013 年版，第
　　592 頁

東為之提供整風材料讓其從中「略窺一些民情」[42]，王實味事件的發生使蕭軍的處境發生巨大轉變。「對延安的政治生活和對蕭軍來說，王實味事件都是分水嶺：延安的氣氛從此分為前後截然不同的兩段，蕭軍則因這一事件從受歡迎受尊重到陷於孤立。」[43]蕭軍性格剛硬直率，在延安本就朋友不多，再加上整風時期嚴肅的政治氛圍使人與人之間更加隔閡，蕭不再是毛澤東的座上賓，原來好友之間也互生齟齬，外部人際關係的緊張反而促進夫妻關係的緊密。蕭軍與妻子之間的談話也越來越有耐心，並且承認自己的缺點，從不讓妻子讀自己的作品到為其解釋作品的意義[44]，並接受妻子對自己的作品提出的建議[45]，雖然蕭軍還是會因為一些小事如長久不關門使孩子凍著對王德芬產生不滿，但這對於夫妻兩個來說都是進步：蕭軍能夠在精神上與王有所交流，而王通過不斷的學習之後也有能力提出自己的見解。整風學習確實也在改變著王德芬。按照蕭軍的說法「她的虛榮心，面子心很重……如今經過整風她已經獲得初步思想方法和批評的概念了——這是進步——要把她過去全搗碎了，而後再慢慢的塑造她。」[46]雖然整風過程中給蕭軍帶來了精神上的傷害，也讓他對共產黨的態度變得更若即若離，但是對於妻子的思想的改造還是持肯定態度。

---

42 蕭軍：《延安日記(1940-1945)》上卷，香港：牛津大學出版社，2013年版，第436頁.

43 何方：〈蕭軍在延安〉，《炎黃春秋》2015年1期。

44 蕭軍：《延安日記(1940-1945)》上卷，香港：牛津大學出版社，2013年版，第661頁.

45 蕭軍：《延安日記(1940-1945)》上卷，香港：牛津大學出版社，2013年版，第664頁.

46 蕭軍：《延安日記(1940-1945)》上卷，香港：牛津大學出版社，2013年版，第674頁.

　　與供給制相對應的是戰時共產主義政策的實施。戰時共產主義政策弱化了家庭地位，首先是夫妻不能同住，唯有週六才可同居。「家庭是私有制的起點。極力削弱家庭形態，淡化家庭觀念，是實行共產主義的前提條件。」[47]「延安無所謂家，夫妻二人各在各的機關裡工作、生活，每禮拜見上一次面。同在一個機關裡的，也各按各的待遇吃飯」。[48]普通夫妻一週團圓一次在延安是常態，必要時還得為一周一次的團圓申請住處並交費。[49]組織部部長陳雲與於若木之間也是如此，不過不用申請住處而已。[50]在這種大的社會環境中，蕭軍與妻子也不能例外。從蕭軍日記來看，真正意義上與妻子分居兩地是在下鄉回延安之後。父親們全被安排在山下，母親們帶著孩子住在山上，每到週六住在山下的蕭軍上山與王團聚。蕭軍本就對妻子在靈與肉的方面感到不滿，再加上強制性的分居，對妻子越來越多「性」的苛責。與妻子分居期間，性的苦悶有增無減，在蕭軍看來靈與肉契合是夫妻之間能夠達到的最完美的狀態，然而如今，連正常的夫妻生活都要被壓抑是何其痛苦。其實，對於蕭軍來說他是幸運的，雖然兩性關係可能會使他苦惱，整風運動的過程中也受到了思想和精神的磨礪，但整風運動並沒有使他的家庭受到大的影響。然而並不是所有人都像他那麼幸運。在延安，夫妻之間的關係是脆弱的，物質或政治都可成為婚姻戀愛的終結者。白朗和羅峰夫妻兩個在整風中就遭到了「搶救」。如蕭軍所說「這裡沒有一對健全的夫妻，

47　朱鴻召：《沿河邊的文人》，上海：東方出版中心，2010 版，第 57 頁。

48　王琳：《狂飆詩人：柯仲平傳》，北京：中國文聯出版公司，1992 版 142 頁。

49　莫文驊：《莫文驊回憶錄》，北京：解放軍出版社 1996 版，第 353 頁。

50　朱鴻召：《延安日常生活中的歷史 1937—1947》，桂林：廣西師範大學出版社，2007 版，第 238 頁。

不痛苦的夫妻不存在」[51]，這時代的戀愛是生理或政治思想上機械的結合。塞克也處在離婚失戀和不能工作的交混痛苦中[52]，因為塞克和黨的方面有距離，戀人藍林被調走，二人戀愛無疾而終。

　　在延安，供給制的實行雖然能保障基本的衣食住行，但是在整體經濟低迷時期只能是「有飯大家吃，有吃大家飽」[53]；延安的整風運動影響是多面的，在使黨達到空前的團結的同時，部分文人失去了話語權，婚姻戀愛被打碎的聲響也是不絕於耳；戰時共產主義政策打破了家庭應有的私密狀態，革命實用思維介入到家庭生活中去，家庭不僅僅是與家庭成員有關更與組織有關⋯⋯戰時延安的家庭，生活處處打著延安的烙印。對於蕭軍來說，生活在延安，雖然沒有頻繁的警報威脅，沒有國民黨的迫害，最基本衣食住行不用操心，但是家庭瑣事依然如影隨形，家庭生活會影響他的個人情緒，對妻子的態度與評價，甚至於對文學、邊區政府，政策等的看法與態度，更重要的是他的家庭被規劃在體制之下，有制度保障的同時，卻少了份精神和行動的自由⋯⋯

第三節　日記中的延安婚戀書寫

　　其實在延安，關於家庭婚姻的話題從來沒有間斷過。如丁玲所說，女同志不管在什麼場合都能作為有興趣的問題談起[54]，尤

---

51 蕭軍：《延安日記(1940-1945)》下卷，香港：牛津大學出版社，2013 版，第437 頁。

52 蕭軍：《延安日記(1940-1945)》下卷，香港：牛津大學出版社，2013 版，第701 頁。

53 奈爾：〈「吃」在延安〉，《解放日報》，1942 年 3 月 1 日。

54 丁玲：〈三八節有感〉，《解放日報》，1942 年 3 月 9 日。

其是女同志的結婚。蕭軍曾做《論「終身大事」》對延安的婚姻發表看法。然而他在文中強調「我雖以好管閒事著名，但有幾件事卻也不樂意代別人多言，這就是：入黨，終身大事，做官」，好像是因為「這些現象一多起來，那就要形成了『問題』」[55]所以逼不得已，不得不說。「實際上，在具體的個人情境中，不少現象與在公共表述中所透露出的現象又有很大的不同。」[56]

從日記可以看出他對於終身大事的諸類問題還是多有言語。如對艾青夫婦的關注，這對夫妻與蕭軍之間的關係比較微妙，艾青夫婦曾經因為蕭軍互生嫌隙，艾青把蕭軍當做「情敵」，艾青夫婦自然而然成為蕭軍關注討論的對象，與蕭軍比較親近的人如張仃的婚姻在日記中也談過多次。另外蕭軍對延安女性的婚姻頗有微詞。「這裡的女人有一個普遍的傾向：勢利，虛榮，向上爬……她們有高的就不要低的……她們爬上去就像一個癩蛤蟆似的蹲在丈夫的光榮上，怎樣想法肥胖，自己舒服自己了！」認為邊區的男人「他們利用革命特殊的地位佔有下級的女人，這現象是很普遍的」，從這兩種現象中蕭軍發出共產黨人的德性需要建立的感歎，甚至想要寫文章《蹲在革命利益上肥胖著自己的動物們》[57]以達到揭露改造的目的。聽丁玲講一個女孩的愛人被炸死之後仍堅持初心不為別人所動獨自上前線的故事時，為之讚歎，欲寫小說《墳前》來暴露「高級的人可以依仗自己的地位等

---

55 蕭軍：〈論「終身大事」〉，《蕭軍全集》第 11 卷，北京：華夏出版社，2008版，第 519 頁。

56 姜進、李德英主編：《近代中國城市與大眾文化》，新星出版社，2008 年版，第 264 頁。

57 蕭軍：《延安日記(1940-1945)》上卷，香港：牛津大學出版社，2013 年版，第 40 頁。

優越條件，對同志的女人實行誘惑」[58]，連故事梗概都已擬好。這兩個作品最終為什麼沒有寫出或者發表，在這裡不敢妄加揣測。由丁玲處聽來的故事是否屬實現在亦不可考證，但是可以看出，蕭軍因為這些婚姻戀愛現象對共產黨的德性問題產生懷疑，認為這些人是革命的流氓，無論是貪圖享樂嫁給首長的女人，還是「引誘」同志女人的男人。從某種意義上來說，女性嫁的好，確實可以享受到一般家庭婦女享受不到的待遇，在日記裡蕭軍也提到過江青可以騎馬去幹部療養所，便感慨連個作家療養所都沒有，幹部的妻子小產或生養時可以有豐富的營養品吃，不愁沒有豬蹄，而妻子王德芬生育之後蕭軍卻為買不到豬蹄而煩惱。但蕭軍所說延安女性皆是為了肥胖自己而選擇婚娶對象，卻有些以偏概全更有些憤世嫉俗的意味。在革命隊伍裡，婚姻往往會與革命相關，在延安以革命的名義由組織介紹而形成的婚姻不在少數，革命逐漸從對個人訴求的覆蓋演變為對社會關係結構——家庭——的全面介入[59]。誠如朱鴻召在他的研究中所提到的革命隊伍中的女性，她們的婚姻是為了革命的，戰時狀態下在還沒有相對嚴格的婚姻制度、沒有法律保障的前提下，很容易形成婚姻潮，結婚率高，離婚率也高。由於組織的安排嫁給老幹部的不在少數。朱鴻召關注的是婚姻與革命的關係，而蕭軍作為當時歷史的見證人，看到的婚姻更與生存、生活相關。曾經有學者指出「研究者津津樂道的『國族』對個人生活史的壓抑，是否意味著尚未完全走出宏大歷史的圈子，必須要把個人的體驗放到宏大的敘述

58 蕭軍：《延安日記(1940-1945)》上卷，香港：牛津大學出版社，2013 年版，第73 頁。
59 李振：〈介入家庭：　革命實用思維的擴展——1940 年代延安文學現象之一〉，《湘潭大學學報》，2011 年第 6 期。

範疇中才能夠找到意義呢？」[60]這一問題值得我們思考。當然該學者並不是否認此類研究的重要性，國族對個人並不是沒有意義，但與私生活仍是不同的領域。儘管在組織軍事化、生活供給制、戰時共產主義政策的延安，家庭生活的痕跡並沒有被完全抹殺。蕭軍在對延安家庭狀況的觀察中，看到了聖地延安存在的不神聖因素，雖然是由於對特權的不滿引起的，但這也是對人的關注的別樣體現。雖然戰時的婚姻多冠以革命的頭冠，但並不是所有婚姻都只是為了革命，婚姻更多的是與人的生存、發展有關。拋開宏大敘事，作為人的自私性、功利性顯現出來，但這卻是真實的抗戰生活的顯現。抗戰、集體，是一個崇高的時代主題，但在那個主題之下，小人物的辛酸與無奈才使那個時代更加的真實。

另外，從蕭軍的作品中可以看出他關於女性在婚姻家庭中應該如何自處的觀點不是一成不變的，而他觀念的變化與其在川渝、延安不同的生活體驗有關。以話劇《幸福之家》、雜文《論「終身大事」》、《續「論終身大事」》為例，其作品的創作動機與內容除了與時代因素有關，與其家庭生活的私人性體驗也息息相關。從其作品主題的改變中可以看出延安生活帶給他的改變。居於川渝，前線戰爭正是如火如荼，他自發以援助抗戰為主要創作目的，鼓勵女性走出家庭，為抗戰獻出自己的一份力量，關注的是在國家危亡之時女性如何在家庭與光明之間做出選擇。在延安時期，戰爭進入相持階段，生活相對安定，對小家的關注度逐漸超越宏大民族主題，開始關注家庭中的女性如何維持

---

60 姜進、李德英主編：《近代中國城市與大眾文化》，新星出版社，2008 年版，第 264 頁。

終身大事。

　　《幸福之家》[61]完成於 1939 年底，背景是 1939 年夏末，前線戰爭正烈，地點是成都郊外的一個別墅。這部劇中的女性是令人欽佩的。出身農民、心底善良的白娃子，自己父兄被抓壯丁，卻為秦庭的募捐盡自己的微薄之力；中學生陳槐在抗日救國的標語中走向前線；厭惡戰爭，愛美、愛教育的陳蘭，在看到後方生活的腐朽醜惡尤其是自己丈夫的卑污墮落，也要掙脫婚姻、孩子這條鎖鏈跟隨秦庭離開。與之相比，大後方的男性遠遠遜色於她們，尤其是尤東海這個角色，愛財取之無道，大發國難財，禁止學生搞愛國運動等等，被家人所厭惡。該話劇可以看出蕭軍的幾點創作意圖：激發起全民抗戰的決心和勇氣；鼓勵婦女同志走出家庭，贏得革命勝利婦女解放；揭露後方存在的黑暗現象如囤積居奇發國難財，只為小家與個人，下場只能是眾判親離。值得注意的是，1939 年蕭軍居住在成都，雖然沒有親歷戰場，但是空襲的頻繁、警報的威脅，讓他感到生命的朝不保夕，他曾在日記中說文學創作的目的是為了援助抗日，對於家庭中的女性的觀點是不要囿于家庭、孩子這條堅實的鎖鏈，要勇敢追求自己想要追求的東西。話劇雖然是為了援助抗戰，但是其中提到的後方的經濟問題，與其川渝生活體驗相關，陳蘭身上婚姻與孩子的鎖鏈未嘗不是蕭軍想要掙脫的。

　　在延安蕭軍看到「凡是有妻子的人，他們全是吵架的」[62]，「這裡正在陷入性的苦悶和婚姻潮」[63]《論「終身大事」》[64]就由

61　蕭軍：《蕭軍全集》7 卷，北京：華夏出版社，2008 版，第 2-68 頁。
62　蕭軍：《延安日記(1940-1945)》上卷，香港：牛津大學出版社，2013 年版，第 408 頁.
63　蕭軍：《延安日記(1940-1945)》上卷，香港：牛津大學出版社，2013 年版，第

延安流行的關於「終身大事」的問題談起，對男人和女人各談了
自己的看法，並為解決這問題出謀劃策。認為人無論經過什麼方
式最終所爭取的是生存、傳種、發展和自由，強調並肯定人的自
然欲望。對女人處理自己的終身大事指出三條路，有能力者先要
事業，再談婚姻；無能力者做好賢妻良母即可；最好的就是家庭
與事業兼顧。對於男人們，則應該認識自己身上的惡德如嫉妒、
自私、專橫，並不斷的與之戰鬥改正之，而女人們也要認識到自
己的權利與義務，認識到理想與現實環境之間的差距，認識到自
己的惰性、狹小、不願思索等缺點。蕭軍為女性指出的道路，其
實正是他與妻子相處過程中覺察到的妻子身上的不足，蕭軍由己
及人。蕭軍認為真正的女權在今天並不存在，文章裡實際上更多
的是對女性的要求，強調女性如何改變自己，所以他這篇文章引
來邊區女性的不滿，為了平息女同志的不滿，繼而做了《續「論
終身大事」》[65]。該文由雞及人談到男女要各盡所能。公雞負責
打鳴，警戒保護自己的群，母雞負責生蛋、孵卵，生活不指仗雄
雞維持或幫忙。其次，認為男人想要維持婚姻需同時做到丈夫、
同志、情人這三點，要放下丈夫的權威，勇於承擔責任。再次，
在靈與肉上強調滿足個人欲望的同時注重靈的契合，保持二者平
衡，最後奉勸人們不要倉皇結婚，隨意離婚，同意「試婚」這一
說法。雖然蕭軍美其名曰文章是為男士提供解決的辦法，但也是
變相的對女性的指責。在與妻子的生活中，他看到女性身上的缺
點，對妻子提出自己的期望。他理想中的女性是家庭與事業兼
顧，能處理生活；理想的家庭模式是在夫妻生活中丈夫和妻子各

409 頁.
64 蕭軍：《蕭軍全集》11 卷，北京：華夏出版社，2008 版，第 518-521 頁。
65 蕭軍：《蕭軍全集》11 卷，北京：華夏出版社，2008 版，第 529-533 頁。

盡所能，互不干擾，在靈與肉上達到平衡與契合。這些要求映射到他的文章寫作之中。蕭軍所寫的雜文雖然是針對延安的問題生發出來，但是他所提出的問題的解決方法，及對女性的期望都與自己的生活體驗相關。他從自己的家庭生活中由己及人，希望為延安婚姻潮的出現提供解決的良策。

　　然而正如蕭軍所說，支持並尊重女權，口頭上如此說，筆下也如此寫，但是卻不一定能做到。在日記中蕭曾與張仃談關於人性與獲得，藝術家的戀愛道德等。談論簡單的戀愛與複雜的作品之間的關係時，以托爾斯泰為例，認為作家情感豐富作品則豐富，對別的女人動情是為了豐富情感體驗[66]，顯然，這是在為男子的多情找藉口，尤其是蕭軍自己，他在作品中雖然承認自己的惡德，但在現實中卻為自己的這些惡德找到了可靠的理由。言外之意，女人如果不寫作，就不應該有除了丈夫之外的情人，誠如蕭軍所說，「所謂理論與實踐的統一，究竟並不那樣容易」，[67]蕭軍在某種程度上也是丁玲《三八節有感》要批判的對象。

　　雖然社會環境會對個人產生影響，但是家庭因素的影響也是不可忽視的，日記可以幫我們更好的理解被宏大敘事淹沒的真實的個人。日記與作品的最大不同就在於其私密性。在具體的個人情境中，不少有關私人的現象與公共表述中所透露出的有很大不同，如前面提到的有關婚姻戀愛的問題。私人事情多是由己之體驗有感而發，然而從私人性記錄上我們也可以把握其思想狀態和精神追求。無論是在川渝還是在延安，蕭軍的家庭生活都對他有很大影響，從而引起個人情緒、價值取向以及所關注的社會問題

66　蕭軍：《延安日記(1940-1945)》上卷，香港：牛津大學出版社，2013 年版，第411 頁。

67　蕭軍：《蕭軍全集》11 卷，北京：華夏出版社，2008 版，第520 頁。

等的變化。把家庭放在國族觀念下，可以看到時代背景對個體的影響，但是個人生活並不總是囿於國族之中，國族對個人並不是沒有意義，但與私生活仍是不同的領域。延安實行戰時共產主義的政策，極力削弱家庭形態、淡化家庭觀念，延安政治環境、物質條件皆對蕭軍家庭生活產生影響，而家庭生活又會影響其對延安環境、政策、政府的看法，從其家庭生活體驗與文學創作之間的微妙關係可以看出，時代因素不可忽略，但家庭生活的私人性體驗也並不是微不足道。雖然蕭軍曾有意識的說過自己的日記是準備發表的，但他想要發表的那一部分並沒有私人家庭生活這一私人化書寫，與妻子之間的矛盾蕭軍並不想公之於眾。而他的私人化的書寫恰好表現了被宏大歷史敘事遮蓋的個體的真實生存狀態。戰時狀態下民族國家當然是萬眾矚目的話題，對於蕭軍來說憂慮民族榮辱，胸懷家國天下這是毋庸置疑的，但是，作為一個作家，他首先是作為一個人活著。在現在看來，那些曾經在抗戰時期為了民族的解放為了抗戰的勝利寫出優秀篇章的作者們是那麼光鮮亮麗，但是他們在當時卻也有過生存的無奈、生活的羈絆、思想的憂鬱與徘徊……但這才是作為一個人最真實的生存狀態。在戰火中，在民國大歷史下，在延安獨特空間背景下，對蕭軍日記中的婚戀以及其心態的剖析，有助於探析蕭軍那豐富而又微妙的思想行為與精神追求，雖然對此的關注為「抗戰」這一崇高化的時代意象注入幾許不那麼崇高卻真實的個人情感、生活因素，但這恰恰是對抗戰文學中「人」的研究的豐富。

第九章 民國機制和郭沫若的
創作及評介

　　回顧近幾十年來的郭沫若研究，我們就不難發現，在中國現代文學史和文化史上，沒有哪個人能像郭沫若這樣會引起如此截然不同的評介，肯定者贊其為百科全書式的文化巨人，否定者貶其為不學無術的文化小丑；有人稱頌他是不懼白色恐怖反對國民黨專制壓迫的無產階級文化戰士，有人嘲諷他是膽小懦弱屈從專制政權的御用文人；欽佩其人品高尚的，要發揚郭沫若精神；批判其人格低劣的，要反思郭沫若現象。這就是我們不得不正視郭沫若研究中的兩極評判，以及由此引發出來的郭沫若的兩極創作問題。

　　儘管肯定郭沫若的和批判郭沫若的爭執十分激烈，甚至雙方都帶有了謾罵之詞，但是在這表面爭執的背後，有關郭沫若的兩極評判很少交集在同一時段。肯定郭沫若的和批判郭沫若的各自所找尋的證據支撐是錯位的，例如否定方提出郭沫若如何投機、懦弱、膽小，大都列舉郭沫若 1949 年後尤其是「文革」中的事例，也就是所謂的郭沫若晚年表現；而肯定方的反駁也大都列舉 1949 前郭沫若如何不懼專制獨裁，追求個性、自由、民主。有關郭沫若文學成就的評判同樣如此，郭沫若 1949 年前的詩歌和戲劇常常被肯定者稱之為巔峰之作，而批判者也會拿出郭沫若 1949

年後的詩歌提出質疑，這還是詩歌嗎。

　　毫無疑問，1949 年前後郭沫若的創作和評價之間有一條巨大的鴻溝。也有學者想用一些闡述概念來填平這鴻溝的存在，如賈振勇先生提出用「人民性」來貫穿郭沫若前後的創作和評價，這種努力從某種程度上更加證明了這條鴻溝的難以逾越。既然郭沫若 1949 年前後創作和評價如此迥異，為什麼我們不能選用一種正視這種前後差異性的闡述框架來解讀郭沫若呢？

　　對我們審視郭沫若的兩極評判和兩極創作問題很有啟發的是李怡提出的文學民國機制。李怡在很多文章中都闡述了他對文學民國機制的理解，在他看來，民國機制是指文學文化生存發展過程中的體制因素，「在如今最需要我們正視和總結的東西便是一種能夠促進現代中國社會與文化健康穩定發展的堅實的力量，因為與民國之後若干的社會體制因素的密切結合，我們不妨將這種堅實的結合了社會體制的東西稱做『民國機制』。」[1]具體說來，文學生成的民國文化機制包括了「民國經濟機制」、「民國法律機制」、「民國教育機制」，以及由此影響的作家的「精神氣質與人文性格」等。[2]

　　毫無疑問，在現代作家當中，和體制結合較為緊密、明顯的當屬郭沫若，中華人民共和國時期是如此，中華民國時期亦如此。由此從文學的民國機制來闡述和評判 1949 之前的郭沫若不僅可行，而且大有必要。過去，我們對郭沫若的闡述總在無產階級革命史的框架下展開，從五四時期的自由個性到 30 年代對無

1　李怡：〈「五四」與現代文學「民國機制」的形成〉，《鄭州大學學報》，2009年4期。

2　李怡：〈從歷史命名的辨證到文化機制的發掘〉，《文藝爭鳴》，2011 年 13期，另見李怡〈民國機制：中國現代文學的一種闡釋框架〉，《廣東社會科學》，2010 年 6 期。

產階級革命文學的提倡，再到抗戰時期成為革命文化的班頭，包括郭沫若自己在後來也是這樣建構自我的發展軌跡。這樣的描述似乎主要是在驗證無產階級革命歷史發展的必然性，而郭沫若，尤其是民國時期郭沫若的豐富性和複雜性在這樣的描述中就被遮蔽了。事實上，任何一個人並不是為著某種必然性而存在，而且，人的一生充滿著各種偶然，各種意想不到。中國現代文學的發展同樣也不是為了驗證無產階級革命的必然性，它有自身發展演變的邏輯，有自身存續的外部機制因素，即我們所說的文學民國機制。

第一節 民國機制和郭沫若革命文學觀的複雜性

首先，從文學的民國機制入手，我們可以看到郭沫若進入中國革命的複雜性，進而我們可以更豐富地理解他的革命文學的議題，以及由此進入到他的文學創作。

郭沫若投身國民革命並參加北伐的這段經歷，過去我們常常認為是中國共產黨人推動，並和中國共產黨的革命過程大體同步。蔡震先生對這段史料作了翔實的考證和新的解讀，在他看來郭沫若大革命時期的政治經歷可以概括為這樣一條發展脈絡：「從赴廣東大學任教到參加北伐，國民黨人看中並選擇了郭沫若，他也選擇了國民黨，並以該黨左派人士的身份投身國民革命之中。在北伐初期以後，郭沫若從蔣介石的行徑中逐漸看出了其反革命的本質而與之決裂，並被開除出國民黨；中國共產黨人則

選擇了他，他也選擇了中國共產黨。」[3]由此可見，郭沫若在大革命時期，作為國民黨員的他和國民黨的政治聯繫更為緊密。當然，還原郭沫若與國共兩黨關係的複雜性，其目的並非以政治立場來替代文學評判。恰恰相反，這樣的還原有助於我們破除郭沫若革命立場的預設性，能更好地理解郭沫若的革命觀，以及他對革命和文學關係的解釋。

誠然，在參加大革命之前，郭沫若已經有不少文章談到了藝術家和革命家的關係問題，並明確提出了革命文學的命題。可是我們細細分析這些文章，郭沫若大革命之前關於革命文學的闡述中，對革命的理解是籠統、含混的。他的革命觀首先是來自對日本一些革命理論著作的閱讀和翻譯，例如他曾經翻譯了日本河上肇的《社會組織與社會革命》，郭沫若多次談到了這本書對其思想觀念的影響。1924 年 8 月 9 日，郭沫若曾經寫信給成仿吾，談及自己翻譯《社會組織和社會革命》後和過去的自我告別，「芳塢喲，我們是生在最有意義的時代的！人類的大革命的時代！人文史上的大革命的時代！我現在成了徹底的馬克思主義的信徒了！馬克思主義在我們所處的這個時代是唯一的實踐」[4]。在《文藝家的覺悟》中，郭沫若梳理了歐洲革命演進的歷程，指出現在是第四階級的革命，因而郭沫若「斷金斬鐵」地說：「我們現在所需要的文藝是站在第四階級說話的文藝，這種文藝在形式上是寫實主義的，在內容上是社會主義的」[5]。郭沫若思想從個人主義

3　蔡震：〈在與國共兩黨的關係中看郭沫若的 1926-1927〉，《郭沫若學刊》，2007年第 1 期。

4　郭沫若：〈孤鴻——致仿吾的一封信〉，《文藝論集續集》，上海光華書局，1931 年，第 11 頁。

5　郭沫若：〈文藝家的覺悟〉，《文藝論集續集》，上海光華書局，1931 年，第11 頁，第 51 頁。

到馬克思主義的巨變除了閱讀和翻譯相關理論著作外，還有他當時個人的生活困境，讓他意識到了階級論闡述的有效性。

不過，書本革命理論的閱讀以及郭沫若自我生活中所感受到的朦朧的階級意識，仍然不足以建構起郭沫若完整的革命文學觀。讓郭沫若對革命文學的理解和闡述落到實處的是國民黨人把他納入到他們的國民革命潮流中。事實上，在當時倡導革命文學最為熱情投入的當屬廣東的國民黨。國民黨在廣州的機關報《廣州民國日報》專門開闢了《學匯》副刊，著手建設革命文學。他們積極轉載各地有關革命文學的提倡，網羅和邀請在文學界倡導革命文學的志同道合者。正是因為郭沫若之前對革命文學極力提倡才使得他被廣州方面注意到，因而他和創造社一些早期倡導革命文學的同仁受到了邀請，赴後來改名中山大學的廣東大學任教。在廣東，郭沫若親身體驗到了火熱的革命現實，他除了寫作謳歌革命現實的詩歌《著了火的枯原》之外，還完成了他最重要的一篇論文——《革命與文學》。在這篇談論革命文學分量最重的論文中，郭沫若除了和先前一樣介紹世界革命形勢變遷和革命文學興起的必然性，尤其強調了「我們」中國革命文學和國民革命的關係。在文章中，郭沫若反覆談到「外打倒帝國主義」，對內「打倒軍閥」的「國民革命」，是我們文學表現的主要內容。「國民革命」是郭沫若這篇文章中一個關鍵字。更有意味的是，在這篇論文中雖然仍有階級論點的表述，號召青年們「應該到兵間去，民間去，工廠間去，革命的漩渦中去」、「你們要曉得我們所要求的文學是表同情於無產階級的社會主義的寫實主義的文學」，但是仔細考察郭沫若有關國民革命和文學階級意識的表述，他實際上對階級意識進行了偷偷地置換。他把階級意識從先前由個人生活貧困所感受到的壓迫，置換成了國民革命中中國所

受到的帝國主義和其國內代理人軍閥的壓迫。我們來看郭沫若的具體論述,「我們的國民革命的意義,在經濟建設方面講求,同時也就是國際間的階級鬥爭。這階級鬥爭的事實(須要注意,這是一個事實,並不是什麼人的主張!)是不能消減的」[6]。這些論述看似還沿用著階級論的模型,但實際表達的意思更趨向於民族革命,也就是大革命中被奉為理論綱領的三民主義中的民族主義。今天我們重新回過頭來審視 1925-1927 年的大革命,這場革命運動之所以如火如荼,對青年們充滿吸引力,就在於這場革命的主要目的和價值是落實在民族主義上的。正式基於這樣的革命事實,我們會在郭沫若的《革命與文學》中明顯感受到民族情緒的表達更甚於階級鬥爭的訴諸。

　　然而在後來 1928 年後期創造社成員如李初梨、馮乃超等人回國後又一次倡導無產階級革命文學時,他們曾把源頭追溯到郭沫若對階級鬥爭意識的提倡,但他們卻忽略了郭沫若投身大革命時所激蕩出的強烈的民族情緒,當然他們同時還忽略了郭沫若歷經大革命巨變後的陣痛和苦悶的情緒,用郭沫若自己的語言來概括,就是他的「恢復」期。在被收入《恢復》集子的詩歌中,儘管郭沫若也在高呼,「我是詩,這便是我的宣言,我的階級是屬於無產」,同時詩人也承認,「不過我覺得還軟弱了一點」,「這怕是我才恢復不久,我的氣魄總沒有以前雄厚」[7]。在這部大革命之後重要的詩集《恢復》中,個人的苦悶與家庭生活的窘迫、階級意識的訴求、民族情緒的表達都交織在一起,共同構成了郭沫若大革命之後的心聲。很顯然,這和後期創造社革命文學的倡導

---

6 郭沫若:〈革命與文學〉,《文藝論集續集》,上海光華書局,1931 年,第 11 頁,第 53-74 頁。

7 郭沫若:〈詩的宣言〉,《恢復》,上海創造社出版部,1928 年,第 27-28 頁。

並不完全同步，這一切都源於郭沫若的大革命經歷。從這個意義上來說，郭沫若和後期創造社成員擁有共同的理論閱讀經歷，可是在人生體驗和文學實踐上，郭沫若更接近同樣歷經大革命的魯迅和茅盾，這也是郭沫若最初想和魯迅聯合的最重要原因吧。當然郭沫若在北伐革命中曾很接近一些上層人物，他對上層的政治路線和理論綱領更加熟悉，而魯茅對局部細節更有體會。雖然郭沫若後來徹底「恢復」了從前戰鬥的自我，似乎又成為徹底的無產階級革命文學的倡導者，但我們無論如何也不能否認他的這段獨特的大革命經歷和「恢復」過程。大革命是郭沫若人生最得意最充實的時刻，也是他心中最重要的一個情結，國民革命、三民主義尤其是其中的民族主義都積澱在郭沫若的內心深處。很多年之後，這些積澱在內心深處的東西又重新浮現出來，成就了郭沫若人生又一個輝煌時期，這就是抗戰時期的郭沫若。

第二節　民國機制與郭沫若抗戰時期
文學和思想的豐富性

其次，從文學的民國機制入手，我們也可以還原抗戰時期一個豐富的有著多彩人生經歷的郭沫若。

抗戰時期是郭沫若和國民黨政權走得較近的又一時期，也是他人生的又一個輝煌期。過去我們總強調郭沫若抗戰時期的「黨喇叭」精神、「革命文化班頭」的地位，事實上，這些描述，如

郭沫若在兩個口號中聽從黨的指示而擁護國防文學[8]，周恩來曾向黨內外傳達確立郭沫若革命文化的領袖地位[9]，都是後來人的歷史建構，和郭沫若抗戰時期的實際情形並不完全相符。正如陳俐所總結的，「而 40 年代的郭沫若所持的話語方式，則呈現出非常複雜的情形，怎一個『黨喇叭』了得」[10]。郭沫若抗戰時期的複雜性主要體現在他和國共兩黨的關係上，而過去我們卻往往有意忽略郭沫若抗戰時期和國民黨之間的關係。

在大革命後，郭沫若長期受到國民黨政府的通緝而亡命日本。全面抗戰爆發後，郭沫若歸國投入抗戰的洪流。有關郭沫若歸國的始末和所起作用者，廖久明最近做了一系列的考證，尤其是在細節的分析上讓人驚歎[11]。但筆者更同意蔡震先生在大方向上的判斷，「只有經過蔣介石的同意，至少是默許，郭沫若才有回國的可能」[12]。也就是說，郭沫若歸國投入抗日的洪流首先源自國民黨政府的接納，這是我們必須正視的前提。

此外更為重要的是，郭沫若回國後，不論是當時的輿論宣傳還是他的自我書寫，都可明顯看出郭沫若和國民黨政府之間的密

---

8 有關郭沫若最初對於國防文學的不贊成以及後來得知是黨的政策後表示全力擁護，此相關情形見兩篇文章，藏運遠：〈東京初訪郭老〉，林林〈這是黨喇叭的精神——憶郭沫若同志〉，載新華月報資料室編《悼念郭老》，生活·讀書·新知三聯書店，1979 年 5 月第 1 版，第 215 頁，156 頁。

9 吳奚如：〈郭沫若同志和黨的關係〉，《新文學史料》，1980 年第 2 期，第 131 頁。

10 陳俐：〈論郭沫若在四十年代民族文化建設中的話語轉型〉，《郭沫若學刊》，2003 年第 2 期。

11 參加廖久明的〈郁達夫 1936 年底的日本之行與郭沫若歸國關係考〉，《現代文學研究叢刊》，2010 年第 2 期；〈郭沫若歸國與王芃生所起作用考〉，《新文學史料》，2011 年第 3 期。

12 蔡震：《文化越境的行旅——郭沫若在日本二十年》，文化藝術出版社，2005 年，第 340-341 頁。

切關係。郭沫若歸國後，有關他的生平傳記尤其是他的歸國經歷記述，屢屢見諸報端，或刊印成冊，其中較為引人注目的有殷塵（金祖同）的《郭沫若歸國秘記》，佐藤富子（安娜）的《我的丈夫郭沫若》，楊殷夫的《郭沫若傳》，丁三的《抗戰中的郭沫若》等，包括李霖的《郭沫若評傳》被重版重印刊行[13]，社會上的郭沫若熱可見一斑。很難想像這些背後沒有政府的支持和推動。與此同時，郭沫若的詩詞、演講、著述也都大量被出版，其中其《在轟炸中來去》影響最大。郭沫若在此記述了他歸國後在轟炸中往來京滬兩地的見聞，上海文藝研究社 1937 年 11 月出版，後由抗戰出版社 1938 年 1 月再版。[14]無疑，抗戰初期，郭沫若是文化界、政界、軍界炙手可熱的風雲人物之一，在社會的影響力甚至超過共產黨這邊的諸多領導人。

　　這些傳記包括郭沫若自我的記述，都給我們留下了他回國後和國民黨政權的密切關係的證明。如金祖同的《郭沫若歸國秘記》和安娜的《我的丈夫郭沫若》。嚴格說來，尤其是從學術研究的角度來考量，這兩部著作有值得質疑的地方[15]，尤其是後者，曾在當時遭到了郭沫若本人的否認，郭接受記者訪問聲稱「此文系日人假託」[16]。不過，它們的影響都很大，如佐藤富子（安娜）的《我的丈夫郭沫若》曾在 1937 年《文摘》戰時旬刊第 20 號刊

13　李霖：《郭沫若評傳》，現代書局，1932 年；另開明書店，1936 年第三版，37 年第四版。

14　郭沫若：《在轟炸中來去》，上海文藝研究社，1937 年 11 月，另，抗戰出版社，1938 年 1 月再版。

15　有關郭沫若旅日以及歸國的情形，以及對於殷塵的著作中不確切的史實的糾正，參見蔡震：《文化越境的行旅——郭沫若在日本二十年》，文化藝術出版社，2005 年。

16　見〈為郭夫人的〈我的丈夫郭沫若〉訪問郭沫若先生〉，原載《文摘》戰時旬刊，1937 年第 21 號；另見《郭沫若學刊》，1990 年第 4 期的重新刊印。

載；後由漢口戰時文化出版社出版，1938 年五月十四日是初版，五月二十七就出了再版[17]；同時上海日新社亦在 1938 年 5 月出版了此書[18]。雖然這兩書在一些史實上存有誤差，但精神實質和郭沫若自己著的《在轟炸中來去》大致相同，都是高揚郭沫若民族情懷，也都有郭沫若和國民黨良好關係的描述。例如安娜在書中提到了在廣東時郭沫若他們和蔣介石（當時還是師長，原書中如此說）的良好關係，而對於他們流亡日本只是作了簡要的記載，並沒有點明原因，好像只是因為生活所迫似的。這些有關描述與蔣介石關係的部分，包括此書附載的郭沫若的《歸國日記》對蔣的描述，都為當時社會各界所公認。

郭沫若、蔣介石以及國民黨的其他和郭曾有交情或歸國後相識的高官，大家彼此都有意無意地淡化曾經的衝突。有關郭和蔣的會面，郭沫若曾親自撰寫《蔣委員長會見記》、《轟炸中來去》，詳細記述了受蔣委員長接見的全過程。文中多次提到了蔣介石給人溫暖、和藹的感覺，例如文中說道，「滿臉的笑容，眼睛分外的亮」的蔣看到他來，主動迎上打招呼道，「你來了，你的精神比以前更好」，「蔣先生一面和藹地說著，一面和我握手，手是分外的暖和」。郭沫若沒有感受到拘束，也沒有像其他人那樣從蔣身上看到威嚴，而是「但他對我是格外和藹。北伐時是這樣，十年後的今日第一次見面也依然是這樣。這使我特別感覺著慰適」。郭也感受到了蔣健康的神態，堅定的眼神，「表明著鋼鐵樣的抗戰決心，蔣先生的健康也充分地保證著鋼鐵樣的抗戰持久

---

17 (日)佐藤子著；曉華，重子編：《我的丈夫郭沫若》，漢口戰時文化出版社，1938 年 5 月 14 初版；另參見 5 月 27 日再版。
18 (日)佐藤子著：《我的丈夫郭沫若》上海日新社，1938 年 5 月。

性」[19]。這篇文章的發表，也可以看做郭沫若的一種公開表態。多年以後，郭沫若為此又一次作出了懺悔的表態，「肉麻當有趣地我們不知道喊了多少萬聲的『最高領袖』呀！喊一聲『領袖』立一次正，更不知道立了多少萬次的正呀！今天回憶起來，我不僅該向全國的同胞、全武漢的市民告罪，就是向自己的喉嚨和兩隻腿也該得告罪的」[20]。當然，這是多年以後的事情了。據說在當時，郭沫若私下否認說和蔣介石關係好。夏衍等人的回憶錄也是由此認為郭沫若是按照周恩來的意思，策略性的讓步，好讓國民黨頑固派無話可說。[21]而後來臺灣的孫陵也印證了此種說法，安娜的文章證實郭沫若曾和蔣介石關係很好，郭沫若私下否認，於是孫陵就把郭沫若的意思寫成文章發表出來，郭沫若又過來責備孫影響關係。[22]但是這種私下裡立場的表述究竟有多大的可信度始終值得追問，畢竟這種描述都是後來人在兩黨意識形態對立嚴重時的追述。就當時的公開著述和公共形象而言，郭沫若無疑是國民黨體制內非常積極的一位。

而國民黨方面對郭沫若也是非常重視，並給予高度的信任。陳誠曾進言蔣介石道：「周恩來郭沫若等，絕非甘於虛掛名義，坐領乾薪者可比。既約之來，即不能不付予相當之權。周之為人，實不敢必，但郭沫若則確為富於情感血性之人。果能示之以誠，

19　郭沫若和蔣會面的情形參見，郭沫若：《在轟炸中來去》，上海文藝研究社，1937 年 11 月，第 35-40 頁；另見，抗戰出版社，1938 年 1 月，第 29-37 頁。

20　郭沫若：〈洪波曲〉，《郭沫若全集・文學編》14 卷，人民文學出版社，1992 年第 1 版，第 200-202 頁。

21　參見夏衍的《知公此去無遺恨》中對於郭沫若「吹捧」蔣介石的解釋，《人民文學》，1978 年第 7 期。

22　孫陵：《我熟識的三十年代作家》，臺北成文出版社，1980 年 5 月版，第 237 頁。

待之以禮，必能在鈞座領導之下，為抗日救國而努力」[23]。由此可見，郭沫若之所以在抗戰期間受到重視，其主要原因不在共產黨方面的推舉，而在於國民黨方面的看重。

郭沫若和蔣介石及國民黨高官聯繫起來的紐帶除了現實的抗戰，還有歷史的情誼——大革命之間的歷史情誼。在郭沫若的不少著述中，都記載了他和國民黨高官及武將追憶昔日大革命的情形。在戰場和轟炸中頻頻穿梭于國民黨要員之間的郭沫若，似乎又回到了大革命期間，正如其詩雲「將軍主任何輝煌，仿佛當年克武昌」[24]。郭沫若在向學生演講中也呼籲到：「第二次北伐時期又來了，我們應該擔當起第二次北伐的任務！把一切的敵人趕出境，打到日本帝國主義！」[25]三民主義的理念宣揚、雙十國慶日的慶祝、孫中山誕辰忌日的紀念、黃花崗烈士的緬懷，這一系列在中華民國史上具有標誌性的事件中，都有郭沫若的身影，都留下了他的筆墨。

在詩歌《人類進化的驛程》中，郭沫若把中華民國的國慶日稱之為人類進化的重要一天，這一天象徵著我們從落後到文明的進化，象徵著我們從專制政權到民主法治的轉變。「今天是我們中華民族積極前進的象徵/我們已經畫到了二十六個雙十/我們的積極前進只有永遠的增加/我們只要積極奮勉，永遠前進/我們的國族絕不會受異族的

---

23 陳誠：《函呈委員長蔣為籌組政治部事敬陳人事運用之所見》，1938 年 1 月 27 日。

24 郭沫若為在武漢時期與陳真如、黃祺翔、葉挺等四人合影時做題為《五光圖》詩，見田漢〈迎沫若〉，丁三編《抗戰中的郭沫若》，戰時出版社，1938 年，第 40 頁。

25 郭沫若：〈紀念「一二·九」鬥爭的二周年〉，丁三編《抗戰中的郭沫若》，戰時出版社，第 15 頁；另見于立群〈一個素描〉，《新華日報》，1938 年 1 月 15 日。

憑陵。」[26]另外在《惰力與革命——為紀念二十六年國慶而作》一文中，郭沫若強調辛亥革命的「民主政治的革命精神」和日本及偽滿專制惰力的對立。[27]饒有趣味的是，在民國時期郭沫若審定的《羽書集》版本中，不論是 1941 年香港的孟夏版，還是 1945 年的重慶群益版，這篇《惰力與革命》的副標題都是「為紀念二十六年國慶而作」，在建國後的《沫若文集》同樣收錄了這篇文章，但郭沫若把副標題改為「為紀念辛亥革命二十六周年」，這體現出建國後作者明顯地去民國化痕跡。當然這種去民國化的改動都是建國後才展開的，而在抗戰當時，郭沫若和中華民國的關聯則顯然易見。1938 年 3 月 12 日，國父孫中山逝世 13 周年，郭沫若親筆題詞「仰之彌高」，表達對孫中山的崇敬和追思，題詞手跡載 3 月 12 日《新華日報》。1938 年 11 月 12 日，時任第三廳廳長的郭沫若帶領全體第三廳成員舉行孫中山誕辰紀念儀式。1938 年 3 月 29 日，郭沫若為締造民國而犧牲的黃花崗烈士殉國二十七周年紀念題詞，手跡載廣州《救亡日報》。

　　抗戰時期郭沫若是對國民黨正面戰場歌頌最用力的一個。上海戰事發生後，郭沫若頻頻穿越火線之間，發表戰地日記和記述，歌頌張發奎、陳誠等國民黨軍官屢敗屢戰的堅韌精神，歌頌廣大國軍將士不畏犧牲的抗敵精神。台兒莊戰役是國民政府軍隊自抗戰以來最重大的一次勝利，全國軍民聞知莫不受到鼓舞；台兒莊戰役也成為當時報刊熱點，郭沫若對台兒莊戰役傾盡心力宣傳歌頌，寫下了《魯南勝利之外因》、《紀念台兒莊》。對自己的同鄉川軍在台兒莊戰役中的貢獻，

---

26 郭沫若：〈人類進化的驛程〉，《戰聲集》，見《郭沫若全集・文學編》2 卷，人民文學出版社，1982 年，第 59-64 頁。

27 郭沫若：〈惰力與革命——為紀念二十六年國慶而作〉，《全面抗戰的認識》，北新書局；另見郭沫若《羽書集》，香港孟夏出版社，1941 年；《羽書集》重慶群益出版社，1945 年。此文後來收入 1949 年後的《沫若文集》11 卷。

郭沫若更是不惜筆墨，《把有限的個體生命融化進無限的民族生命裡去》是對在徐州會戰中陣亡的川軍師長王銘章和陣亡將士最崇高的敬意和讚頌。在我空軍首次取得大捷後，郭沫若更是興奮地寫下了長詩《在天空中寫的壯快詩篇》，讚頌了國軍空軍為國建功，振奮民心。[28]與此同時我們還需要注意到，這些歌頌正面戰場的詩文常常和國民黨官員的抗戰言論同時收錄到各種出版物中。

此外，抗戰時期郭沫若對國民黨政府官方提倡的一些文化舉措都曾積極參與。蔣介石和國民政府倡導的新生活運動雖在抗戰前早已實施，但真正得到積極倡導的是在抗戰時期。郭沫若很多有關民眾動員和民眾宣傳的文章中，雖然沒有明確指出新生活運動的提法，但很多措施和理念都與新生活運動相吻合。如在《把精神武裝起來》的論文中，郭沫若提出國民精神的武裝化首要就是從日常生活的調整開始，他所講包括衣服穿著和生活習慣在內的諸多調整實際上是新生活運動的舉措。[29]1939 年 3 月 19 日，郭沫若在《文化與戰爭》的論文中明確指出：「文化工作者、尤其是文藝工作者們在『民族之上、國家至上』的號召之下虔誠地集中了起來，把向來和社會游離的生活、玄虛的思索、高蹈的表現，完全改變了；並已化除了向來的門戶之見，而正確地、集體地、踏上了新現實主義的路」[30]。「民族至上、國家至上」是國民黨政府抗戰時期最重要的口號、方針和理念。過去我們常常把

---

28 丁三編《抗戰中的郭沫若》，戰時出版社 1938 年，第 85-90 頁。

29 郭沫若：〈把精神武裝起來〉，《文藝與宣傳》，出版社不詳 1938 年，第 29-35 頁；另見丁三編《抗戰中的郭沫若》，戰時出版社，1938 年，第 90-94 頁；另見郭沫若《羽書集》，香港孟夏出版社，1941 年，第 118-123 頁。

30 郭沫若：〈文化與戰爭〉，重慶《大公報》，1939 年 3 月 19 日，另錄入郭沫若《蒲劍集》，文學書店 1942 年第 191-201 頁，郭沫若《今昔蒲劍集》，海燕書店，1949 年，第 323-330 頁。

推行和宣傳「民族至上、國家至上」的批判為法西斯專制主義，如文化和文學領域中的「戰國策派」就是如此命運。然而，我們忽略了抗戰時期郭沫若和戰國策派群體以及其他一些知識份子在內的整個知識份子群體的共同心聲。郭沫若的這篇《文化與戰爭》於 1939 年 3 月 19 日發表在民營性質的《大公報》上，《大公報》在此後 4 月 15 日第二期抗戰第二次宣傳周教育文化日發表社評《報人宣誓》，「本報是民營事業，不受公家津貼，同人等皆願終日為報人，不兼公職，不受外給，故本報雖有相當長久之歷史，而始終為書生之事業」。社評還代表全社同人表決心，「我們誓本國家至上、民族至上之旨」。事實上，這個被稱之為國民黨法西斯主義體現「國家至上、民族至上、軍事第一、勝利第一」之口號，恰恰是《大公報》首先提出並一直極力倡導的。我們知道，這一口號最早出現在蔣介石 1939 年發表在《大公報》上的《抗戰周年紀念日告全國軍民》一文中，而這篇文告正是《大公報》總編輯張季鸞先生起草的，是他在文告中提出了「國家至上、民族至上、軍事第一、勝利第一」的口號。後來陳佈雷添加了「意志集中、力量集中」一句，這 24 字口號就成了國防最高委員頒佈的《國民精神總動員》的綱領。《綱領》在 1939 年 3 月 12 日孫中山逝世 14 周年通電全國宣佈實行，並全文刊載在當天的《大公報》上[31]。自此，「國家至上、民族至上；軍事第一、勝利第一；意志集中，力量集中」成了響徹全國的重要口號，國民精神總動員運動也轟轟烈烈展開起來。這一口號也被刻在了重慶建築的象徵中華民族精神不倒的「精神堡壘」上，不過，建國後「精神堡壘」被改為「解放碑」，而這些口號也被悉數抹去，

---

31 〈國民精神總動員綱領〉，《大公報》1939 年 3 月 12 日，另參見《抗戰建國史料》，自強書局、亞東書店，出版年代不詳，第 55-60 頁。

當然這是後話。在當時，很多人從各個方面來闡述這三句口號。在這樣一個大背景下，我們就很容易理解在國民精神總動員運動合併新生活運動之後不久，3 月 19 日郭沫若的論文中明確提出了文化界團結「民族至上、國家至上」的說詞。而在此後也就是 1939 年 4 月 23 日，郭沫若出席重慶市文化界精神總動員會協進會成立大會，與國民黨官員葉楚傖、邵力子等同被推為主席。

第三節　民國機制與郭沫若
文學理念的重新探究

最後，從文學的民國機制入手，不是為了借郭沫若美化國民黨政府的統治，也不僅是為了還原郭沫若的豐富性，更是要探討「民國機制」和郭沫若民國時期獨立自由思想之間的互動關係，繼而對郭沫若的文學思想和理念進行重新探究。

正如李怡在論及民國機制時所特別提到的，「我們把這種對中國 20 世紀上半葉影響深遠的遺產稱為『民國機制』，並不是為民國時期的專制獨裁與黑暗辯護，因為，民國機制並不屬於那些專制獨裁者，而是根植於近代以來成長起來的現代知識份子群體，根植於這一群體對共和國文化環境與國家體制的種種開創和建設，根植於孫中山等民主革命先賢的現代理想……」[32]。同樣，我們談及郭沫若和國民黨政府之間的密切關係，並不是為了借郭沫若來美化國民黨政府的統治，恰恰相反，民國機制正是由包括

---

32 李怡：〈「五四」與現代文學「民國機制」的形成〉，《鄭州大學學報》，2009 年 4 期。

郭沫若在內的知識份子群體鑄就的，郭沫若始終堅持和秉承著民國共和體制的理想，不斷為此付出自己的努力，並不惜犧牲自己的「政治前途」甚至是生命。

　　不論是作為大革命時代政治部的高官，還是作為抗戰時期國民政府軍事委員會政治部主管文化宣傳工作的負責人，爭取國家的民主共和體制、爭取個人的獨立和自由，始終是郭沫若不變的追求。恰恰相反，郭沫若參加國民革命、投身北伐正是因為這場革命的目的和本質是為了再造民國共和之體制，發表「反蔣」宣言也正出於對共和憲政理想的堅持。在抗日戰爭時期，郭沫若在不少詩文和演講中，都把中日之戰視為是共和機制和日及偽滿專制的對抗，把民族的獨立解放和人的獨立解放始終聯繫在一起。1937 年 12 月 20 日，郭沫若應邀前往廣州無線電臺作播音演講《武裝民眾之必要》。在這篇演講中郭沫若談到，馮玉祥副委員長、陳誠、張發奎將軍都跟他談到一個問題，為什麼抗戰爆發，國軍卻仍不受民眾歡迎，和北伐時老百姓為軍隊熱情服務截然不同。郭沫若指出北伐和抗戰最終的目的都是要為民眾，給民眾獨立和自由。所以，郭沫若給出的解決方案最重要的一條就是，「應該是徹底開放言論出版集會結社的自由。在目前除掉漢奸理論、漢奸集合之外，在救亡的大前提之下，民眾的自由應該充分允許的」[33]。1940 年 1 月 11 日，郭沫若為《新華日報》出版兩周年紀念題詞，「『防民之口，甚於防川』，連話都不讓老百姓說，那是很危險的事。反之，能代表老百姓說話的，那力量比長江大河還要浩大」[34]。抗戰時期，包括郭沫若在內的廣大知識份子真心擁

33　郭沫若：〈武裝民眾之必要〉，熊琦編《郭沫若先生最近言論》，離騷出版社，1938 年，第 45-54 頁。
34　郭沫若題詞，《新華日報》，1940 年 1 月 11 日。

護國民政府，民族至上、國家至上、一致抗戰，但另一方面，他們也不遺餘力地反對一個政黨、一個主義、一個領袖的集權專制傾向。抗戰時期也是憲政還民呼聲最強烈的時刻。

　　民國機制的有效性不是體現在郭沫若與民國政府密切的聯繫，而是體現在民國為郭沫若可以反抗民國提供了一系列的機制保障。對一個作家來說，最重要的機制保障莫過於獨立的思考，自由的言論、寫作和出版。毋庸置疑，在國民黨統治時期，文化獨裁和文化統制的傾向非常明顯，可作家們依據民國憲政理念為爭取自己思想獨立、言論自由的努力也從未停止過。具體到郭沫若來說，他爭取思想獨立和言論自由的實際舉措，就是創辦屬於自己的雜誌和出版社。早期郭沫若和創造社同人創辦的一系列雜誌和創造社出版部，抗戰時期郭沫若則創辦了群益出版社。有關郭沫若創造社時期辦雜誌、開出版社的論述學界已有很多成果，本文不再贅述，[35]而對抗戰時期郭沫若作品的發表和出版的考察則稍顯薄弱。抗戰時期以郭沫若的名望來說，他的文章發表在任何地方都不成問題，他的著作也被各家出版商爭搶著出版，甚至盜版印行，其他人編著的抗戰言論的書籍中常常都會收錄郭沫若的作品或打上他的旗號。抗戰時期，郭沫若文章發表最多的地方是《新華日報》，作品出版最多的是他創辦的群益出版社。《新華日報》屬於共產黨在國統區公開發行的報紙，過去我們總是從描述《新華日報》的戰鬥性，如何反對國民黨的文化專制，反對官方的文化審查等等來考察它。可是我們換個角度來看，《新華日報》的公開出版，不停地表達自己抗議的權利不正是基於一種民國機制的有效性麼？國民黨在抗戰時期設立中央圖書雜誌審

35　有關創造社的出版和文學創作的關係可參考劉納《創造社與泰東書局》，廣西教育出版社，1999 年。

查委員會、新聞檢查局等機構用以新聞出版統制。根據相關檔案資料，國民黨新聞檢查人員的確對《新華日報》很注意，但是他們總害怕影響國共兩黨關係而很少有實際懲處措施。實際上，整個圖書出版審查在抗戰時期都沒有真正貫徹下去。而有關群益出版社的成立，緣由大概有兩點，一些人回憶說是皖南事變後郭沫若的書不好出，為此特成立出版社來擴大左翼文化影響，另有人說主要從經濟原因考慮，成立出版社的初衷是為了親人有事做，也可有個收入來源[36]。不管是哪種緣由，一個私人可以自由創建一個出版社，按照自己願望出版作品，甚至是出版些責難政府的作品，這同樣不也說明了民國機制的有效性麼？事實上，民國的出版法律與戰前相比有所放鬆而不是收緊，例如成立出版社已經不再像戰前那樣需要鋪保，任何私人只要登記註冊就可成立出版機構[37]，如郭沫若創辦群益一樣，而這種私人性質的雜誌社或出版社毫無疑問為個人思想的獨立提供了保障，甚至提供了罵政府宣傳左傾的自由，這也就是為什麼有人把群益稱之為「小租界」[38]。而租界之說源自張治中評郭沫若所領導的文化工作委員會。過去我們總是把第三廳的解散、文工會的建立和國民黨的反共關聯起來，而事實上，第三廳的問題恰和最同情共產黨人的張治中改組政治部相關。張治中任職政治部主任後，精簡政治部機構，提高政工效率。的確有人借此想清除第三廳一些左翼人士，而張治中則力主建立新機構文工會，並笑稱為「租界」。[39]

---

36 有關群益出版社相關回憶和史料參考吉少甫編《郭沫若與群益出版社》，百家出版社，2005 年。

37 詳見《國民政府公佈的修正出版法》（1937 年 7 月 8 日）、《內政部公佈的修正出版法實行細則》（1937 年 7 月 28 日）。

38 吉少甫編：《郭沫若與群益出版社》，百家出版社，2005 年，第 48 頁。

39 張治中：《張治中回憶錄》，文史資料出版社，1985 年，第 676 頁。

　　正是由於有這些保護反對聲音的機制存在，使得郭沫若身上所具有的抗爭精神、不惜一切追求真理的精神，發揮到了極致。正如郭沫若所說，「我們只願在真理的聖壇前低頭」[40]。也正如1938年楊殷夫在《郭沫若傳》的序中所稱讚的：「郭沫若先生是現代中國最偉大的革命詩人，他的偉大處，除了寫《哀希臘》的英國詩人拜倫以外，沒有第二人能夠比擬」。楊在序言的最後用一句詩來概括截止到 47 歲的郭沫若，「拜倫輸百年，魯迅後一人。郭氏實足以當之無愧」[41]。這句詩也可以概括整個民國時期的郭沫若。

　　可以這樣說，民國機制成為郭沫若獨立思想、自由言說的保障，並成就了他的反抗精神氣質。反過來，正是有像郭沫若這樣堅守個性、獨立自由的知識份子和民國先賢的存在，中國現代文學的民國機制才得以形成。總之，從文學的民國機制入手，就是要讓民國時期的郭沫若歸民國，中華人民共和國時期的郭沫若歸中華人民共和國，並藉此來理解和分析郭沫若的創作。

40　郭沫若：〈討論注譯運動及其他〉，《沫若文集》，人民文學出版社，1959年，第 247 頁。
41　楊殷夫：《郭沫若傳》，民眾出版社，1938 年 1 月，序言頁。

下編：民國歷史文化與中間黨派的文學觀照

第十章　國家與革命：中間黨派的文學觀照

　　1995 年，被譽為「中國現代文學研究學科之魂」[1]的樊駿，發表了頗有影響的論文《我們的學科：已經不再年輕，正在走向成熟》。樊駿認為我們學科「走向成熟」的顯著標誌在於我們擺脫了長久以來的政治干擾，「我們所研究的課題、方面、範圍、領域，都有了大的擴展」[2]。的確，新時期以來，學界有「為文藝正名」的大討論，有「回到文學本身」口號的提出，有純文學話

---

1 「學科魂」的說法來自王富仁的紀念文章〈學科魂──〈樊駿論〉之第一章〉，王富仁稱讚樊駿為「中國現代文學研究學科之魂」，論文參見中國社科院文學研究所編〈告別一個學術時代──樊駿先生紀念文集〉，《社會科學文獻出版社》，2013 年，第 240-252 頁。
2 樊駿：〈我們的學科：已經不再年輕，正在走向成熟〉，《中國現代文學研究叢刊》，1995 年第 2 期。

語形態和批評體系的建構，等等。這確實為我們的現代文學研究帶來新的活力，為「重寫文學史」提供了新的動力。當然，正如不少研究者所指出，上世紀 80 年代以來的「純文學」譜系背後，同樣有鮮明的政治性因素[3]。不過，樊駿注意到這一點的同時，更敏銳地察覺出「純文學」理念如何內化成研究者主觀認識的一部分，「以上所說的擴大研究領域與糾正簡單地為政治服務兩個變化，前些年人們已經談得很多了；不過，過去主要從撥亂反正出發，著重指出所以釀造失誤的客觀的政治原因，這裡則從學科本身的成長發展出發，從我們自己的主觀認識尋找原因。兩者都起過作用，而後者較為隱蔽，至今未為人們所普遍意識」[4]。這種更為隱蔽的、內化為研究者主體意識的「文學性」評判，才是現代文學學科真正走向獨立、走向成熟的標誌。自此，大家對文學的內外之別越來越自覺，政治性等因素作為文學之外的內容，受到排斥。而過去那些被稱之為「主流」的革命文學、左翼文學、延安文學等，因為曾經和政治的密切關係而逐漸被冷落。自覺的「文學性」需求和「現代性」言說，讓那些沒有「黨派意識」、沒有

3　後來有學者在回顧 80 年代興起的純文學思潮時，明確指出：「在當時，『純文學』概念實際上具有非常強烈的現實關懷和意識形態色彩，甚至就是一種文化政治」，參見蔡翔：〈何謂純文學本身〉，《春風文藝出版社》2006 年，第 75 頁；錢理群也提到：「比如說 80 年代，我也是比較強調純文學……我們是針對文革帶來的極端的意識形態，政治對於文學構成的一種困境，當時是為了擺脫這種困境才提出的」，「其實，當時我們提出這個概念本身就是那種政治性的反抗」，參見錢理群的《重新認識純文學》，「當代文學與大眾文化市場」學術研討會上的發言，引自引自 http://www.aisixiang.com/data/4532.html；另外有關純文學譜系和意識形態的關係，參見賀桂梅的〈「純文學」的知識譜系與意識形態——「文學性」問題在 1980 年代的發生〉，《山東社會科學》2007 年第 2 期。

4　樊駿：〈我們的學科：已經不再年輕，正在走向成熟〉，《中國現代文學研究叢刊》，1995 年第 2 期。

「明確」政治姿態的作家，成為大紅大紫、炙手可熱的焦點。

誠然，祛政治化逐漸破除了過去革命與反革命的二元對立思維，讓我們的學科走向獨立，自覺的「文學性」和「現代性」追求讓我們的學科走向成熟。但與此同時，把文學和政治割裂開來，不也是新的二元對立思維麼？這不正是「成熟」的學科同時所隱含的危機麼？

第一節 民國視野與文學研究的
政治維度重構

頗有意味的是，恰如當年擺脫極左政治的束縛「為文學正名」那樣，現代文學界擺脫愈發「成熟」的思維定勢，尋求新的突破點之一就是「為文學和政治的關係重新正名」。這就得從世紀之交的右翼文學研究熱和左翼文學研究的重新升溫說起。

首先，隨著研究隊伍的增多和研究領域的不斷擴大，過去鮮有人問津且被貶為「逆流」的國民黨一派文學，開始進入研究者的視野，成為新時期以來我們學科最後被突破的領域。

起初有學者倡議關注「右翼文學」，其目的不過是為了襯托左翼文學、革命文學，正所謂相反相成，對立統一。因此，右翼文學開始是作為「現代文學史教學與研究中提出的一項新的反題」[5]，這就是 1986 年《南京師大學報》刊登的 4 篇有關國民黨

---

5 秦家琪：〈關於開展「國統區右翼文學」研究的若干問題的思考〉，《南京師大學報》，1986 年第 3 期。

右翼文學的論文[6]。然而，除了當時一些零星的聲援文章，之後很長一段時間，右翼文學的研究又很少被提及。這也不難理解，因為作為「相反相成」另一面的左翼文學，在「文學性」、「審美性」的論說中，已被邊緣化，和政治關係密切的右翼文學，在文學性的譜系中同樣不受待見。

隨著現代文學學科的研究隊伍越來越壯大，尤其後來不少碩博士「選題」越來越艱難，之前少有人涉及的「右翼文學」，自然成為碩博士生們開荒拓土的領地。例如倪偉博士論文《1928-1937年國民黨文學研究》（華中師範大學1998年），以及他進一步拓展的博士後出站成果《「民族」想像與國家統制——一九二八至一九四八南京政府的文藝政策及文學運動》（上海教育出版社2003年），錢振綱論文《民族主義文藝運動研究》（北京師範大學2001年），周雲鵬論文《「民族主義文學」論》（復旦大學2005年），畢豔論文《三十年代右翼文藝期刊研究》（湖南師範大學 2007 年），趙麗華論文《<中央日報>副刊研究（1928-1949）》（北京大學2008年），牟澤雄論文《（1927-1937）國民黨的文藝統制》（華東師範大學 2010 年），等等。這裡僅是一些代表性的博士論文。中國知網上，以國民黨和右翼為主題詞的碩博士文學類論文，不下百篇。

大量碩博士把右翼文學視為獨立研究的對象，不再像 80 年代那樣，只是簡單把其視為左翼文學的「反題」和襯托。雖然不少研究者極力淡化政治性因素的介入，要麼把右翼文學作為具有「史料意識」的學術問題來處理，要麼從民族國家現代性的高度

---

6 除了秦家琪的論文，《南京師大學報》1986年3期還刊載有朱曉進〈從〈前鋒月刊〉看前期「民族主義文藝運動」〉、袁玉琴〈從〈黃鐘〉看後期「民族主義文藝運動」〉、唐紀如〈國民黨1934年〈文藝宣傳會議錄〉述評〉。

來對其展開論說，但是，右翼文學這一研究對象本身就決定了不可能不關涉政治。不論是右翼文學期刊、社團、人員等基礎史料的整理，還是基於「民族想像」或「國家統制」的國民黨文藝政策分析，都離不開對其背後政治因素的體察。就像有博士論文在選題緣起中所說，「本論文選取國民黨南京政府前十年的文藝統制作為研究對象，就是試圖將以『民族主義文藝』為中心的右翼文學納入到一個宏觀的政治、歷史和思想視角中來認識，納入到國民黨的整個政策和統制體系中加以觀照」[7]。不止如此，當研究者從右翼文學切入，他們對 20 世紀 30 年代文學，甚至對整個 20 世紀的文學，都有了新的改觀。例如，朱曉進在早期從事右翼文學的基礎上，很自然地提出了 20 世紀是「非文學的世紀」，既然 20 世紀的中國文學從來都不是獨善其身，那麼我們就應該「從政治文化的角度研究中國二十世紀文學」[8]。

　　其次，右翼文學成為新的學術熱點的同時，大致同時期，左翼文學又重新被視為「一個學術的生長點」：「幾次比較有影響的對左翼文學研究的學術會議的召開，研究左翼文學的論著的增多（其中高校和研究機構中的研究左翼文學的博士論文較以往大為增加），顯示出對左翼文學的研究已經重新回歸學術視野……」[9]。除去碩博士選題冷熱交替的緣由，左翼文學重新被大家正視，還主要基於「社會正義」的需求。隨著中國經濟的高速發展，從

---

7 牟澤雄：《（1927-1937）國民黨的文藝統制》，華東師範大學博士論文，2010年。

8 參見朱曉進等著《非文學的世紀——20 世紀中國文學與政治文化關係史論》，南京師範大學出版社，2004 年；另外參見他相關論文如〈從政治文化的角度研究中國二十世紀文學〉，《文學評論》，2001 年第 1 期。

9 王富仁〈有關左翼文學研究的幾點思考〉，《東岳論叢》，2006 年第 5 期，第101-103 頁。

農業社會到工業社會的轉型，一部分人先富起來的「市場運作」，這都使得貧富差距進一步擴大。而人們對社會公平和正義的呼喚，很自然地讓研究者從 20 世紀 30 年代的左翼文學、革命文學那裡找到共鳴。文學的政治關懷、現實介入以及社會正義的訴求，不僅成就了左翼文學研究的重新升溫，也促使左翼文學研究者和文藝理論界重新反思文學和政治的關係。大家開始檢討曾經基於祛政治化的「為文學正名」，進而提出重建文學批評的政治維度。「《文藝研究》於 1999 年 5 月 28 日至 30 日召開的『世紀之交：中國文藝理論研討會』就是這一症候的體現，在會議議題之一的『文藝與政治的關係』上，陸貴山、陶東風、王傑、鄭恩波、柏柳發表了各自觀點，儘管存在理解上的差異，但也出現了共同點，使得『重提』文學與政治關係成為關鍵問題。」此後不少學者積極跟進並持續關注，明確提出重建政治批評的理論命題，以凸顯文學書寫和文學理論的公共性參與[10]。現代文學研究界也在關注左翼文學的基礎上，和文藝理論界相配合，重新審視「為文學正名」之於現代文學研究，如黃健的《反思「為文藝正名」》[11]、曠新年的《文學的重新定義》[12]等文章，都傳達出重建現代文學研究的政治維度之意。

　　總體來說，隨著右翼文學和左翼文學相繼成為學術熱點，不論是基於對右翼文學研究的不斷開拓，還是緣於左翼文學研究的重新升溫，大家都導向共同的命題，那就是：重新思考文學和政治的關係，重構文學理論和文學研究的政治維度[13]。

---

10 有關重建政治批評和文學理論的論述參見陶東風的《文學理論的公共性──重建政治批評》，福建教育出版社，2008 年。

11 黃健：〈反思「為文藝正名」〉，《現代語文》，2007 年第 7 期。

12 曠新年：〈文學的重新定義〉，《中國現代文學研究叢刊》，2000 年第 3 期。

13 2000 年以來，有關文學和政治關係重新探究的代表性專著有朱曉進等著《非文

　　重構文學研究的政治維度，這就意味著不是回到 50 年代至「文革」期間文學和政治的那種關係。就左翼一方來說，是恢復其在 1949 年之前爭取政治民主和思想自由的抗爭姿態，而並非是後來獲得政治權力支撐的「主流」文學；就右翼一方來說，是在歷史語境中重新考察其文學思想和文化理念的邏輯脈絡，而並非是後來被政治權力貶斥為「逆流」的文學。換句話說，就是在中華民國這一國家歷史文化形態下，來重新思考左翼文學、右翼文學，來探究它們和政治的複雜關係。這也正是近些年來民國文學相關概念的意義之所在。民國文學相關研究，不僅僅，或者說主要不是照亮了右翼文學，而是讓左翼文學重現了光輝，而一些學者把民國文學和左翼文學、革命文學以及延安文學對立起來，並以此來反對民國文學，這其實是一個很大的誤解[14]。

　　儘管民國文學仍然受到諸多質疑和誤解，但不可否認，民國文學為我們提供了一個更為寬廣的學術視野和研究範疇，從中華民國這一具體的「國家歷史形態」出發，對諸如政治形態、經濟形態、法律形態、宗教形態、教育形態等和文學關係，重新展開

學的世紀──20 世紀中國文學與政治文化關係史論》，南京師範大學出版社，2004 年；王建剛《政治形態文藝學──五十年代中國文藝思想研究》；中國社會科學出版社，2004 年；魏朝勇《民國時期文學的政治想像》，華夏出版社，2006 年；陶東風《文學理論的公共性──重建政治批評》，福建教育出版社，2008 年；劉鋒傑、薛雯、尹傳蘭等《文學政治學的創構──百年來文學與政治關係論爭研究》，復旦大學出版社，2013 年。

14 民國文學相關概念提出後，引起學界廣泛關注，一些學者把民國文學和延安文學及革命文學對立起來，如趙學勇《對「民國文學」研究視角的反思》、韓琛《「民國機制」與「延安道路」──中國現代文學史研究的範式衝突》等，事實上，民國文學研究領域展現出的絕大部分成果恰恰是對左翼文學、革命文學、延安文學的豐富與發展，這方面可參考李怡、張中良、賈振勇、張武軍、周維東等人的相關論著，他們都是積極推進民國文學相關研究，恰恰出了很多有關左翼文學、革命文學和延安文學的成果。

研討，這既是民國文學的議題，也是大文學[15]的議題，即有別於過去「純文學」。可以說，隨著民國文學相關概念討論的不斷深入，也隨著大文學構想的提出，重構民國時期文學和政治的複雜關係，不僅可行，而且大有必要。

第二節 民國視野下的中間黨派與文學

在複雜而又多元的民國政治文化形態下，重新檢視左翼文學和右翼文學，帶給我們對 20 世紀二三十年代文學的諸多新的理解。然而，僅從熱起來的左右翼文學研究出發，提出重構文學研究的政治維度，這樣的依據是否充分？畢竟，左翼文學和右翼文學都和國共這兩大政治集團相關，因而這樣的推導似乎有種瓜得瓜之嫌。同時，國共兩黨文藝思想看似相互對立，但其實正如有學者所說，「國共兩黨的文藝思想和文藝政策，本是同一棵樹上的兩個果子，其內容上的相同相異，及其淵源和影響，是一個頗為耐人尋味的話題」[16]，因此從看似對立的左右翼文學出發，對文學和政治關係進行多元分析，實際不過是一而二，二而一，仍然不過是過去二元對立思維的體現。過去政治和文學上的左中右之劃分，畢竟兩頭小中間大，文學上更是如此。因此，只有在那些

---

15 大文學概念學界已有一些理論上的研討。最近兩年來，曾經積極推動民國文學研究的李怡，在民國文學機制以及文史互證方法的啟示下，提出重回大文學本身。詳細參見李怡《回到大文學本身》、《大文學野下的魯迅雜文》、《大文學視野下的〈吳宓日記〉》、《〈從軍日記〉與民國「大文學」寫作》、《「大文學」需要「大史料」——再談「在民國發現史料」》、《國家與革命——大文學視野下的郭沫若思想轉變》等系列論文。

16 馬俊山：〈走出現代文學的「神話」〉，《中國社會科學出版社》，2002 年，第 8 頁。

和國共兩黨都保持距離的作家那裡，才是能否重構文學研究政治
維度的重要依據。

　　其實，不少提出重構文學研究政治維度的學者也意識到了這
一點。朱曉進引用阿爾蒙德的「亞政治文化」（政治次文化）來
論述第三種人、自由知識份子，並提出「『遠離政治』：一種針
對『政治』的姿態」[17]。另外，也有人援引當年革命文學、文學
階級性論爭時的思路，處在「國、共兩黨所操持的政治文學的理
論範式『政治-文學』的同一化擠壓前提下」，想「表現出對政治
文學的疏離」，但卻不得不面對「無地自由」的「尷尬命運」[18]。
應該說，不論是對自由主義者「遠離政治」的政治性論述，還是
對他們無地自由的尷尬性描述，都有合理之處且不難找到論據來
支撐。但是，這樣的表述無疑把自由主義作家、中間派作家，置
於在國共兩大政治集團所主導的政治理念觀照下，似乎是遠離國
共兩黨政治理念的作家，要麼是消極逃避政治的政治觀，要麼是
無處逃避被迫參與的政治觀，其實這仍然是國共二元對立（主導）
的思維方式。我們需要追問的是，在國共兩黨之外，中間派知識
份子和作家有沒有自己參與政治活動的管道和方式？有沒有自
己積極主動參與的政黨或政治團體？有沒有屬於自己所宣揚的
政治主張和理念？如果有，這和他們的創作究竟是一種什麼樣的

---

17 參見朱曉進的〈「新月派」的文學策略——中國三十年代文學群體的「亞政治
　　文化」特徵研究之一〉，《中國現代文學研究叢刊》，1999 年第 3 期；〈「自
　　由人」、「第三種人」的政治文化意識——中國三十年代文學群體的「亞政治
　　文化」特徵研究之一〉，《江蘇社會科學》，2000 年第 2 期，〈「遠離政治」：
　　一種針對「政治」的姿態——論 30 年代「京派」等作家群體的政治傾向〉，
　　《南京師大學報》，2000 年第 2 期。
18 黃水源：《二十世紀中國政治文學概論》，蘇州大學博士論文，2001 年，相關
　　論述參考其第一章第五節「無地自由：自由知識份子的尷尬命運」。

關係？

　　要回答這些問題，我們依然得回到民國歷史文化形態中去，回到複雜而又多元的民國政黨政治文化中去。

　　國共兩黨之外的政治團體和力量，通常都屬於民主黨派史的研究範疇。不可否認，過去很長一段時間，對於中間政治勢力，我們大陸學界是從中共革命史和統一戰線史的視角來展開，從是否是同盟軍的標準來考察和評判，同盟軍者視為「民主黨派」，反之則視為退步的附逆的政治團體，把其放在和國民黨反動派一方來批判。臺灣學界的評價除了進步落後剛好對調外，其思維模式如出一轍。不過，歷史學界已有學者提出：「僅僅從中國統戰史的視角，從中國革命同盟軍的角度解釋中間黨派的作用是不完全的」[19]。不少人認為民主黨派這一稱謂本身就是統戰史視角下的概念，從早先有學者倡導回到歷史現場，擴大民主黨派的範圍，即承認「我國革命歷史上曾經存在過十八個民主黨派」[20]，到最近有學者提議，應當使用更符合歷史實際的「第三勢力」或「中間黨派」[21]。這些概念命名轉變的背後，無疑折射出學界對中間黨派的研究，越來越貼近民國歷史實際，越來越深入。18個黨派中既包括很有影響的中國民權同盟和救國會，也包括被排斥在八大民主黨派之外的中國青年黨和中國民主社會黨。而第三勢力或中間黨派範圍就更加寬廣，例如中國第二歷史檔案館編撰

19　常保國：《中間黨派與中國 20 世紀 40 年代憲政運動》，中國政法大學出版社，2008 年，第 6 頁。

20　張軍民：《中國民主黨派史（新民主主義時期）》，華夏出版社，1989 年，第 6 頁。

21　第三勢力的提法參見聞黎明：《第三種力量與抗戰時期的中國政治》，上海書店出版，2004 年；中間黨派的提法參見常保國：《中間黨派與中國 20 世紀 40 年代憲政運動》，中國政法大學出版社，2008 年。

的「民國黨派社團檔案史料叢稿」中，其中 1928 年之前的《北洋軍閥統治時期的黨派》就收錄了 34 個黨派資料[22]，而《國民黨統治時期的小黨派》則收錄了除八大民主黨派及青年黨、民社黨之外的 36 個黨派資料[23]，很顯然，這僅僅只是收錄了民國時期眾多政黨的一部分而已。

　　雖然延續至今的八大民主黨派中，曾有不少知名作家的身影，尤其是民盟、民進和九三學社，像高一涵、張瀾、胡愈之、楚圖南、聞一多、陳白塵等是民盟成員，葉聖陶，顧頡剛，張定璜，鄭振鐸，冰心，傅雷等是民進成員，黎錦熙，楊振聲，俞平伯，馮沅君，李長之等是九三學社成員[24]。但很顯然，八大民主黨派主要是活躍抗戰時期和戰後，無法充分反應中間黨派和現代文學整體發展變遷的相互關係。同時，我們之所以強調要在民國歷史文化視野下來觀照中間黨派，認可包括青年黨、中國民權同盟、救國會等在內的 18 個黨派，認可超過 18 個大黨派之外眾多政治黨派，就是為了能破除政治活動中的非國即共二元對立思維，能破除政治和文學之間的二元對立思維，改變對一些作家的錯誤印象。因為他們參與政黨政治活動的空間實在太寬廣了，而他們也確實積極投入和參與了。例如，在國共兩黨之外被我們視為經典自由主義作家的沈從文、梁實秋、胡適、林語堂等人，都曾積極投入到政黨政治活動中去。沈從文曾因「中國國民黨改組

---

22 中國第二歷史檔案館編（主編方慶秋，審定萬仁元，本冊編者陳長河）：《北洋軍閥統治時期的黨派》，檔案出版社，1994 年。

23 中國第二歷史檔案館編（主編方慶秋，審定萬仁元）：《國民黨統治時期的小黨派》，檔案出版社，1992 年。

24 八大民主黨派中，有不少作家是 1949 年之後才加入的，不過，有關這八大民主黨派身份及活動和作家心態及創作的關係，至今同樣沒有多少人涉及。

同志會」這一關係而主編了《中央日報》副刊《紅與黑》，和胡
也頻、丁玲一道宣傳和推介革命文學，雖然沈從文後來一直淡化
甚至回避此事[25]；梁實秋和聞一多等人曾是國家主義政治團體大
江會的創始人，後來大江會積極加入中國青年黨組織的國家主義
團體聯合會，梁實秋也是中國青年黨機關刊物《新路》雜誌文藝
類的唯一撰稿人；胡適、林語堂曾加入中國民權保障同盟，聚在
這一政黨組織中的還有和他們一度分道揚鑣的魯迅。除了魯迅、
胡適和中國民權同盟有人涉及外，其他人的政黨活動和文學的關
係，幾乎無人關注。就連魯迅、胡適和中國民權同盟的關係，大
家也更多是把「民權」作為一項理念來分析，而少有人把中國民
權同盟視為政黨政治活動，並以此來分析這一政治團體和魯迅、
胡適、林語堂思想及創作的相互作用。而 18 個政黨團體之一救
國會和文藝界關係更加密切，救國會主導下由茅盾等人發起的
「中國文藝家協會」，救國會和後來的兩個口號之爭，救國會和
魯迅喪葬，救國會和救亡文學的出現，和抗戰文學局面的形成，
等等諸多議題，都非常重要。固然，中國民權同盟和救國會後來
演化分散在八大民主黨派中，但這不正說明民主黨派發展演變有
其自身的邏輯，而我們就更應該從中間黨派的發展變遷來考察這
些中間知識份子和作家的政治活動與文學活動。也許這樣，我們
才能真正理解中間作家和知識份子複雜而又獨特的心路歷程。例
如 1920 年代葉聖陶和顧頡剛等加入革命的「中國社會黨蘇州支
部」，30 年代中期參加救國會，抗戰時期和「民進」一直關係密

---

25 參見拙作〈紅與黑交織中的摩登──1928 上海〈中央日報〉副刊之考察〉，對
　　沈從文 1928 年革命政治活動和文學創作關係的分析論述，《文學評論》，2015
　　年第 1 期。

切，到 60 年代正式加入「民進」並逐步成為民進的主要負責人。如此豐富的政治活動以至於不少辭典介紹葉聖陶時都要加上「政治活動家」。中間黨派的政治活動家和作為文學家的葉聖陶究竟是怎樣的關係，這難道不值得我們細緻探究麼？我們如果擺脫「葉聖陶不斷追求進步」的統戰式視角，而從他自身參與中間黨派政治活動的邏輯出發，或許將對葉聖陶其人其作有全新的理解。還有像陳啟修，他曾因第一位翻譯《資本論》而著稱，大革命期間擔任國民黨《中央日報》主編，先後加入國民黨和共產黨，1928 年之後和鄧演達積極組建中國國民黨臨時行動委員會（第三黨，農工黨前身），抗戰時期和不少民主黨派交往過密，到 1949 年之後最終加入民革並成為民革常委。陳啟修如此豐富的革命經歷，和他革命文學時期對紅黑之外「醬色的心」[26]自覺體認，也讓我們對革命文學複雜性有了更多的認知；他一生如此豐富的政黨活動經歷，也讓我們對中間黨派知識份子複雜心態多了一份體認。

　　總之，在民國這一國家歷史文化形態下重新考察政治和文學的關係，不僅僅只是觀照和國共兩黨相關的左翼文學和右翼文學，我們還應該把諸多中間黨派，納入到我們的考察範圍。而當我們超越單純的統戰式思維，擺脫與國共共進退或只能在國共間做選擇的二元對立邏輯，回到民國具體的歷史文化形態，回到無比豐富複雜的民國政治文化形態，我們就不難發現，過去所說的一些和「政治」疏離的中間派作家，自由主義作家，同樣是有十分豐富的政黨政治活動經歷。那麼，對他們的創作，我們又怎能

---

26 參見張武軍：〈國民革命與革命文學、左翼文學的歷史檢視──以武漢〈中央副刊〉為考察對象〉，《中國現代文學研究叢刊》，2015 年第 5 期。

簡單拘泥於「文本」的審美分析呢？為何不超越狹小的個人審美趣味，「在文學與歷史、文學與思想的豐富場景中」[27]來觀照他們呢？

---

27 李怡：〈國家與革命——大文學視野下的郭沫若思想轉變〉，《學術月刊》，2015 年第 2 期。

第十一章　革命文學譜系的補缺──中國青年黨視野下的革命與文學

　　新世紀以來，右翼文學和左翼文學相繼成為學界熱點話題。不論是基於對右翼文學研究的不斷開拓，還是緣於左翼文學研究的重新升溫，大家都導向共同的命題，那就是：重新思考文學和政治的關係，重構文學理論和文學研究的政治維度[1]。與此同時，民國文學相關概念的提出，為我們提供了一個更為寬廣的學術視野和研究範疇，文學與政治、文學與革命等老舊話題，也有了重新探討的必要。當然，這既是民國文學的範疇，也是大文學[2]的議題。

1　2000 年以來，有關文學和政治關係重新探究的代表性專著有朱曉進等著《非文學的世紀──20 世紀中國文學與政治文化關係史論》，南京師範大學出版社，2004 年；王建剛《政治形態文藝學──五十年代中國文藝思想研究》，中國社會科學出版社，2004 年；魏朝勇《民國時期文學的政治想像》，華夏出版社，2006 年；陶東風《文學理論的公共性──重建政治批評》，福建教育出版社，2008 年；劉鋒傑、薛雯、尹傳蘭等《文學政治學的創構──百年來文學與政治關係論爭研究》，復旦大學出版社，2013 年。
2　大文學概念學界已有一些理論上的研討。最近兩年來，曾經積極推動民國文學研究的李怡，在民國文學機制以及文史互證方法的啟示下，提出重回大文學本身。詳細參見李怡《回到大文學本身》、《大文學視野下的魯迅雜文》、《大文學視野下的〈吳宓日記〉》、《〈從軍日記〉與民國「大文學」寫作》、《「大文學」需要「大史料」──再談「在民國發現史料」》、《國家與革命──大文學視野下的郭沫若思想轉變》等系列論文。

　　但是，中間黨派和現代文學的關係仍然沒有得到正視。至今，我們要麼把中間派作家和自由主義作家描述成遠離政治和革命的干擾，堅守文學性和藝術性的追求，要麼沿用之前的觀念，把他們描述成沒有自由被動的政治革命參與。這仍然是國共二元對立（主導）、文學與政治二元對立的思維方式，我們需要追問的是，國共兩黨之外，中間派知識份子和作家有沒有自己參與政治活動的管道和方式？有沒有自己積極主動參與的政黨或政治團體？如果有，這和他們的創作究竟有著怎樣的關係？

第一節　民國視野下的中國青年黨
與革命文學

　　中間黨派中，中國青年黨無疑是最重要的一個政黨，素有民國第三大黨之稱。從其前身少年中國學會對五四新文化運動的推動，到 20 年代組黨時打出全民革命的旗幟；從領導成立中國國家主義青年團和中國國家主義團體聯合會，到 30 年代極力反對國民黨一黨專制的訓政；從積極組織義勇軍進行抗日，到積極號召政黨休戰組建國防政府；從抗戰期間參加國民參政會及組建中國民主政團同盟，到戰後參加「中華民國國民大會」的「制憲國大」和「行憲國大」。可以說，五四以來幾乎每一次重大的政治活動和社會思潮，都有青年黨人的身影，而且都扮演了頗為重要的角色。

　　近些年來，在臺灣和海外其他地區的帶動下，大陸學界對中國青年黨也越來越重視，但相較於後來的八大民主黨派，青年黨

受重視的程度還遠遠不夠。正如有學者所說，「在接觸青年黨之後，筆者就發現，青年黨的已有研究與其歷史上的地位很不相稱，青年黨有很大的研究空白和創新空間」[3]。可以說，每一個深入接觸青年黨史料的研究者，都會有同樣的感歎和想法，而中國青年黨和中國現代文學關係，更是有很多的研究空白、有很大的創新空間。

1948 年，青年黨人柳浪（原名陳善新，筆名柳浪、浪等）在青年黨後期的重要刊物《青年生活》中，整理了不少青年黨身份的作家，「中國青年黨之前期文藝作家，有胡雲翼、劉大杰、田漢、唐槐秋、左幹臣、袁道豐、何忠愚、宋樹人、李輝群、盧隱、徐懋庸、方敬、何其芳、姜華、魏思愆、候曜、春暉……等人。後期文藝作家有張葆恩、左華宇、拾名、陳秋萍、辛郭、徐沁君、許傑、周蜀雲、田景風、王秋逸、王維明、王慧章等人」[4]。從柳浪所列舉的這份名單來看，有不少人是頗有影響的知名作家，也有一些是被忽視、被冷落、但其實很值得我們關注的作家。然而，直至今日，除了一些研究青年黨的史學論著稍帶提及外[5]，被柳浪點名的中國青年黨身份的作家，很少有人從他們的中間黨派身份出發，論述他們的政黨政治活動和文學理念、文學創作的關係。

---

3 曾輝：《中國青年黨研究（1923-1945）》，華東師範大學博士論文，2014 年。
4 浪（柳浪）：《文化公園》，《青年生活（上海）》1948 年第 22 期。另注，因為青年黨黨員人數眾多，且不少當事人後來極力避談曾經的青年黨經歷，所以很難一一坐實這份名單中的黨員身份，但是《青年生活》系中國青年黨文化運動委員會主辦，柳浪所列舉這份名單，刊發在青年黨人自己的刊物上，並非只是私人回憶或追述，所以可信度比較高。另外，筆者曾經多方搜尋，從其他資料佐證了不少成員確實加入青年黨或國家主義團體。
5 臺灣研究中國青年黨的著名學者陳正茂在其《逝去的虹影──現代人物述評》一書中，談到了幾個青年黨的作家如胡雲翼、劉大杰和盧隱等，但只是一般性的人物介紹，並未就此議題展開深入論述。詳見陳正茂：《逝去的虹影──現代人物述評》，臺灣秀威資訊科技有限公司，2011 年。

　　首先需要提及的是青年黨和革命文學的關係。毫無疑問，革命是 1920 年代最顯赫的語詞，革命不僅僅是國共兩黨的事業，也是包括青年黨在內諸多黨派的共同追求。中國青年黨自建黨開始，就積極投入中國的革命宣傳，然而，很長一段時間內，他們的革命活動被我們所忽視、遺忘。正如王奇生考察 1920 年代革命時所指出：「長期以來，學術界考察 1920 年的中國革命，目光僅投向國共兩黨，而輕忽和漠視中國青年黨及其國家主義思潮的存在和影響。這種長期習焉不察的輕忽和漠視，其實仍是當年國共兩黨『革命』意識形態之餘緒，亦將青年黨定性為『反革命』黨派。歷史研究者有意或無意間將目光投向歷史進程中取得勝利的一方和比較『進步』的一方，潛意識層面實際仍未脫『優勝劣敗』和『成王敗寇』觀念的束縛。事實上，歷史進程全貌的『復原』和解析，必須兼顧當時參與歷史的各方，無論其勝敗，亦不論其『進步』與『反動』，均應是史學研究關注的對象。」[6]

　　現代文學史上有關革命文學的研究更是只關注了勝利和「進步」的一方。例如，有關革命文學的譜系和脈絡，過去常常僅從共產黨人一方展開論述。近些年來，一些學者如程凱、王燁、張武軍、李躍力等對國民黨人和革命文學的關係，對國共合作展開的國民大革命之於革命文學的意義，進行了細緻地分析和論述，豐富了我們對革命文學複雜性的認知。然而，這樣的推進仍然不夠，畢竟這仍不過是國共兩黨框架下的革命觀和革命文學觀。因為不論是在國共合作時，還是在國共分裂時，青年黨都有自己對革命的獨立理解，「即有主義，有政策，有組織，有方略，之革

6　王奇生：《革命與反革命——社會文化視野下的民國政治》，社會科學文獻出版社，2010 年，第 68 頁。

命的政黨也」[7]。對此，史學界已經有所揭示，「1920 年代的革命激變為多個黨派的共同訴求。國民黨的『國民革命』、共產黨的『階級革命』與青年黨的『全民革命』幾乎同時並起。雖然三黨在革命目標和革命對象的設定上不盡相同，但都競相揭櫫『革命』大旗，且均以『革命黨』自居。革命由過去的一黨獨導發展為多黨競舉的局面。」[8]

既然，1920 年代各個政黨「競相爭革」，那麼我們為什麼不把革命文學的探究推進到更多政黨的革命倡導和革命實踐中去呢？更何況，包括青年黨在內的中間黨派，其成員主要構成都是知識份子，他們在青年學生群體中非常有影響。中國青年黨，也常常被人稱為書生集團或知識份子政黨，黨員中不少人是學者、教授、活躍的學生和知識青年，其中也有不少人是頗有影響的作家，正如上文柳浪所羅列的那樣。在眾聲喧嘩的革命語境中，我們漏掉了三黨競革之一的中國青年黨的革命話語，由此可見，我們的革命文學譜系還有太多遺漏亟需補充。

第二節 青年黨視野下的現代文學 發展與變遷

青年黨之於現代文學的意義不止是豐富了我們對革命文學

---

7 〈中國青年黨公開黨名宣言──代國共兩黨而起之新革命黨〉，《醒獅》，1929 年 8 月 30 日，第 205 期。
8 王奇生：《革命與反革命──社會文化視野下的民國政治》，社會科學文獻出版社，2010 年，第 67 頁。

的認知和理解，更為重要的是，當我們從青年黨人革命活動和政治活動的來龍去脈切入時，我們對五四以來文學的發展變遷也會有新的思考。

中國青年黨是 1923 年建黨，直到 1929 年才正式公佈黨名。學界也普遍認可青年黨和中國共產黨一樣脫胎于少年中國學會這一純粹的學會社團。對於少年中國學會內部如何因為主義之爭，如何因為要不要參與政治活動之爭，如何逐漸分裂重組為後來的中國共產黨和中國青年黨，學界已經論述頗多，幾乎成為常識。不過，如果我們仔細查閱比較少年中國學會和中國青年黨的成立和發展軌跡，就不難發現從少年中國學會到中國青年黨，有內在的一脈相承關係。很顯然，少年中國學會得名源自「少年義大利黨」、「少年德意志黨」，「少年土耳其黨」。王光祈發表的《本會發起之旨趣及其經過情形》中一再提及，其中還談到學會籌備「首由北京會員王光祈君提出《吾黨今後進行意見書》一冊，書中歷敘同人今後進行，宜為一種有系統的有秩序的，並草擬學會規約大綱數十條」[9]。由此其實不難看出，少年中國學會雖對外宣傳學會，其實原本是自覺的政黨組織。曾琦及其他人的論述中也能找到「吾黨」之類的依據，例如曾琦在《少年中國》發表的《澈底主義與妥協主義》一文中提到，「吾少年中國學會今雖未抄襲何種主義，然社會活動者，吾黨之宗旨也」[10]。無獨有偶，中國青年黨正式建黨後秘而不宣很多年，對外同樣宣稱學會社團，如先聲社或醒獅社，黨內彼此之間互成「同學」，黨部

9　王光祈：〈本會發起之旨趣及其經過情形〉，謝蔭明，陳靜主編《北京的社團（一）》，知識出版社，1994 年。

10　曾　琦：〈澈底主義與妥協主義〉，《少年中國》，1922 年 3 卷 8 期。

稱之為「學校」[11]。可以說，少年中國學會和中國青年黨，對內外常常都是「學會」和「吾黨」並存，「同人」「同學」「同志」之說混用，因此，少年中國學會的政黨屬性基本可以確定，可以說是中國青年黨的前身。抗戰到戰後民主黨派活躍時期，有關中國黨派介紹時，時人大都把少年中國學會和中國青年黨看成有承續關係政黨來論述，有人明確提到假如王光祈不死，青年黨黨魁非他莫屬[12]。從少年中國學會和中國青年黨名稱和翻譯來看，兩者幾乎相同，《中國青年黨發起宣言》和少年中國學會《本會發起之旨趣及其經過情形》，也有太多相同表述和承續之處，如對建黨緣起的描述，「昔義大利之再造邦家，實成於少年義大利黨之手，近土耳其之恢復故土，亦由與青年土耳其（黨）之努力」[13]。少年中國學會和中國青年黨很長時期不願意以公開政黨自居而用學會之名義，不以政治活動為標舉而以學術或社會活動為旨趣，其實更多是表達新政黨、新政治之意。這從少中的《吾黨今後進行意見書》《本會發起之旨趣及其經過情形》和青年黨的《中國青年黨公開黨名宣言——代國共兩黨而起之新革命黨》《中國青年黨發起宣言》中，很容易看出對學術、教育、出版、宣傳等事務的重視，與其說少中和青年黨前期是學會，毋寧說他們是書生政黨組織，也說明他們對於文化、文學理念的發展變遷，有著比其他政黨更為重要的影響。

　　之所以如此不厭其煩地論述少年中國學會的政黨屬性，以及

---

11 汪潛：〈青年黨——國家主義派前期反動活動〉，《四川文史資料》，1964年第 12 輯。

12 方清的〈青年黨前身——少年中國學會〉，《正論（北平）》，1947 年第 7期。

13 〈中國青年黨發起宣言〉，《中國青年黨的過去與現在》，中國青年黨中央 1932年刊佈。

它和中國青年黨的承續關係，而不像是後來很多人的追憶回敘中單純的「學會」，是因為這關係到我們對很多現代文學史上一些重要問題的新的理解。例如，有關少年中國學會之於新詩創作實踐和理論建構的意義，學界論述頗豐，但同時我們得看到強烈的「非詩」化政治性因素的介入，以及國家主義和《少年中國》上詩學建構的關係，例如田漢對於惠特曼「美國主義」的推崇和介紹，希冀中國國家主義的詩學建構。

　　從少年中國學會到中國青年黨正式公佈黨名，是一個有計劃、有步驟的持續性過程。中國青年黨不斷擴充自己的政治實力，有意識的聯合或培養國家主義團體組織，直到他們覺得時機成熟正式公佈黨名。1925 年五卅慘案後，青年黨及其他國家主義團體都非常活躍，《醒獅》社和《孤軍》雜誌社等就五卅事件發表聯合宣言，倡導基於國家主義的反帝的「全民革命」、「民族革命」[14]。是年秋冬，由青年黨主導的中國國家主義青年團，中國國家主義團體聯合會相繼成立，前者是中國青年黨公佈黨名之前的對外公開稱謂，後者是中國青年黨的外圍聯盟組織，恰如共產黨和「左聯」。參與中國國家主義青年團和中國國家主義團體聯合會的眾多成員當中，特別需要提及孤軍社和大江會，它們和中國青年黨的關係尤為密切。孤軍社核心人物何公敢、薩孟武是青年黨機關刊物《醒獅週報》捐助人之一，也是「醒獅週報社」第一次社員大會的代表。要知道中國青年黨正式公佈黨名之前，一直以「醒獅派」為外界所熟知。孤軍社中就有著名作家郭沫若，郭沫若之前就一直想加入由眾多同學同鄉組建的少年中國會而

14　〈本社與社會評論社孤軍雜誌社愛國青年社為五卅事變敬告全國各界書〉，《醒獅》，1925 年 7 月 4 日，第 39 號；另見〈本社與社會評論社醒獅週報社愛國青年社為五卅事變敬告全國各界書〉，《孤軍》，1925 年 3 卷 2 期。

被拒，他與「少中」骨幹宗白華、田漢保持書信往來和密切聯繫，成就了彼此的文學理念和文學創作，後來最終加入國家主義的孤軍社，也算彌補了之前未能加入「少中」的遺憾。大江會由聞一多、梁實秋、羅隆基等人創立，加入大江會的還有在國劇倡導方面頗有貢獻的顧一樵。根據聞一多的年譜和相關記載，聞一多代表大江會主動要求加入青年黨組織的中國國家主義團體聯合會，並成為青年黨組織諸多政治和社會活動中最積極的成員之一，而梁實秋是青年黨後來重要刊物《新路》的文藝類唯一撰稿人。頗有意味的是，孤軍社、大江會、醒獅社的分別是留日、留美、留歐的國家主義社團代表，可以說海外留學生群體成為國家主義政黨的核心力量。很顯然，由這三方組成的國家主義政治團體對現代文學有著重要的貢獻。當我們從國家主義青年團或國家主義團體聯合會的視角來審視孤軍社、大江會、醒獅社，我們對現代文學史上很多問題同樣有新的理解。例如，郭沫若轉向「革命」和「革命文學」，就不僅僅是因為讀了日本的有關馬克思主義的理論，而和國家主義政治團體的孤軍社的活動及革命理念有很大關係[15]。其實，郭沫若（想加入少年中國會而被拒，後最終又加入國家主義的孤軍社）和少年中國會的田漢（後來青年黨核心成員之一）、鄭伯奇等組創造社，過去大家只是看到和文學研究會相對的「為藝術而藝術」選擇，可是其背後的鮮明的國家主義政治活動因素卻被我們忽略了。再比如，對於梁實秋和左翼的革命文學論爭，過去我們主要把它看成是革命的階級論和自由主義的人性論之爭，可是考察梁實秋的《文學與革命》《詩人與愛國主義》《文學裡的愛國精神》，再結合梁實秋和聞一多的政治

---

15 郭沫若的思想及創作和國家主義和孤軍社的關係，詳見李怡：〈國家與革命──大文學視野下的郭沫若思想轉變〉，《學術月刊》，2015 年第 2 期。

互動和那時的書信往來，這場論爭中的國家主義的革命論和馬列主義的階級革命論之爭也被我們忽略掉了。

少年中國學會（中國青年黨前身）——孤軍社、大江會、醒獅社為核心國家主義青年團和國家主義團體聯合會(青年黨的對外公開稱謂和外圍聯盟組織)——中國青年黨——抗戰後期及其戰後的中間黨派聯盟，當我們梳理出這樣一條有關青年黨形成、發展、變遷的脈絡，並由此來觀照現代文學和現代思想文化的發展變遷，我們肯定會有不少新的見解。當然，中國青年黨的視野觀照並不能解釋中國現代文學史的所有問題，但很顯然，這是真正超越了二元對立思維的一種新的闡述體系。

青年黨和其他國家主義政治團體最核心的理念就是國家主義。然而，長期以來國家主義的名聲很不好，學界基本上都沿用當年左翼文人論爭時對他們的定性——法西斯主義。正如王富仁所說，「在中國，『國家主義』和『無政府主義』這兩個詞幾乎只在20年代行時過一陣兒,當時也有人用它們標榜自己,但後來就被所有的中國人拋棄了,變成了兩個貶義詞。名聲不好,故爾也少有人提起它們,更沒有人將這兩頂破帽子戴在自己的頭上。思想界是如此,我們文學研究界就更是如此。我們的研究對象都是我們崇拜的對象,是寫過一些為我們所愛讀的文學作品的,誰也不願將自己的研究對象同這兩種思想聯繫在一起。」[16]其實，近些年來，無政府主義因其含有反抗專制、倡導個性、提倡互助的價值取向，在文學研究領域中開始被大家重視和推崇。而國家主義的名聲到現在一直很糟，僅有的一些辯護也把它「含混理解」為「愛國主義」、「民族主義」，但是在不少人看來，「國家至上」畢

---

16 王富仁：〈國家主義、無政府主義與中國現當代文化〉,《湖南師範大學學報》,
　　2008 年第 1 期。

竟意味著對個性自由的壓制，和五四新文化啟蒙運動中所提倡的個性自由，背道而馳。然而，當我們不帶偏見地審視中國青年黨及其他國家主義政治團體的政治活動，查閱他們創辦或出版的相關報刊和書籍，我們就不難發現，啟蒙同樣是他們堅守的價值立場（這從青年黨的最早兩份刊物名稱《先聲》、《醒獅》就可看出），民主、憲政、個性、自由更是他們秉承的一貫理念。國家主義、全民革命、全民政治（民主政治）、憲政、自由是青年黨創辦的十餘種刊物中出現最頻繁的語詞。「國家實為個人之幸福而存在，自身並非一個目的。不過要達到發展和保護個人幸福的目的，卻不可不以國家全體為前提罷了」[17]，陳逸凡這段有關國家主義實質的論說為曾琦大加讚賞，特加注編者按「覺其言淋漓痛快，所見與吾人完全相同」，全文刊登在《醒獅》上。當我們翻閱青年黨人的《醒獅》、《新路》這些雜誌，隨處可見「中華民國萬歲」的口號，又滿刊都是對國民黨一黨訓政的批判，對自由理念的捍衛，甚至可以毫不誇張地說，《醒獅》《新路》等刊物比《新月》更應該稱為自由主義者的陣地。抗戰期間，青年黨和其他中間黨派的確倡導民族至上國家至上，可同時卻又是民主憲政運動最積極的推動者。像青年黨的左舜生等人、大江會的聞一多等都是大家公認的民主鬥士。梁實秋一面在倡導「文學裡的愛國主義」，一面質疑反駁國民黨謀求思想統一的文藝政策。由此可見，中國青年黨及其他國家主義政治團體既是中華民國的國家主義者，又是民國裡的積極批判者。國家主義和民主政治，是他們的兩大法寶，就像鳥的雙翼，相輔相成，就像車的雙輪，並行不悖，且缺一不可，而他們的成敗得失皆源於此。

---

17 陳逸凡（吳俊升記錄）：〈國家主義〉，《醒獅》，1924 年第 11 期。

　　中國青年黨雖然曾經一度組織過革命和抗日的軍事活動，但總體說來，他們的主要貢獻在於創辦了眾多報刊，《先聲》《醒獅》《中華教育界》《新路》《民聲》《國論》月刊、《國論》週刊、《國光》《新中國日報》《民憲》《青年生活》《青年中國》《中華時報》《中國評論》《風雲》[18]等。這些都是中國青年黨 1949 年之前的重要刊物，加之其前身少年中國學會創辦的雜誌，以及其周邊聯盟如孤軍社、大江會等創辦的雜誌，刊物數量之巨，簡直無法統計清楚。創辦眾多刊物，貢獻輿論宣傳，這既是以知識份子和文化界為主體的中國青年黨及相關政治團體的特長，也是他們的短板。這些刊物有的有專門文藝特刊或文藝板塊，有的是綜合性政論刊物，但對於常以學會以書生政黨自居中國青年黨人來說，他們刊物的文化學術性、文藝性、宣傳性，總體上所占比重非常之大，對現代文學貢獻之大，也值得我們細細探究。如前文提到的革命文學，此外還有抗戰文學的發生，如九一八之後青年黨人國防政府理念的提出和左翼後來打出具有統戰性質的「國防文學」口號之關係。

　　不止青年黨人，幾乎每一個中間黨派或政治團體都有自己數量不小的輿論陣地和「機關刊物」，和中國青年黨人的刊物大致相似，這些刊物基本都圍繞著國家和革命，憲政與自由，這從不少中間黨派的刊名和發刊詞就很容易看出。但是，直到今天，我們沒有系統梳理分析中間黨派刊物的價值和意義，儘管他們的影響曾經那麼巨大。「在大革命失敗後陸續成立的各民主黨派中，除九三學社外，均以創辦報刊作為宣示政見、影響輿論和推動工

18　中國青年黨的相關刊物及其貢獻參見陳正茂：〈中國青年黨史料研究——以期刊為研究場域〉，《敝帚自珍：陳正茂教授論文自選集》，臺灣秀威資訊科技有限公司，2009 年。

作的重要手段。各民主黨派前赴後繼的報刊活動，構築起既有別於國民黨、又不同於共產黨黨報系統的輿論空間，在宣傳抗日救國和爭取民主自由等方面發揮了巨大作用。然而令人遺憾的是，迄今為止，民主黨派報刊史研究卻始終是處子之地，乏人問津。」[19]民主黨派刊物的構築是不同於國共兩黨黨報系統的輿論空間，也是帶有各自不同政黨政治理念的文學空間。當然，這不是純文學的空間，但這正好提示我們要擺脫過去文學與政治二元對立之思維。學者淩孟華考察了職教社的機關刊物《國訊》後，驚奇地發現這一典型的「非文學」期刊，竟然也刊登了不少文學作品，「值得注意的作者至少包括茅盾、郭沫若、冰心、老舍、臧克家、胡適、葉聖陶、徐中玉、白薇、徐遲、陳企霞、何其芳等人」，其中不少名家之作是未收入全集的佚作，如茅盾的《十月狂想曲》、郭沫若的《寫作經驗談》、冰心的《寫作漫談》等[20]。很顯然，一份屬於民主黨派的政論性機關刊物，在過去的文學研究視野中無法被納入，因此淩孟華較為委婉地使用了「非文學」，這一本身還受到過去文學和政治二元對立思維束縛的概念。由此可見，我們與其用「非文學」的界定，不如破除純文學的迷思，歸類于大文學的範疇，這樣我們會有更多的驚喜和發現，因為像《國訊》之類的中間黨派刊物實在是太多了。

　　中國青年黨和現代文學，民主黨派和現代文學，都是無比龐大的議題，有那麼多的成員，有那麼多的刊物。限於篇幅，本文也只是拋出議題而未能細細展開論述，但這一領域無疑是現代文

---

19 艾紅紅：〈從黨派「營地」到民眾「喉舌」──民主黨派報刊屬性與功能之變遷（1928-1949）〉，《山東社會科學》，2010 年第 3 期。
20 淩孟華：〈抗戰時期非文學期刊與作家佚作發掘蒭論〉，《現代中文學刊》，2015 年第 4 期。

學研究中的一塊尚未被開掘的富礦。毫無疑問,民國歷史文化視野的觀照,破除革命與反革命政治意識形態對立下的二元思維,促使我們正視中間黨派的革命觀與國家觀之於現代文學的意義;而中間黨派視野下的現代文學觀照,破除文學和政治二元對立思維,促使我們走出純文學的迷思,回到大文學本身,重現現代文學的豐富性與多樣性。

第十二章　文學革命到革命文學的另一種敘述：國家主義與革命文學

第一節　「五卅」和革命文學的發生

　　回到民國歷史語境重構革命文學譜系，不能不提及五卅運動的重要性。其實，民國時期較有影響的新文學史著作，都特別強調五卅運動，並把它與「五四」相提並論，即五四文學革命，五卅革命文學。第一部有名的新文學史，也是對後來影響深遠的王哲甫的《中國新文學運動史》，就以五卅為分界，把新文學分為前期和後期。五卅之前的文壇除了極個別作家作品，「很少有革命的熱情」，「直到一九二五年上海的『五卅慘案』發生，好像天大的巨浪一般震盪了中國『醉生夢死』的民眾，同時中國的文壇因受了這一次外來的劇烈的刺激，也發生了重大的變化……所以以前胡適等所提倡的『文學革命』現在一變而為『革命文學』了」[1]。吳文祺 1936 年出版的《新文學概要》中，把「五卅運動在文學上的影響」作為專章來論述，「『五四』是一個劃時代的轉變，『五卅』也是一個劃時代的轉變」，「五卅運動在文學上

---

[1] 王哲甫：《中國新文學運動史》，傑成印書局，1933 年，第 70-71 頁。

的影響很大。因了五卅的刺激，喚醒了一部分文人的迷夢，使他們出了象牙之塔，走到了十字街頭」[2]。張若英（阿英）在《中國新文學運動史資料》的序言中也特別提到五卅的意義，「從『五四』到『五卅』，在時間上，大約是九年的光景，這一個時期，可以說是文學革命期」，「『五卅運動』的發生，中國的新文學運動開始走向革命文學之路」[3]。

五卅運動，毫無疑問是一場聲勢浩大的政治革命運動，但究竟是什麼性質的革命運動，各個政黨團體有不同的認知。共產黨人強調工人階級的覺醒和革命力量的壯大，國民黨人聲稱北伐的國民革命群眾基礎的奠定，中國青年黨人則突出了國家主義的全民革命宣傳。直至今日，學界大都沿用共產黨人主導或國共共同領導五卅運動論。不過，根據當時主要參與人和親歷者張國燾的記敘，「中共在這次運動中確是一個主角；但也充分暴露了它的領導力的不足。……不能提出適應新形勢的進一步政策；結果，它只能聽任這一運動的領導，脫離了自己的掌握」[4]。而五卅運動中和中共爭奪領導權並因此壯大的正是中國青年黨，就像有學者所論述那樣，中共和醒獅派，「自五卅運動一開始，兩者即著力爭奪反帝的領導權，只是前者側重民眾運動，後者側重在知識份子尤其是教育界擴充勢力」[5]。翻閱當時報刊，我們不難發現，中國青年黨在五卅中的表現的確非常搶眼。顧正紅慘案後，青年黨的機關刊物《醒獅》迅即頭版刊登曾琦「時評」《嗚呼日人竟

---

2 吳文祺：《新文學概要》，上海亞細亞細書局，1936 年，第 59 頁。
3 張若英（阿英）：《中國新文學運動史資料》，光明書局，1934 年，序言第 1-2 頁。
4 張國燾：《我的回憶》第 2 冊，現代史料編刊社出版，1980 年，第 30 、38 頁。
5 敖光旭：〈國家主義與「聯俄與仇俄」之爭——五卅運動中北方知識界對俄態度之解析（上）〉，《社會科學研究》，2007 年第 6 期。

敢在華任意慘殺工人！！！》，五卅慘案之後，《醒獅》開闢「外抗強權方法號」，曾琦在頭版《弁言》中控訴英國巡捕射殺中國學生和群眾，號召「神聖聯合，一直對外」，實行基於國家主義的「階級協作」和「全民革命」[6]。中國青年黨的呼籲得到了不少回應，尤其是知識份子和青年學生群體，呼應《醒獅》的主張越來越多，國家主義團體也爆發式增長。從《醒獅》第 34 號起，就常常設有「風起雲湧之國家主義團體」的專欄介紹。也正是這一年歲末，中國國家主義青年團和國家主義團體聯合會相繼成立。陳啟天在《中國國家主義運動的過去與將來》曾總結說：「最能使國家主義運動擴大的便是五卅慘案」，使知識界和學生群體對國家主義不再遊移，直接受青年黨影響的青年「至少有十萬人」[7]，這一數量甚至超過了國共分裂之前共產黨員和團員數量總和[8]。大江會成員吳文藻也印證了這一點，「近來國家主義之團體，風起雲湧，國家主義之鼓吹，甚囂塵上，在今日之中國，已與三民主義及共產主義，鼎足而峙，且於最近之將來，大有駕乎二者之上之趨勢」[9]。

　　毫無疑問，回到民國歷史語境，我們不得不正視五卅之於革命文學生成的重要意義。正因為五卅運動和國家主義革命理念的興起，一些五四文學青年走上了國家主義革命文學之路。包括一些後來聲稱自己轉向無產階級革命文學的作家，如最具代表性的

6 曾琦：〈弁言〉，《醒獅》，1925 年 6 月 6 日，第 35 號。
7 陳啟天：〈中國國家主義運動的過去與將來〉，《醒獅》，1928 年 10 月 10 日，第 191 期。
8 王奇生曾論及三大政黨人數，「到 1927 年國民黨清黨前夕，中共有黨員 6 萬人，團員約 3 萬人；國民黨號稱有數十萬黨員，甚至有百萬黨員之說。」參見王奇生：〈革命與反革命——社會文化視野下的民國政治〉，《社會科學文獻出版社》，2010 年，第 91 頁。
9 吳文藻：〈民族與國家〉，《留美學生季報》，1927 年第 11 卷 3 期。

郭沫若和田漢，他們的文學轉向和革命文學觀念的生成，同樣都經歷了一個五卅國家主義革命時期。

第二節 《醒獅》文藝副刊與革命文學的倡導

　　《醒獅》是中國青年黨最重要的刊物，堪稱青年黨的機關刊物或喉舌，《醒獅》及其副刊，無疑是洞悉中國青年黨人文藝理念的最好視窗。《醒獅》創刊之初對文藝並不怎麼看重，沒有專版的文藝副刊，只是一個不固定的以「文藝」為標題的欄目，刊載的基本都是青年黨幾個元老的舊體詩詞。《醒獅》第一期就是曾琦的兩首詩歌，宣揚和闡釋醒獅理念的《醒獅歌》和個人感懷《編醒獅週報訖感賦一絕》，第二期刊登了王光祈以古文形式翻譯的《德國國歌》，旨在國家主義的借鑒與宣揚。從內容上來說，「文藝」版塊下的這些古詩詞基本都合乎醒獅派的主張，但「文藝」相較於其他欄目和版塊而言，如「述評」「論說」「演講」「特載」「來論」等，個人抒懷味過重，缺少一股酣暢勁，更重要的是，古體詩詞這種形式畢竟與刊物的受眾對象——青年學生群體有一定的隔膜。

　　五卅之後的《醒獅》有了風貌上的整體轉變，流血革命抗擊強權的號召，慷慨激昂的革命呼聲，遍佈各個版塊欄目，文藝版塊同樣如此，像曾琦紀念五卅死難者的《挽上海死難諸烈士》，「爭人格，保自由，流血斷頭，先驅已樹千秋範。抗強權，除國

賊，臥薪嚐膽，後死毋忘九世仇！！！！」[10]。然而，激進的國家主義革命言說，卻仍被框定在比較保守的舊體詩詞中，這也限制了醒獅派文藝的更廣範圍的傳播和共鳴。

《醒獅》文藝的輝煌局面自 1925 年 8 月 29 日第 47 號開始，「文藝」從一個不怎麼起眼的沒有固定版面的小欄目，變成了佔據兩個整版的文藝副刊，這就是由黃仲蘇主編的《文藝特刊》和田漢主編的《南國特刊》同時創刊。當日，《文藝特刊》登載《啟事》，以及主編黃仲蘇的評論《我們的工作》，闡述文藝副刊的改版理念和未來計畫。啟事中提到，「本欄已約宗白華，田壽昌，鄭伯奇，李劼人，惲震，李儒勉，胡侯楚，洪為法，顧仁鑄，呂湘，顧德隆，蕭英，周序生諸君等負責撰稿，務期內容篇幅皆可漸有進展」[11]。的確，當期就刊登了宗白華的白話詩歌《問祖國》，書寫對祖國深深的摯愛和回國後失望悲痛的叩問。黃仲蘇主編「文藝特刊」期間，作者隊伍和群體大幅增加，但除了靈光、趾青的話劇《犧牲者》算得上是弘揚國家主義革命的作品，「其他作品均與青年黨及國家主義無涉」[12]。 像「少中」成員著名作家李劼人的《棒的故事》，表達的是舊家庭制度的殘酷以及個人婚姻幸福所遭受的迫害。相比較而言，同時期田漢主編的《南國特刊》，把形式多樣的新文學和醒獅派的國家主義革命觀融合在一起，既造就了醒獅派文藝的新氣象，又實現了田漢自己的革命文學轉向。有關這一點，下文專門論及田漢時詳述。

奇怪的是，1926 年 3 月 27 日《醒獅》第 76 號，《文藝特刊》

10　曾琦：〈挽上海死難諸烈士〉，《醒獅》，1925 年 6 月 13 日。
11　〈啟事〉，《醒獅》，1925 年 8 月 29 日。
12　陳正茂：《逝去的虹影──現代人物述評》，臺灣秀威資訊科技有限公司，2011 年，第 4 頁。

《南國特刊》毫無徵兆地消失了，停刊原因至今仍然是謎[13]。此後一段時間，《醒獅》的文藝又回到先前的老樣子，不再是專版的「文藝特刊」，內容一樣是青年黨元老的舊體詩詞。《醒獅》文藝的再一次復興和五卅周年紀念相關。1926 年 5 月 30 日《醒獅》第 84 號重新恢復了《文藝特刊》，並連續兩期刊載胡雲翼的話劇《國事千鈞重》。這部劇作堪稱國家主義革命文學的經典之作，作品通過杜一萍和妻子董筠秋的對話，表達了對五卅的紀念，列強欺凌中國仍在繼續，國事千鈞重，中國男兒當投身革命愛國行動。從這兩期之後，胡雲翼和他的好友劉大杰逐步接手了《醒獅》的《文藝特刊》。《醒獅》87 和 90 號登載了劉大杰的《海角江濱》，自敘他赴日留學的經歷，不論是游山賞水，還是結識友人及通信往來的記敘，常常在敘述中冒出國家主義的宣揚：「不要因這裡的美麗的櫻花，就忘記了祖國。要知道這些鋪滿了櫻花的山野，都是住著侵害祖國的主人」，「比治山，雄壯的高峻的比治山！你在日本史上，得了無限的光榮，在我們的眼光中，已成了不共戴天的仇敵」。[14]

　　胡雲翼和劉大杰都曾就讀武昌師範大學中文系，讀書期間熱愛文學，又幸得名師郁達夫指導，組建了文學社團藝林社。因為郁達夫的支持和推薦，他們的《藝林旬刊》成為著名的《晨報副

---

13 田漢在後來的《我們的自己批判》中提到，他停辦《南國特刊》的緣由一則是逐漸認清了「醒獅派」右傾主義的真相，再則就是他和友人談話文章《東西文化及其吃人肉》，「其中有『無產階級』四字，《醒獅》編輯者悉改為『窮人』」。但實際上，田漢後來敘說的理由都並不可靠，查閱《醒獅》上的《東西文化及其吃人肉》，出現窮人的地方是講水滸故事中十字坡的吃人，「十字坡的主義是專替貧苦人吐氣的」，把句中「貧苦人」換成「無產階級」顯然不合適。因此，有關黃仲蘇和田漢主編的副刊因何種原因而停辦，還需有更進一步的材料來揭示。

14 劉大杰：〈海角江濱〉，《醒獅》，1926 年 7 月 4 日。

刊》之一。兩人也因此受到了文壇的關注，其作品主要描寫青年人愛戀，風格上深受郁達夫之影響，尤其是劉大杰，刻意模仿郁達夫的痕跡非常明顯，自敘的形式，頹廢、感傷，略帶唯美的文風，像頗有影響的《桃林寺》等皆是如此。胡雲翼、劉大杰可以說是典型的五四文學青年，一些介紹五四之後文學社團的論著，藝林社和《藝林旬刊》都會被點到，不過也只是點到而已。

　　然而，五卅慘案的發生，國家主義思潮和社團的風起雲湧，徹底改變了胡雲翼、劉大杰對文學的理解。原本鋪展在他們面前的、由五四前輩作家指引的新文學之路，因此發生了方向上的轉變，轉向了深受青年黨和國家主義思潮影響的革命文學之路。

　　五卅之後，胡雲翼作為「武漢學生聯合會」代表，赴上海參加第7屆全國學生總會，向大會提交了自己撰寫的「軍事教育提案」。後來詳細的《軍事教育提案及其說明》發表在 1925 年 7 月 25 日《醒獅》第 42 號，《提案》中的觀點深受一些青年黨的主要人物如曾琦、左舜生、陳啟天、余家菊、魯繼曾的軍事教育理念的影響。像許多深受青年黨影響的學生一樣，胡雲翼選擇了國家主義，成為五卅之後壯大起來的青年黨一份子。同時他又是一個剛剛走上文學之路的青年，很自然地，他把自己接受的國家主義革命和正從事的文學活動結合起來。這就是在主編《文藝特刊》之前刊登在《醒獅》第 59 號上的《國家主義與新文藝》。為了旗幟鮮明的高舉國家主義的革命文藝，胡雲翼不惜把文壇一些知名作家挨個點名批評，如魯迅、胡適等，還包括曾積極扶持他的郁達夫，把五四以來的新詩、話劇、小說等領域都批判了一通，說這些作家作品都是「頹靡的」「病狂的」「滑稽諷刺」「滑稽遊戲」，諸如此類等等。胡雲翼進一步責問整個文學界：「你們的國民感情那裡去了？你們的民族意識那裡去了？你們的青年的

血那裡去了？這般死屍的中國文學界！這才是『亡國之音』呢！」
他向青年作家呼籲：「青年文藝家們，這些緊迫，假如你們的情
感的同情作用還沒有失卻時，你們的熱血也應該沸騰起來了吧！
其實，就是你想擁抱愛人在樂園狂吻，外國的水兵偏要你死在南
京路的砲雨槍林⋯⋯」[15]。很顯然，南京路上的五卅慘案刺激了
年輕的胡雲翼對文藝的重新認知。歷數文壇乃至歷朝中國文學的
種種流弊，胡雲翼給出的良方就是國家主義的革命文藝建設。這
篇文章當時並沒有發表在《文藝特刊》或《南國特刊》，而是作
為中國青年黨的理論文章刊載於「論說」版塊。也正是因為他系
統地對國家主義革命文學進行闡述，使得中國青年黨決定把《文
藝特刊》交給他來主編。此後，他還在《醒獅·文藝特刊》發表有
長篇理論文章《我們為什麼研究中國文學》，在中國青年黨另一
重要刊物《中華教育界》發表了《國家主義的教育與文學》。這
三篇理論文章，都是自覺地從青年黨、從國家主義革命的立場，
來思考中國當時的文學和文論。

　　《醒獅·文藝特刊》另一位主編劉大杰，也是國家主義革命文
學理論的主要建構者。他的第一篇重要理論文章《國家主義文學
論》，開篇就責問當時的文學作品都是亡國之音，「打開眼睛，
看看現在中國雜誌上面的小說與詩歌，差不多沒有一篇是現在中
國所需要的作品」。劉大杰對五四以來的文學同樣是整體性的否
定，包括自我先前文學道路的否定，認為中國文壇都只是風花雪
月或個人愁苦之作，不是歌唱愛情就是讚美山水。他進而提出：
「一個時代，產生一個時代的文學；一個環境，發生一個環境的
文藝」，作家們應該去努力適應時代和環境的文學創作，而當時

---

15 胡雲翼：〈國家主義與新文藝〉，《醒獅》，1925 年 11 月 21 日。

中國時代就是備受外國侵略的時代，當時的環境就是需要國家主義和全民革命的環境。五四以來的純文學派、社會派文學（問題文學），都過時了，「國家主義文學的偉大的將來，並不是自己誇口，那就要我們來創造了」[16]。此後劉大杰更是一發不可收，接連發表了不少有關國家主義革命文學的論文，如《文學家與國事》（《醒獅》102 號）、《寄祖國的青年們》（107 號）、《文學與國家》（第 120 號），還有反擊批評者的論文《淺薄的批評者》（115 號）。這一系列理論文章，主旨就是「現在中國需要的文學，是國家主義的文學」[17]。

胡雲翼、劉大杰為了構建國家主義革命文學，對五四以來的文學思潮、對中國傳統的文藝觀，都給予了整體性的否定和批判。要知道，他們畢竟是五四培育出來的標準的文學青年，也是嶄露頭角的中國文學研究專家，這樣弒父式的理論建構，這樣對古今中外文壇洋洋灑灑地指點批判，這樣對自我文學理念的絕對自信和自覺，我們依稀看到了後來太陽社和後期創造社革命文學建構時四面出擊的架勢。也就是說，有關五四文學傳統和中國文學傳統批判與清算，五卅之後就業已展開；有關革命性質的論戰和革命文學何為的論爭，五卅之後就已經開始了。

除了理論上的倡導，值得注意的是胡雲翼、劉大杰發表了不少頗有影響的革命文學作品。除了前面提到的《國事千鈞重》，胡雲翼的《西泠橋畔》講述韓國志士行刺日本駐滬領事的故事；《新婚的夢》以五卅慘案後的長沙革命活動為背景，描寫新婚的革命者馮新甫告別妻子投身革命，為了刺殺日本領事和軍閥張大帥而慷慨就義的故事。劉大杰也有呼應胡雲翼五卅周年紀念《國

---

16 劉大杰：〈國家主義文學論〉，《醒獅》，1926 年 7 月 18 日。
17 劉大杰：〈文學家與國事〉，《醒獅》，1926 年 9 月 25 日。

事千鈞重》的《頭顱一擲輕》（《醒獅》112、113、116 號），展示了革命青年拋卻兒女私情、獻身國家革命。《醒獅》第 117 號、121-123 號的獨幕劇《侮辱》，通過描寫中華兒女在 J 國（日本，筆者注）備受侮辱之事，旨在喚醒國人的民族抗爭精神。異國日本的恥辱生存體驗和國家主義革命的張揚，是劉大杰最擅長也最有成就的領域，他的不少散文遊記、小品文、小說、戲劇都曾涉及此，1928 年結集出版的《支那女兒》更是集成之作。

五卅之後胡雲翼和劉大杰的作品，不僅主旨上有了重要的轉變，即轉向革命文學，而且在藝術方面也有了很大的提升，不再是對五四文學前輩的簡單模仿。尤其是劉大杰，作品集多達十幾種，翻譯也頗豐。他絕對是文學史上被低估的一位作家，要知道，他當時非常受關注，有關他的一些個人情況如生病、工作調動、情感波動等等，都是文學類期刊或小報關注的話題，這顯然是只有文學大師才能享受的「待遇」。然而，不論是胡雲翼，還是劉大杰，學界後來都只記住了他們是宋詞研究專家、中國文學史專家，有關他們的青年黨身份、有關他們國家主義革命文學倡導，則被徹底遺忘，或被有意遮蔽。

其實作為五四新文化運動哺育出來的青年作家，胡雲翼和劉大杰在五卅之後的表現和文學上的轉向，絕非個例。像以《海濱故人》而成名的盧隱，和劉大杰李輝群夫婦是好友，五卅之後也加入中國青年黨，也曾給愛國中學的學生講述過「文學與革命」的道理[18]。1934 年盧隱去世後茅盾在《盧隱論》曾特別稱讚反軍閥的《兩個小學生》，控訴日本帝國主義在東北實施殖民教育的《月下的回憶》，「『五四』時期的女作家能夠注目社會題材的，

---

18 盧隱：〈文學與革命〉，《國聞週刊》，1927 年 4 卷 19 號。

不能不推盧隱是第一人」[19]，而另一評論家阿英卻委婉批評說，「在某一些地方（如《月下的回憶》）她又說明了她是一個狹義的愛國主義者」[20]。儘管茅盾和阿英的評價截然相反，但無疑都指涉盧隱文學創作中的國家主義因素，這也印證了盧隱的確加入了中國青年黨，並影響了她對文學與革命的理解。

　　同樣的例證還見於國家主義大江會的聞一多和梁實秋。今天我們或不加辨別地概括聞一多的愛國詩歌主題，或含混其辭地使用文化國家主義的表達，其實聞一多和大江會其他成員都不只是「文化」上的國家主義，而是在五卅之後積極投入各種國家主義的政治革命實踐。例如他們主動和青年黨人聯合組建國家主義團體聯合會，組織發動國家主義團體遊行和抗議活動等等。這些國家主義的政治革命活動與聞一多詩歌創作的關係，至今仍然沒有被充分正視。另外，還有梁實秋和左翼的革命文學之爭，過去我們主要把它看成是自由主義作家的人性論和革命的階級論之爭，可是考察梁實秋的《文學與革命》《詩人與愛國主義》《文學裡的愛國精神》，再結合其國家主義活動，以及他和友人如聞一多的書信往來，這場論爭中的國家主義的革命觀和馬列主義的階級革命論之爭似乎被我們忽略了。

　　總之，不論是胡雲翼、劉大杰、盧隱等青年黨員，還是聞一多、梁實秋、吳文藻、顧毓琇等青年黨的周邊聯盟成員，他們汲取著五四的養料而走上文壇，又在五卅前後接受國家主義思潮和革命觀的影響，或近或遠地走出了五四，或明或隱地轉向五卅革

---

19 茅盾：〈盧隱論〉，《茅盾全集》第 20 卷，人民文學出版社，1990 年，第 111 頁。
20 阿英：〈現代中國女作家〉，《阿英全集》第 2 卷，安徽教育出版社，2003 年，第 322 頁。

命文學。

第三節　國家主義革命觀與

郭沫若的文學「轉向」

　　不只是五四影響下成長起來的年青作家其文學道路發生了轉向，那些曾經是五四的弄潮兒，因為五卅，也發生了文學上的轉向，而這轉向的深層動機和內在邏輯都與國家主義的革命相關。

　　革命文學轉向中，最具代表性的當屬郭沫若和田漢，曾經「五四狂飆」的郭沫若，曾經「南國藝術」的田漢，他們都大聲宣佈自我否定、自我批判，和過去告別，走向革命文學。有關郭沫若和田漢的轉向，學界已有很多研究，不過，大部分論述大都主要依循郭沫若、田漢的自我否定、自我批判的邏輯，尤其是深受他們後來不斷敘寫這一過程的影響，強調了走向無產階級民眾，走向階級革命文學的合理性與必然性。但很顯然，他們把五卅期間革命文學生成的複雜性和豐富性有意無意地遮蔽了，把五卅之後轉向革命文藝中的國家主義因素略過了或改寫了。

　　最近，學者李怡對郭沫若的革命文學轉向過程的國家主義因素和孤軍社影響進行了詳細地辨析，揭示出郭沫若思想和文學轉變的複雜性[21]。沿此思路我們可以進一步拓展，五卅時期的多重革命言說以及郭沫若此時國家主義社會活動經歷，和郭沫若「轉向」，和他的革命文學生成，究竟有著怎樣的關聯？

---

21 詳細論述見李怡的〈國家與革命——大文學視野下的郭沫若思想轉變〉，《學術月刊》，2015 年第 2 期。

　　郭沫若明確提到五卅在自己文學和思想轉向上的重要性。和友人目睹慘案發生後，郭沫若就想以慘案中身亡的一個年輕華僑和姐姐為素材，把姐弟兩人塑造成革命英雄，擬把姐姐寫成革命的接續者，「成為我們民族底未來的央大克」[22]，央大克今天通譯為貞德，英法大戰中法國的民族英雄。雖然這一構思最終並未實現，不過，郭沫若卻復活了之前已經擱筆的詩劇《棠棣之花》，並把其改寫成歷史悲劇《聶嫈》。郭沫若後來反復對別人說起，「沒有五卅慘劇的時候，我的《聶嫈》的悲劇不會產生，但這是怎樣的一個血淋淋的紀念品喲！」[23]這部改寫的《聶嫈》和郭沫若之前創作的《卓文君》、《王昭君》於 1925 年 10 月合集出版，名為《三個叛逆的女性》。很顯然，《聶嫈》和另外兩部作品在主題上有較大出入，不再是表達女性追求自由個性解放的「三不從」主題。換句話說，未被改寫的詩劇《棠棣之花》原本很切題，而重新復活的《聶嫈》風格和主旨已經大為改變，作品明顯是國家與革命的表達，把聶嫈朝著中國央大克的方向去塑造。今天，研究界不少人把《聶嫈》視為郭沫若風格轉向的代表之作，視為歷史悲劇的奠基之作，其實這部作品也是郭沫若的革命文學轉向之作，即從五四個性自由的浪漫敘說轉向五卅國家民族革命的悲憤書寫。頗有意味的是，明確轉向無產階級革命文學的郭沫若，在全民抗戰爆發後，又再一次補寫這一歷史劇為五幕劇，恢復曾經的名稱《棠棣之花》。此次補寫仍是《聶嫈》主旨的延續而並非五四時期《棠棣之花》主題的再現，又一次表達了中國全民族革命的精神。這部劇作也成為他抗戰時期歷史悲劇的代表作之

---

22 郭沫若：《創造十年續編》，北新書局，1938 年，第 81 頁。

23 郭沫若〈寫在〈三個叛逆的女性〉後面〉，《三個叛逆的女性》，光華書局，1925 年，第 29 頁。

一。聶嫈形象變遷真是郭沫若文藝思想轉變的最好見證，實在值得我們好好探究。

　　《三個叛逆的女性》出版後記中，郭沫若用了很長的篇幅解釋《聶嫈》寫作的由來，其中不乏大段國家主義、民族主義革命的疾呼。這和他五卅之後撰寫的《四川旅滬學界同志會五卅案宣言》一樣，充滿抗爭外辱的革命激情。四川旅滬學界同志會今天很少被人提及，為數不多的論述也是把它籠統界定為愛國組織。不過，從其章程宗旨，「喚起同胞一致對外宗旨」[24]，從其主要參與者有醒獅派的曾琦、郭步陶（二人是《醒獅》雜誌的發起人之一），有國家主義教育派代表人物魯繼曾等人，從其主辦雜誌《長虹》刊登的文章以及文藝作品，刊登了不少國家主義宣傳的文章以及轉載了大江會聞一多的三首愛國詩，我們都不難斷定，這一組織是典型的國家主義團體。其實，四川同鄉學人和留日知識份子原本就是國家主義的大本營，而郭沫若 1924 年回到上海後，主要的活動圈子就是四川同鄉和留日同學。不管郭沫若後來的自述或回憶文章中，如何表達出對曾琦及國家主義的反感和嘲諷（提到曾琦的不少地方都加了「聖人」、「當今聖人」的嘲諷），但這些畢竟是郭沫若投身國民革命之後的敘寫。正如有學者所論述那樣，「1924 年 11 月，郭沫若歸國後參加社會活動較之以往更加積極，如『中華學藝社』、『學藝大學』、『大夏大學』、『四川同鄉會』、『孤軍社』等各種社會文化團體，郭沫若都積極參與。然而，郭沫若所活躍的這些社團，都有曾琦的影子」[25]。曾琦對郭沫若的「新國家主義」之說也頗為期許，並約他投稿《醒

24　〈四川旅滬學界同志會章程〉，《長虹》，1925 年創刊號。
25　周文：〈郭沫若與「孤軍派」——兼論其對國家主義的批判〉，《新文學史料》，2016 年第 2 期。

獅》。當然，郭沫若後來的敘述中認定這是曾琦好糊弄，再則表明自己如何不為國家主義的拉攏所動。其實，郭沫若《創造十年續編》中記載的曾琦對他草擬宣言的橫加指責，要求郭沫若修改才能公佈[26]，不過，查詢《長虹》上發表的宣言，「我們中華民族的國家，素來號稱睡獅的，到這時候是真正醒了」，這無疑是「醒獅」式的宣言，宣言中的「排貨」「經濟不合作運動」「經濟絕交」的倡議，和五卅發生後《醒獅》頭版曾琦的「時評」中的觀念幾乎沒什麼差別。而且《長虹》上以「四川旅滬學界同志會」名義發表的宣言，和《晨報》上以郭沫若自己名義發表的，也沒有任何變動之處[27]。總之，從郭沫若五卅前後的言行而不是後來的回憶記敘來看，郭沫若和國家主義政治活動有著較為密切的關係，當時有人如錢玄同說「郭沫若、曾琦那一批國家主義者」[28]的話，絕非空穴來風。因此，不管郭沫若怎樣宣稱閱讀河上肇的《社會組織與社會革命》的重要性，但我認為，五卅期間的社會活動實踐也是他文學和思想轉向的關鍵因素之一，是他從文學革命轉向革命文學的真正動因。

第四節　國家主義革命觀與 田漢的文學「轉向」

---

26 參見郭沫若《創造十年續編》中的記述，北新書局，1938 年，第 104-105 頁。
27 郭沫若回憶中除了曾琦指責和要求慎重修改外，還有上海無法刊登這篇宣言的記敘。事實上，這篇宣言就刊登在《長虹》創刊號，以四川旅滬學界同志會名義發表，《晨報》副刊 1925 年 7 月 30 日第 1224 號以郭沫若個人名義發表，兩篇文章除了《長虹》上題目排版出錯，即錯寫成「四川旅滬學界同志會五卅宣案言」，其他無差別。
28 郭沫若：《創造十年續編》，北新書局，1938 年，第 157 頁。

　　比郭沫若轉向更具有標誌性的是田漢。1930 年，他以《我們的自己批判》明確宣告了自己的「轉向」，震驚了文壇。不過，和郭沫若一樣，田漢 1930 年以後「自我批判」的敘寫，遮蔽了他五卅期間革命文學生成的複雜與豐富，尤其是他的醒獅派（青年黨）活動經歷和主編《醒獅》文藝副刊《南國特刊》時的國家主義革命訴求。而後來的文學史家和研究者更多依循《我們的自己批判》，卻無視《醒獅·南國特刊》的文學實踐，正如前文郭沫若轉向中，大家特別看重郭沫若回憶自敘而無視《聶嫈》創作和五卅期間的社會活動一樣。

　　田漢文學思想的巨大轉變同樣緣於五卅運動的刺激。當時，田漢正在湖南第一師範教書，「那時教國文的還有趙景深，教美術的有葉鼎洛，我們都是屬於所謂『浪漫派』。一天我們正舉酒歌唱，受到學生攻擊，因為上海爆發了五卅事件，湖南也計畫遊行、抗議，我們的情緒完全不對頭」[29]。學生的攻擊不啻於當頭棒喝，正如田漢後來戲劇《回春之曲》序言中所說的，「那時學生界以及全湘革命民眾的憤慨激昂的情緒，震撼了我的藝術之宮，粉碎了我的感傷」[30]。田漢很快寫就了《黃浦怒濤曲》，怒斥帝國主義是「吸血的魔鬼」。回到上海後，基於「少中」時期諸多國家主義友人的關係，如左舜生、曾琦、李璜、陳啟天等，田漢自然而然地加入了「醒獅」（中國青年黨）群體，在《醒獅》上創設《南國特刊》，開創了醒獅派文藝輝煌時代，也奠定了自己南國時代的光輝。

　　和之前田漢夫妻創辦的《南國半月刊》相比，作為《醒獅》副刊的《南國特刊》已然是大不同。當時正在編輯《少年中國》

---

29 田漢：〈自傳〉，《田漢自述》，大象出版社，2002 年，第 166 頁。
30 田漢：〈回春之曲·自序〉，《回春之曲》，上海普通書店，1935 年。

的田漢，同時創辦個人雜誌《南國半月刊》，其目的是「欲在沉悶的中國新文壇鼓動一種清新芳烈的藝術空氣」[31]。而被五卅震撼了的田漢，敏銳地覺察到文壇和知識界空氣的轉變，投入醒獅陣營，創辦《南國特刊》。然而，很多人籠統地把《南國半月刊》和《南國特刊》歸結為「南國」時代，並據此理解田漢從「南國」個人藝術倡導轉向無產階級革命文學，實在是太過於簡單粗疏。

田漢主編的《南國特刊》自《醒獅》1925 年 8 月 29 日第 47 號開始，到 1926 年 3 月 20 日第 75 號戛然而止，共計出刊 28 期。《黃花崗》是田漢在《南國特刊》上的代表作，序言中構想了五幕的計畫，但實際上前兩幕都沒有完成。但是這部未竟的《黃花崗》，卻是田漢從唯美的藝術表現轉向政治革命書寫的見證。從藝術上來看，僅有的兩幕不乏粗糙之處，尤其是第二幕革命志士劉鐘群大段大段慷慨激昂的革命道理宣講，沒有像樣的人物對話、沒有豐富的人物心理呈現、沒有任何矛盾衝突，堪稱戲劇失敗之作的典型表現。當然，這部劇的藝術成敗並非本文探究的重點，而正是劉鐘群的革命宣講，這是我們理解田漢革命文學的重要依據。劉的宣講中，黃花崗革命動機來自對英國帝國主義的反抗，如香港的華人如何備受英人的奴役與壓迫，孫中山曾被香港政府拒絕上岸，以琦善為代表的賣國者如何勾結英國人，等等。田漢後來提及《黃花崗》「引起多大之共鳴」[32]，其實，除了第

---

31 田漢：〈我們的自己批判──「我們的藝術運動之理論與實際」上篇〉，《南國月刊》1930 年 2 卷 1 期。
32 田漢：〈我們的自己批判──「我們的藝術運動之理論與實際」上篇〉，《南國月刊》1930 年 2 卷 1 期。

一幕林覺民和妻子革命與愛情的糾葛外，讓讀者產生共鳴的正是抗英排外革命的宣傳佈道，這和五卅之後的抗英浪潮太貼合了，簡直就是「醒獅」派革命邏輯的完美演繹。頗有意味的是，1928年國民革命「勝利」，南京國民政府成立，已經進入南京國民軍總司令政治部擔任主任藝術顧問並主持戲劇電影工作的田漢，又開始主編國民黨黨報《中央日報》的《摩登》副刊，再一次重新刊登《黃花崗》，並加了帶括弧限定的「長篇革命史劇」，彰顯「革命」主題依舊，和《南國特刊》上的一樣，同樣只寫就前兩幕。不過，《摩登》上的兩幕和《南國特刊》上的相比，有了很大改動。序言中記述了武漢革命友人李風灰[33]對他《醒獅》上《黃花崗》的國家主義宣傳的指責，田漢則辯解道，「真實的人性之捕捉乎，狹隘的國家主義之宣傳品乎，抑或物以投合國民黨之青年讀者乎。我皆不能知」[34]。但很顯然，田漢是在有意模糊《黃花崗》之前的國家主義革命演繹，並且刪除了第二幕大段的英國殖民清政府賣國的黃花崗革命邏輯。劇中革命人物和革命言行更加符合國民黨革命先驅的歷史事實，田漢還在序言中進一步徵集材料，「但因在國民黨報上寫黃花崗的關係，仍望讀者隨時與作者為有力而多趣的資料，使本劇在史的意味上亦有多少高獻則幸甚」[35]。《黃花崗》的「革命文學」色彩沒有改變，改變的是田漢兩

---

33 李風灰，原名李俊傑（1905-1993），作家，國共合作時期先後加入國民黨、共產黨。1930年參與籌建北方左聯，被選為北方左聯秘書長，發表小說等文學作品多篇。

34 田漢：〈黃花崗〉（長篇革命史劇），《中央日報》，1928年2月4日。

35 田漢：〈黃花崗〉（長篇革命史劇），《中央日報》，1928年2月4日。

個時段對革命性質的不同理解，從國家主義革命邏輯到國民黨人革命歷史敘寫，從排外抗英的革命鼓動宣傳到國民黨革命先驅明知其不可為而為之的悲劇精神頌揚。不過，1930 年代以後田漢用更摩登的新革命[36]來展開「我們的自己批判」時，《中央日報·摩登》副刊上的革命也同樣是被回避被重寫的內容之一。

　　《南國特刊》上的電影《<翠豔親王>本事》同樣是田漢風格轉向的體現，它是由田漢首部話劇《梵峨璘與薔薇》改編而來。不同藝術形式轉化的嘗試及其涉足電影的開始，學界已經有不少論述。然而，更值得關注的其實是主題和內容上的轉換，梵峨璘是藝術的象徵，薔薇則象徵著愛情，《梵峨璘與薔薇》表現的是對藝術和愛情的追尋與捍衛。女主人公鼓書藝人柳翠為了成全愛人秦信芳的藝術夢，不惜甘做他人姨太太以換取秦繼續求學的資助，而前革命家今實業家的李簡齋為他們真情所感動，成為藝術保護的代表。然而改編的《<翠豔親王>本事》卻已然完成了「方向」轉換，女主人公柳翠不再為了愛和愛人的藝術而不惜犧牲自己，而寧願捨棄自己的愛也要報家國之仇，去刺殺禍國殃民的軍閥；男主人公不再是沉浸於藝術之夢傷感地想自殺，而是願意犧牲自己的藝術之路，變成拯救愛人行刺軍閥的俠義革命者，藝術的保護者前革命家今實業家的李簡齋消失了，卻出現了一個要革命的對象督軍李幹堂。這樣的改編顯然是田漢從為藝術到為革命的「方向性」大轉換，正如《<翠豔親王>本事》序文中所說，「這固然是柳翠的進步，也算是他的創造者的進步」[37]。

---

36 田　漢主編《中央日·摩登》副刊時革命文學觀的複雜性參拙作〈紅與黑交織中的摩登——1928 上海〈中央日報〉副刊之考察〉，《文學評論》，2015 年第 1 期。

37 田　漢：〈〈翠豔親王〉本事〉，《醒獅·南國特刊》，1925 年 11 月 14 日。

　　此外，《南國特刊》的一些外國文藝類的介紹文章，對理解田漢此時「革命文藝」所指很是關鍵。《「白救主」》是田漢介紹德國詩人浩勃特曼（今譯霍普特曼）的一部戲劇，西班牙人入侵北美卻以文明開化野蠻自詡，傳教士也把自己打扮成「白救主」，墨西哥國王孟迭斯馬和民眾最終認清白人的侵略本質。田漢介紹這一反殖民的戲劇，其用意已經很明顯。更有意思的是，田漢脫離故事本身聯繫五卅現實來做解讀，並大發革命之感慨：「但在我們今日看來，卻不如說是上海五卅事件的預言，啊，『白救主』」，「普渡眾生之『白救主』也，直到他站在由不平等條約產生的會審公堂的證人席上，他才取下他的『白救主』的鬼臉。但不知道中國的孟迭斯馬都看見了沒有？」[38]《「若安達克」與「威廉退爾」》介紹席勒兩部戲劇《阿連斯的少女》（今譯《奧爾良的姑娘》）《威廉·退爾》的故事，稱讚阿連斯少女「若安達克」（今譯貞德）和威廉·退爾抗擊異族侵略的革命精神，呼喚和鼓勵中國「若安達克」與「威廉退爾」的出現。很顯然，這些文章不僅僅是外國文學的介紹和普及，更是國家主義的革命文學提倡。

　　最後還需特別指出的是《南國特刊》作者群體，絕非田漢後來籠統所說「南國」乃波西米亞人群體。如《南國特刊》上出現的重要作者傅彥長、惲震，都是國家主義革命文學的積極倡導者。傅彥長就是1930年之後中國民族主義文藝運動的發起人。儘管學界普遍認為民族主義文藝是國民黨一派的文學理念和文學運動，但其實並非如此簡單，這一文學運動思潮和中間黨派知識份子和國家主義派別，有著更密切的關係[39]。惲震則是蕭楚女《顯微鏡

38 田　漢：〈「白救主」〉，《醒獅·南國特刊》，1925年9月5日。
39 民族主義文藝如何成為國民黨人的文學理念和運動，以及和革命文學的關係。

下之醒獅派》中重點批判的人物之一。

「田漢轉向」的確是從文學革命到革命文學轉變的典型。然而，從田漢五卅之後的醒獅派（青年黨）活動經歷，從他主編《南國特刊》時的國家主義革命文學書寫，我們不難發現，最為典型的「田漢轉向」，其實在 1925 年就已經開始了，是與五卅、與國家主義的政治活動和革命理念密切相關的。

當然，我們強調國家主義的政治和革命之於郭沫若和田漢文藝轉向的重要性，並非完全抹殺左翼無產階級革命文學對他們的影響，而恰恰是為了揭示革命文學譜系的豐富性以及他們文學轉向的複雜性。雖然，後來郭沫若、田漢都曾明確宣佈了各自的階級革命文學轉向，但無疑他們轉向中的重要一環——國家主義革命的活動和文學實踐，被遮蔽了，而這是他們更為深層的動機。五卅和國家主義的革命思潮，其實是知識份子群體走向革命文化和革命文學的真正動因，也是整個文學界從文學革命轉向革命文學的內在邏輯。這正是從中國青年黨的視野來探究革命和文學的意義之所在。

青年黨和其他國家主義政治團體最核心的理念就是國家主義。然而，長期以來國家主義的名聲很不好，學界基本上都沿用當年左翼文人論爭時對他們的定性——法西斯主義。正如王富仁所說，「在中國，『國家主義』和『無政府主義』這兩個詞幾乎只在 20 年代行時過一陣兒，當時也有人用它們標榜自己，但後來就被所有的中國人拋棄了，變成了兩個貶義詞。名聲不好，故爾也少有人提起它們，更沒有人將這兩頂破帽子戴在自己的頭上。思想界是如此，我們文學研究界就更是如此。我們的研究對象都是我們崇

詳細論述參見拙作〈訓政理念下的革命文學——南京〈中央日報〉（1929-1930）文藝副刊之考察〉，《中山大學學報》，2017 年第 1 期。

拜的對象,是寫過一些為我們所愛讀的文學作品的,誰也不願將自己的研究對象同這兩種思想聯繫在一起」[40]。的確,國家主義的名聲到現在一直很糟,僅有的一些辯護也把它「含混理解」為「愛國主義」、「民族主義」,在不少人看來,「國家至上」畢竟意味著對個性自由的壓制,與五四新文化啟蒙運動中所提倡的個性自由,背道而馳。但是,當我們不帶偏見地審視中國青年黨及其他國家主義政治團體的政治活動,查閱他們創辦或出版的相關報刊和書籍,我們就不難發現,啟蒙同樣是他們堅守的價值立場(這從青年黨的最早兩份刊物名稱《先聲》、《醒獅》就可看出),民主、憲政、個性、自由更是他們秉承的一貫理念。國家主義、全民革命、全民政治(民主政治)、憲政、自由是青年黨創辦的十餘種刊物中出現最頻繁的語詞。「國家實為個人之幸福而存在,自身並非一個目的。不過要達到發展和保護個人幸福的目的,卻不可不以國家全體為前提罷了」[41],陳逸凡這段有關國家主義實質的論說為曾琦大加讚賞,特加注編者按「覺其言淋漓痛快,所見與吾人完全相同」,全文刊登在《醒獅》上。當我們翻閱青年黨人的《醒獅》、《新路》這些雜誌,隨處可見「中華民國萬歲」的口號,又滿刊都是對國民黨一黨訓政的批判、對自由理念的捍衛,甚至可以毫不誇張地說,《醒獅》《新路》等刊物比《新月》更應該稱為自由主義者的陣地。青年黨的左舜生等、大江會的聞一多、羅隆基等都是大家公認的民主鬥士。梁實秋一面在倡導「文學裡的愛國主義,「一面質疑反駁國民黨謀求思想統一的文藝政策。由此可見,中國青年黨及其他國家主義政治團體既是民國的

---

40 王富仁:〈國家主義、無政府主義與中國現當代文化〉,《湖南師範大學學報》,2008 年,第 1 期。
41 陳逸凡(吳俊升記錄):〈國家主義〉,《醒獅》,1924 年第 11 期。

國家主義者，又是民國的積極批判者。國家主義和民主政治，是他們的兩大法寶，就像鳥的雙翼，相輔相成，就像車的雙輪，並行不悖，而他們的成敗得失和歷史興衰皆源於此。

　　國家與革命，是中國青年黨的核心話題，而這其實是每一個中間黨派都無法繞開的話題，是中國現代文學無法繞開的議題，也是到今天中國知識份子都無法擺脫的命題。中國青年黨和現代文學、民主黨派和現代文學，都是非常重要的命題。限於篇幅，本文也只是拋出議題而未能細細展開論述，畢竟有那麼多的成員、那麼多的刊物，但這一領域的確是現代文學研究中的一塊尚未被開掘的富礦。毫無疑問，中間黨派視野下的現代文學觀照，將有助於我們真正破除現代文學研究中的二元對立：革命與反革命意識的二元對立、文學與政治二元對立，從而促使我們在民國國家歷史文化形態下重新思考文學和政治的關係、文學和革命的關係，走出純文學的迷思，回到大文學本身，重現現代文學發展變遷的豐富性與複雜性。

後　記

　　念碩士時，我的論文選題是討論抗戰爆發與中國現代文學和文化的空間轉移，之前以北京和上海為中心的文學和文化與西南地域的相逢，彼此之間都有了怎樣的變化。到四川大學讀博士生，我仍然在思考抗戰與中國現代文學的轉型，只不過是從空間轉移到時間上。按照大陸各家文學史敘說，1930年代是左翼和革命文學佔據主潮，那麼，我想弄清的是，革命話語、階級話語如何就轉向了抗戰的和民族的話語。由此我發現，革命和革命文學是如此的複雜，如此的豐富，看似是個老舊的命題，卻有很多東西都沒有弄清，做完博士論文後，我的焦點偏移到對革命文學譜系的重新梳理。

　　更有機緣的是，就在這個時候，李怡老師，張中良老師，還有張堂錡老師，在兩岸都開始極力倡導民國文學相關議題。重新回到民國歷史語境來思考革命和革命文學，就成了我主要的研究思路。我很感謝幾位老師，他們倡導的民國文學相關研究，打開了我的視野，讓革命文學這一老舊話題煥發出新意。民國歷史視野，不僅啟動了共產黨人的革命文學探究，也讓我們正視國民黨人的革命和革命話語建構，包括國民黨人如何從革命文學倡導到民族主義文學的歷程。更為重要的是，我們要回到「民國」這一

具體的國家歷史文化形態中，破除革命與反革命政治意識形態對立下的二元思維，正視中間黨派的革命觀與國家觀之於現代文學的意義，重現現代文學的豐富性與多樣性。

因為志大才疏，我處理這些問題還顯得力不從心，很多議題也只是拋磚引玉。也感謝曾經發表過一些篇章的《文學評論》、《中國現代文學研究叢刊》、《中山大學學報》等雜誌和編輯們，你們的鼓勵與提攜，是我不斷前行的動力。最後特別感謝台灣文史哲出版社，感謝張堂錡老師的策劃，把小書納入《民國文學與文化系列叢書》。

張武軍於重慶西南大學四新村
2018 年 9 月